中国作家协会重点扶持项目作品

江苏作家协会重点扶持项目作品

扬州文艺创作引导资金项目作品

单厍

DĀN SHÈ

周荣池 著

江苏凤凰文艺出版社
JIANGSU PHOENIX LITERATURE AND ART PUBLISHING

图书在版编目（CIP）数据

单库 / 周荣池著. —南京：江苏凤凰文艺出版社，2022.4

ISBN 978－7－5594－6727－0

Ⅰ．①单… Ⅱ．①周… Ⅲ．①长篇小说－中国－当代 Ⅳ．①I247.5

中国版本图书馆 CIP 数据核字(2022)第 050486 号

单库

周荣池 著

出版人 张在健
责任编辑 李 黎
特约编辑 王 怡
责任印制 刘 巍
出版发行 江苏凤凰文艺出版社
南京市中央路 165 号，邮编：210009
网 址 http://www.jswenyi.com
印 刷 苏州市越洋印刷有限公司
开 本 880 毫米×1230 毫米 1/32
印 张 11
字 数 245 千字
版 次 2022 年 4 月第 1 版
印 次 2022 年 4 月第 1 次印刷
书 号 ISBN 978－7－5594－6727－0
定 价 68.00 元

江苏凤凰文艺版图书凡印刷、装订错误，可向出版社调换，联系电话 025－83280257

目　录

第一章　闹　寿

库秋水半年前就盘算着给父亲库长天做寿的事，虽然他并不知道父亲的生日具体是哪天。这并非库秋水糊涂，是那一段已经快要被忘记的日子无奈。库长天也只知道自己属牛，生于新中国成立那一年。除此之外，库长天常常说“听母亲讲过”，他大约是蚕豆开花季节生的。农村人虽然不识字，但记日子倒也颇有些意思。本来可以说四五月份却说蚕豆开花的时节，不过这倒也是很有些诗意的。她原话是这样的：那时候哪记得什么日子，反正本是去地里打猪草，突然肚子就疼起来。他老子还有些怨恨误了农活，回头孩子生了，就记得岸边蚕豆花开了，像是许多眼睛看着人。

库长天七十大寿定在五月一号。这个日子迟于“蚕豆开花”的时节，但假期里便于请客办酒。这也是经过库长天的兄弟姊妹们春节期间“研究决定”的结果。现在库长天的兄弟姊妹们特别关心这位“大哥哥”的事情。对此，库长天却有些不买账的意味。他喝了点酒就自言自语道：“门前站的高头马，不来亲戚就来人；门前放的打狗棍，骨肉至亲不上门。”库秋水听惯了这些话，心里也知道过去门口没有打狗棍，现在门前也没有高头马，但

“富在深山有远亲”的感慨是深切的。

库长天兄弟姊妹七个，只有他一个人独居在南角墩。其他兄妹们都在外村或城里落了户，儿子库秋水在城里虽然也有房子，但是库长天去过几次就再也不情愿了——他在南角墩生活了一辈子，就是撒泡尿吐口痰都是快活自在的，城里干净得让人觉得隔膜。他对儿子说：你这日子我不在乎。于是又骑着三轮车回了南角墩。

南角墩这个名字有些奇怪，其实也就是一处水中的高地。下河县这个地方在水网密布的平原，逐水而居的人们又择高处落脚，所以墩、垛、圩就自然成了聚居的首选，也成为标记地名的符号。这个名字因为朴素被冷落，而并非有多深奥。或者说它有点“怪古”，和这里的人一样。这种“怪古”同样不是深奥——“怪古”不仅仅是古怪，还有一种说不出来的别扭情绪掺杂其中。

本来库长天是不想过什么生日的，奈何子侄好意，兄妹们撺掇，最后很有些无奈地说:“总是觉得没有必要热闹，我自己是不想的，你们有钱热闹就是，简直就是活闹寿。”“闹寿”也是这个地方一种特别的话语，不仅热闹而且还有折腾的意思——比如说一个人不安分，就说这人是活闹寿。所以喜悦的事情对于农民来讲也让人感到不安。说到底是过去穷怕了，竟然连富足欢喜的日子也感到不妥。

实际上说到这个时候，库长天又想过这个生日了，他苦了一辈子，还是愿意要这个面子的。但他又害怕闹腾，他觉得幸福这个词不该和自己有关系，至少是不好意思摆在脸上的。于是，他总是对人说——我不想过这个生日。然而自己已经张罗得不简单，请客办酒的事情都在联系，甚至不图方便打电话，却亲自骑车到四十里之外去请自己一个已经八十多岁的表哥。库长天嘴上说是为了请他来玩玩，心里想的是请老弟兄们看看自己的日子过得多快活。

库长天的快活日子也才是这几年的事情。在邻居们看来他的快活日子并不是自己的本事，是他“坏稻剥好米”的儿子给他带来的。他的儿子在南角墩的子孙中“三亩地出一棵好苗子”去省城上了艺术学校，这在当年也是轰动一时的事情。南角墩这个地方，过去就是年轻人能验兵入伍也是“出奇”的事情，考学出去更是“大姑娘上花轿——头一回”。更令人百思不得其解的是，这库秋水毕业后考上了公务员，又回到乡里来做干部。人们“百思不得其解”的原因有二：一是这种穷得叮当响的人家能“过出个人样来”？二是这库秋水到底是傍上了什么大干部能做起了副乡长来？这是那些不识字的人们操心的问题。如此说来，南角墩的人们并不简单。

因此，一件本来很平常的事情，就变得复杂起来。如何复杂起来的呢？先是办酒的桌数问题。现在库秋水是干部，家里办酒的桌数是有限制的，所以商量好了办十桌酒，只请至亲好友，所有的同事朋友一律不考虑。库长天原是外来户，兄弟姊妹之外也没有什么亲戚。可他过七十大寿的事情一说出来，各处的熟人都来问，总是这样说:“听说你要过寿，我们过去这么好的关系，不请我么?”

人家来问是好意，断然没有拒绝的道理。于是人就多起来，且是出乎意料地多起来。这样一来真是“闹寿”了——算下来有二十桌的人数，这就真的复杂起来。日子越来越近，和约好的厨师算来算去定不准桌数。原本是准备简单“热闹”一下，现在看来真是“闹寿”了。人多了事情就难办，原本准备的宴席标准还要提高一些。家里人吃点“水酒”没有关系，现在三朋四友都要来，怠慢不得。为难的也还不只是花费，本来就是一笔“欢喜账”算不得什么，是有人出了难题来抛给库秋水。

村里有个群众组织“红白理事会”，负责人是过去的老支书高玉宽。他在村里面并不是德高望重的人物，但一辈子凭着“一张嘴”在南角墩算个角色，况且他还有在镇上任职的经历。因为不能适应形势做村支部书记，镇上照顾他“高升”到文化站，他以为是“肚脐眼撒尿——升了一级”。他告老还乡后村里人怕他事多，就给他戴了顶“高帽子”，做了“红白理事会会长”。这会长他做得津津有味，凡是村里红白喜事都要请他坐上席吃酒，吃完嘴巴一抹走人。这红白理事会是干什么的？原来是要“讲文明、树新风”的，提倡一切红白喜事从简，不得铺张浪费。但实际上大家都按照“规矩”办事，到时候请这“会长”来一坐，不见得真要指责谁家铺张浪费。再说人家要是死了人，谁好意思悲伤之时站出来指责说客人请多了，酒水办贵了？人家要是孩子结婚，更不好意思说——主家一句话非常质朴：我苦了一辈子就为了儿女结婚，我花自己的钱办自己的酒，与人何干？再说，这红白理事会实在也没有权力来阻止别人铺张浪费，所以实际上就是给这退休的高玉宽多一个白吃白喝的幌子。他像一只老鹅踱着步子，自得悠闲地晃荡在南角墩的日子里，好像这里就是他一个人的江山。

库长天要办七十大寿的消息传到了高玉宽的耳朵里，他心里颇有些不自在。一是库长天的日子快活起来了，这在他看来是没有道理的事情。二是库家还没有来请自己坐上席，这更是没有道理的事情。当然库长天并不买他的账，他和高玉宽斗了一辈子，现在自己过得快活起来，更是“老爷不抬老爷轿”——他并不是忘记了高玉宽，而是几次对库秋水说，单就不请“这只喂不饱的老狗”。

但高玉宽忘不了这件事情，他决定去镇上找库秋水。

高玉宽到镇上找库秋水，不再是以干部的身份。用他的话来说自己已经“归隐山林不问政事多年”，村里人清楚他从来就没有做过“好事”，只是他觉得自己这一辈子很了不起。他退下来的时候找乡里的书记谈话，说自己“从政”多年已经累了。书记幽幽地对他说：“低调低调，你我都不算是从政，至少副县长那才算是从政。”后来“高玉宽从政”这句话就成了一个笑料。但他大概还没有听懂书记的意思，坚定地认为自己是南角墩乃至乡里“政界”的重要人物，每每说起来都无比自豪。现在他去找库秋水当然也不是以同村长辈的身份，而是以“会长”的身份，并且还带了一份“提醒函”来。这份他认为很严肃的函件是请人专门一笔一画写出来的，送到了库秋水这位副镇长的桌上，大意就是提醒他带头树立“好乡风”。

库秋水看到这张纸，掏出来的烟又缩了回去。看了看面前这位熟悉了三十多年的老人，问了一句：“这字是专门请人写的吧？写得真是好，真是有水平。”高玉宽自己掏出烟来点上猛吸了一口，语重心长地说：“大侄子，我这一切都是为了你好，为了你的前途，为了我们的好乡风……”说到这个份上，库秋水也是无话可讲，拈起那张纸看了看说：“做寿是风俗，你说得对，有纪律的讲纪律，有规矩的讲规矩，你心放到肚子里去，这事情会办好的。”

高玉宽听出来他话里的意味，笑笑说："那我们就等着看，看你如何为群众做好表率！"

库秋水说："我们都是群众，我们都要做好人，做好事。"库秋水当然不是一个不懂形势的人，这件事他早就有了自己的打算。面前这个人即便说的每一句话都是对的，库秋水心里总有一些说不出的滋味。用小孩子"过家家"的话来判断，面前这位是个"坏人"。库秋水在职读到研究生，并非没有判断能力，抑或说作为一名基层干部，他并不是不知好歹。然而并不是坏人说的话就都不对，但他们会以好话的名义做坏事，这就需要去甄别。比如这件事，高玉宽说得一点也不错，但他的出发点多少有些搅局的意味。

有人搅局就要破局。

库秋水知道父亲也在"赌一口气"。他说起来不愿意办这个寿宴，事实上心里又想做给大家看看。这个扁担大的"一"字不认识的人也知道说"国家有国家的节庆，小家有小家的日子"。现在摆在库秋水面前的，就是要把小家的事情顾好了，还要把大家的事情理顺了。毕竟办酒的话已经放出去，断然没有收回来的道理。南角墩有句老话"过头饭好吃，过头话不好说"。现在"一个唾沫一个钉"的话是不好收回来的，不能因为有人刁难就缩起头来。其实按照规定，以库秋水身份级别，家宴不超过二十八桌。农村的酒水也并不昂贵，完全在规定范围之内。如今只有"小孩子吃萝卜——擦一段吃一段"，走一步算一步。

下午镇纪委书记又找他谈话，虽然并不是什么大事，但还是提醒他要"妥处"。"妥处"这个词比较巧妙，要处理但怎么处理自己看着办。库秋水看着纪委书记面前那张复印的"提醒函"，心里明白高玉宽的这张纸不只是“提醒”到自己一个人的手上。但在说完“妥处”之后，这位本地工作多年的同事说:“农村有些事情说不清楚，有些人不要怕他也不要惹他。他不能成你事，但坏你事可能绰绰有余——我帮你和他打招呼说，到时候你不请他我请他，高兴的事情不要办得不高兴了。”——这些都是实在话。

办酒的事情继续筹备，提醒函的事情烦心了几日似乎也就过去了。库秋水并没有和父亲提高玉宽的事情，他知道老子的脾气。库长天这一辈子和高家争来斗去，对错好坏说不清但纠缠得是不轻的。但世上没有不透风的墙，况且高玉宽的想法就是让库家不痛快，所以必要将这话想方设法传到了库长天耳朵里。按照库长天往日的脾气早就要冲到高家踢门了，但现在不是他迈不开老腿，而是有人“拽”着他，这个人就是库秋水。库秋水现在到镇上工作，凡事都会有牵绊，现在库长天有一举一动，人家都盯着他的儿子。库长天酒喝多了就会不无自豪而又无奈地说:“老子靠拳头在这南角墩打下了江山，没有想到最后败在儿子身上。”库长天本也没有把高玉宽放在眼里，就随便说了一句:“迟早要和这老狗秋后算账。”路见不平有人出手，这话被与他喝酒的“大呆子”听见了入了心扉，他血气上涌勒紧了拳头一言不发冲到了门外的黑暗里。

大呆子真有点呆，这在南角墩是有些名气的。他是村里有名的“四大天王”之一，和库长天是“撒尿和烂泥”长大的“难兄难弟”，也是库秋水的干老子。南角墩的“四大天王”分别是大呆子、二歪子、三叶子、四喜子，他们不是没有名字，但诨名更加出名。大呆子是渔民脾气，二两酒下去一句话不合就拳脚相加，对不对打过再说，不对就立马道歉，村里大大小小的干部都被他“教育修理”过，是有名气的“夯屄”；二歪子是土生土长的本村人，祖祖辈辈种死田，做事情也认死理。平时他因为身体不好话也不多，人们都说他“三拳打不出个闷屁来”。但他要是不同意的事情天王老子说也没有用，即便是歪理邪说也能讲出个道道来，又有外号叫“二屌犟”。三叶子是个瓦匠，早年出去学手艺，在城里混得还不错，也算是有点见识的。后来还弄起了一个小工程队，一早就玩起了“大哥大”。不料工程队死了一个人赔得倾家荡产，无奈回来承包鱼塘，但常常说起过去的风光事。村里大事小情他都要参与“民主”一下，也是村里的一根“骨头”，是有名气的“蛮洋六大调”。四喜子是个和尚道士，这似乎有些奇怪——和尚是和尚，道士是道士，怎么是个“和尚道士”？实际上他就是个做法事营生的人，念的什么歪经估计他自己也糊涂。常有人笑他念的经文是“南京到上海，上海到南京，多放点咸盐，少放点味精”，细听起来是有点这种意思。他为人幽默而又有点阴坏，一手二胡唢呐是绝活，是个有名的“促狭佬”。

南角墩的四大天王，是以“夯”“犟”“蛮”“促”名世，是这块巴掌大地方的“名人”。这一天月黑风高，大呆子趁着酒劲往高玉宽家大步奔去，谁也不知道他要做出什么夯事。厍长天知道大呆子的脾气，但也难说他不是故意说给这夯货听的。

大呆子提着紧握的拳头，走到高玉宽家门口，一声不吭抬脚就踢开门。门本来就老旧了，他猛地一脚门被重重地扑在墙上，惊得狗蹿回屋子里，又撞到了里屋的门才反应过来，一阵狂吠。大呆子大喝一声:“瘟狗，再叫就剥了你!”看来家里没有人，只有人与狗对峙。他自己开了灯，那狗大概也知道来人不是善茬，转到院子里继续装模作样地叫着。大呆子看看心里不爽，又一脚踢倒了屋里的一张凳子。旁边一只睡得迷迷糊糊的猫被惊醒，抖了抖身子打了个哈欠，慢条斯理地走到院子里去了。

大呆子看房门也锁着，几脚踢过之后无明业火消减大半，气呼呼地丢给这空屋子一句话:“老子迟早拆了这几间‘牢房’。”说罢就像得胜一样，大摇大摆地走了出去，说不尽的神气和解恨。“牢”这个字在南角墩的方言里并非实指，但是一种语气非常强烈的词，骂起人来非常解恨，比如，说饭是“牢食”，说房子是“三间牢屋”，说人无所事事是“无牢坐”。那种咬牙切齿的情绪被大呆子这种鲁莽的人表达得淋漓尽致。

出了高家的门，大呆子似乎意犹未尽，他突然想起来高家的老太婆经常去村子“黄猫”家的“炒锅店”打麻将，于是又大步流星地往那奔去。“黄猫”是村里唯一的小卖部的老板，小时候傻乎乎的，人家问他属什么，他说自己属猫。那时他是小孩子头发黄，村里人就叫他“黄猫”，一叫就是一辈子。黄猫精明得很，算得一笔好账，十几岁就不上学，回来摆小摊子做买卖，后来又在村头砌了几间屋子有了一爿小店。近年村里流行起来“炒锅”，这是一种风行的麻将玩法，他又砌了几间房子搞起了“炒锅店”，靠“打水子”吃抽头牟利。奔到半路大呆子果真遇见了高玉宽的婆娘张玉香。那女人一路带跑像是故意躲着他一样，又像是有急事往家里赶。大呆子有些疑惑，愣了一下喊道:“高家新姐姐，你忙什么?”那女人没有好气地回了一句:“我忙着‘杀头去’，与你何干?”这话音显然有些不愉快，甚至有些挑衅。本来大呆子还算客气喊了一声新姐姐，她这一句回得硬邦邦的，莫非是知道他去踢门了？“新姐姐”是这个庄子里对新娘子的称呼，新嫁娘到了村子里就是新来的姐姐，大家就喊新姐姐，往往一辈子都是这个称呼，有些人七八十岁了还被叫作新姐姐。这女人说是忙着“杀头去”，也是一句负气的话，说自己或者别人是忙着杀头去，可见这人忙成什么样子。

大呆子酒劲又涌上来，大声吼道:“你这是什么语气，我正要找你家算账，你倒来劲了是不是?”

这个已经七十岁的老太婆也凶得很，毫不客气地顶了一句:“算账去，算账去，打断狗腿子才解恨。”这话一说，大呆子立马掉头，直追着老太婆往回走。到了高家门口，老太婆一脚踢开那门口上来想要讨好的狗，冲进院子就直奔房门，拎起凳子就砸房门。门没有砸开，凳子一下子弹回来正好撞在她的腿上。她一个趔趄差点翻倒，一把抓住门框，对大呆子说:“给我把这牢门撞开来，撞坏了不要你赔。”大呆子像是得了圣旨，二话不说一脚踢开了门，高玉宽在屋里大喊了一声:“你们这是要造反了不是?”

门撞开了，高玉宽的女人冲了进去。大呆子反而只能站在门口不动弹了，他这时候才突然意识到了自己的尴尬。只听到里面翻箱倒柜的声音，开始也没有人说话，不一会一个女人号哭起来，那老太婆薅着一个女人凌乱的头发拎出房门来。大呆子被眼前这架势弄蒙了，那女人是妇女队长刘玉琴人人清楚，但在高玉宽家的房间里薅草一样被拎出来的情况就没人见过了。过去都知道高玉宽睡女人，但想不到这么大岁数了还能睡到这么年轻的女人。

大概是薅着头发生拉硬拽也累了，高玉宽的婆娘想换一只手。就是这一瞬间的松弛，刘玉琴一下子挣脱滑了出去，留下一只鞋和张玉香手上的一撮头发——她喊破嗓子大声号叫:“抓住这个骚货，抓住这个偷人精……”大呆子即便是再呆，也不会上前去的。高玉宽站在门口一言不发，他婆娘转过来抓他的脸。大呆子晓得这是家事，马上识趣地溜走了。

第二天早上，村里关于高玉宽被捉奸在床细节的传闻就蔓延开来，在村头的“茶馆”里被说得活灵活现。“茶馆”是南角墩第五生产队人的娱乐场所，并没有实际的馆舍陈设，只有村子桥头两边桥墩宽可坐人。桥边又有两棵大树阴翳，一棵是老榆树，一棵是苦楝树。桥是连接第五生产队这个单独老庄台和第二生产队的通道。不知道当年自然村是如何确定生产队的，二队和五队在一起，后来行政村合并，但两个生产队仍各以“二队人”“五队人”自称，合起来叫作“二五队”，没有人觉得不妥。桥边有一处牛棚，本是生产队的财产，泥坯的墙上糊着干牛粪。牛粪不臭，倒是有一种非常亲切的味道。牛退出生产队后，牛棚就给了一对没有子女的老夫妻住，一半厨房，一半吃饭兼睡觉。人们每天晚上端着碗或摇着扇子坐在树下桥上聊天，久而久之就成了村里的“茶馆”，老夫妻分别被称为“茶馆爹爹”“茶馆奶奶”。平时这里传播各种小道消息，也是人们谈天说笑的地方。最近最热闹的话题自然是这样的：高家的老婆娘抓住“他们”的时候正在床上，刘玉琴是光着屁股被拖出来的；也有人说刘玉琴是从床肚里被拖出来的，衣服被老婆子撕烂了，两个奶子白花花的；还有人说两个人其实还没有得手，高玉宽最多也就是摸摸……不过这些猜测和议论是有铁证的：高玉宽的脸上满是那老婆子指甲留下的伤痕，另外那一把薅下来的头发被挂在院墙里晒衣服的绳子上，像投降者的白旗，又像胜利者的红旗。

但这样的事情似乎也不是天大的稀奇事，只不过作为人们“嚼舌头”的笑料，过几天也就和褪色的伤疤一样淡去了。大呆子又去库长天那喝酒，库家一年四季酒是不脱的。菜也简单，常是一碗荤汤倒在电火锅里，加些肉食蔬菜涮着喝酒，不用再去下厨烧锅，吃得也热乎有劲头。大呆子一是想喝酒，更是为了告诉库长天，捉奸的时候他是在现场的，这事情他是有“功劳”的。库长天抿了一口酒，点点头说：“我知道，我知道，可你也有不知道的事情。”

大呆子酒没有喝糊涂，却被他说糊涂了，怎么还有自己不知道的事情？库长天放下酒杯将筷子在嘴里吮了一下，好像那筷子上有神秘的仙味一样，又神秘地说：“这高玉宽肯定是算准了老婆娘要去打麻将，自己还特意在麻将室看了一会‘后瘾’。不一会就要走，老婆娘说你先走，还有‘两将’时间。”“将”是打麻将计算时间的单位，一将就是一圈，大概有一个小时的样子，牌要是不好打“犟”起来那时间就长些，所以“两将”的时间就更可观。因此，高玉宽就放宽了心回家“办事”了。

他做这事当然不敢上门去喊人，也不敢打电话给刘玉琴，发消息又不会——他们“山人自有妙计”：刘玉琴家门口有一捆芦竹，平时是倒着的，她男人不在家的时候就把这捆芦竹站起来，这样高玉宽走到院子门口一看便明白情况。为防万一，他还会往院子里扔个小石子，惹得狗叫起来，那刘玉琴就会跑出来训狗。高玉宽就会在门口学猫叫，刘玉琴就会隔空教训“猫”：“哪里来的野猫！”然后一句话不用多说，就直奔高玉宽家去了。

这一天，高玉宽觉得是十拿九稳的事情。哪知道他走之后半个小时，又有其他人来棋牌室“相后瘾”——看人家打牌被叫作“相后瘾”，也叫作“看斜头”，看看过瘾的意思。“相后瘾”的人要“观棋不语真君子”，但是今天这位说起话来，说的并不是牌局和牌理，是说："高家新姐姐你在这边打牌，你们家高支书在哪里？"支书的老婆是"官太太"，语气也有些傲娇："他去哪我不能天天看着，我还能把他扣在裤带子上不成？"说到这应该是无话可说了，可是下面又是话赶话来了一句："你裤带子扣不住他，人家裤带子松的可要扣住他了，恐怕迟一刻水就漫过八亩田了。"俗话说水漫八亩田，就是大势已去了。

高玉宽的婆娘一听不对，扔下牌就往回冲，于是便有了后来捉奸在床的一幕。

这个"相后瘾"的不是别人，正是厍长天。厍长天知道高玉宽"偷人"的勾当早就是笑料，甚至连笑的兴趣都没有了，但这回自己办寿弄几桌酒，高玉宽竟然也眼红，所以厍长天就不能饶他，就必须找他的"裂马缝"。俗话说"吹堂灰找裂马缝"，是鸡蛋里挑骨头的意思，厍长天认为这也是给他一个教训。他和高玉宽斗了一辈子，对于他这个"坏鸡蛋"哪里有裂缝了如指掌。厍长天这晚走到刘玉琴门口看那捆芦竹站着，知道机会来了，便直奔"黄猫"的小店，玩起了"烧阴火"的把戏。

大呆子喝了几杯酒，终于听出了原委，一拍桌子说："抓得好，抓得妙，抓得呱呱叫。"厍长天心里知道这大呆子早年想和刘玉琴做亲不成，现在闹出这样的事情，在大呆子看来既可笑更解恨。厍长天明里暗里告诉他这件事情，是希望通过他这张"直大炮"的嘴，把这件事情说出去，让这件事情发酵——给高玉宽一点教训，也让他收手不要再给厍家办寿酒的事情捣鬼。

但是，脸皮被自己婆娘撕破的高玉宽决定也撕破脸，想以此来挽回自己丢失的颜面——他的意图很简单，让别人也闹些笑话陪着他出丑。于是，他又拿着那已经揉得有些破旧的"关于执行乡风民约规定的提醒函”到镇上去跑。看来他没有认为被捉奸在家是自己的伤风败俗。他觉得提醒库家办酒席的事情是出于“十分的正义”，其立足点是“领导干部要带头”。关于这件事，镇上纪检部门、宣传部门都多次给出了答复：办寿酒这是传统的风俗，并不是搞封建迷信活动。库家按照程序报备的二十桌酒席也没有达到纪律规定的上限，如果孝敬长辈的这点风俗都不让留存，那么日子就完全失去了基本的念想，那这种移风易俗就是斩断风俗，这是破坏而不是进步。

这些话大家和高玉宽说得很清楚。他也不是普通的老百姓，好歹也算是一个退休干部，用他自己的话说是一个“从过政”的人。但人要是真明白并不可怕，真不明白也不可怕，大多都虔诚，最可怕的是这种似懂非懂的、不懂装懂或者懂装不懂的人。他们常常用一些确实正确的道理来绑架本不是一个问题的问题，以貌似正义的口吻来“搅蛮”于人，往往这种人的话是不能应对的，因为怎么答都是错的。所以高玉宽再来镇上，大家都只是用客套话应付他。他也不是不明白状况，跑到最后扔下一句狠话：再糊弄老子我就去县里告状。

这也就是一句狠话而已。县里的门开着，但他是不会去的，这一点库秋水也是心里有底的。几番闹下来，库秋水本来的顾忌倒是没有了。他现在要下定决心把这桌寿酒办起来，这对他自己做工作也未必不是一个契机。他分管国土工作，眼下有很多与群众打交道的事情。大家都认为他是一介书生，干不过泥腿子们的蛮横，人们认为“捧书本的”干不过“捧牛屁股的”——过去农民用牛，就自称是“捧牛屁股的”。他们常常看不起那些“手不能提，肩不能挑”的读书先生。土生土长于此的库秋水就像了解自己一样了解这些乡亲们，他们已经早就不是像书本里说的“贫困乡村里纯朴的人”。或者毫不客气地说，从来就不全是。所以，库秋水要把这酒办了，不仅仅是为了老子库长天的面子，现在已经有让自己站住脚跟的意思了。

自从他爷爷来这南角墩谋生，足有八十年时间，到现在还是没有能够完全站得稳脚跟。

眼看着四月草长莺飞日子飞快，一晃还有十来天的时间便是“五一”长假。库长天忙着寿宴的事情更加紧凑起来。厨师开的“厨料单”要左右盘算，延请的客人写在红纸上要通知，不能有约无请。就连寿堂的布置库长天也琢磨起来，看来他当初说做寿是闹寿确实也是虚话。到这个年龄看儿孙满堂热闹一下，也是人之常情的。库秋水清楚拜寿的风俗并非迷信，也并非只有自己的父亲需要这份温暖。人到晚年或许不缺吃穿，正是缺少热热闹闹的满眼喜悦。如今的乡村老人基本留守，盼望的不再是吃穿用度，是儿孙们能站在面前，哪怕打闹调皮怄气，不过是图个儿孙绕膝的乐趣。这也是库秋水走村入户工作时的一个体会，现在已经冷清的乡村如何温暖起来，先要暖暖这些老人的心。

高玉宽当然不这么想，他依旧闹着要借题发挥。在寿宴前库长天单独办了一桌饭，这被库秋水戏称为“寿宴筹备小组预备会议”，实际上“说书是假，交代是真”，主要是各样事情都要有人分担。大呆子大嗓门负责请客，二歪子精明负责清点厨料酒水，三叶子人头熟负责“支客”，四喜子善些笔墨负责记账。虽然都是自家亲戚，况且“人情不记钱，一钱还一钱”，但不管多少都要记在红纸上，这叫作“人情簿”。乡间的日子虽然简单但并不少规矩，来而不往非礼，这也是一种质朴的“契约精神”。你来我家“人情”几分，我便还你“人情”几分，不攀比不忘记，这也是一种非常古老的执守。最有趣的是过去人情钱多少总有变化，便有一种约定，比如高家的谱书上有一种规矩，人情往来以“三斤肉价”计算，这也是一种非常智慧的计算方法。农村人的情分和智慧，从来没有比日子好一些的城镇少半分。事情商议好了，大家便喝上几杯。大呆子将那红纸写的请客单子叠好了揣进口袋，一拍胸脯仰起脖子就喝酒。二歪子骂他是“十包九漏”——这是说他办事不牢靠。大呆子瞪起眼睛望着他，二歪子便识趣地喝酒，不再多话。厍长天坐在上席看着这一众老弟兄热闹，感觉这是他一辈子都没有想到过的好日子。

大呆子虽然鲁莽，但做事倒也“刷刮”——这是说人动作麻利。不到两天，他就骑着车子把亲戚庄邻通知了一遍，远的就打个电话，也算是礼数周全了。帮忙请完客人，他把那揉得皱巴巴的单子放在了桌上，灌口茶叹了口气说：“要是我能活到七十岁还办几桌酒席热闹一下，那真是死也瞑目了。”

他婆娘朝他望了望，不屑地说：“那要你家祖坟冒黑烟呢。”这话说得人扫兴，他抓起那张红纸就转身出门——他要到厍长天那邀功去了，自己这两条“麻秆子腿”都跑断了，估摸着这时候厍长天一定是在喝酒了。大呆子平时愿意帮他跑腿，也因为馋这口“骚尿”——大呆子女人总这般侮辱他当作命的酒。他觉得酒比老婆讨喜，他多看她一眼都嫌烦。

晚上喝过酒回来已经夜深，大呆子突然想起来厍长天和他对过亲戚的名单，好像少一户人家，想想就去摸那张红纸。可是口袋翻通了都没有找到，闹了半天婆娘骂骂咧咧的，他只得蜷到床边呼呼大睡去了。第二天早上他又起来找那张红纸，想想名字都记得了，找不到也就罢了。

库长天想不到的是，这张纸弄到了高玉宽的手上。高玉宽一大早又往镇上赶，直奔库秋水的办公室，不请自坐慢条斯理地问道："听说府上办酒，不知道到底要办多少桌，要花多少钱？"库秋水已经看惯了他的嘴脸，也听够了他的论调，只说一句："一切都按照规矩来办，到时候请您去喝杯水酒。"

听说这话，高玉宽站了起来，脸色异样语调诡谲地说："既然这个样子，我这红白理事会的会长就要按你说的，按规矩办事了——我可是有你府上请客的名单，到时候不要怪我不论私情了……"这话一说库秋水心里一惊，不禁站起来，手里的茶杯放下来差点歪倒。他也是个急性子，听高玉宽这么一说几欲发作。正要开口的时候，门外走过镇里的司法助理，库秋水立马克制住自己，毕竟这是私事且有些难堪。虽然大家知道他并没有错，但到底不想弄得满城风雨。

谁知司法助理几句话竟解了这一困局。他是看见高玉宽又折了回来走进办公室说："哎哟，老高也在，正好要找你，你大概也知道了，司法局电话通知了，你公子要回来了，我们要一起去接他呢……"高玉宽听说这话立刻黑了脸，本来坐得笔直的身体几乎瘫了下去。库秋水这才想起来高玉宽的儿子要回来这件事情。高玉宽的儿子叫高求——也不知道这个"从政"的人当时怎么想的，给儿子起了这么个名字，据说是"志求高远"的意思。看来他连《水浒传》的书也没有听过似的，起这么个"奸臣"的名字。最后儿子成了当地有名的"混世魔王"，几年前因为吸毒贩毒被判了刑，最近要刑满释放了。

司法助理似乎还意犹未尽想要再说几句，高玉宽缓缓地站了起来说:“不说这话了，这是我的家事……”司法助理说:“这可不仅是你的家事，也是镇上的公事，你不要糊涂，他属于‘必接必送’人员，回来还是辖区内的重点人员……”司法助理说得太多了，高玉宽一句话不说就转身走了出去。库秋水递了一根烟给司法助理，这位本乡本土的“老机关”闻了闻那烟说:“打蛇要打七寸，对付这种老狗，骨头不行就要上棍子，一棍子打下去保证闷头就跑。”

司法助理走出去，留下一阵烟味和轻松。库秋水心里觉得刚才这场景真是有意思极了。到午饭的时候，库长天打电话来。库秋水还在忙着手上的工作，父亲在电话那头问:“你在哪里呢?”父亲总是这么问，也不管儿子忙不忙，他觉得随时都可以打电话，就像小时候他随时在村子里炸响嗓子喊儿子一样。库秋水有些不耐烦，库长天在电话里以一种很诡异的语调说:“你还不晓得吗?真是老天爷长眼睛，高玉宽到处‘跌腿’，上午也不知道到哪里‘偷腥’，走到半路上自己骑车跌断了腿，现在被拖到卫生院了……”“跌腿”是骂人的话，是说无事生非到处跑，“偷腥”是说偷人，可是说到高玉宽摔断了腿的事情，库秋水突然觉得父亲的这种幸灾乐祸很不好，至少他不该和晚辈这么说。他心里突然有种莫名的不安，甚至伤心。

下班的时候，库秋水去了一趟卫生院。不大的住院部很容易找到高玉宽的床位，高玉宽的腿已经打上石膏吊了起来。人刚刚睡着了，先前被老太婆殴伤的老脸已经结疤。一个人脸上平静的时候，真是让人觉得心安，哪怕他是一个并不和善的人。高玉宽的老太婆站在一边，见到库秋水来有些意外。他知道这安静的病房里，却因为看不见的人际关系蕴藏着一种明显的尴尬。库秋水走的时候，丢了一个装了两百块钱的红封在病床头。老太婆连忙想要阻止，他一下推开她有些粗糙的手，转身就出了病房。病房里消毒水的味道真是令人气短，出了医院门他深深地吸了一口气——这天的阳光真是明媚。

大概是高玉宽住院一周后，高家人在司法所陪同下接回了已经剪成短发的高求。厍长天的生日宴也就两三天的时间了，似乎村里人并不在意高求回家的事情，更多的是谈论老厍办酒的热闹。谁家办酒在村里是一件大事，即便不是亲戚只是庄邻，但总能感受到空气里快活或悲伤的气息。这种气息有爆竹的硝烟味，有厨师烧菜时放的五香八角的味道，还有那种属于村庄自己的独有气息。一个人的脸色也是一个村庄的脸色，一个人的心情也是一个村庄的心情。很多的“一个人”组成了村庄里的许多人，也就组成了村庄本身和一切。村庄里所有生生不息的命运，包括树木猫狗禽畜都是村庄的命，他们所有的情绪也构成了村庄的情绪。没有这些看似卑微的命运和情绪，村庄就不复存在或者无以延续。

寿酒在南角墩是很讲究的，一般从六十岁才开始办。六十岁之前的生日看得也重，但统称为“生日满月”，也办酒热闹。六十岁才算是做寿，叫作“花甲子正”了。困难的日子里活到六十岁并不容易，厍长天的父亲厍万年四十几岁就得恶疾去世，他关于寿限的认识先是要努力超过自己的父亲，活过了父亲的寿限就盼着要“花甲子正”。“六十年一甲子”是南角墩人认为的圆满，超过这个寿限就是“拾得来过的日子”，什么时候离开都能心满意足了。六十岁的人死了，阴阳先生给开的“七单”——一张人死后注明“七七”之期的黄纸，就能板板正正地贴在堂屋的东墙之上，小于这个圆满的期限就要斜着贴。库长天六十岁的时候，家里生活还是一地鸡毛，所谓过寿就选了个春天的日子，早上自己煮了一碗面条加了一个鸡蛋。在外上学的库秋水也没有打电话回来，因为“蚕豆开花的时节”究竟是哪一天他自己也不清楚。

过寿要吃三天酒，头一天是暖寿，子侄晚辈来磕头领红包也就是“闹寿”；第二天吃寿酒，亲朋带着寿碗寿桃散去，有人家九十大寿的连碗盏都抢走讨个吉兆；第三天至亲留下打理杂务吃完剩菜，叫作“打散”。日子困难却并没有少任何规矩，日子的丰歉并不影响人们心里的庄重。过寿更像是一种岁月更替的仪式，比年节标记的刻度更加清晰。

暖寿当天库秋水一早就带妻儿回到家中。从前一天开始，库长天叮嘱的电话已经打了好几次。按理早上娘舅家要来送寿面“敬菩萨”，这是娘舅家特有的权力。可库长天哪里来的娘舅？于是就自己抽几根面条开水烫过，筷子支在寿碗上放在寿堂前焚香放炮仗磕头。寿堂里摆满子侄晚辈送来的寿桃，都是米面蒸制成寿桃形状，上面点着鲜艳的染料，就像是人脸上泛起红光一样祥瑞。中午并没有宴席，惯例是煮一锅面条，来人又一碗加炒好的肉丝浇头，一阵风卷残云吃下。

晚上才有酒水，吃过便磕头拜寿，“闹寿”也才真正开始。

闹寿前的下午，远来的亲戚还有一场戏看。早就请好的戏班搭好台子，唱的是扬剧《三女拜寿》。周边的邻居们都聚集来，一众老小好不热闹。库秋水本想不出除了办寿之外准备什么礼物，钱物对于老人而言都已经不重要，想来想去请了戏班子也让亲戚和邻居们一起热闹一下。过去没有电视的日子，露天戏班子和电影非常流行。后来都各自在家看得安逸了，但少了拥挤一起的期盼和热闹。开始厍秋水还担心请戏班子这种老土的做法没有人看得上，哪知道台子搭好了喇叭一响就有人来张望。下午锣鼓家伙还没有动，就有很多老人自己搬了小板凳坐着等。厍秋水站在后面看着人头攒动，有顽皮的小孩子跳跃其间，突然好像看到小时候扛着凳子去大队部门前看电影的自己。

戏唱起来，那种古朴陈旧的场景更让人眼前有些虚幻。村庄虽然已经早就不再是过去的村庄，屋舍和人们都已经改变，即便是庄稼和草木也都改变了品种和面貌。只这唱戏的一刻，好像突然回到了从前，给人一种特别的错觉。

就在他入神于这情景时，后面有人拍了拍他的肩膀，他转身一看心里一惊——拍他的人是刚回来没有几天的高求。

他板寸的头发显得很精神，只是眼神有些不安和躲闪。一只手插在了口袋里，脸上欲言又止的神情。弄不懂高求想干什么，又怕他生出是非，厍秋水连忙说:“明天晚上来喝杯酒，我们这一说多少年不见了，我这些年都在外面上学的。”这话基本上是硬生生冒出来的。高求也清楚自己尴尬的经历，他突然从衣服袋子里掏出一个红包，塞在厍秋水手里说:“我来出个人情，但酒就不喝了，你也知道我刚回来，别弄得大家都难受。”说完这些话，他就转身逃跑一样奔走了。

厍秋水的心里也很不是滋味。他心里明白无论如何这个“人情”他都是不可以推辞的。他并不是贪慕这个红包，是高求的情况太特殊了。他和高求是同龄人，两个人一起上过几天学。后来厍秋水出去读书，高求上到初二下学期，实在不愿意读书就出去鬼混了。那时候高玉宽正在“当权”，家里有的是钱。高求不仅衣食无忧，母亲张玉香还常给钱让他挥霍。那时乡里有一家歌舞厅，高求玩桌球、跳舞、喝酒甚至打架无所不为。他膀子上文了条小龙，人送外号“小龙哥”。那时候，这个混世魔王潇洒快活，而同龄的库秋水家里穷得揭不开锅，发病出走的母亲又不知所去，上学没有人照顾，学费都要靠人接济。尽管这样，库长天咬着牙让儿子读书。最困难的时候，家中有人当着库秋水的面要债，库长天都没有放弃。后来库秋水出去读书，高求还在“道上”混日子。十多年过去了，歌舞厅已经挂满了蜘蛛网，他便到市里面晃荡，晃到最后跌进牢房里去了。

十年河东，十年河西。恍惚的世间事就像这古旧的戏文一样，让人看不懂又搞不清。

晚上几桌至亲摆酒，喝完酒就拜寿。大呆子忙里忙外，喝过酒帮忙收拾好桌凳，就忙乎起寿堂来。他虽然是个粗鲁人，但做事勤快还不怕吃苦。库长天见堂屋里红烛摇曳，香火下堆着小山一样的寿桃，那鲜亮的着色真像艳红的仙果。库长天早就准备好了一百个红包，里面是给晚辈们磕头时的喜钱。库长天的妹妹特地给他做了一件对襟的旧装穿上。库长天感觉别扭，总说穿着就感觉是“地主老财”一般。他没想到自己能过上这么好的日子，坐下来准备接受大家祝福时，看看眼下一众子侄亲戚，竟然说了这样一席话:“秋水我儿呀，要是你死鬼妈妈在的话，眼睛都能笑瞎了。”

库秋水被姑母们按着头跪在地上，磕了好几个头。大姑母掉下眼泪说:“你要多磕一点头，一辈子也报不了你娘老子的恩情。”尔后一阵闹哄哄，有些晚辈闹着多磕头多抢一个红包，库长天只得被围着摆布，这正是所谓“闹寿”。

人群中有一个外人平时并不来往，属于不请自到。所谓“请抓周，自拜寿”，孩子抓周的生日宴一定要上门请，老人拜寿按照各人的感情自行去。况且来的都是客，进了门自然伸手不打笑脸。下午洪三宝晃进门来，库长天是一肚子不快活。大呆子看到库长天的脸色，低声劝说办酒是一笔“欢喜账”，人来了就是多双筷子的事情。洪三宝是个富户，早年开了一家大商店。此人吝啬得很，人们都说他“抠屁眼吮指头”，一点好处都不会让别人沾光。暖寿来吃酒，还想领红包。库长天也不是惜乎钱，心里就是不喜欢他，因为他是高玉宽的干儿子。他做高玉宽的干儿子并不是有什么感情，是他当年看重其“芝麻官”的权力。当年给他弄了一块宅基地建房子，也就是现在开店所在地，后来里里外外又起了三层房子足有两千个平方，都是违章建筑。他看“天上开飞机，地上开挖机”来钱快，又买了挖机做生意。舍不得请司机就自己上，镇上的超市留给老婆打理。这洪三宝据说有万贯家产，但到底还是吝啬，抽几块钱的烟，穿得也不像样子，总是一件调味品公司送的围裙，看不出一点有钱的样子。他来喝寿酒也就罢了，吃完饭还不走，站在人群里等着“闹寿”让人很不快。可他到底是跪下来，嘴里说:“库老先生是长辈，这个头他受得起。”说完就扑通跪下去。他说自己是晚辈，是因为库长天和高玉宽一辈，然而他自己也已经五十多岁了，这“扑通”一声着实令人不舒服。

库长天虽然过到了七十岁，但到底还是不变的倔强脾气。见洪三宝跪下他就站了起来，极不情愿地说:“不闹了，这红包孩子们拿去分了，不闹了……”库长天这么一说气氛就尴尬起来，大呆子推了推他说:“你今天是寿星，气量大一点!”说着从他手里夺过来一个红包，一手几乎提着洪三宝起来说:“你就不要跟着孩子们闹了，起来，起来!”说着就一把将洪三宝拎到门口，其他亲戚又簇拥上去继续磕头拜寿。库秋水晓得这事情本也不该如此，便跟着洪三宝出了门来。洪三宝喝了点酒，带着酒气笑得有点糊涂，但嘴上说的却似乎一点也不错:“我们来沾沾库镇长家的福气，这是好事——听说，听说镇上要拆迁?我打听一下看，能不能拆我的房子?”库秋水知道这厮来拜寿不是为了福气，更不是为了红包，而是为了和他套近乎。库秋水看了看大呆子——他立刻明白什么意思，赶紧推着洪三宝往前走。

库秋水客气地说:“今天喝酒了，回头再说，回头再说。”洪三宝被大呆子一股蛮劲拖着哪里能回得了头，那边寿拜完了便是放炮仗。亲戚们带来的烟火将祝福冲上云霄，这一晚的南角墩在弥漫的硝烟味里良久难以入眠。

人散后，大呆子忙着收拾，他的婆娘也一直在帮忙。大呆子算得清楚，反正人情钱是不出的，但两个人四只手忙三天，两张嘴各吃九顿饭，主家和客人“两不找”，都不是蚀本的买卖。库长天也喝了不少酒，忙了一天乏极了，抹了一把脸说:“你呆子哪里是呆，尖聪促狭得很。”库长天是真喜欢这个呆子，他直大炮热心肠的样子和自己年轻时一模一样。人全散去的时候，库秋水也打算回城，大呆子在一边和他咕哝了一句:“刚才，这洪三宝酒喝多了，又说了一句什么话——说县里面要开始拆土地庙了?”

库秋水装着不在意，糊弄了一句:“这些事不是我们管的，回头再说吧。”

这件事情确实在库秋水脑子里盘旋了很久。库长天的寿酒办结束之后，家里到处都弥漫着酒席之后烟酒油水的味道，酒香像侵入了衣服和皮肤一样挥之不去令人感到油腻，为此他十来天都没有回南角墩一下。库长天不知道，除了厌烦油腻，库秋水还有困扰很久的烦恼。县里面从春节后就发了文件，要清理整顿土地庙。文件发了有两个多月，县里各个乡镇都在“开会研究部署推进”，实际都在观望并没有任何实质性的举动。“五一”假期之后，县里的书记又一次追问起这件事的进展，并且据说在常委会上动了怒气——大家知道这事情没有办法再拖延了。

土地庙并非南角墩一处有。县里每个乡镇都有很多，多到什么程度？可以说用星罗棋布来形容一点不为过。过去土地庙都是每村一个，又称福德庙、伯公庙，因神格不高，且为底层信仰，多半造型简单。简陋者于树下或路旁，以两块石头为壁，一块为顶，即可成为土地庙。每月初一、十五、月末村民都自发去烧香祭拜，目的很简单，正如庙中神像边对联所言，“公公说风调雨顺，娘娘答五谷丰登”。过去一个村一座不大的小庙，只可容一二人转身，都是村民自发捐建。后来日子好起来便每组都有，甚至一个生产组有好几座。据说一位“土地神”管一百亩地，不知道这是哪里来的规制。土地庙多起来也豪华起来，神像神台极尽奢侈，庙宇也高大起来。特别是春节期间都张灯结彩，挂上一个月的彩灯，一时间蔚为壮观。

县里的书记是外地人，倒也知道农村里有土地庙，但不清楚攀比之风如此盛行。一次晚间回城，看见路边灯火通明，不禁赞叹夜间亮化做得好，哪知道本地的司机不经意说了一句:“这哪里是乡间的亮化，那是土地庙的灯火。”书记一听大为惊讶，问他这土地庙如何这么多？司机告诉他，何止是多，而且还奢侈，有些土地庙修了数十万元，豪华得很。这位书记很是感慨，虽说这是旧时候的遗风，纵使迷信与否且不谈，单是这耗资甚多和占用大量的土地，岂不是和祈求土地之神保佑的初衷背道而驰？

后来县里经过调研，区区一个县八十万人口竟然有小庙万座之多。这事情引起了“高度的重视”，于是便研究发文推动清理整顿。文件发下来之后一时引起了轰动，毕竟是拆庙倒神的大事。可文件到了乡镇就耽搁下来，因为乡干大多是土生土长的本地人，人们总是难以亲自对自己下手的——况且涉及所有群众，很容易引起对立情绪。库秋水是分管国土工作的，之前又有“拆坟”的经验，清理整顿事当然还是由他负责。大呆子从洪三宝嘴里得到风声之后自然就告诉了库长天，库长天接连打了几个电话给库秋水，话说得很简单:“此事不同拆坟，‘玩鬼’也就罢了，‘弄神’要不得。”

话是说得简单，可是不做也办不到。县里的书记假期后回来见到各地依旧按兵不动，就决心开现场会，现场就选在了库秋水所在的乡镇。镇里面接到了通知，开会部署搞试点，因为库秋水牵头国土工作，之前又在零散墓穴拆迁集中入公墓工作中有“经验”，于是似乎没有什么争议就将乡里的试点又放在了他的老家南角墩。大家在会上讨论这件严肃事情的时候，似乎又都有一种微妙的情绪：因为谁心里都清楚，这又是一件“蜡烛事”。俚语里说一件事情损人不利己，便说是“蜡烛事”，这人便是“蜡烛”。让别人做“蜡烛事”就是“拿蜡烛往别人屁眼里塞”，看来库秋水这个“蜡烛”又做定了。

洪三宝怎么知道这件事情的？因为拆除土地庙被认为是亵渎神灵的，自古都说“请神容易送神难”，没有本乡人愿意做这种事情。所以各处就要到外地找挖机施工，外乡镇的人找到了洪三宝的挖机，他便晓得了这件事情。这个吝啬鬼虽然嗜钱如命，但这种事情他也不敢去做。

现在镇里面定下来现场在南角墩搞，这真是一件头疼的事情。镇上党政联席会才开完，消息不胫而走，库秋水的电话就被打爆了。就连“伤筋动骨一百天”在家休养的高玉宽也打来电话关心这件事情，他在电话里毫不客气地说：“你小子不能做这事，我就是拼了老命也要保住庙子。”库秋水心里也并没有觉得高玉宽这次有什么故意刁难的意思。在库长天看来这也是做不得的，他为此还专门跑到库秋水的办公室里坐着。他知道库秋水这段时间是故意躲着自己，但是“躲得了和尚躲不了庙”，于是便坐在办公室里和儿子周旋，他也不吵不闹，就黑着脸和他说句死话：“这事情做不得。”

库秋水和老父亲各自抽烟。这些时日库秋水的烟量有些大，这是借着烟解闷。库长天像个老上访户一样坐着，内心其实憋着一股气，用他自己的话说：“拿掉二十岁，早就一巴掌打下来了。”现在人老了，气愤是有的，但怒火到底小了。库长天坐了一会，又留下一句话就走了：“你们真是活闹寿。”

这实际上比骂一气打一顿还令他难受。如果这事情不是库秋水管，库长天也可能根本就不会来，他现在的心态是“有命吃饭，无命滚蛋”。但是遇上库秋水管这件事情，库长天不能坐视不理。因为库秋水是自己的儿子，而不是他做什么干部。

库长天走后，库秋水就打电话给大呆子。电话那头支支吾吾的——大呆子当然不呆，他知道库秋水这个时候找自己，当然是为了土地庙的事情。他也知道这是“蜡烛事”，所以在电话里装傻说自己有事，也不懂公家的事情。库秋水有些着急，信口就说：“你要是来，年底让村里给你补助两个。”这话一说立马起效，大呆子精明得很，“临死”还拖了个垫背的，他把三叶子一起喊上，说是镇长喊他们一起去吃好烟。反正五六月份梅雨天农闲，两个人说来就到了。

烟，厍秋水是准备好的，就像话也是准备好的。其实不用多说：一个是做厍长天的工作，第二个是做村民们的工作。厍秋水大道理讲了一圈，大呆子听得不耐烦了就反问一句：“难道就不能不拆吗?”这一问将厍秋水说的一番话几乎变成了废话。到底三叶子转得过来，说:“这是有法可依的事情，又是他的工作，不拆，怎么可能的事情？换个李秋水来还是一样的。”

他们沉默了一会，大呆子扔掉烟屁股，三叶子朝他望了望——大呆子感觉不对，弯下腰捡起来放进了烟灰缸里。大呆子叹了口气说:“你老子的脾气你也知道，我回去尽量做他的工作，他的脾气恐怕十头牛也拉不回来。”三叶子想了想说:“拉不回来也要拉，我倒是有个想法，这事情必然要闹起来，但闹起来必不是你老子，肯定还有其他的‘号头鸭子’，所以要想办法把这种人思想工作做好。”“号头鸭子”是鸭群里带头的，它们往哪走鸭群就往哪里奔，就像是“领头雁”一样的。这一点对于厍秋水这个世代养鸭子的后代来说再清楚不过。南角墩的“号头鸭子”大家也知道，高玉宽目前是有心无力躺在门口晒太阳，另外一只便是他的干儿子洪三宝。洪三宝的事情怎么破？这在三叶子看来也简单，他就是“沈万山打死人——钱要命”，只要给他好处，他这把割手的“快刀”掉头就成为有用的“利剑”。不过他们都不愿意和洪三宝打交道。况且大呆子和三叶子也是村民，他们不想让别人知道是自己出的主意，被人知道了要骂祖宗十八代的——所以他们只能暗中内应。三叶子觉得既然是公事就应该让村里出面，让村支书去找洪三宝谈挖机的事情，请他调挖机来施工破除，这样洪三宝就有了动力。倘若洪三宝不愿意做这事情，可以找个外地的“侉子”出面承包这工程，毕竟几十座土地庙还是有些工作量的。“侉子”是南角墩人对外地人的统称，而南角墩人口中的“侉子”还特指一个山东人，姓甚名谁很多人不知道，大人小孩都叫他“侉子”，他也并不生气。他算是一个外来“投资”的老板，在村头的空地上租了几间房子开“轧板厂”，在周边村落里收些树木来做成一些模具木箱。生意一年到头不停，收入看起来还不错。他为人豪爽烟酒从不吝啬，每年落不到几个钱，但生计看起来还是无忧。库长天常去他那喝酒，说他的活法叫：吃光玩光，身体健康。

如果洪三宝不同意自己出面接这个单，那么就由“侉子”来做。他是外地人也不忌讳，毕竟这脚下不是他的土地。三叶子说得有道理，洪三宝过去认高玉宽作干爹，本来是想名利双收的。宅基地是弄到了，但“从政”的梦想没有实现。做了几天小队长，想入党甚至做支书的梦想都破灭了，但他“搅屎棍”的野心一直没有死。南角墩的大庙就是他在做生产队长时重新扩建的，这也是他得意的“政绩工程”。他所在的组是第一组，和第十组在一起构成了南角墩的南大门，一、十组与二、五组一衣带水。水是一处叫作“大盘汊”的地方，比一般的河流要大一些，且形状也不规则，可要说是湖也小得多，就叫作汊。几个生产组接壤的地方河边有一块高处的空地，空地上有一座土地庙。这庙据说有一百年之久，反正很多老人说小时候就见到了。说是庙，其实本也就是砖头垒起来的一间小屋，一人高能容二人转身，供的土地是手绘的神像。后来修过，但很多年到底老旧了。

库秋水心里也明白，这件事情想要有眉目，从洪三宝下手最为便利。洪三宝虽然是人所周知的“坏蛋”，但他的“阴谋诡计”不是犯罪，所以并没有什么约束他的办法。况且这坏鬼精明得很，善于挑起群众的反对意见，用一些似是而非的话来蛊惑人。特别是一些冠冕堂皇的话，看起来完全是对的，但事实上是借题发挥。库秋水知道必须要过这一关，不能授人以柄，让公义与民愿对立起来。实际上，洪三宝这类人所谓的民愿并非大多数，而是他们私利的借口，蛊惑的是一些并不了解真相的人们。库秋水是本乡人，本来应该可以借情面好做工作，但现实恰恰因为是本地人，情感和理性有时候很难兼顾。三叶子他们说的办法是好，但从基层治理的角度来讲也是有问题的：这种“以邪治邪”的方法看起来实用，但本质上讲并非科学的方法，特别对于社会心理来讲某种程度上有很大的危害。最终事情看似圆满解决了，但是结果的胜利里有时候只是事情的胜利，“心理的危害”这种社会成本往往并没有计算到工作成本中去。比如说这件事情“依此计”解决了，那么老百姓心里会怎么想？他们心里比谁都明白，如果是洪三宝或者侉子出面解决这个问题，最终胜利的并不是律法和组织，而是歪风邪气的胜利——以后人们以及他们的子孙会对这种“理论”深信不疑甚至如法炮制，这种危害比之于工作上的任何成绩而言都是巨大的。

现在这是摆在库秋水面前最大的问题。他知道要清除的不仅仅是一处处微型的庙舍，更是群众心里根深蒂固的念想。库秋水知道，只要让南角墩人想明白了，即便坚硬的钢筋混凝土也能轰然倒地。他打电话给大呆子和三叶子，让他们准备点酒菜，晚上去大呆子家里吃饭，一定要叫上父亲库长天。这顿饭一定不能在自己家吃，他知道此时的父亲也面临着巨大的压力，既有邻居们各种猜疑，还有他对“大盘汉”这座大庙的特殊感情。

大呆子约库长天去家里喝酒，嘴里却满是对库秋水的抱怨。库长天坐了下来，听他们叽叽咕咕议论——这自是大呆子他们“预谋”好的，试探老爷子的情绪而已。库长天大概也看得出他们这点“欲进先退”的鬼心思。他叹了口气说:“我也细细想过了，这件事怪不得秋水，他不做这个工作还是有其他人来做，这也不是他的本意，他也为难。”就这时库秋水的电话“很巧”打过来，说他回家了找不到人。库长天接了电话没有好气地说了一句:“南角墩哪里还是你的家？我在大呆子家喝酒。”

库秋水停下车子，拎了两瓶酒一路小跑过去。进门就被招呼吃饭，库秋水自如地坐下来。平素回村子里，除了自家吃饭，他是不会端别人家碗的。今天库秋水坐下来吃饭喝酒，库长天也明白儿子的用心。大家正打算举杯时，院子里走进来一个人——竟然是高求。他从昏暗的夜色走进灯光里，脸上满是不自在。自从他回来之后总是这副表情，这几年他真的对生活起了悔意和不安。

高求进门大家有些尴尬，他也清楚自己是不速之客，并没有坐下来的意思，开门见山地说:“你们喝酒我不耽误事，听说村里要拆土地庙，库镇长——有外地朋友联系我做这生意。我回来之后也没有工作，想和他们挖机队找点事做，能不能考虑一下?”

这话说得突乎其然，库秋水也不好答应他，毕竟用工是各村的事情。三叶子看出来库秋水为难，便反问高求:“你老子能同意你做这事？他不要和你拼了老命?”

高求脸涨得通红，但看得出是下了决心地说:“他管不了我的事情，我这是做正事，再说他也站不起来和我讲话。”

库长天招招手说：“大侄子，坐下来喝杯酒，凡事不要想得简单。”高求坚决不肯坐下，可他站着大家也动不了筷子，大呆子几乎是将他按着坐了下来。库秋水心里也希望他不要走，面前这个从小一起长大的伙伴如今已经颓废到令人心疼，如他消瘦得变形的脸一样——尽管一切都是过往咎由自取。高求执意推脱要走，只央求库秋水告知手机号码。三叶子插话说不喝酒就没有号码，喝完酒我告诉你号码。高求有些无奈地坐下来，库秋水拿过他手机就给输了号码，拍拍他说：“咱们从小一起玩的，不装模作样，号码就是让人打的，没有什么神秘。”

几个人用碗倒酒。碗是库长天做寿的小碗，大呆子忙了几天唯一的要求就是多要几副寿桃搭寿碗。用碗倒白酒无形中就增加了喝酒的豪壮感。因为高求的入座，大家说话都拘谨一点，尽管座上并没有一个陌生人。高求知道这种尴尬只有他自己来打破，他端起碗敬大家说：“我是真心想干这件事，不仅是想苦钱，而是想做人。我知道这是‘蜡烛事’，但这不是坏事。”高求说得很诚恳，但大家都知道他已经不是一个普通村民，尽管眼前这个孩子是长辈们看着长大的。最不好说什么的当然是库秋水，可他也不知道因为喝了酒还是怎么的说了一句：“好，你有这个决心支持我们，我们也支持你。”一晚上喝两瓶酒，对于这一帮人来说并不算什么。本来喝这顿酒是要解决库长天的“思想问题”，却不料冒出个高求来，他们心里也没有底这件事的好坏。酒桌上形成了一些似是而非的想法，似乎只有一件事情是确定的：从明天开始张贴《告全体村民的一封信》。这封信其实早就应该贴，但很多村领回去只是专门放在了一个稳妥地方，半张纸都没有少但也没有流出去。听说有些地方是贴出去的，都是当场就被撕掉了，负责贴的人被围观群众一阵推搡打骂。

高求和这几位说得容易，但回家面对高玉宽那必然是暴风骤雨。虽然他长这么大吃他的用他的从来没有怕过他，但这件事情高求心里也明白非比寻常。他必须要和自己的老子斗争，就像库秋水要和自己的老子斗争是一样的道理。高求不像库秋水那样变着法子想做老子的工作，他回家看见躺在椅子上的高玉宽，就像是见到一个邻居一样随口丢下几句话："告诉你一件事情，这次要整顿村里的土地庙，我有朋友想接这个业务，我和他们一起干。"

高玉宽本来是半躺着抽烟的，一听这话惊得一晃，烟头脱落在胸前的衣服上，可怜腿脚不便动弹，伸手胡乱地一把撸开，弄得火星四溅。高求本想上去帮个忙，但伸出去的手又缩回来，因为那零散的火星马上就熄灭了。但高玉宽满脸的惊愕以及愤怒没有熄灭，他忍着剧痛用尽气力歇斯底里地喊了一声："你这是要我老命吗?"高求对他的叫喊无动于衷，空气就像是他脸上的冷漠一样凝固住了。这时院子里有人进来，是那平时"三拳打不出个闷屁"的二歪子。在厢房里洗刷的高玉宽老婆张玉香也闻声跑出来，见到二歪子站在院子里招呼他进门，还客套地问了一句："吃过饭了没有?"二歪子愣了一下，吐出一句："现在还不吃饭不是要饿死了?"这话有明显的不快活。时间也才是七点半，高玉宽躺着看完新闻联播等着天气预报的这几分钟——本来一天的时间就这么平淡如常地过去了，却被儿子扔出的这个"炸弹"给炸翻了。高玉宽和很多村里人一样，并没有什么精确的时间观念。除了农忙之外，他们黄昏了就回家，天黑了就吃饭，吃完饭就洗脸洗脚看新闻联播，看完新闻联播看一下全国各地的天气预报，就像是去了各地旅游一样心满意足地熄灯睡觉。

但今天晚上看来高玉宽是很难心满意足了。二歪子进门一句话就显得来者不善，刚才发作的高玉宽又将怒火憋了回去，毕竟“家丑不可外扬”，他这位做了多年干部的老人还是有些城府的。二歪子话不多，但说出来的话也不必你多想，这种爱惜话语的人是不会客套和转弯的。今天他的话看来是想好的，颇有些噱头但没有什么“弯弯绕”，进了堂屋门就给这父子二人扔出来一句：“听说高支书现在幕后指挥，公子哥要征战前线，今天喝了公家的壮行酒，准备在这南角墩大战一场了是不是?”

高玉宽听他阴阳怪气的这番话，本来抑制住的怒火又着起来，没有好气地说了一句:“不要点阴火，煽阴风，有屁就放出来!”二歪子被这么一骂反而温和了一些说:“我也不和你们多说什么，听说你们要拆大盘汊的土地庙，我今天一句话撂这里，只要动半块瓦片，我就和你高家并起来过日子!”“并起来过日子”是句俚语，看起来平淡其实是句逼人的话，和人家并起来过，就是要到你家来赖着不走的意思。

高玉宽坐在躺椅上，撑着扶手紧紧地抓着，只恨站不起来，嘴里怒火都喷了出来:“这日子是反了天了，我腿断了拿你们没有办法了? 跑到我家来耍横，我告诉你，你要是敢和我玩横的，我坐着也把你腿打断了!”张玉香见多了这种情势也不害怕，她把手里的抹布掼在了桌上，厉声叫道:“你二歪子一辈子病歪歪的，受了高玉宽多少照顾心里都没有数? 跑到我家来满嘴喷粪，回去撒泡尿把自己脸照照。”

张玉香不是一般的泼妇，她自认是个干部家属，她的大嗓门是蛮横的自信。二歪子自然也不示弱，嘴里仍然叽叽咕咕。高求有些不耐烦，他本要和高玉宽发作的情绪正好落在眼前这个有些病歪歪的人身上，大声吼道："你给我从哪里来滚到哪里去，你不说则还罢了，你这一说这事情我干定了！我干错了有国法家规，轮不到你来指手画脚，再不出去我先打断你的腿。"

二歪子见形势知道不妙，自知好汉不吃眼前亏——他心里当然也有自己的想法，这个犟种像只老甲鱼，轻易不下口咬人，咬人又不会轻易松口。他走出院子的时候狠狠地踢了一脚院门，随着门"轰隆"一声，留下几个字：狗日的畜生。

二歪子是个种死田的老百姓，按说这事情和他没有多大关系。说有关系也不是他一个人的事情，他既不是村干又不想做这笔生意，为什么听说他们喝酒商量此事就要闹到高家门上来呢？他们前脚才放下酒碗，后脚二歪子就追到高家来了，这事情高求就觉得蹊跷。其实正所谓"大路上说话，草窠里有人"，大呆子一众才坐下来还没有动筷子，就被"做道士"回来的四喜子看见了。大呆子的婆娘在天井里看见四喜子还打了招呼，四喜子是做完法事吃饱了喝足了回来的，但眼睛一瞟看见了厍长天父子坐在席上，心里就明白是什么事情。他并不是气没有喊他吃喝，而是这事没有告诉他这位最"懂行"的人。他就留下一句"吃一年才长一岁"，表达了一种深深的不满就走了。"吃一年才长一岁"不是一句好话，下面还有一句那就是：屁眼也没有钉桩。这是骂人整天吃喝并没有什么了不起，吃了还是拉出来变成屎，也不是永远在肚子里。吃一年也不过是长一岁，这话是有妒忌和怨恨意味的。四喜子认为自己是一名道士，其实他也就是拉个二胡跟在别的师父后面做法事挣钱，至于经文周正与否大家一概不知。但自从他做了这营生之后，就颇有些神秘和自得。好像自己懂得了生死大事，大凡有红白喜事总要掺和一下，彻底地把自己当成了一名重要的“宗教人士”。南角墩人对他的了解可谓透彻，但又因为大家都不识几个字，又想着他是讨口饭吃，真假也并不揭穿，大家“抬着混”而已。可四喜子看起来油嘴滑舌不得正形，但久而久之内心还是慢慢地生成了一种“自重”的情绪。

所以，商量土地庙的事情不请他来坐上席，听他子丑寅卯说上一番，在他看来这是不尊重他的“专业”，这是一件令人气愤的事情。但是库长天坐在上席也不好惹，库秋水是镇上的干部又不是等闲之辈，其余各位如高求原也是个混子，他想想一个也惹不起，于是就不“明说”便玩起了“阴招”。他没有直接回家，转了一圈貌似“顺便”去了二歪子家，只不经意丢了一句：他们几个在偷偷商量要拆大盘汊的土地庙呢。

这话说得真有用，一向沉默的二歪子就像平素安静的炮仗，可火星一点立刻就炸起来崩上了天去。他重新穿上已经脱下准备洗脚的袜子，直奔大呆子家去。他那两条兔子一样的腿奔到大呆子家晚饭已经散去。大呆子喝了酒躺在床上他不敢招惹，他的婆娘正在洗碗，便问她其他人去了哪里？大呆子婆娘知道来者不善，都毫不在意地说了一句:“人去了哪里？各回各家，各找各妈呗，笑话。”二歪子知道这婆娘是故意，便又问:“听说他们商量要拆土地庙?”

大呆子婆娘放下手里的碗说:“不关我家事情，我们就请他们吃个饭。嘴长在别人身上我们也不能去堵着，要问你找高玉宽家儿子去，他有这个本事呢。”这话听起来漫不经心，但确实非常精明，把事情推得是一干二净，也明显听得出她心里想把这事推到谁身上。二歪子心里琢磨，他知道库长天的脾气，况且库秋水毕竟是晚辈，只有找高玉宽这个断了腿的“下台干部”最合适。高求刚刚回来，以前的名声大家也知道——所以他走出大呆子家后脑子里盘旋一下，就又决定奔高家而去。

二歪子这么个平时话都不说的人为什么这么坚决试图要阻挠这件事呢？这当然不是四喜子三寸不烂之舌的本事。四喜子这个人确实促狭，他了解二歪子的心病，这座庙对于他来说无异于自己的命。二歪子生下来身体就单薄，从小一副病歪歪的样子。后来好不容易成年娶亲却一直没有一儿半女，一场大病又差点一命呜呼。实在绝望的时候，他就去找巫婆神汉，“大仙”告诉他要做好事，出点钱把村里的土地庙修修。那时候正是洪三宝在生产队“主政”。二歪子一咬牙卖了房前屋后三十棵大杨树，这数字正好是他的年龄数，得了四千块钱，一分都没有留下，捐给生产队修庙舍。

说起来也有意思，这病恹恹的二歪子活了三十岁，天南海北访医问药没有看好病，却在捐了款修了庙之后病就好了，而且过了几年老婆怀孕还生了个大胖丫头。二歪子全家老少请了高香炮仗、猪头三牲到庙中还愿祭拜，几十万响的炮仗把南角墩人炸得耳膜屏气。大家也都由衷地为他感到高兴，也更加相信这座大庙的神性。

尽管高家并不吃这一套，可高玉宽确实被高求闹得暴跳如雷，只可惜他暂时跳不起来。不过高求似乎并不在意高玉宽的看法，他讲这件事情并不是商量而是告知。高玉宽的婆娘张玉香在二歪子走后就号啕大哭起来说：“这家看来迟早要‘冲掉’，现在就连二歪子这样的人都能到门上来叫骂，你这孽子关起来几年倒也省心，回来就又闹得满城风雨，你这是要逼死我们。”

张玉香以为这一哭闹能让高求回心转意，哪知道他留下一句话就摔门而去：“既然怕我逼死你们，那以后就不要认我好了。”张玉香连忙想拉住儿子，可高求看来去意已决，一路狂奔走了。这一下高玉宽夫妇慌了神，本来在他回来之前就商量好的：以前就是总由他出去鬼混才闹出事情来，这次回来一定要好好地看住他，坚决不让他出门。他们打算就是用绳子绑也要扣住他，然后给他找个婆娘结婚生子，有了家庭就有人守他了。高求自从出狱回来之后还算安分，也不再往外跑，整天不用人看管躲在家里。张玉香有时还不大敢相信自己儿子改造成这个样子了，过一会就借着端茶倒水去看看儿子，这些天过去总算放心了。哪知今天这一闹，高求又要夜不归宿，张玉香有些后悔自己话说得太重。高玉宽看着自己那条伤腿，直拍椅子把手叫道：“你这婆娘口无遮拦，由他闹去就是，现在走了，你到哪里找他？”

高求不接电话，夜色越发浓重。张玉香哭了一个小时，高玉宽烟已经抽得嘴发苦，只是麻木地吞吐烟雾，最后对张玉香说：“你和他说，只要他回来，随便他干什么，他就是拆了这几间屋子我也不管了。”可是高求始终不接电话，夫妇俩也没有办法。这时候外面有人敲门，张玉香心里一惊，高兴地冲出去喊道：“我大儿子回来了，我大儿子回来了。”

门外哪里是他的大儿子，是那睡不着觉的大呆子。张玉香看见大呆子，赶紧用袖子抹去眼泪，满脸不高兴地问：“这么晚了，你来干什么？”大呆子抓抓头发说：“我来干什么？我不来你们什么也干不了。”原来高求摔门而去，去的正是大呆子家。他去大呆子家做什么？他是后悔自己顶撞了娘老子，但那时候又不甘退步道歉，就去大呆子家说明情况，让他过一个小时去自己家看看。如果还闹得厉害就告他们自己去同学家住了，如果不闹了就劝他们把整顿土地庙的事情往开了想：一来他是“老干部”应该有这点觉悟，二来这是政府的决定有法可依，三是人在世上总要做点好事，想来这三条没有哪一条不是周正的理由。

高玉宽开始假装不理睬大呆子，听到这句话心里很不舒服，又骂起人来:“放他娘的臭狗屁，老子一辈子就没有做过坏事，如果有那就是生了这么个畜生。你告诉他，我今后不管他了，他就是挖祖坟也是断他自己的后路，我也不怕人笑话了。”

大呆子听他这语气心里很不舒服，要不是他儿子去央求自己，或者说他要不是看在库秋水央求他们成全此事的分上，这高家的门他真是不想进来半步。所以看到他们俩没有事，要带的话也送到了，转身丢下一句话:“哪个做过坏事，自己心里清楚。”大呆子出门本想帮他把门带好，奈何关了两次都关不上，又骂了一句：牢门。这两个字真是痛快，比一杯二两五的白酒一口下肚还要舒畅。

晚上库秋水也没有安生，他要筹备现场会的事情。现在问题也还是比较复杂，如果让洪三宝接手此事，看起来是比较简省，但对于老百姓心理的影响是极不好的，说得难听一点就是“胆大的吓死胆小的”。这不仅是政府的面子问题，更是群众社会心理的问题。多少年后会有人骂，当年就是“以邪治邪”办成了这件事。百姓这么骂也还是小事，以后群众也会按照这种套路去做事，这是贻害无穷的。但如果是从群众宣传入手，阻力一定也是很大的，因为根深蒂固的观念是最难改变的。当然思想工作还是要做的，今天高求自告奋勇也是一个很好的契机。如果如高求所言愿意通过这件事情洗心革面的话，确是一个非常有用的“人物”。他家庭背景是一个基础，他自己的经历那是一本“教材”。但现在摆在库秋水面前最难的问题是，这样一种身份的人去出面协调这件大事，总是隐隐地觉得有点不妥，而他也在揣摩高求的真正动机。

事情已然迫在眉睫。他知道南角墩的事情要想破冰，大盘汉的老庙是关键。关键的人物是洪三宝，而不再是高玉宽，如果他们真的大胆让高求出面的话。他与领导建议现场的事情照样部署，但在现场会之前一定要把大盘汉的土地庙“拿下”。如果贸然将大盘汉作为试点开现场会的话，一切情况都难以预料，这件事情的风险就更大了。所以，他建议在现场会之前必须拆掉大盘汉上那座老庙。领导被库秋水的分析说服了，可是库秋水知道，怎么把南角墩的父老乡亲们说服了才是最大的关键。

领导同意用高求这一着棋。过去犯过错不等于永远是坏人，现在回头当然可以重新做人。库秋水知道领导认为合适，多少也有看高求自身情况的因素。他的人生经历确实是一本“教科书”，对村民有一定的警示甚至震慑作用。当然高求也不再会拿着棍子去找人谈话，其实他晚上在镇上转了一圈无处可走——他现在这种身份哪里还好意思去同学家，别人愿意他自己也不自在，所以就打算在镇上找个小旅馆对付一夜。正准备入住的时候遇见镇上巡逻的民警。现在他还是管控对象，民警看见他准备住旅馆，觉得有点不对，就上来盘问:“怎么家在当地还要住旅馆?”这种盘问的语气让他觉得有些不安，加上之前吵闹积累的情绪，高求一时间有些窝火——竟然自己住个旅馆都不招人待见，脱口就说:“这是我的自由，我住个旅馆也不行么?”这话一说，气氛有点紧张，高求自己说完了也很后悔。警察倒并不是对他有偏见，只是觉得他的举动怪异，让他打电话给父母证明一下。高求死活不肯打，他想起来晚上吃饭的时候存了库秋水的号码，也没有多想就拿起电话打过去。他心里是这么想的：我找个领导给证明一下，也让你们知道知道我的“本事”。

库秋水看到高求的电话有些意外，接了之后一会工夫便从办公室走到了小旅馆门口，民警连忙说“领导辛苦了”便散去。库秋水拉着高求去吃点东西，折腾一晚上倒真饿了。他在南角墩吃过晚饭，是三叶子骑车送他回镇上的，现在回不了城。看看时间还早，库秋水搭着他的肩膀说去吃点烧烤喝点啤酒。高求心里有些不安，虽然库秋水是自己的同村，但毕竟现在是什么角色自己心里是清楚的。他们喝酒的时候继续说之前商量的事情，已经不胜酒力的高求最后将啤酒杯子重重地砸在桌子上说:“你放心，这事情我是真想做。我娘老子拦不了我，谁也拦不了，我也不会闹事，三天后挖机进场。”

这一晚上的酒，让库秋水越喝越清醒。

三天后要动工，村里商量好不用库秋水出面，五天后就是现场会时间，能不能拿下这是关键的三天。

第三天早上五点，大呆子打电话把库秋水叫醒——库长天头一天喝醉了酒，早上起床时摔了一跤。库秋水赶紧驱车回去接老父亲。库长天脸色发白，库秋水赶紧扶上车直奔医院。医生埋怨库秋水无知，这种情况不能自己开车接送，所幸问题不大住下来挂水观察。事情忙到了十点多，库秋水的电话不停地响起来。先是大呆子打来说二歪子现场阻工，一砖头砸在挖机的玻璃上。玻璃砸得粉碎，现场闹得不可开交；然后是洪三宝打来的，他在电话里威胁说，不要假装老子有病躲起来，打死了人你库秋水不要说做干部，牢房都有得坐；后来镇上又打电话来让他赶紧把现场撤掉，安慰群众情绪，不要把事态搞大。

库秋水一肚子的委屈与焦躁。高求打电话来却说："不管你来不来现场，这个挖机肯定是不能退场的。一定要木桩一样钉在这，现在是开弓没有回头箭，你一旦退场就不要想再进来。十几吨的挖机扎着，谁也搬不走，一定要一举拿下。"

库秋水赶到村子里的时候，人群已经散去大半，二歪子还拿着砖头站在前面。洪三宝看见库秋水来，从一边沿着小路溜了，因为库秋水边上跟着几个一起来的民警。他们都知道这全是洪三宝的主意，现在不是要拆土地庙，是要捉住洪三宝这条地头蛇。库秋水让人群都散去，他也并不理会二歪子，只让大家都散去，留二歪子一个和一部机器对峙。其他人全部撤回村部去商量事情，一些村民也都跟着涌去。二歪子生怕这是调虎离山之计，就像手里顽固的砖头一样立在太阳下挖机的阴影里。

到了村部大家又闹腾起来，一群人七嘴八舌。有些人说库长天是个坏人，一大早装病躲起来了。有人说，干部就是为了自己的乌纱帽，为了前途什么事情都做——这当然特指库秋水。有人说，有些人是见钱眼开，真是老子英雄儿好汉，到底是什么坏事都敢做——高求听说这话并不理会，他今天脸上的坚定是前所未有的。大呆子喊了一声："大家不要吵了，你们是上了别人的当，使坏的人没有来，你们来吵，你们可知道是为了什么吵？"

村民们听他说上当了很不服气，坚持讲这是他们自己的主张。三叶子不冷不热地问了一句："你们没有上当，请问现在闹到村里来，洪三宝去了哪里？"大家被这一问愣住了，继而有人又说："洪三宝已经不是我们村里的人了，他是镇上的人，他那几间房子早就没有了。这庙子就是他做生产队长的时候修的，他对庙子有感情！”

库秋水知道现在不需要再和村民争论什么，多说就是更多的纠缠浪费精力。这个时候要集中精力去做洪三宝的工作，他才是幕后的操纵者，眼前这一帮父老只不过受他怂恿而已。人散后，就留下村干和三叶子。大呆子连哄带骗把大家劝走了，他生怕人群再回来，一直把大家送到庄台前，就像库长天年轻时候赶着一群吵闹的鸭子。

三叶子看着高求说：“事情闹到这个地步，你也难以抽身了，要是想拿下洪三宝，你自己应该知道谁出马有用。”高求心里自然比谁都清楚，高玉宽是洪三宝什么人。可是高求不会去求他，他认为自己老子也不会和洪三宝开这个口。库秋水知道现在要死马当着活马医，必须硬着头皮去找高玉宽。虽然他们之间有些不愉快，但高玉宽对于库秋水一直还保持着克制，毕竟他认为自己曾经也是个不小的干部。眼前的这个小年轻毕竟是自己的晚辈，不会太过为老不尊。

看库秋水还在迟疑，三叶子推了推他说：“哎哟，大干部，不要腼腆了，世上无难事，只要不怕难为情——低个头，张个嘴，最多被他拒绝了，就是骂两句也不会少块肉的。”

于是几个人又去高玉宽家。已经到了午饭时间，高家的饭菜已经上桌，高玉宽眯着眼睛坐在一边。很明显，他是听到有人进来才故意装成这样子的。三叶子在前面走，看见高玉宽眯着眼睛，他转身往桌子那边走，边走边说：“吃饭了，吃饭了。”高玉宽张开嘴慢条斯理地说：“我家的饭可不是你想吃就吃的。”

三叶子转身说：“你家的饭也不是要我吃就吃的，您老也不要装了。你是稳坐军中帐，知道有人来。这个事情秋水负责的，现在你儿子也参加了，事情明摆着的——洪三宝在作怪。你给打个电话说说，以你的威望那是一句话的事。”

高玉宽轻轻地拍拍自己的伤腿，看来是恢复得挺满意的。他看了看高求，又看了看厍秋水说：“你们这些老太爷们说的真是好玩——洪三宝是我干儿子，又不是亲儿子，干儿子是‘干亲，干亲，吊篮子拎拎，三年不拎，狗屁的干亲’，这世上的事情我是看透了，就连自己的儿子都说不动，我还能说什么？”

厍秋水听这话音，连忙接过去说：“高求这是做好事，既是帮政府，也是帮我，更是帮他自己。”

高玉宽冷笑一声说：“冠冕堂皇的话少说。我是心伤透了，你们要是没有别的事，那就请身吧。”“请身”是句骂人的话，这是要下逐客令了。高求看老子这般油米不进按捺不住心中的怒火，叫了起来：“你就不能做点好事，也为我铺点路？我以前走错了路，现在好不容易想走正路你却非要逼我。”

高玉宽面无表情地说：“我和你大路朝天各走半边，自古就是‘谁害病，谁吃药’。洪三宝害病他吃药，我不用给他搭脉，自然有医生给他开方子。我日后害病也是自己打药吃，也不必你这个做儿子的来数落我。要谈做坏事，你还不如洪三宝，要谈做好事还要看日后。”

三叶子一听这话，朝厍秋水使了个眼色——意思可以走了。厍秋水心里很迷糊，既然是来了，什么结果也没有，就听他们这不咸不淡的对话，这事情能有眉目么？看厍秋水还不动身，三叶子推着他就往外走。村干也跟着出来，就留高求在堂屋和他父母对峙。

也是，这本来就是他的家，正是吃饭的时候他也不必走。

库秋水被三叶子拖了出来心里还直犯嘀咕。他觉得正是和高玉宽交锋的时候应该乘胜追击，这一走事情更是水中捞月了。可三叶子并不这么看，他和高玉宽打了一辈子交道，到底他人生阅历也丰富，看得出这高玉宽这是在“拿乔”，也就是装出为难的样子，或找借口刁难别人以抬高自己身价。到了这个时候，库秋水该说的话都说了，于情于理都是占的上风。于情他作为晚辈上门来请教，于理作为副镇长上门来做了工作。事情做到这个份上，他继续装模作样，你库秋水也就不必再低声下气了。那句话怎么说来的——叫作“欲擒故纵”。你不要怕没有退路，只要高求是坚定的，高玉宽这座小山头只能是土丘。这个时候你就要见好就收，不要让他占了上风，你要让他知道你来找他并不是求他。来找他是工作不是道歉，他做了这么些年芝麻官这些套路都懂的。你就和他“走着瞧”，更害怕的是高玉宽，因为高求是他的软肋。所以三叶子让库秋水走，并不是一走了之，而是给高玉宽压力，让他们也煎熬煎熬，凡事不要怕——火到猪头烂，功到自然成——这句话是三叶子的口头禅。他这些分析头头是道，库秋水觉得真是刮目相看。土地上的人可不都是穷困朴素，他们的脑子大着呢。

其实库秋水哪里有心思困在村里，自己老子库长天还躺在医院挂水。听三叶子这么一分析，他将情况向书记一汇报，领导夸他在基层积累了一些经验，也赞成他们的观点，一个字：守。要得慢慢守。当然不是无限期的等，是在期限内等对方崩盘。现在库秋水要佯装什么事情也没有发生，气定神闲地去医院里陪老父亲。库长天也是人老了闹心，偏偏就在这个日子跌倒。他挂了大半天的水，听医生说没有大碍，就吵着要回乡下。因为城里抽烟和吐痰都不方便，就是说话也要压着嗓子，这是比生病还难受的事情。库秋水想让他再住一天，其实他想顺其自然让库长天回避了这件事情。剑拔弩张的日子就在眼下，父亲的脾气他是知道的，他要在南角墩的话一定又是火上浇油。

但父亲坚持要走，说自己的身体自己清楚。库秋水只有依了他的意思，但说好了先回城里家中吃个饭再走。库长天说吃饭可以，你去给我买一扎子圆瓶的“粮食白”带着，那酒便宜还好喝，那个老“亿斤粮库”有得卖。“粮食白”是一种当地产的白酒，名字和包装都简单，十瓶一扎子用塑料绳捆起来。这酒便宜辛辣，所以人们常说：任教气得哭，不喝粮食白。这酒市面上很多年不见了，最近又突然出现，不知道库长天又是怎么知道的。

晚上库秋水做了几个菜，一脸波澜不惊。

库长天看儿子忙完坐下说：“给我拿一罐子啤酒。”

库秋水说：“酒以后要少喝了，也不是舍不得钱……”

库长天说：“你不要担心，我不会去闹事，我想通了。一切也是天意，我早上这一跤不是白摔的。本来有人撺掇我一起去，我要在家还是要去的，不然说不过去，我不在家那几只‘猴子’估计也安生了。”

库秋水听他说这些话内心有一种说不出的滋味。他知道父亲库长天这一辈子在南角墩虽然算不上有地位，但凭着一条嗓子也“震慑”了多少年，是个响当当的“角色”。他打架骂人无所不能——对于贫乏的生活来说，这些不能不算是一种无奈的生存技能。在南角墩，拳头比说理有用，讲大道理没大嗓门有用。库长天在城里待不下去，丢下饭碗就要出门。库秋水还是担心有人去煽风点火，他心里想等这事情解决了再让他走。就在忙着收拾碗筷的时候，高求的电话打来了，他说得似乎轻描淡写:“洪三宝被拿下了，他主动打电话来说这事情他不会再插手了。二歪子的工作还是由我来做，拆大庙的时候你们一个干部也不要到场，村民自己组织将庙舍拆了，这事情你就不要问了。”

电话才撂下，村支部书记的电话又“邀功”报告：事情解决了，唯一的要求就是不要任何镇干参加，这事情他们村民自己解决，这是他们自己的事情。当然，拆除这庙舍本就应该是村里自行组织的，他之前出面不过是为了组织现场会做准备，原则上是要求村里自行组织拆除。对于库秋水来说这倒也省事，只是他想不明白这事情为什么反转得这么快。

库秋水把库长天送到家门口，立马就关车灯进了家门。他并不是害怕什么，眼前的这个村庄再黑他也了如指掌。从内心情感来讲，这一次的工作中有理性之外的深切愧意。

父亲打开昏暗的灯光，就像是南角墩睁开混黄的眼睛看着库秋水这个土生土长的子孙。

正打算要走，二歪子木愣愣地站在了门口堵着。库长天看到他，脸色突变问道:“这么一大晚了，不早点‘挺尸’跑出来转什么魂?”“挺尸”是骂人的话，是睡觉的意思。二歪子叽叽咕咕地说:“我是上了鬼子的当，洪三宝这个狗日的‘放火烧别人的房子’，让我带头去闹事，自己看到派出所人来就跑掉了。我今天才知道，他哪里真把‘菩萨’放在眼里？我当年几乎倾其所有捐了钱，据说他竟然贪了我们的善款。我是个十足的傻瓜带头闹事，闹到最后原来是他想承包挖机工程落好处，弄得我差点被抓了去。”

库秋水听他这么一说，明白高求他们的工作“做到家”了。他劝二歪子说：“你不要瞎想，派出所不会随便抓人的，但也不会放过一个坏蛋。”二歪子只说：“不抓我就好，我还要点老命多活几年，菩萨要是怪也是响雷先打洪三宝的头。你库镇长帮我证明，这事情我是眼睛瞎了受了别人的指使。”

第二天一早，村里人都围到了大盘汉去，眼看着挖机巨臂挥舞之下，庙舍被夷为平地，砖杂和记忆一起被清运走了。人群里库长天扔掉了烟屁股，用脚狠狠地踩了一下，说了句：“真正是活闹寿。”

第二章　漂　流

大盘汊的土地庙被夷为平地，最失落的人是厍长天。

厍家祖上并不是本地人，是七十多年前落脚南角墩的外姓，一段时间是被村里人称为“侉子”的。厍长天的父亲厍万年绰号便是“厍侉子”。他划着一条船赶着一群鸭子从外乡漂泊到南角墩，上岸第一处落脚的地方便是大盘汊的土地庙。一个外乡人落地生根的地方如今被夷为平地，这不能不说是一件令人失落甚至悲伤的事情。

讲清楚这段历史，对于厍家，对于南角墩甚至对于平原的过去，都是一件很有意思的事情。

实际上叫外人“侉子”，这是南角墩人的局限。他们认为自家“一亩三分地”之外就都是外地，外来人就都是“侉子”。南角墩所在的平原因一条南北的大河界隔而形成，河流以西是无垠的湖区，以东便是广袤的土地，领首的便是下河县。地处下河县腹地的南角墩人认为上下游的人都是外地人。他们没有去过上游，也没有见过那条大河，只是祖祖辈辈听说这条叫作“上河”的河。上河真是一条大河，河与湖相连成一片广袤无垠的大水。厍万年的祖辈都在湖与河交界的边缘捕鱼讨生活，他们被称作

"渔花子"。"花子"是对乞丐的称呼，可见渔花子生活很是窘迫。渔民不同于农民。农民靠一双手，一双手勤劳，土地多少能长出点收成，除非老天爷实在不给活路。渔民虽然也勤劳，但完全靠的是运气。河湖里有什么，任何时候都是未知数，所以望天收的渔民常常被逼得非常暴躁。他们风里来雨里去的生活也常常有些邋遢，说他们是"渔花子"或者叫作"渔侉子"也并不是污蔑，是生活逼得他们暴跳如雷。

库长天的父亲库万年是在水边出生的。那一年是猴年，后来查了老皇历才知道阳历是1921年。库万年是个孤儿，要不是记得自己小时候有个绰号叫"小猴子"的话，可能哪一年生都会无从查证。就连他的姓其实也是后来收养他的人家定下来的。除此之外他像一棵无根的浮萍，一点记忆的凭据都没有。

库万年出生在水边的渔船上。渔船既是渔民的生产工具，也是他们漂泊的房子。日子和湖上水面一样风雨飘摇，家人忙得也没有给他起个正经名字，看他瘦弱灵活像只"小猴子"，就一直叫这么个名字。1931年，平原上罕见的一场场大雨从端午节一直到七月间都没有停。下河县所在的平原在淮河与长江之间，两条大河的水都往中间奔袭而来，形成"大军压境"的危险之势，大河东岸薄弱的堤防岌岌可危。运河是一条悬河，河床比平原的洼地海拔高出十几米，河堤一旦失守平原将遭灭顶之灾。

库万年父亲的渔船像一片失落的树叶漂在水上。

渔民也有去岸上定居的，这些人家有屋舍可依早上了岸。还有一些渔民看看死守无望，已经划着船随波逐流远去他乡。只有库万年父亲少数几条船几乎执拗地认为这水势虽然险恶，但终不至于要命。他们还是坚信祖祖辈辈依赖的河湖不会抛弃他们。最让这些死守的渔民们坚定信心的还有一条公家的大船。这船上住的是运工管理所的官员，领头的叫作高长海，是运工管理所的所长。运工管理所是管理运河的机构，在地方办公但直属于省建设厅水利局，负责地方的运河事务。垂直部门本不受地方节制，但与地方也并非毫无联系，因为境内运河地方修理款项，除少部分划拨之外，要靠地方在亩捐中收取。地方按照田地亩数定额收取运河修缮管理费用，解缴运工管理所列支。地方亩捐收缴对运河管理有重要影响，运工管理所对地方也就有一定的依附。

时任下河县长的王京凤是本地人，官声名望极好，自然也明白县民生死与土地收成全赖运河安危。康乾年间因为江淮水患，皇帝曾多次南下考察灾情，留下的诗歌很多却大多被忘记，然而治理贪官抚慰百姓的事情老百姓都记得。所以，下河县历代县丞最为重视的首先是堤防。王京凤县长是土生土长的本地人，明白一辈子不会调任他处，所以凡事清廉谨慎，唯恐身后在父老乡亲中留下骂名。但是无奈运工管理所长乃省建设厅委派，是个外地人，且生性贪婪，所收亩捐大多没有用于堤防。特别是夏季汛期到来之前本要修堤备土防灾，他竟连一条草包麻袋都没有备置。不曾想这年水到了这种地步，他知道一切已经无力回天，便卷了运工管理所的账目，与一个船工开着运工管理所的大船，躲到运河西岸的渔民区避风港里来了。

库万年的父亲并不知道这个人的情况，也不知道城里究竟到底到了什么境地，只听这位官爷说是被逼无奈逃离的。大家听他是外地口音，也颇有些同情其遭遇，就让他的船停在了船坞里。他生起炉子做饭请几位喝了一顿薄酒——着炉子的纸张正是那账目，渔民们不知道真实情形，只认为这位官爷义气，竟然舍得用字纸点火做饭招待大家，于是高长海就得以暂时漂在渔民之中。

运河东岸的下河城已岌岌可危。王京凤县长要钱没有钱，要物没有物，无奈就靠着自己远房的侄子领头在商户中募捐。王京凤的这位侄子王为民在外经商颇有些本事，在地方凭着家族声望也一呼百应。自打他以商会名义贴出告示募捐善款，不过三日已经筹得万余元。奈何大雨滂沱公路已经破坏，水路也断航，无人敢行，有钱也买不到物资，急得人如热锅上的蚂蚁团团转。最后无奈谈好了价钱，将米行老板装满麦子的麻袋用作堵缺口的“土包”。可前一天商议好的计划没等到天亮实施，运河上的大水就像逃脱牢笼的猛兽一般，在大堤上撕咬出七个口子，顷刻间平原成为一片泽国。

倒口子之前，库万年父亲眼睁睁看着水像猛兽一样冷漠地望着万物。这条在水上漂了半生的汉子眼看形势不妙，在半夜就摸索着将扣船的绳子和高长海的大船偷偷地扎在了一起，尽管他也知道这一切为时已晚。大水从西北滔滔而来，露出了凶恶的神情，就像这个皮肤黝黑的汉子一样倔强。一块沉重的木板撞到了船上，可怜的渔船像个站不稳的孩子。马灯照在雨水之中，就像渔民孤独而绝望的眼神。这木板已经朽坏得缺牙掉齿，但可以看得出来曾是一副大棺材的木料。

棺材板就在大船和小船相依靠的间隙中晃荡。高长海在船上战战兢兢，他的账目已经全部烧毁死无对证，但他还是不敢走，他知道如果逃跑等到秋后算账就是死路一条。他在等两种结局：若是侥幸水退了总有机会斡旋；若是水患爆发，他相信这一条船足以保命，到时候水涨船高顺水漂流再作打算。然而大水并不想在意任何人的情绪。库万年的父亲摸出一根绳子，将那棺材板拦腰捆起来，另一头扣在孩子手上以防不测。渔人的婆娘清楚得很，这已经是最坏的打算。倘若真是决堤，这小渔船将立马是“没头端”的结局，抓住了也是凶险万分——渔船浮着扛不住漩涡，沉了却容易拖人下水。

库万年的父亲告诉小猴子：万一要是翻船了，就抱住这块棺材板。这句话悲情得像是一句遗言，渔民的婆娘嘤嘤地哭起来。一阵狂风将马灯吹灭了，浪头冲上来掀得渔船跃起很高，落下时与大船扣着的绳子被绷断了。库万年的父亲大声喊大船上的人："出事了，没命了，没命了！"高长海和船工也被掀翻倒下，胡乱地从昏暗中爬出了船舱，匍匐于船板上往前爬。他们也害怕大船倾覆要了命，一下子跳到水里。高长海像抓住救命稻草一样抱着小船边的那块木板。老船工也拼命地游动想要抓住木板，奈何那棺材板已无力承受，高长海一转身把那老船工推远了。

一声轰鸣中大堤倒了口子，水一泻千里淹没了下河县。

所有船只像一片片飘零的树叶，瞬间被卷得无影无踪。库万年被扣在棺材板上卷出去，高长海也抱着那棺材板一起被卷到无边无际的水流之中。万物生灵与屋舍家园瞬间被大水吞没，留在高处的人们就像是爬上树的蛤蟆，惊魂未定地看着翻滚的巨浪滚滚东去。倒口子之后，水流了七天七夜才平复，平原上无数村庄陆沉水底，高处的村落也只留下一两处无奈的树梢。

县城里除了高地和楼宇，半个月后水才退去，满城的牲畜死尸和杂物漂浮各处。奇怪的是连日的大雨在破堤后就停了，这对尸殍遍野的城池来说无异于一场新的灾难。苟且活下来的人，六神无主地等待着接济，还有些不要命的去捡拾散落的财物，不过这时候金银财宝也未必换得到一口热饭。

大水冲下来时，高长海紧紧地抱住那棺材板，和小猴子一起被冲到了河对岸，被一棵树挡了下来。小猴子挣脱绳子游到了与水一样高的一处平房爬上屋顶。他惊慌失措地望着流水中的一切，突然又想起了再也见不到的父母，蹲着嘤嘤地哭起来。

高长海也不问小猴子的死活顺着水流往下游去，到了城厢之中又趴到了一口漂浮的大箱子上面，往前漂到东门上了高处免了一死。他感激这口木箱，上岸后砸开这箱子发现里面竟是一具尸体。这一具穿僧服的尸体，安坐在木箱中。旁边一个湿漉漉的布袋如死去的人一样静默。从那井井有条扎着的绳带可以看出主人死时安闲宁静。高长海看到这袋子心想：莫非是什么金银财宝？打开一看，果然如他所料：一枚点翠的发簪，一个黄金的戒指，一尊玉质的佛像，另有一张折着的字纸，水浸后已经有些模糊，但字是能辨认的：

> 有缘人，你若捡到我的箱子，看见了我的尸首和细软，烦请您用一枚簪子换一口棺材将我埋葬。戒指算君子的工钱，玉佛祝福你的前程。倘若我还有一口气，请施我一口粥饭救我一命，我必以箱内财物赠你。如果你捡到昧下，也许不必是你，纵是你的子孙也会得到报应。阿弥陀佛。佛弟子，慧净。

高长海看完字纸，随手一握扔进水里，想也没有想就盖上箱子把那砸破的坏锁挂上，几乎不费吹灰之力将木箱用脚抵回到水里，随着那陌生的水流而去。他藏好这布袋，转身就回城里去了。

这时候的城哪里还是个城，富户贵人们也成了心绪不宁的灾民。大批的百姓聚集到城外一处高地上。这个地方是下河县的一处胜迹，说是苏东坡当年来小城与秦少游一众喝酒唱和的地方。这里过去曾建有泰山庙，据说南去的宋朝皇帝在此祭拜过，百姓都叫泰山庙，不像文人因为坡仙而叫什么文游台——人们眼里虚无的神仙比真实踏过这土地的文人更重要一些。倒了口子之后，县长王京凤焦头烂额，一方面是众多灾民嗷嗷待哺，一方面是疫情危急兵临城下，这些比水患吞噬还要可怕。高长海知道，这时候他彻底地“解放了”。反正大水冲了龙王庙，现在也没有人有闲暇追究他的责任。再说大堤被冲走了，账目被烧了，一切就都死无对证了，这时候他敢回城了。城里即便再难也总有一点生计，外面救援的物资进来先到城市，就是讨饭也总比乡村更有机会。

小猴子像一只疲惫的小兽，蹲在房子的平顶之上，茫然而恐惧地望着将城市吞没的水流。他哭着哭着见巷子里有人划船经过，又不敢大声地喊，便在屋顶捡了半段砖头扔进了水里。划船的人以为是鱼翻起的声响。小猴子又不知道怎么说，索性就用了最后一点力气大声哭了起来，船上人才发现了这个在屋顶的孩子。

库万年蹲的房顶是王为民家的一处房产，是一处堆放物料的仓库。王为民在大水后便带领家中伙计撑着船在街上帮忙解救受难的街坊邻居，并且自发地组织受灾情况调查。船行到这处遇见已经快没有力气哭的小猴子，王为民的伙计把手中的竹篙伸过去抵在墙檐边，往这孩子招招手示意他抱着竹篙滑过来。小猴子灵活得很，猴子一样攥住竹篙滑了下来被人接住了。

小猴子蹲在船舱里不出声，饥饿和惶恐让他没有一丝气力。王为民让伙计塞给他一个黄烧饼——他们上船之前带了一些黄烧饼，这是王夫人生养的时候亲戚“送汤”的烧饼，没有吃完就晒干了放在家里。小城里妇女生养后，娘家人和亲戚都要“送汤”，买上馓子、烧饼若干并带一只老母鸡。饼就是没有馅心的黄烧饼，孕妇吃“烧饼泡老鸡汤”是坐月子的“标准餐”。这在日后也成为小城的一道名菜。在这座城池饥肠辘辘的时候，这些都快被遗忘黄烧饼派上了用场。

王为民问这瑟瑟发抖的孩子叫什么，可怜的孩子满眼惊恐，一手拿烧饼啃着，一手死死地抓紧船舷。王为民示意伙计继续往前划，就这样小猴子也跟着走了。他连自己姓什么都不知道，只知道人们都喊他“小猴子”。王为民望这孩子可怜，也不忍心让他无家可归，就让伙计收留了他。后来，读过许多古书的王为民给小猴子起了名字，选了个很稀少的姓叫作“厍”。许多年前，王先生请善因寺的方丈给自己的书房写了个“斋号”，也就是两个字:单厍。那段时间王先生也是古书读多了，研究出这个字源于鲜卑族的旧姓，竟然发现这在下河县土话里还是“村庄”的意思。一向高古的王先生觉得自己的书房应该有“独立之气息”，就像王家大院在小城里自成一体一样，所以他给自己书房起名“单厍”，颇有古意，比“孤村”要有雅意。好些人不认识这个字，也不懂是什么意思，他也从来不解释。

大概也是觉得这孩子本就是水上漂流而来，就像那已是传说的厍姓部族遥远陌生，就给他用了这个怪怪的姓。他告诉大家这个姓也好记，《百家姓》上也有，“师巩厍聂，晁勾敖融”的“厍”便是，就是“库”字少一点。又给他起了个名字叫“万年”，寓意“好日子万万年”。他还说这个“厍”字其实方言里有，乡下人说小村庄就叫作“厍”，只不过音讹为“霎”，比如王家厍、李家厍，有些独户成庄的叫作单头厍——这些都是王先生这个读书人琢磨出来的。不要说厍万年不懂这些，就是那些伙计也只是识得“人之初，扒慈姑”几个字。老爷说了他们就点头，糊里糊涂地表现出很理解很崇敬的样子。

账房先生摸摸胡子念叨：说是单头厍，这王家大院倒是第一大，在这古城里哪还有这王家鹤立鸡群的气派？就是为人也是小城第一，这王家大院首先就是一处高地上的单厍。厍万年听不懂这些话，但他也看得出来王府的屋舍与旁人家不一样，王家的人也和旁人不一样。

一个月后城市慢慢地恢复了一点生机。死去或者失踪的人们也慢慢像消退的水一样被忘记。县长王京风看着满目疮痍的治下泪流满面，城区就有上万人丧生，下河小城被大水卷走少则也有四万人。一场天灾带来的悲痛慢慢地被抚平，王京风心里知道其实这更是一场人祸，是腐败的水政导致了决口。眼下他依旧焦头烂额，被冲破的堤防要修复，否则运河就要断航，若秋后水情再来更是危机重重。所以最重要的事还有修复大堤。眼下不仅小城满目疮痍，现实也是一团乱麻，飘摇的政府已无暇顾及百姓生死。水灾发生后上海的报纸都发出了救援的启事，连舞女都登出联合申明帮着筹款，但内忧外患的时局却让人力不从心。

王京风只有自己想办法修堤护城，不然追责事小，百姓的安危事大。这个时候能帮助他的，仍然只有他的侄子王为民。王为民本在沪上做生意，春节后因为妻子生养回来，就将上海的生意转给友人经营，自己一心一意在小城生活。毕竟家中光景甚是不错，早年奔波在外想来还是安居一隅舒心，家中长幼也能得个安身。当然，这一场大水过后，即便如他这样的大户人家，一时间想完全安逸也是不可能的事情。

库万年在得了名字之后，便被安排在保全堂药房，这也是王家的一处生意。库万年一个字不识，十岁的孩子重活也干不了，说是学徒不过也就是跑跑腿。他聪明懂事，大家也都照顾这个小可怜。坐堂的先生看他伶俐，闲下来没事的时候就教他写字，先学的是“库万年”三个字，写得歪歪扭扭。先生望着他，库万年脸就通红的，好像这纸上的三个字是二两黄金一样贵重，便嗫嚅着说:“我老子都叫我‘小猴子’，我会抓鱼的。”于是库万年的名字就用得少了，大家仍都叫他“小猴子”。小猴子还是运气好，一块棺材板救了他的命，一块黄烧饼又续了他的命。想起自己找不到的父母，他就躲到药房后面天井角落偷偷地哭一会。哭完了就用袖子抹掉眼泪，又默默地回到前面柜上帮忙跑腿。

同样被棺材板救了命的高长海回到城里之后，打听到灾后省建设厅水利局的人来坐镇赈灾，赶紧觍着脸去报告自己“悲惨”的下场。王京凤心里明白这场灾难是人祸，而这罪魁祸首便是这不作为的运工管理所长。这一点建设厅的来人并不是不清楚。但王京凤知道运工管理所是建设厅所属水利局的单位，如果说这场灾难归因于堤防问题，那么罪责最终就归在建设厅，所以这话王京凤是说不出口的。高长海照样神气活现地回到了自己的岗位上，参加当局组织的赈灾工作。

建设厅的人虽然代表政府坐镇指挥，但用本地人的话说是“果子茶没有，果子话一大堆”。这话是小城里的俚语，亲戚上门来有“泡京果茶下荷包蛋”的礼数。也有人家贫困或者啬皮，只是一堆客气话，就要被人讥讽为“果子茶没有，果子话一大堆”，也就是空口说白话。此时当局内忧外患，平原上诸多县城灾情严峻，王京凤这位县长能做的也就是“自救”，在当局关注下的“自救”。难民们的粮食由慈善机构断断续续地投来。运来的“花旗面粉”是杯水车薪，老百姓常常为一口粮食哄抢起来打得头破血流。王京凤现在是“手上无米，唤鸡不灵”，他在被水淹过的办公楼里疲惫不堪地应付“上峰”的压力与“下民”的求救。更多的时候他都在王为民家商量办法，指望这位见识过大世面的“大侄少”能够拯救危局。

王为民写信给上海的一位友人，向知名的慈善机构华洋义赈会求救。经过一个月的周折得到回复，一位老家本是平原下河县的商人匿名捐款二十万元用于修堤，并由华洋义赈会派专人监工实施。这封回信王为民亲手送到王县长的办公桌上。这位年逾花甲的老人热泪盈眶，自己起身来给侄子奉茶。王为民连忙推辞，他没有表自己的功劳，倒是有些忧虑地说:“世上的事情成乃依靠银两，坏也坏在这孔方兄。”王为民说的这话，王京凤知道什么意思。眼下虽然政府还在，但是灾后匪患四起，尤其是原先那小打小闹的所谓“保安团”仗着有几杆“木头枪”胡作非为。王京凤已经焦头烂额，警察所也是自顾不暇，落得这几个本来游手好闲的恶棍组成了横行霸道的保安团。保安团的团长姓荀，本是个外地流落至此的“花子”。他跪在保全堂门口要饭，掌柜的给了他一口吃的。他便头磕得咚咚响，一定要留下来做工——那还是王为民父亲在世的事情。王为民看他可怜要留下他，老东家看他目光闪烁认定不是“善类”，可是王为民觉得“人之初，性本善”，救人一命总是善事，就把这人留下来。这里人叫南方来的外地人都是“蛮子”。他的本名都没有人细问，就都叫他苟蛮子，他也乐滋滋地接受了。

脏衣服换成干净褂子，人就精神起来。在保全堂做的是插科打诨的事情，时间长了他就开始手脚不老实。坐堂的先生看不惯他上蹿下跳，就和伙计做局整他。他们当着他的面故意忘记了锁装人参的柜子，还特地放了几支野山参在里面。打烊后他一个人躲在暗处，见四下无人就打算来“顺”。几个人从里屋冲出来把他按倒在地，不问死活一顿拳脚相加，打得他头破血流之后吊在了中梁上。大家知道王为民心意软，即便知道也并不认真惩罚，所以先打一顿解气再告诉主家。果然王为民是心善，说打也打了，东西也没有损失，就下不为例。

过了个把月这伤好忘记了疼，又出去偷东西。这回偷的可不是一般的货物，他和人“码好了”偷黑司令的枪。黑司令是城郊一个有枪的土地主，长得奇黑无比，大家就给他起了这么个外号。黑司令家余粮多，为了看家护院不知道在哪里买了一支枪。这枪谁也不会打，从来也没有打过。苟蛮子早就看上了这枪，想着要是霸占了这支枪，那以后在这城里谁还敢和他对着干？他要偷黑司令的枪还因为他恨这“黑鬼”。这苟蛮子有个相好的“露水夫妻”，过几天就去快活一下。哪知道这黑鬼也看上了她，不管三七二十一就提着枪去这婆娘家，脱了裤子扒了衣服就是一顿快活。这让苟蛮子觉得受了奇耻大辱，但这女人的“作风”人尽皆知，苟蛮子竟然和她商量，让她骗这黑鬼来睡觉，自己躲在床肚里。等他们快活的时候偷了这枪，到时候这个小城就是他姓“苟”的了。

这天苟蛮子亲自和黑司令喝多了酒，眼看着他摸了摸那枪盒子歪歪斜斜地往巷子里走去，苟蛮子抄小路一溜烟跑到那女人家中躲到床底。那黑鬼进门后迫不及待脱了衣服吹了灯就“办起事情”来。这苟蛮子趴在床下听床上风雨交加，像只狗一样匍匐着爬出来摸到枪又爬了出去。出去之后他一路小跑把枪藏到一处保险的地方，藏好之后一路颠回保全堂赶紧脱衣服上床佯装睡觉。

这黑货快活完了还睡了一觉，醒来了女人就赶紧推他走。他起来点灯穿衣服，一摸那枪不在就慌了神。起来一顿叫喊，酒性上来又给这女人几个大耳刮子。打完了就想起来晚上和苟蛮子一起喝的酒——他也并不是个蠢货，提了裤子就直奔保全堂。到了门口就是一顿踹门，力气太大把那铺子的门板都踹掉下来了。城里商户的门大多是“铺搭子门”，是可以移动拆卸的，分别标着甲乙丙丁……每天开门伙计们拆下来，店堂里宽阔敞亮，打烊的时候依次拼装上去，从中间关上。黑司令大概是气昏了头，他忘了一脚踹坏的是王家的门。

这一脚把夜色踢醒了。

保全堂护院和邻居们都跑出来，把那黑货按在地上一顿踢，打得他哭爹叫娘捂着头喊:“饶命，饶命，老子有冤的!”他好像是在公堂之上受审一样，竟然还喊有什么冤情。大家散开了，让他坐起来说话。他一跃起来，一把抓住苟蛮子，按倒在地用一只脚踩着头，抡起拳头打得他鼻血直流，没有一个人拦着。

苟蛮子知道开口闭口都是一个结局，所以他死不松口，黑司令打累了气喘吁吁一言不发，在姗姗来迟的警察到的时候，又踢了他屁股一脚骂骂咧咧地走了。第二天早上，黑司令送来修门的钱。苟蛮子一早就被赶走了，也不知道他去了哪里。过了半个月他才敢露面，那时他纠结了几个恶棍，成立了自己命名的“保安团”，从一个花子到一个跑腿，最终成了一个痞子。他看来还有点谦虚，只不过封自己一个“团长”当当，还没有像那黑货做了“司令”。大家都知道他现在有枪，也不知道究竟在哪里。他的那几个狗腿子拿了棍子到处晃悠，除了保全堂王家的门不敢进，其他的人家打个狗、撵个鸡、讹几文是常有的事情。他们的据点在一处破落的城隍庙里。那年对这苟蛮子来说也真是“光景好”。县里搞起了“倒神运动”，但谁也不敢下手，他就去揽下了这笔生意，条件就是把那处城隍庙作为他的“军部”奖励给他。他几个狗腿子不顾一切，将城里大大小小的神像都给捣了。这下子更是长了他的威风：人们都说他是个疯子，蛮横得很，神仙都不怕的人惹不得。于是他也觉得自己厉害得不得了，能够“遇神杀神”，这保安团长就做得更有滋有味了。人们也不敢再喊他苟蛮子，面前改叫“苟团长”。

又过几年，苟蛮子的保安团“兵强马壮”起来，据说他又偷了公家的枪。警察局坚决不承认有此等笑话，但也没有缴苟团长的枪，兵荒马乱的年头就这么荒唐地让这痞子做大了。现在黑司令竟然也讨好他，知道他的枪杆子里有脾气，屁也不敢放一个，和他做起了“兄弟”，再也不找那个女人了。黑司令知道，苟团长有了枪，就得小心自家的粮食，哪天把他逼急了一枪下去一切就打水漂了。苟团长成了县城里一害，王京凤也动不了他。等到王为民后悔的时候，一切已经为时已晚，但好在这个痞子无论如何也不敢动王家一根汗毛。他大概心里也还记得王家对他的好，毕竟收留过他失魂落魄的光阴。王为民去上海做生意那几年，他也不曾动过王家一下。保全堂的伙计当着他面吐口水，他也装着视而不见。他平时也绕着王家的铺子走，不过这小城除了王家也够他造孽的了。

这次水灾之前捐款消息放出来的时候，苟团长就去找过王京凤。这黑心的家伙是想发这“国难财”，想让县长批准由他组织捐款。王京凤虽然年岁大了脾气小了，但坚决不同意他借着捐款的名义欺压乡里。苟团长红了眼，把枪掼在桌子上，可王京凤毅然决然地说:“要我的脑袋也是可以的，但是想要我背骂名不可能。”正在吵得不可开交时，王为民进了办公室。苟团长二话不说，拿了自己那个从来没有响过的枪转身就跑。大水下来后，城里一路决口和满地灾民。听说上海要来一笔巨款，苟团长又坐不住了。这一点王县长和王为民心里是清楚的。尽管苟团长还知道投鼠忌器，但也保不准他眼睛一红心就黑了。

王京凤心里没底的还有一件事情。他是国民政府的县长，接到了上面的“线索”，说王为民是共产党人，这次是从上海逃回了老家来，据说还有在这里建支部的任务。这件事情王京凤一直压着不办，上峰的压力他死死地顶着。因为他知道王为民的为人，不管怎么说这个本家侄子是个正派人，况且他眼下也是离不开王家大院的。王京凤也明白这城虽小，但在南北要道之滨，自古就是繁华富庶的地方，南来北往的商旅行人多矣。早在四年前就有过协查的通报，一名包姓的共产党人曾经躲在小城丈人家两个月之久。所以说，从上海回来的王为民也并非没有可能是共产党，他知道王为民早年读过新学——但这些事他愿意自己顶着压力不露声色。

现在这笔巨款要来了，眼红的人自然不在少数，这工程也是很多势力都想“染指”的。修堤工程是“以工代赈”，民工先要混个饱肚子，经费主要是用于材料和伙食，这事被认定油水是极大的。因为粮食奇缺，城里匪乱一直也不断，苟团长更是凭着那几杆破枪横行无忌。他和黑司令勾搭起来，将黑鬼家陈年的谷子都运到城里的“团部”来，以高于市场几倍的价格售卖。现在听说要有外国人来修堤，用工人数上万，他指使黑司令到处去收粮食，准备发一笔横财——到时候他打算将这修堤伙食的“业务”接下来，把自己的粮食倒卖给工程上可以“里外里”赚钱。这自然是一笔好生意。他把那从来没有响过的枪擦了又擦，等着发财的日子到来。这事情他找过王县长，也找过那高长海，虽然没有答应，但他自认为这笔财必是“瓮中之鳖”了。现在就等着工程队驻扎上大堤，他的如意算盘就可以打响起来了。

王为民和王京凤也在商量这件头疼的事情。他们也知道，没有苟团长，自有那朱团长，谁都想吃这块肥肉。王为民心里的话也不便都与王京凤交底，毕竟他也知道县长的难处。王为民是打算在事情定下来之前，给这苟团长一点沉痛的教训。他们计划从苟团长和黑司令的粮食下手。

这天不知道谁悄悄放了消息：晚上带口袋去地主家抢粮食。

苟团长和那高长海在运工管理处喝酒，黑太岁在城里带人守着粮食仓库。天黑下来，就有人猫在仓库门口叫。这叫春的猫扰得人心里难受，黑司令也是闲着无聊，拾了一块砖头去那暗地里砸猫。才走几步，黑鬼就被几个躲在暗处的人捂着嘴拖走了。

那边苟团长酒喝得正快活，有人在门口喊了一句：“苟团长，黑司令去你姨太太家睡觉去了。”苟团长一听这话立马火冒三丈，提着枪就直往外面奔。走了一阵他心里一惊，想这是不是调虎离山之计？他怕自己的粮仓出事情，连忙又往那赶。赶过去一看，几个站岗的在那打瞌睡，也没有什么其他动静。他踢了站岗的一脚，问他：黑司令去了哪里？歪瓜裂枣的士兵被踢得迷迷糊糊，语无伦次地说："好像刚才还在，听到一声猫叫就往那边走了。""那边"，正是那女人家的方向。苟团长与这女人苟且的暗号正是猫叫。他一听这话喊了一句："留下两个人，其他的跟我走，老子今天崩了这黑鬼。"

几个人消失在黑暗里，留下两个幸灾乐祸地说："又要有好戏看了，今天这老狗要咬掉黑鬼的命根子。"这些所谓的手下，平时虽然得些吃喝，但被打骂也是家常便饭，心里也恨这恶魔。仓库的后面是一个断头的巷子，巷子外一面高墙把仓库与外界隔开。十岁的小猴子灵活得很，轻易能够沿着墙壁爬进去，在里面放了一把火转身就跑。这边火烧出烟来，两个站岗的一看吓得屁滚尿流，赶紧打开门去救火。街上黑暗里，敲铜盆的声音突然震天响。就像是那倒口子的洪水，蜂拥而至的灾民冲进来，将这仓库里的米面哄抢一空。

等苟团长反应过来奔回仓库，一切已经晚了。他燃起火把看着那空荡荡的仓库，这才看见吊在仓库后面树上被塞住嘴的黑司令。把他放下来，苟团长朝着他的屁股踢了几脚，那黑货只喊："没办法，一仗人，一仗人。"

这个在小城里混了十多年的蛮子，终于明白了这句方言的意思：一仗人，就是很多人，像水流那样根本挡不住的人。他们不知道从哪里来，也不知道往哪里去了，这真正是像极了那该死的洪水。

惊魂未定的苟团长突然骂道："他娘的，这事情是不是高长海设的圈套？老子从来没有喝过他酒，今天不过年也不过节，他突然喊我喝什么酒？"说完又举着枪奔回高长海的住处去。高长海本以为他是捉奸回来的，脸色难看也属正常，哪知道进来竟拿枪对着他。高长海吓得直哆嗦，退到一边问：“团长你好好说话，这是干什么？”苟团长逼近了拿枪指着他的头说：“你说是不是你玩的圈套，老子一仓库粮食被人家抢了。”

高长海用手拨开他的枪说：“让你的手下先出去——我早知道你就有今天的下场，你听我细说，不然你怎么死的都不知道。”苟团长挥挥手让那些爪牙出去，自己坐上刚才的位置，那杯酒还没有喝完。这蛮子拿起杯子一饮而尽掼在桌上说：“你说，我看你今天说出一朵花来。”高长海也坐下来，扶正了杯子又倒上那“粮食白”说：“我早知道你有这一天，所谓‘树大招风’，你这几条枪想要在城里面横行无忌还早得很，就凭你还要再修炼。”

苟团长抓了一块肉塞进嘴里，很是不服气地说：“我在这城里王京凤也不放在眼里，除了王为民家对我有恩，其他的我当个蚂蚁给踩死也不难。”

高长海看了看他说：“哦，看来你酒也没有喝多，做事也还有一点点脑子。你还知道有个王为民，这王家可是比县政府厉害的，你这位过去的主子可是不简单哪。”

苟团长又喝了一口说：“这话你不必挑拨，当年我确实受了王为民恩惠，即便我后来离开了王家，这些年无论如何没有对不起他，没有进他家门半步。我就是看见王家一只狗都绕道走的。咱们也是有血性的汉子，做人不能忘本。”

高长海继续喝酒，不紧不慢地说：“你说的话是有道理，但你到底不明白这王为民是什么人，他是共产党！”

苟团长还是有些不以为然：“我管他什么党，我只认他是个好人！难道王为民抢了我的粮食？你这是‘嚼蛆’！”高长海夹了一块鸡屁股塞在蛮子的嘴里说:“你这个蛮货，会说人话，不懂人事！我脸朝南告诉你，这件事情百分之百是王为民指使人干的，我告诉你他就是共产党。”这苟团长喜欢吃鸡屁股，他认为是块“活肉”，而且鸡屁股后面“骚核”不能去掉，不然就像是没有骚味的大肠，太平淡了。他猛嚼了几口快活得很，咽下去之后又半信半疑地问:“真的假的?”

高长海见他还是不相信反问道:“那你到底信不信我?”

苟团长见高长海也算真诚，而且想到他毕竟是省厅下来的干部，多少也是有点见识的。再说他们看起来并没有什么恩怨，他也不必要编出谎言来“栽赃”王为民。他吃完鸡屁股又去拿筷子在碗里翻找，高长海翻着白眼说:“天下只有一个真相，就像鸡只有一个屁股，你就不要再翻了。”苟团长听说这话倒又反问他一句:“那你是个什么真人?”高长海放下杯子从口袋里掏出一个小本子放在他面前，苟团长拿起来就扔在地上说:“你不知道老子不识字吗?欺负我眼睛瞎?”

高长海弯下腰去捡起那个小本子，吹了吹上面的灰尘说:“你不要小看这几行字，它能让你我发大财，你就是个只知道吃鸡屁股的蛮货。”听说“发财”，苟团长眼睛放出光来，问:“你到底是哪路神仙?”

高长海明面是运工管理所的所长，暗里是国民党在这个地方的一个秘密特派员。所以尽管他胡作非为，王京凤也奈何不了。现在，高长海已经没有兴趣再把自己的事情告诉这醉鬼了。但这位喜欢吃鸡屁股、自封团长的“长官”信了高长海的话。他走的时候把枪放好了，拳头抓得紧紧的，自言自语了一句:“既然是这样，那么咱们就骑驴看账本——走着瞧吧。”

第二日，黑司令就坐进了县政府里，说共产党抢了他的粮食。王京凤知道这恶霸无赖要来闹事，前一天晚上闹那么大动静他也知道。当时警察所的人问他要不要出面，这位县长不紧不慢地说:“刁民闹事不足为患，再说眼下都是自己的子民，几条小鱼能翻出什么浪花来？且让他们闹到水落石出再一网打尽。”下属听出县长的意思，再说他们也搞不清楚状况，也不愿贸然行动。王京凤听说这事情的时候，就猜到是王为民的“手法”。他这时是不好出面也不想出面。不好出面是怕抓错人骑虎难下，不想出面是想给点苦头让苟团长那些败类吃吃。所以第二天黑司令闹进县政府来，他一点也不意外，倒是反问这黑司令:“哪里来的共产党，你找出来给我看看?”说完就命人将他赶了出去。人走之后，王京凤长长叹了一口气——他也知道这样闹起来，以后终究是不得安身。他现在也不去想王为民是不是共产党，只想早点将堤防修复了，给这座城池一个交代。

抢米的消息并不是王为民的伙计发出去的。这事另有其人，那是善因寺的铁桥和尚。这和尚是个酒肉和尚，喝酒吃肉并不忌讳。常常摸着油光光的头在街上走，人们也并不惧怕他，因为他只和那些无赖过不去。他还有一个情人，是个大美人。即便是他和尚做这样的事情，人们也并不议论他。说是酒肉和尚他也并非完全粗俗。他有一手好书画，王为民结婚时家里就挂了他的画作，他们以兄弟相称。铁桥也是有枪的，这在兵荒马乱的年头也并不是什么稀奇事情。就连那本是叫花子的苟团长，不也人模狗样地挂着枪招摇过市嘛。善因寺的和尚散布消息，人们都知道他是王为民的朋友可信，便一哄而上将这苟团长的粮仓给端了。

现在，苟团长和黑司令并不敢确认这事情的始作俑者是谁，因为他们内心都忌惮这二位的。华洋义赈会的人马住下来，苟团长一切的如意算盘没有打出一点响声，这无赖终于翻了脸。王京凤知道“大好佬”们早就都盯上了这个工程，他既不能让这些恶棍得逞，也不能和他们完全撕开了脸面。最后王为民给出了主意，这事情交给善因寺的和尚铁桥经办，因为这本也是善事。铁桥是一个快活的和尚，哪里想做这些烦人的实务？可是听县长说捐善款的也是一名居士，华洋义赈会派出的是一名传教士，就是人们说的“洋和尚”。他们都来帮助素不相识的人做好事，我们自己的和尚难道还不能振臂一呼？铁桥听王京凤这么一说，也知道这一定是王为民的主意，摸摸他那光头说：“所言极是，正是‘我不入地狱谁入地狱’，这事情我铁桥应了，看看谁拗得过我的胳膊！”

铁桥也是江湖上的世故人，人情通透得比俗人可喜。

运堤上干得热火朝天，苟团长肚里怒火中烧。这形势真像是戏文里的斗争，又颇有些滑稽的意味，这世道大概也是滑稽的。

他耽于王为民而不敢轻举妄动，但内心又是波澜万丈。高长海三两天一只老母鸡加上一斤“粮食白”酒——当然鸡屁股一定是给苟团长享受的，这是他“独一份”的福利。半醉半醒之中，他竟成为苟团长的“知己”。苟团长觉得高长海说得有道理，他们毕竟是外地人，所谓“非我族类，其心必异”——当年王为民收留他不过是看他可怜，只是满足他做好人的快感，自己不过像是一只流浪狗，他不过是扔下一根多余的骨头给他。再想到他如今已经算是“有头有脸”，但王家人到底是看不起自己，想做点事情的资格似乎也是没有的。难道他王家人就天生高贵，用高长海的话说，“王侯将相宁有种乎”？他苟团长能有今天这几杆枪撑起的日子，也再没有沾他什么光，是自己靠着摸爬滚打混出来的。这些年他对王家算是百般的忍让，再忍气吞声岂不还要送了自己的命？

苟团长觉得自己想明白了：高长海也是官家的人，和他一起干是有奔头的。于是他就成了高长海这个“秘密战线”的“秘密战线”。这一天，他“领命”要去王家大院搜查他“革命”的证据，他觉得今天自己真正是要去“革命”了。出发之前，苟团长专门整理了一下自己的着装，并用水仔细地抹顺了自己的头发。他还踢了几脚那帮歪瓜裂枣的兵，让他们将衣服的扣子扣好，走路挺起胸膛来，不要总散兵游勇的样子。

他们今天的任务是什么？任务是高长海秘密布置的，说接到“线报”，最近王为民家中常常聚集一批人在写什么“进步诗”，还印刷了什么叫《劲风》的小报散发给民众。关于王为民家常有人集聚的事情，苟团长本也是知道的。王为民诗书画都擅长且还喜欢唱戏。这个小城的戏是本土的“扬剧”，王为民闲暇的时候常常呼朋引伴来唱戏写字画画。现在听高长海一说，才知道原来事情这么复杂。他现在恨自己只知道吃鸡屁股而不知道认字，原来这些识字的人物有这么多的秘密。更让他兴奋的是，这事情要是让他逮住了，他就是在“党国”面前立了大功，说不定以后真能弄个团长干干——他还打算这次任务结束之后要去认识几个字，以后可以干一些更大的事情也很难说。

一队人耀武扬威地出发，对外说是去找一只狗——他姨太太养的一只哈巴狗不见了。于是满大街地找，走到王家院子门口的时候，他示意停下来，自己上前去敲门。开门的伙计认识他，没有好脸色地说：“哎哟，这不是苟团长嘛，有什么贵干？没事我就关门了，老爷们在念书写诗。”说着便要关门，苟团长伸手把着门边，合上的门一下子夹到了他肥胖的手。他连忙一脚踢开门，手已经被夹得通红。踢门的声音很大，伙计叫了起来说：“你真是狗胆包天，王家的门你也敢踢！”苟团长揉着自己那肥手，示意自己的人冲进院子，自己站进院子当中说了一句：“我看见一只狗钻进来，我找狗！”这时王为民已经走出来，看见他耀武扬威地站着知道来者不善，冷冷地问道：“你找狗找到我门上来，真是瞎了你的狗眼。”这话说得苟团长脸通红，但他知道这个时候不能退却。反正这门已经进来了，就必须要撑下去，这是他能在王家人面前抬起头来做人的一次好机会。

院子里王家的女用人大莲子姐姐正在生煤炉子。大莲子并不是一个人的名字，城里女佣都称为大莲子或者小莲子，也不知道究竟是什么来由。她用力扇了几下那引火的柴，一阵浓烟升起来。她埋怨地拿手里鼓风的扇子拍着这蛮子骂道：“你往一边戗着去，不要挡着好风。”“戗”是说如一个物件搁在一边，是句骂人的话。苟团长往边上移了几步，他知道这院子里没有一个人看得起自己。他又看了看自己被夹红的手，斜着眼睛说：“今天就对不起王先生了，我看见狗进来的。”王为民都不正眼看他，说了一句：“我倒确实看见几只狗进来的，不过这狗脊背不是朝天的。”苟团长被骂得急了眼，厉声喊道：“给我搜，谁要是阻拦就拿枪说话。”

王为民指着苟团长说：“从来狗不欺善人。我告诉你，今天你要是找不到，你就出不了这个门。”他这话说得重，是想把他镇住吓退出去。哪知道这蛮子今天是横了心，可士兵们到处找也找不到什么狗来，又转回来站到院子里。苟团长上前对着一个耸着肩的家伙踢了一脚，骂道:“真是一群饭桶，我来找，我就不信一只活狗能跑丢了。”苟团长自己一路颠着往西厢房去，他刚看见一个小孩晃了过去，便直往那边冲去。西厢房是柴房，苟团长在厢房的柴草堆旁找到了一堆印着字的纸张出来扔在地上，有些得意地质问:“这是什么?”

王为民反问:“你说这是什么?”

这些纸张正是他们劲风诗社自己刻印的传单。王为民一着急忘了这蛮子不识字心里还很紧张。这时候在书房里的铁桥和尚走出来手里拿着一张纸说:“你这呆头的胖子，不认识主子倒也罢了，连这个是什么你都不知道，你说这是什么?”苟团长一下子也愣住了，就问他那些歪瓜裂枣的兵:“你们都看看，这些是什么?”哪知道这些胡吃海喝有本事的货平时神气，却都是不识一个大字，几个人抓耳挠腮面面相觑。铁桥拿了一张纸说:“你这蛮货，爷爷告诉你，这是保全堂的传单，印错了让孩子们拿回来引火用的，不信你读给我们听听!”

站在一边的小猴子一把夺过来那传单，抓着往炭炉火上一放，一阵烟，那带着油墨的纸就烧了起来。苟团长急得直跳，可那烧起来的纸已经拿不回来。他伸手要打那瘦瘦的孩子，铁桥一个箭步踢开他肥胖的身体。回屋又出来的大莲子姐姐手中端着木盆，满盆水一下子倒过来。那几个痞子兵下意识地一躲闪，蛮子一下子重重地倒了下去，一盆水刚好泼在他的身上。他自己撑着站起来，那地砖上沾了水湿滑，一脚不稳又摔了下去，屁股上满是泥水。这边几个痞子兵又去拉他，好不容易站了起来，已是浑身的泥污。大莲子姐姐愣在一边，连忙说道:“对不住你团长，我没有看见，对不住，对不住。”她伸手去掸他身上的泥水，那潮湿的泥水被一抹糊了起来，更是不堪入目。

原本紧张的院子突然哄闹起来，就像炉子里的火烧得那么热烈。这时本来准备里应外合的高长海从外面走进来，看见这一群人站在院子中闹腾，又见那蛮子一身泥水站在几个痞子兵当中，阴着脸说:“诸位这是唱的哪一出戏?”铁桥笑着说:“这是唱的老戏《百岁挂帅》——不对，这是《团长挂帅》，是不是，苟团长?”

王为民有些意外，问道:“今天我家中真是热闹，又是什么风把您高所长吹来的?”高长海本来以为此刻正人赃俱获抓现行的，看到苟团长这副德行知道事情没有办成，他倒也是善于应变的角色，说:“啊哈，我前几日似乎在保全堂看见一个孩子，那是我之前认识的，后来又没有看清楚，今天一问说是到了您府上来跑腿，我来看一下是不是他。”躲在身后的孩子钻出来，高长海惊喜地喊道:“哎呀，真是你这个‘小猴子’，你还真的活在世上?”

小猴子望着这位早前就认识的先生——那时候在渔船上他见过这位官家的先生，现在他突然觉得有些不屑，转身吐了一嘴口水在地上。经历了这些日子，他已经不再是个孩子，更不再是个“渔花子”。他觉得这口水像是吐在了这位衣冠楚楚者的脸上。

这事情看起来就这么不了了之，但对于王为民来说情况就有些复杂了。好在过了秋天工程进展得顺利，冰冻来之前决口就合龙了。那洋和尚带来的修堤款尚有结余，就悉数转给了王京凤用于赈灾。大堤是修好了，但难过的日子还在后面。工程结束了，以工代赈的民工又成了失业者。他们不仅无家可归，而且没有任何余粮。

眼看着春节就要到了，即便是不过年关，肚子的“关”总是要过的。王京凤眼前依旧捉襟见肘，他也知道王为民已经竭尽全力。“上峰”对于小城的“进步活动”追查得很紧，王京风也感觉顶不住各方面的压力了。街上时不时有人贴上宣传标语，县里的同僚总有人提醒县长要小心为妙。王为民暗地里的工作进展顺利，不仅按照省委的要求建立了县委，还在几个乡镇建立了支部，各样活动也越发频繁。王京风和王为民之间的这层窗户纸一直没有捅破，不仅仅是因为他有求于王为民，而是他觉得纵然他真就是共产党，也确实为自己的治下做了不少好事。当地的百姓感恩于此，就是他的同僚也有目共睹。所以每当“上峰”查办来了，他总是这样和大家说:“这些孩子都是我看着长大的，没有一个坏孩子，他们能做出什么事情来?不过是在外面读了几本新书，说几句理想主义的话，没有什么可怕的。诸位放心，诸位放心，我生于此也将老死于此，我不怕，你们怕什么?”

高长海知道从王为民下手非常难，即便有十足的证据下手，到了王京风那里肯定是想尽办法给他开脱。所以他们决定从外围入手，先抓几只“小鱼”把水搅浑。他们说的“小鱼”在北乡盂陵的湖上。盂陵是个古镇，是小城与外县交界的地方，湖与河一直延伸到此向北。这是处“三不管”的地方，渔民、农民和小商贩又掺杂混乱。自古以来，这小镇也还崇文尚教，除了一座护国寺的大庙里高僧们颇有文化之外，还有两所学校。一所是旧学，一所是新办的乡师，周边十数县市都有子弟来读书。护国寺也很特别，说是庙其实是庙、庵合一，里面有和尚、尼姑。住持慧明是得道的高僧，庵中老尼姑仁宽八十多岁了，一身仙风道骨，善于草药治病，尤以治跌打损伤闻名。虽然难得出山门，但也备受僧俗敬重。这寺庙惠及十方，说是庙更是慈善之地，常有八方来客聚散。

这盂陵镇从来就是一个“活跃”的地方，用当地的话说是一个“作怪”的地方。一个地方人有些不同寻常的想法，做些出奇出格的事情，就要被称之为“作怪”。王为民“组织”工作选的第一个乡村便是盂陵这个“作怪”的地方，并且很快就有了进展。联络员是他在城里发展的一名教师党员，是上海一起读过新学回来的黄秩庸。他打算佯装成田禾先生去盂陵，带着假扮成他儿子的小猴子。对外与人说是孩子母亲在大水里送了命，好不容易谋到一份糊口的生计。田禾先生是地主家田产的管理者。城里的富户在乡下买了草田，自己并不去耕种管理，而是延请专门的田禾先生去打理。王为民家在盂陵是有田产的，佃户们都知道保全堂的王掌柜，其实他是不去盂陵问那些田地的。这两千亩地本是当地的田禾先生管，但那人也在大水里丧了命。初夏种的稻子全部“没头端”沉到水里了，大水退后荒了几个月种上麦子，开了春就又需要打理了。

王为民想到库万年去盂陵的时候心里还有些顾忌。这个孩子可怜，虽然是漂泊而来但让他去乡下总有些不忍心，尤其是看他那双不安的眼睛。他又不能告诉小猴子这是去“干革命”，这种话对于一个十岁的孩子来说简直如玩笑一般。黄秩庸平时也常在王家出入，常常摸摸这孩子的头。小猴子也喜欢这位戴眼镜的教书先生，特别是黄秩庸那部从上海带回来的照相机。小猴子也像他摸摸自己的头一样摸摸那部相机。王为民有口难开，怕孩子觉得自己在赶他出门，哪知道这十岁的孩子主动说:“跟黄先生走我不怕，但我不叫他爸爸，我和你们一样叫他‘同志’。”大家听他这么一说忍俊不禁，铁桥和尚拿手中的扇子敲了敲他的头说:“你这个小猴子，你知道什么是‘同志’?”小猴子被问得脸通红地说:“我不知道，我不知道，但我知道是好事。”

王为民把孩子交给了黄秩庸，小猴子坚决不喊他爸爸。黄秩庸看这个头快要到自己肩膀的小瘦猴子，喊了一句:“厍万年同志，我们整装出发。”两个人便下乡去做他们的田禾先生去了。

他们租住在镇上一个炕房里。炕房三面临水，独立在镇子的北面不远，也是一处如王先生所说的“单厍”。

炕房是孵鸡鸭鹅的地方。临水边的几间大房子地方阔绰，水灾之后生意非常惨淡，人都吃不饱哪里还有粮食养鸡鹅鸭鸟？所以房子就租给他们“爷儿俩”住。田禾先生的事情也不多，并不用天天在地里跑。庄稼自是安然生长，请了农人薅草追肥也不必看着。暗地里的组织工作也不是大张旗鼓的，更不是每天都要联络的，所以日子清闲得有些无聊，他们就帮助炕房里做起事情来。炕房的主人是个老实人，姓骆，这在本地是少有的姓。他在家排行老二，人们都喊他骆老二。炕房孵蛋不出的“毛蛋”拣出来，老板就用八角大料红烧给他们搭酒下饭。鸭子孵出来送到集市上卖不出去，夫妻俩就挑着担子串乡去卖。骆老二的大儿子说是已经十七八岁，从小就不愿意做这炕房的营生，自己一个人出去“闯荡”了。还有个七岁的小女儿叫骆霞就留在家里。骆霞虽是个女儿，骆老二一样视作掌上明珠，还央人请镇上有名的尼姑“仁宽”为她做了挂名的师父，还教她写自己的名字。不过她害怕那寺庙里静谧的氛围，所以也并不常去，孩子也怕人笑她是“小尼姑”。现在多了“小猴子”这个玩伴也不无聊了，时间长了就像一家人一样。

鸭子卖不出去，又挑回来还要喂米食，这就成了一个负担。夫妻俩愁眉不展，黄秩庸看着心里也不忍，晚上喝酒的时候就一拍大腿说:“反正闲着也是闲着，不如我们买下来自己养，养成了对半分，养不好就算是打纸牌输了钱。”其实黄秩庸是不打牌的，他这个教书先生也不懂养鸭子。但炕房的老板会养鸭子，就这么几杯酒下肚，黄秩庸又成了“鸭司令”，小猴子被任命为“鸭副司令”。

这是第二天他们醒来之后自己任命的。

小猴子喜欢那些小鸭子，抓在手上毛茸茸的很舒服。他用脸去蹭那些饿得直叫的小东西，有一股淡淡的鸭屎味道。黄秩庸买了一百只鸭子，付了钱之后仍由炕房老板管理。鸭舍就搭在水边，小猴子蹲在水边看着那些小东西慢慢地长大，长大叫声变得粗粝就不好听了。半年之后的初夏生机盎然，这一年平原上的庄稼丰茂。黄秩庸这个田禾先生做得不错，业余“经营”的鸭子也都换了大毛，一个个膘肥体壮活蹦乱跳。小猴子赶着鸭子到收割过的地里找食吃，闲了坐在田埂上和骆老二的女儿用泥巴捏小人。

黄秩庸的忧心忡忡藏在心里并没有说出来。就在前一天的晚上，骆老二从外面回来，告诉他们护国寺里响了枪抓了人。他提醒黄秩庸不要出门，像鸭子一样乖乖地待在栏里。正说着外面就有人砸门，冲进来几个歪瓜裂枣的兵，领头的竟是那苟团长。看见黄秩庸后苟团长一愣。进来的人个个面目狰狞，骆老二吓得浑身发抖，直往后面退。苟团长道:“原来是黄先生在这里，你们晚上出去了没有?”黄秩庸本是看不起这种角色的，但眼下情形他知道不得不低头。他不知道是出了什么状况，也不想让这炕房里的人无辜受牵连。黄秩庸给他散了根香烟，又将手里的烟盒递给那些狗腿子自己去散，说道:“我你还不知道? 王家让我来做田禾先生，晚上能去哪里?”

听到“王家”二字苟团长就脑袋疼，他冷冷地说:“这里是个‘作怪’的地方，你们可不要‘作怪’，不然王县长也救不了你们!”说完挥挥手就回到外面的黑夜里去了。黄秩庸知道，这地方不能久留了，他现在也不了解出了什么状况。就在前几天，湖上就闹过风波。几个渔民在湖上捕鱼，水警想要“打秋风”弄些鱼吃，可是鲁直的渔民就是不怕那几杆破枪，红着脸和他们吵起来。其实渔民也不是不害怕枪，是他们在水上就觉得天地是他们的，不像岸上人“跑得了和尚跑不了庙”。他们像一片片漂泊的树叶，居无定所地出没风波里，因此有时候蛮横起来毫无顾忌。水警上了他们的船起了争执之后，渔民一狠心把这几个并不得什么真本事的家伙按在了船舱里。气急之下索性把他们的枪给缴了，又把他们扔进了水里，几个哭爹喊娘的像是浮头的鱼，失魂落魄地游回自己的船边。

湖太大了，渔民把枪扔到水里之后就划船走得无影无踪。

水警上岸之后丢了枪没有办法交代，他们连这几个渔民叫什么名字都不知道。他们不能说是因为想要抢鱼未遂而失了枪，于是就胡编乱造说那几个渔民是共产党指使来抢枪的。抢枪是一件恶劣的事情，况且又闹出共产党来，这个盂陵镇真是“作了大怪”了。情况报上去王京风认为不可能，说是小题大做，就又打了马虎眼给按住了。王京风并不是完全糊涂，他越来越明了事情的本末，但他就是不愿意揭开这一层似乎已经遮掩不住的纱。再说如今世道如此不堪，即便是去年大水死了那么多人，也没有看到一分钱拨款，是老百姓自己救了自己。现在是“青蛙要命蛇要饱”，他看这飘摇的局势，一切究竟如何还未可知呢。高长海表面上做他的运工管理所所长，暗里也在调查着情况。他得到情报，盂陵已经建立了党组织，但他不好调动军警，于是就偷偷地让苟团长去“查查那边的治安”——只要抓到人，事情就好办了。

苟团长到了盂陵就放开了手脚，他那没有响过的枪在城里已经吓唬不到人了，可是到了乡里面就又威武起来，疯狂的阵势似乎要将这地方挖地三尺。按照高长海给的线索，他就直奔护国寺，抓住了一位被大和尚收留的居士。这人被捕之后口风很紧，高长海到底也有策略：让苟团长送到了县政府，明确告诉官方这是抓到的共产党，这让王县长就没有办法再“按住了”。

黄秩庸知道事情出在盂陵，这个地方就不安全了，他必须立刻回城和王为民商议对策。他让小猴子立马收拾东西，并告诉骆老二自己要走了。骆老二不知道他急着要走所为何事，他们抓了庙里的人和老百姓是八竿子打不着的事情，我们自己过好日子不就好了——骆老二也是担心那一群鸭子。

小猴子也不明白为什么要走，他问黄秩庸:“我们走了，这一群鸭子怎么办?”黄秩庸告诉骆老二，鸭子就由他养着，过一阵子再回来，王家也许会派新的田禾先生来的。骆老二听他这么说，心里也起了疑窦，难道这黄先生也是他们要找的“坏人”?这样一想他就不再多说，甚至想他赶紧离开这里。他说这鸭子卖了钱会留着等他来拿，或者留下地址等日后他儿子回来了带到城里去给他。

黄秩庸想租一条船从水路走。骆老二认识一个老船工，二十里路也算不得多远，并不为难。小猴子舍不得自己那一群已经长大的小鸭子。黄秩庸摸摸他的头说:“还有比小鸭子更重要的事情，你不能一辈子都和这些鸭子在一起吧?”

小猴子说:“对的，我就要和这些鸭子在一起。”

黄秩庸回到城里第二天去了王家。铁桥和尚早在书房里坐着，没有吟诗作画，都是满脸的阴沉。被抓的这名同志是铁桥和尚写的“条子”介绍给护国寺大和尚的。他现在倒不是怕自己受到牵连，而是担心这事情要闹大了，会引起更大风波牵连更多人。现在追查者躲在暗处，而王为民这一边已经有人暴露了。当下之急是要想尽办法把人救出来送出去，同时他们筹划的“大事”要趁早办了。人关在县政府的牢房里，但他们不能为难县长。他们也知道这位仁厚的长者已然是睁一只眼闭一只眼，现在事情已经摆在明面上，王京凤要是公开放人，这就会把自己卷进来。他们想策划一场营救行动，将人从监狱里“抢”出来。

既然不能明要，无法硬抢，那就只有闹一场。

他们所说的“大事”，从水灾之后就开始计划，但耽于救灾和修堤他们一直按兵不动。这一场水灾说是天灾，其实明摆着更是人祸。王为民接到组织上的要求，借助这一次事件“做文章”。灾后民不聊生满目疮痍，王为民知道那时候闹起来就是添乱。毕竟王京凤是勤廉的长官，所以他们一直等着个适合机会两不相碍。如今有同志被捕，形势很危急，一旦一着不慎就会满盘皆输。所以在想尽办法营救同志时，王为民打算实施计划已久的纪念活动。时间已经是农历七月，眼看着“七月半”到了，这是传统的“中元节”，也是纪念亡人的“鬼节”。所谓“早清明，晚大冬，七月半的亡人等不到中”，一切要趁早了。

王京凤坐在办公室里看古书，他不是清闲而是无奈。他对外已经说过要“彻查此事”，但实际上他不知道如何查起，或者说他并不想查。他想想又放下古书，带了一名随从去见那名被从盂陵抓来的“反动分子”。到了牢房一看，人之前被苟团长的匪兵已经打得遍体鳞伤。王县长问他叫什么名字？他只说“不知道”，再问其他的依旧还回答这三个字。县长唏嘘不已，看这孩子的年龄也才二十岁上下，竟然走了这样一条路。他走的时候交代狱警不得再用刑，要好好留住这个“活口”，但凡有一点闪失拿他们是问。县长才走出牢房门，外面就有警察奔来急报：“街上出事了，有人在贴反动标语。”王京凤一听大惊失色，他心里清楚这是王为民他们要“出手”了，但又不好多说，只骂道：“一群刁民起哄，又想‘活闹鬼’，赶紧组织所有人手上街给我撕，贴多少撕多少，我就不信这几个小鬼能闹得过阎王！”

苟团长消息倒也灵通，也带着他那喝得东倒西歪的手下站在了街上。王京凤看着本该已经沉睡的街上人头攒动，叹了一声：“七月半明天才到，今天就闹鬼了。”大家都涌上去撕标语，刚刚刷的糨糊还潮湿粘人。

此时，王为民组织的人正去营救那位被捕的同志，贴标语实际只是调虎离山之计。他们贴标语的地方在城北街上，是市民居住人员密集的地方。城南是政府衙门所在地，一到晚间街上就空空荡荡的。黄秩庸带着小猴子躲在暗处。等人赶往城北之后小猴子爬上墙头，朝墙内扔了一支“天地响”。这是当地土制的一种炮仗，炸起来天地震动故有此名。这一炸响，狱警以为是枪声，赶紧手忙脚乱出来查看，一看四下无人又转身预备回去。小猴子又一支“天地响”炸响在门口，几个人胆战心惊连忙又转过来，一看依旧四下无人。于是派一个人打开铁门去一探究竟，门才打开又是一挂小鞭炮噼里啪啦炸起来乱作一团。十几个人从暗夜中冲进来，将那几个慌乱中还不知所以的狱警按倒在地捆上，塞进麻袋里扔在了一边。一帮人破了门进得里间，抬着已经重伤的同志匆匆出了门便往城西去。西门出去便是大堤，水边码头上有人等着接应，船一离开水边就顺流而去。

今年运河的水也很大，滔滔地往南流去。

县长忙着街上指挥，正是一片混乱之时，又有人奔来报告监狱里出了情况，王县长一拍脑袋说："上当了，中了'调虎离山之计'了。"一边忙得上蹿下跳的苟团长凑过来喊："古话说'擒贼先擒王'，县长大人，你不能再由着他们胡闹了！"

王京凤问他："那你说谁是贼，谁又是王？"

看见县长如此态度，这苟团长绷不住了，大声地嚷嚷起来："这是什么狗屁的世道？我是个外地人，热脸贴了人家的冷屁股。这贼是谁你们自己心里还不清楚吗？"王京凤并不理会他，苟团长挥着手说："兄弟们跟我走，去王家大院，今天闯再大的祸我担着，我就是脑袋拿给人家当马桶坐也要闹一场。"王京凤看他这副德行，知道这蛮子憋了一肚子的怨气，害怕他真的闹出什么是非来，便也一起去了王家大院。

王家大院灯火通明。王为民的书房高朋满座，最让王京凤没有想到的是，座上竟然有高长海。看来他们是喝过酒的，见到这一帮人分别进来，高长海站起来说："今天又是龙灯又是会，真是热闹得很——这么晚了，苟团长你忙些什么事情？"高长海如此一问，这蛮子一时语塞。他不知道高长海这话是什么意思——自己今天晚上的"紧急行动"明明就是高长海暗中安排的。他脸憋得通红说："我干什么？我一个外地人看不下去这城里胡闹！我这是为了正义！"

王为民正色道："论说话的资格，或者说什么正义，在我这里还没有你说话的份。我看你早些回去‘挺尸’，不然大莲子姐姐盆里的水又要伺候你了。”“洗脚水”的事情大家都是知道的，早前苟团长也派人来查王家大院，被女佣人大莲子姐姐一脚盆水从头浇到脚。

高长海见苟团长急赤白脸，便从中拦停说:“大家说归说，但这也不是儿戏，蛮子也是好心为县里办事，做的好不好是另外一回事。今天我们都在王家，正好王县长也在，并没有外人，不如把事情都说开了，这事情还是要请县长定夺的。”

王为民请高长海来商量一件大事。这件事就是要在小城搞一个活动，时间就是第二天“七月半”的中元节。请高长海来这是王为民的主意。他心里知道这位运工所长也并非等闲之辈，既然如此不如主动让他站在前台来，这样他明面上便不好说什么，毕竟这是一个公众的纪念活动。说到“纪念”王为民认为不妥，一年前水灾大难夺去数万百姓生命，没有什么好纪念的，应该是“悼念”活动。正好一年时间，按照民间的说法，人死之后一年叫“头周年”，也是要举行悼念活动的，这并不是迷信而是风俗。王京凤听他们说话自己保持沉默，待到王为民问他“意下如何”的时候，县长说:“你们二位这是在征求我的意见吗？看来我要是不答应，那明天街上是不是就要传出我王某人置人情道义于不顾的消息了？”

高长海说:“县长莫要怪罪，这王先生也是替您张罗了一件聚拢民心的好事。再说这种悼念活动也只有商会这种民间组织搞才适宜。您是一县父母官，岂能去办这种事情？”王京凤没有想到，眼前这个贪官竟然为王为民说这番话。当然，高长海也并非真是想做悲天悯人的事情，他是想让他们闹一番，自己可以在暗中观望，这些人到底有哪些党羽。于是，这么一件大事本来是打算暗中先张罗的，现在成了堂而皇之的公事要大办特办了。

苟团长站在一边有些尴尬，扔下一句蛮话："到底是官官相护，说到底你们还是穿一条裤子的人，我是二百五的外人。"说完他便气愤地出了王家大院。当然，他这么说也并没有人挽留。王县长内心也是感到不安，站在王为民的书房里比站在自己办公室还要内心复杂，只丢下一句："你们好生闹腾就是，万万不要'走了字子'。""走字子"是句地道的本乡话，乱方寸、失了规矩的意思。

王为民决定的事情是不会变了，他知道此事已经周知各位，有再大的风险也是要去做的。现在，被抓的同志已经营救出去，他已经没有后顾之忧。自己也接到组织的决定做好了转移的准备。家中的营生本是弟弟打理，王为民原就对经营生意没有兴趣，一路来做点事情也不过是个掩护。一众人散时，他让黄秩庸和小猴子留下。王为民的意思是让他带孩子仍回到盂陵镇上，继续做他的田禾先生，日后再作打算。黄秩庸知道王为民这一走可能就不会回来，他这小半生一直追随其左右，坚决要求与他一起转移。他们看着小猴子默不作声——这个小子还是惦念着那一群鸭子，黄秩庸摸摸他的头说："他哪里是惦念鸭子，他还惦念着骆老二的姑娘。"话说得这小子脸通红。王为民也知道他毕竟不是自己的孩子，不能让他跟着自己漂泊。

他们打算第二天悼念大会开完就乘汽车去省会镇江，以后不想再牵连任何家乡父老。高长海离开王家大院找到苟团长，这货正在相好的那里"快活一番"，解解自己这一天的怨气。生生是被高长海砸了门，在黑暗中撂进屋子里一句话："天亮了去我那，上午有要事安排。”然后夜色中就又貌似安然地睡去。

其实黑暗之中常有魑魅魍魉活跃，沉默之中的热闹往往是难以想象的惊人。

第二天一早，泰山庙前就搭了台子。百姓们蜂拥而至等着这场悼念活动的开始。高长海也早就到了现场，他今天是受邀请的“嘉宾”。人群里苟团长的手下已经散入其中，他自己在不远处等着一场好戏开始。高长海预料到这悼念活动一定不简单，他安排苟团长混入其中，如果有人散布什么反动传单就立刻抓人，哪怕老百姓也先给抓起来，仍然交给王县长处理。这一回，苟团长有了准备，安排了识字的人先混入人群中，不能像上次看见字纸也不知道写的是什么。

会场前面，是王为民自己手书的两副挽联：

运河年久失修，竟闯下滔天大祸；
快斩罪魁祸首，以告慰海底冤魂。

又有：

怅恨过西堤，容易秋风增旧感；
登临眺东郭，哪堪衰柳对斜阳。

高长海看到又假装视而不见。他其实心里五味杂陈，这挽联的内容简直就是痛陈自己的罪恶。人来了走不掉，就面无表情地站在台上，看着王为民一帮人鞠躬祭拜、演讲说话等一项项的程序。

苟团长站在后面正观望着，小猴子突然匆匆奔了过来，朝他大声喊了一声："苟团长，苟团长，不好了，不好了。"后面的人一听都转过来看着苟团长，他问小猴子："你这小子乱喊什么不好了?"小猴子跑得气喘吁吁，捂着胸口停顿了一下说："他们说，你家姨太在家偷人，那个黑司令和她睡觉去了。"一听这话大家骚动起来哄闹，苟团长气得直跳脚，上前飞起来一脚要踢他。小猴子倒也灵敏，一转身钻进了人群里。

苟团长听说自己女人偷腥，这事情还了得?赶紧掏出枪直往城北那婆娘家奔去。走到门口见门关着，几个士兵硬是砸开了门。他示意自己一个人进去，免得这丑事被人家看见。他冲进去的时候，那婆娘正忙着穿衣服，可是并不见什么男人。他趴在地上像只狗寻找猎物一样，一眼看见了床肚里一丝不挂的黑司令。他伸手过去逮着这厮拉出来，另一只手上的枪已经晃了过来。哪知道黑司令一股蛮劲腾跳起来，伸手夺过来枪朝苟团长头上打去。

苟团长的枪第一次在小城响起。这证明他的枪不是木头枪，不过可惜的是结束了他自己的性命。在外面的手下听到枪响知道不妙赶紧冲进来，看到团长已经倒在血泊中，却不见那黑鬼的影子。他们以为黑司令又躲进了床肚，连忙欠身钻进去找，只闻得一阵马桶的臊臭味道。黑司令跑了，苟团长的手下似乎觉得有点不划算，抬手一枪朝那女人打去。那女人在慌忙地穿衣服，一只雪白的奶子还露在外面，就这么被草率地结果了。

这一枪也就正好打在那雪白的奶子上。

那边演讲进行的时候，数百名群众聚集哀鸣，人群中突然飞散起来各种传单，大家纷纷哄抢。站在台上的高长海看不到苟团长的身影，那几个留在人群里的手下早就被沸腾的人群淹没成了没头苍蝇。悼念活动结束，高长海下台的时候才从荀团长那结结巴巴回来报信的手下嘴中得知：团长和黑司令火并，被枪打死了。

王县长治下出了命案，他命令警察认真查办，可黑司令不知道逃到什么地方去了。他认真“研究”案情，将王为民这边的事情先搁在了一边，因为毕竟人命关天。高长海想从中周旋，但无奈县长摊开手说:“我也没有分身之术，那些孩子想闹就让他们闹去，闹出人命来再说!”

王为民乘车子走的时候，在大堤上回望了小城一眼，他不知道日后何时才能回来。黄秩庸在车上看见河边有一群鸭子在欢快地戏水，它们劲健的大羽在水面扑腾，将这河流搅得波光粼粼。他想起了盂陵的那一群鸭子，它们一定也已经长得膘肥体壮。运河边的小城素来是鱼米之乡，因为河网众多水草丰美，所以出了著名的鸭蛋，这是众所周知的事情。提到这下河小城，除了王西楼那著名的“喇叭，锁呐，曲儿小腔儿大”中的“只吹得水尽鹅飞罢”之外，竟只有这鸭子是出名的。这里的人出去，与外乡人提到小城的名字，人们总是停顿一下说:“哦，知道，那里的鸭蛋出名。”

此后半年，高长海离开了运工管理所。据说他靠的是当年拾到的那几样宝贝。一样是银质的发簪送给了他长官的老婆，说这簪子虽然并不昂贵但是珍贵。他编造一个故事说是护国寺的大和尚所赠，是乾隆皇帝下江南赠给当地寺院的。乾隆皇帝是来过小城还写过诗，这事情似乎“有鼻子有眼睛”像真的。于是长官一高兴就把他调回了省城任职，带着一肚子的坏账离开了下河县。

王京凤给他办酒送行是客套事，这位县长心里真为他调离而高兴，他更是为百姓高兴，这种人早走早好。

小猴子和新派的田禾先生去了盂陵，因为他执意要找他的小鸭子去。炕房的骆老二看见这小子又回来了，心里还有些不安，但他姑娘一把拉住小猴子的手说："你回来鸭子就还给你，这是说好的事情，你就不要走了。"从此，小猴子也就心满意足地做起了他的"鸭司令"，把那原来的"副"字去掉了，大家都说他总算"升官"了。

他在水边放了七八年的鸭子，世间的变化他多少听到过一些，但他对此并不感兴趣。他就喜欢鸭子，他觉得自己就是一只没有毛的鸭子。有时候赶鸭子赶得痛快起来，他就扑通一声跳下水去。骆老二的女儿站在岸上看着他在水里游，便唱起了歌来："一张鸭子一张嘴，两只那个眼睛两条腿。走起路来两边摆呐，扑通那个一声就跳下水，呱，呱，呱！"

骆老二的生意不好，干脆就改了行一起养鸭子。人们知道他的"小算盘"，说他是"白白捡了个大儿子"。骆老二的儿子十几岁出去之后就没有回来过，也不知道他的死活。开始几年骆老二还到处托人去打听，后来绝望就骂了起来："就当没有生过这个'没有根'的畜生。"

小猴子听了别人的议论也不说话，一个劲地划着船在水荡里穿梭。他心里想自己攒够了钱，就等着日子"娶马马"了。这个地方的人说婆娘叫作"马马"。说女人"瘦马"是城上有名的俗语，乡间俚语也这么说。人家一说他就干得更起劲，膀子上肌肉硬铮铮的，晒得黝黑发亮。

但是天有不测风云。

骆老二突然就得了恶疾一病不起，先是浑身奇痒，然后十多天发热、腹泻。看病的先生想尽了办法也不见效，最后不大肯登门来看，说是会传染的“坏病”。骆老二得了这个病之后，小猴子就被赶出了骆家的门，在王为民家麦地边上搭了鸭舍住下。

小猴子也是心急如焚，但骆家门始终关着。他只有帮忙去老中医那抓药回来的时候，可以看一眼那日渐消瘦的骆家人。十多天后县上得到乡里的报告，来人将骆家全带走，剩下炕房空荡荡的房子。骆家人被带走之后，镇上有很多传说，有的说是带走了根本就没有办法治疗，是把他们关在湖中岛上让他们自生自灭；也有的说带到城里就被处决了，而且是火化深埋了。小猴子想去找他们但又不知道在什么地方，况且眼下这一趟鸭子还要照看，真是急得人直跳脚。

过了几天镇上又有人自发地用石灰来给这炕房消毒。忙完了邻居们又一起找到小猴子下了“逐客令”：你不是本地人，现在骆家出了这么个“坏病”，你虽然没有得病，但为了我们镇上人的安全，望你“请身”。

“请身”看起来是句客气话，但实际上是毫不犹豫的逐客令，大家这是要赶他走。小猴子想想自己也并非根生在此，走也是无所谓的事情，只不过眼下这趟鸭子卖了可惜。正是阳春鸭子“上蛋”的时候，这时候鸭屁股冒出来的都是好日子。他央求邻居们再容他几个月，到端午节之后再把鸭子卖了。这个地方的人，到了端午之后就不腌鸭蛋了。过了那个时候蛋就卖到炕房或者做松花蛋的厂，价格低不值钱。所以，小猴子想着鸭子将一季蛋生完了得个好价钱。但这十几个乡民并不买账，只认死理：你从哪里来就回哪里去，把你这些“骚瘟鸭”也全部带走。现在我们怀疑你的鸭子也是有问题的，要不是看你老实，当时就把你交出来让县里一起带走了。

“现在走，必须马上卷铺盖走，划着你的船带着鸭子到荡里去。”

小猴子被逼得青筋暴跳，喊了一阵子终于还是寡不敌众，卷了薄薄的被褥，拿了一挂芦苇帘子扔在船上，赶着一趟鸭子往荡区的水中央走。人们唯恐他不走，一直站在岸边望着，直到小猴子再也看不见他们。进了荡区四下无依无靠，鸭子晚上不靠岸就把蛋下到水里，就成了打水漂的“暗生蛋”。他划了好半天终于看到一处村庄，远远地停下来不敢靠岸，就把鸭子往一处浅滩靠，船篙插在水中扣住船。

父亲告诉过他，船停水中孤零零的样子叫作“待泊”。

想到父母和这些年的漂泊，他突然大声地哭起来。这一下惊得鸭子四散扑腾，那些鲁莽的畜生哪明白小猴子心里的绝望。待到傍晚时分，鸭子又聚过来在水边觅食，搅得水上哗然一片。眼泪抹干了肚子也饿了，他突然想起来自己好些东西没有带上，就连鸭子的口粮也没有带。鸭子的口粮是放在骆老二炕房里的，每天傍晚他划船回去拿，不然太多余粮放在外面会被人“顺”走。情急之中匆忙出走，他现在才知道没有带的东西太多。原来炕房里那看似平常的一切，其实是多么默默无语的重要。他从船舱里找出一把割草的刀，船靠岸之后割了几大捆芦竹，在浅水滩与岸上之间围了一个临时的水栏，将奔走了一天疲惫的鸭子赶了进去。

他自己也像一只疲惫的鸭子，想停在水边歇一会。但他现在还睡不了，他还得回镇上去，把剩下的粮食搬来。

他饥肠辘辘地往回撑船，心里又担心那些鸭子会不会炸窝跑掉或者被人偷走？一分神，船一晃失手船篙松开了，船像一支箭冲了出去，篙子倔强地站在身后的水里。他看着月光中水里的竹篙，就像故意跟他作对的人一样，急得大声地吼起来。

他也不知道自己吼的什么。

空荡荡的水面上，他吼到绝望才疲惫地蹲下，无奈脱光了衣服纵身跳下冰凉的水里，游向那竹篙都与人作对的现实。拔出来往回游，上船的时候船吃水太深猛地一晃荡，一条大鱼跳出水面不偏不倚正好掉进了船舱。他光着身子看着月光下的自己，赤条条的也像一条鱼，无奈地穿上了衣服撑着船继续往前走。鱼蹦跶了几下就没有动静了。他本来有些可怜这条倒霉的鱼，想想自己也如它一样可悲，一狠心就不理会它了。

快要到炕房的时候，他远远看见镇上火光冲天。他连忙用力往前撑，到了近处他才知道，这半夜里炕房失火了。那火烧得半边天通红，竟然一个人也没有发现。他突然意识到这不是失火，他也不能喊救火。他冲进原来自己住的地方，那里面被翻得乱七八糟，没有一件像样的东西。他气愤地踢开脚边的杂物，脚被掉在地上的一口锅撞得生疼。这口锅多少年没有用过了，是他们租住时候买的。后来这些年他都与骆老二家一口锅里吃饭的。他拎起这口锅，心乱如麻地走出了炕房的侧门，像一只失魂落魄的鸭子走出栏口。

大火依旧在身后邪恶地燃烧，这该死的晚上一个人都没有出来。

他上船之后已经饿得头冒金星，突然想起了那条倒霉的鱼来，于是又折回去。他现在似乎不害怕有人看见他回来了，也许此时正有人躲在暗处观看这场让他们快活满意的大火，只是这些人并不敢站出来。他回来在火里取了一段烧着一半的木棍，夹了一捆柴草又拿了两块砖头回到了船上。现在，他要解决掉那条倒霉的鱼，他突然被这无奈的现实逼出兴致来了。弄鱼他是好手，拿了那割草的刀三下五除二刮鳞去脏在河里洗干净，又舀了河水架起了铁锅用柴火烧起来。

这是渔民的一道名菜，叫作“河水煮河鱼”。

不知道是饥饿还是愤恨，他把这条倒霉的鱼骨头都嚼了下去，端着锅把那腥而无味的汤也喝光了。吃完了他便两手空空上路。他的鸭子还在外面躲着，若是鸭子丢了他就真的什么也没有了。

他现在有点恨，要是当初在保全堂学个手艺，哪怕是打个杂也就算了，偏偏要养这些“骚瘟鸭”，现在自己都不如一只鸭子。他撑到半路歇了一阵子继续往前走，平复下来心里又安静了些。他又想起来骆老二女儿唱的那放鸭的歌谣：

> 一张鸭子一张嘴，两只那个眼睛两条腿。走起路来两边摆哪，扑通那个一声就跳下水，呱，呱，呱！

他知道自己的“癞猫声”很难听，但越唱越有劲，反复唱了好多遍，一直唱到天蒙蒙亮。好不容易转到了圈鸭子的地方，那群饿极了的畜生已经吵翻了天。他远远地看见几个人站在水边，围观着他的那些鸭子。他心想大事不妙，赶紧一嗓子叫唤起来，这些畜生听到主人的叫声，欢快吵嚷地应答着，这就是人们说的“鸭吵堂”。

他这一嗓子是想告诉这些人：鸭子是他的。鸭子是他的，岸上的人就要和他算账了。这些看到鸭子的农民是来找麻烦的。他们半夜就听到鸭子叫没敢出来，早上起来一看是一百来只的“大趟子”，这是这些种地的人从来没有见过的。他们也养鸭，不过大多养几只生蛋。因为鸭子吃粮食，自己口粮生计都艰难，这是不划算的事情。看到成趟的鸭子在水边下了蛋，他们将蛋捡上来堆篮子里放在一边，等着鸭子的主人来与他“有话讲”。

他们有什么话讲？他们是“没话找话说”。岸上人一看小猴子是个毛头小伙子，心里就有了数，问他：“这鸭子是你的？你是哪里来的？你知道这是什么地方？”小猴子回答说鸭子是他的，他从哪里来说不清楚，因为他也是一路漂过来的，他也不知道这是哪里。其实这些人也并不在乎他从哪里来，又责问他：“谁让你割我们的芦竹了？”

芦竹都是野生的，小猴子心里明白这几个人是来“找话说”的。看着自己的一群鸭子，又看看那些被捡起来的鸭蛋，小猴子知道“寡不敌众”，赔笑着说：“我从水上路过这里，养鸭也是讨口饭吃，大意割了你们的芦竹，这一半的蛋就算给你们赔偿，还请你们赏口热饭吃。”看这小子还算是识相，庄稼人也还不贪心，反而不好意思地说：“这是你自己说的，我们可不是贪图你的鸭蛋。你自己拎着，随粥便饭你弄一口就是。”小猴子跟着往村子里走，走进去才知道这是一处大庄台，屋舍众多盘踞在高处错落有致，四面的河流将村庄与外界隔开，就像是一个独立的王国。

带头的那人介绍说：“我们南角墩是个独立庄台，周边像这样的庄台东西南北各四个，西角墩的都姓卞，北角墩的都姓郭，东角墩的都姓秦，我们南角墩也只有一个姓，都姓高，我叫高来福。”另外和高来福去的人，是他堂兄弟们，分别叫做高来寿、高来喜、高来财。高来福又问小猴子叫什么名字？小猴子差不多都要忘记了名字似的，愣了一下说：“我叫厍万年，人家都叫我小猴子，我属猴子。”

高来福问：“这是个什么姓，没有听说过，只听说姓谢，或者姓佘，哪有这么个古怪的姓，你这小伙看来也是个‘发物’!”

高来财读过书，也不知道是哪个先生教过他几个生僻的字，插言道：“《百家姓》上有这个姓，是‘库’字少一点，也有库的意思，我们平日里说的‘高家厍’就是这个字!”

高来福听了皱皱眉头说：“什么‘裤子’‘褂子’的，怪得很，我看就是个侉子，还是‘小猴子’这名字好懂!”

小猴子进了高来福的家门。他的家在庄台上东北角处，有一条小河与庄台之间隔开来自成一家，是在独立庄台之外的单户。他看厍万年东张西望，摸摸自己的胡子说：“我家是个单头厍子，自在!”

望见屋里杂乱无章，桌上一个碗里大半碗稀饭还有些热气，一边的咸菜碗沿上一只苍蝇卧着不动。高来福拿起一件旧衣服将凳子掸了掸，飞起的灰尘在清早的阳光里清晰可见。高来福有些局促不安地说：“不要嫌脏，家里就这条件。”另外几位看看眼前这个青年站着有些不自然，便看了几眼那篮子里的鸭蛋，一句话不说先走了。

小猴子真是饿极了，将那一碗已经温凉的粥呼啦啦喝了下去，没有动一筷那咸菜。那米水甜丝丝的，一下子充盈了他饥饿难耐的肚腹。高来福站在一边就像看着自己孩子似的，眼睛里闪出一丝暖意。他是个光棍，一辈子只忙自己一张嘴，家里的条件是“脚都迈不进门”。所以不要说娶老婆，就是饿不死已经不错了。他有几亩薄田，勉强收些口粮度日。农闲的时候他还去水里去取鱼摸河蚌，是个“水里鬼”。捕鱼“十网倒有九网空”，得两个钱要不买些酒喝，要不贴给别的婆娘。反正半辈子存不住一分钱，就这么晃过去大把的光阴。吃饱的小猴子想起了自己的鸭子，现在这些牲畜成了他的累赘。高来福问他究竟从哪里来？小猴子这些年漂泊好像确实说不出个牢靠的地方，他自己也是一只没有窝的鸭子。

他把苦楚说给高来福听。这个穷汉子看这十七八岁的小伙子心生了怜悯，知道他想有个落脚的地方，便对他说：“那黄雀荡本就是处荒地，平时我们在里面取鱼，冬天收些芦苇芦竹卖给‘高田’上的菜农搭架子。你要是着意留在这里，便搭个棚子落脚安身。庄稼人眼皮子浅，你那鸭屁股里冒出的蛋，送上几个给每家尝尝，谁还问你哪里来的?”小猴子听得此言感激涕零走回荡区去，他现在才知道这荡叫作“黄雀荡”，是平原上众多河流相连着的无数荡区中并不稀奇的一汪水。

他走到半路遇见刚才那三位，他们又一起往高来福家方向去。碰面的时候相互点点头，看起来和顺善意了好多。

小猴子可以住在船上，鸭子喂不上粮食但可在水里“淘食”，难的就是要给这些牲畜弄个圈舍。现在有了高来福那句话，加上那一篮子鸭蛋，这处叫作南角墩的村庄对于这个外来人，暂时就睁一只眼闭一只眼了。高来福下午闲着没事又来看看，回去帮他找了些笨拙生锈的工具，砍些野树杂枝将那圈舍加固了起来。小猴子担心此处难是久留之地，那高来福拍着胸脯说：“一切有我，我和他们说了。你又不是那日本鬼子，又不是流窜犯，不要怕!”

这天晚上，小猴子和这老光棍在黄雀荡边上吃了一只鸭子，喝了一瓶酒。鸭是小猴子赶趟子时失手弄伤的，酒是用十个鸭蛋从小店换来的。

这是他第一次喝酒，喝得晕乎乎地睡去。他在船上用树枝拱起了篷顶，盖上了竹帘和一块破布，多少挡住一点夜里的寒凉。夜里醒来的时候，架在岸边的锅下余火未尽。他口干舌燥，挪到船边双手捧起河水灌下去，满肚子清凉舒畅。他长长叹了一口气，喝完酒醒来的感觉真好，万事都似忘记，轻松而舒适。他打了个嗝又睡去，和那水边安静的鸭子一样。

三五十天时间，鸭子就熟悉了黄雀荡的环境，慢慢地知道了主人早出晚归的路数。可这人间就好像这多雨的平原，说变天就变天。高来福急急忙忙地奔来找小猴子，站在水边拼命地喊，广阔的水面被嗓子抽得心神不宁。小猴子在船上也猛撑两篙子，冲到岸边来重重地撞到浅坡上。高来福说话有些结巴："快点来，快点来！赶紧走，赶紧走！"小猴子被弄得一头雾水，上岸细问才知道又出了幺蛾子。

小猴子从盂陵镇躲到这黄雀荡本以为已万事大吉了。谁知道他走几天后这骆老二家得的"坏病"真就传染蔓延开来。镇上成了人人自危的孤岛，县里面派了重兵把守控制危情，所有人员不得出入，病人关在一处医院集中治疗。城里也开始戒严，只准出城，没有官家的通行证不得进来。乡下来粜米卖菜送柴的船只，到了进城的码头就卸下东西，交易完了便立刻掉头，人是轻易进不了城门的。这事情很快就传遍城乡，就连南角墩这种遥远的庄台也听说了。人们突然想起来这小猴子说他曾经去过盂陵，虽然具体情况不清楚，但马上聚到高来福家商议：必须立即赶他走。

人是高家这四个兄弟“惹鬼”带来的，现在请他们自己赶走，不然的话就交给官家来绑走。

村民们没有下狠手是因为曾经吃过他几只鸭蛋，但现在即便是吃几只鸭子也无济于事了。大家还担心吃了他的鸭蛋会不会害病死人？人们都跑到村里一个老中医家询问，回答说这病人传人，但是不会由牲畜传人，这才让大家“心放回了肚子里去”。但现在必须赶小猴子走。眼看着刚刚安定几天的日子，他还打算摸两个钱搭个窝棚自己住，总在水上漂也不是正事。此时，村民已经让高来福几个人来下逐客令，依旧是两个字：请身。

小猴子欲哭无泪，这趟鸭子真是害人命了。他无助地对高来福说：“既然村里人要我走，我也不能害人。这鸭子就卖给你们如何？多少钱都无所谓了。”高来福身上一文不名，那三个人挤眉弄眼看着这老光棍，可他不懂什么意思。高来财见高来福是“饭碗上的鱼头不拨不动”，接过话茬来说：“危难时拉人一把是应该，可我们谁也拿不出几个钱来。我看你高来福也没有事做，将这鸭子买过来也解决了小猴子的后顾之忧。你打张欠条给他，日后风头过去他回来，有钱还钱，没钱还鸭子，一切跑不掉的。”

高来福面露难色说：“我身上除了这身破衣服，什么也没有——不对，有一年我种菜的时候挖出了十个古钱还有一个袁大头，给先生看过值点钱。我本来想藏着做棺材本的，现在先给你，我再立个字据给你，如何？”没有什么如何，现在小猴子巴不得把这趟鸭子甩手出去，他好一走了之。

他们几个兄弟中，只有高来财读过书会写字，于是就回去取来笔墨在草滩上写了字据。高来财写完读给他们听，一个个也毫无兴致细问：某年某月某日，库万年转让鸭子一趟共计多少只与高来福，折合共计多少钱，暂付铜钱十个袁大头一枚，余款日后结清，如无能力还清各自退回原物。这白纸上的字认得他们，他们不认得字。二位就在自己的名字下画个“十”字还按了手印，中人高来财签了名字办好了“手续”。小猴子认识自己的名字，看看“库万年”三个字心安了，便与那些据说值钱的“古钱”一起收下，将这一群牲畜交给了高来福。

他划着船走了，心里空空荡荡。

那些忙着戏水的牲畜不知道自己的“头鸭”去了哪里，只知道在水荡里埋头找食吃，至于人的悲伤喜悦一概与它们毫无瓜葛。

这一次，小猴子打算漂回自己出生的渔村去。城里他暂时去不了，去了也不知道还能找谁。王家已经很久不登门，田禾先生留下他离开了盂陵也多年不见。王为民走后他也偷偷进过城，但也不好意思再去敲王家门。他从盂陵镇上出来本还一肚子怨气，现在那边成了疫区，他对自己被赶走有些“庆幸”。但他也有些害怕，如果自己真也染了“坏病”暂时没有发作，这个时候进城岂不是害了王家？所以，他想来想去，从下乡划船进城经过南水关到了运河之中，划到对岸到了渔港。渔民们打鱼归来见了陌生人也很疑惑，来龙去脉一问再细细一看，果然是那年大水冲走的“小猴子”，十年一晃早已经长成了大人。

大家之所以打破砂锅地细问，是渔村也早就知道了最近“坏病”传染的消息。他们在湖区漂泊，本就天天靠水吃水，这血吸虫病也正是从水中来。况且据说前一阵子湖区一处孤岛上带来几个病人关着，后来一把火烧得干干净净也没有人敢去看个究竟。小猴子听了心里一惊，但不敢再多说一句。眼下他孑然一身回到渔村，当年泥鳅一样的孩子只剩下一个小名人们还隐约记得。他只有一条相依为命的船和一口空无一物的锅。他这些年的漂泊，变成了一只肚子瘪瘪的鸭子，除了聒噪的嗓门其他身无一物。

渔民到底也憨直，收留了这个渔村游走漂泊回来的孩子，让他的船有了一个安放的角落。大渔船的老大看这孩子一身结实的肌肉，满脸的无助令人怜惜，就收留他在船上帮忙，没有工钱但管三顿饱饭。小猴子想想当年上岸之后到处漂泊，如今又到水上做回小猴子，无论怎么样的光景不过都是为了吃饱肚子，想想只要能够有处安身就别无所求了。

于是，他的一身力气就又有了用处。他们后半夜去湖上捕鱼，天刚亮就从湖上过运河到了东岸的码头。这里有一个天然的鱼市，城里各处的贩子每天到这里来“过鱼”，再将鱼蟹分售到各家的篮里桌上。从船上到桌上，都是靠渔民劲抖抖的力气。也有人家不嫌远但图便宜直接到码头上来买鱼，少了贩子中间“剥层皮”。有些熟人买了大鱼还捡些不值钱的小鱼小虾说是回去“给猫吃”，实际上就是图个“外快”，这叫作“打肉带个冇子”。也有大户人家差佣人来买鱼，是买“起水鲜”的名贵鱼，比如鳜鱼，一般人家是吃不起的。一次小猴子上鱼货的时候，就看见了“薛大姐”带着个十来岁的孩子来买鱼。一条大鱼称好之后，小猴子从鱼筐抄了一条鲇鱼扔进她的篮子里，说了一句：“一条鱼吃不得。”小城里有一个风俗，一条鱼是不能下锅的，必须要再弄一条小的“搭一下”。薛大姐是个寡妇，夫家据说姓高，早年得病死了。她是乡下人，身材和脸盘都大，见人总是一脸笑。无论老少都叫她薛大姐。夫家死了之后房子留给她，她也没有回乡，也没有再改嫁。听说她是那个高长海的相好，但也没有人见到过谁进谁的门。邻里们似乎都可怜她孤身一人，有些事也只是说说并无责备的意思。见她带了个十来岁的孩子，小猴子有些奇怪，她从哪里来的孩子呢？问别人，都说她在外地抱养的一个孩子——养儿防老也是情理之中的事。

这天，王家的大莲子姐姐也来买鱼，正好遇见小猴子满手的鱼鳞在挑鱼。她有些迟疑不敢认，他一抬头出口就喊了一声："大莲子姐姐，我是小猴子！"大莲子这才认出眼前这个满身黝黑的青年，赶紧问："真是你吗？你怎么从盂陵回来了？"听说盂陵这两个字，小猴子心里咯噔一下，他知道现在城里人谈到这地方就避之不及，旁边几个人都停下来盯着他看。小猴子赶紧解释："我不是从盂陵来，我早就离开了那里，后来在外面放鸭生计不好，就回到渔港来了。"

大家听了心里还是不除疑，脸上的阴云就像是梅雨季的云头一样立马就上来。大莲子姐姐知道自己问得不对，连忙和大家解释："大家不要害怕，我听我们家二老爷说了，那盂陵的'怪病'南京政府已经有人来调查了，是血吸虫病，人不传人，喝生水才会感染，鱼蟹牲畜烧熟了也不传人，不然我们还能到湖边来买鱼？再说那盂陵离城里几十里路，那水里的虫子也爬不进城里来。"王家的佣人大家都认识的，这一说大家心才放下来。又有人问："据说那盂陵镇上绝了六户死了四十四口人，这可是真的？"大莲子在大门第中到底听说一些消息，说："人是死了一些，但已经有先生去查了钉螺，灭了虫子，现在大家心就放在肚子里吧。"这个小城里的人尊教师和医生都作先生，那是敬他们断文识字。

又有人问："听说那湖上的孤岛上还关了盂陵来的病人，我们看见大火烧得黑烟滚滚，那是不是得了'恶病'的？"大莲子姐姐也说不出更多了，只反问他："你看见了黑烟可你见到了白骨了么？那南京来的吴先生和许先生来湖上查过钉螺你们见到了么?”这话一问那些渔民就不开口了。也有人说好像是见到什么人在湖边转了几天，也不知究竟怎么回事说不清楚。这些也不过是随口说说，说了就继续忙着他们的生计了。很多鱼都是出水就死，要赶紧过给贩子卖个好价钱，一切等不得。

大莲子姐姐买好了鱼，对小猴子说:“得空去王家看看，大家常常说到你，自从盂陵那边的草田卖了，田禾先生不去也没有你的信了。你看看，都长成个大小伙了。有空去城里看看，现在城里面已经不设岗了，早就来去自由了。”

他们在湖上哪里知道这些消息，整天就与水打交道，满身只有鱼腥味。忙完了上午的活计，小猴子细想想大莲子姐姐说的话，突然想起来一些事情：一是这“坏病”并不是“人传人”的病，当时不过是谣传，得病也都是病从口入的传染，其实不过是虚惊一场，亏得这骆老二的邻居还一把火烧掉那炕房。二来是岛上那几个被关的人不知道是不是骆老二一家？骆老二的老婆和姑娘不知道是不是也染病了？想来真要是被烧死那真是冤枉至极。他趁着无事按照人们说的方位划船去看，远远就看见一堆焦黑的灰烬，其他什么也没有。

小猴子没有上岸，又调转船头往城里去。

他进城没有去王家大院，一路上心里踌躇很久。他现在长大了，感觉自己这副模样去见人很难为情，所以一脚便去了保全堂。保全堂的掌柜伙计都认识他，看见他回来个个问长问短，就像是亲人回家一样，让他有些盛情难当。他走到后院里想看看过去自己住的地方，才进穿堂就看见水井旁蹲着洗衣服的薛大姐，一边还站着那个十来岁的孩子。小猴子被王家捡回来的时候，也是这般年龄。大家都在你一言我一语地说着十年前大水后他到保全堂的情形。这个他倒并不难为情，因为正是眼前这帮人养活了自己那段悲惨的岁月。对于他这个到处漂泊的人来说，似乎更能习惯地面对窘迫和悲惨，他一点也不觉得难为情。

他回到了前堂问起了薛大姐的事情，大家都挤眉弄眼示意他不要多言。原来这薛大姐没有什么生计，就央求掌柜的来帮伙计们浆洗衣服，平时也照顾他们的起居，这些大男人们做不了细活。说到“照顾”这两个字，伙计们脸上的目光都有些异样，说这女人“风气”不好。这些长年在外的光棍，平日里也没有少占这个苦命女人的便宜。

这些荒唐窘迫的日子，谈不上什么风气好不好。

问到薛大姐的那个孩子，果然说是抱回来的，但又有人神秘地说也并不是真抱回来的，是她和情夫的“野种”，她捡了个“外快”，还跟她夫家姓。薛大姐在城里的生计也艰难，自己也没有积蓄，早就想将城里夫家留下的房子卖了，换两个钱带着孩子回乡下老家去。回老家总有几亩薄田作生计，只要手脚不残日子就不会断，不像这城里什么都要钱来买。那几间房子也并不是什么大屋，就是几间草坯的房子，无人问津也卖出什么好价钱。

小猴子看看那孩子，就像十年前自己一样站在后院的天井里，他们都是漂泊的孩子。

第三章　穷　狠

小猴子在渔船上干了大半年，风里来雨里去“水上漂”的日子倒也能混个“饱肚子”。生活相对稳定下来，他进城的机会也多起来，保全堂里也常常见到他的身影。那薛大姐果然没有多久就卖了两间破屋子，带了几件用得上的物什，坐船回乡下娘家去了。她一走，关于她的议论竟然多起来，特别是她那个“扤油瓶”儿子被传得神神秘秘。这个地方说寡妇带儿子叫作“扤油瓶”，也就是多余的意思，若是改嫁对方都会嫌弃“扤油瓶”的孩子。薛大姐的这个“油瓶”扤得有些奇怪，这孩子也不知是不是她亲生的，抑或真是抱来的。这个地方有“抱养”的旧风俗，但一般人家哪里舍得把儿子送人，给再多钱一般也不愿意。再说，以薛大姐的情况来看，她也拿不出几个钱来。看来大家传说这孩子是她相好寄养的私生子，这话也并非一点影子没有。又有人说，这孩子就是当时那个省里来的高长海私生子，他自己是个特务头子遭人追杀，无奈就托人将孩子送到薛大姐这寄养，毕竟他们是有点老“感情”的。各种说法莫衷一是，但他们说这孩子眼睛就活像高长海，三角眼有些邪性的“坏样”。小猴子想想似乎是有点像，再想想一个孩子哪里有这么些邪性?

常进城里听他们说多了，事情反而就没有多大意思了。这件事就成了一种俗套的谈资，没有什么味道但又舍不得扔掉。就像是一块萝卜干在嘴里吮得时间长了毫无味道，但又舍不得吐掉，就是一点渣滓也要不时地“咂摸咂摸”味水。最后到底是舍不得吐掉的，因为这苦楚日子实在是没有味道。

现在城里不知道究竟是哪一方面的大兵把守着。好在对于小老百姓并无多大瓜葛。只是日子过得提心吊胆，大家又都互相安慰:“天塌下来有高个子顶着。”保全堂毕竟是大户人家的营生，在城里依旧算是生意兴隆。王为民的弟弟操持着家业，他与大哥的心性不一样，就安心守在本地做生意。不要说进城的这些外来政要或兵丁，就连王京风这样的本地老爷他也疏于交往。困难的时候出钱出力也并不吝啬，但他始终忙着自己的生意，大概王为民一波三折的经历让他有了自己的考虑。这倒也不失为一个好想法，就安心地做好自己的生意，做好自己的老百姓。王家二老爷几次在铺上见到小猴子，他知道这年轻人与王为民的关系，看他依旧这么飘荡，就总是这么说:“你像只野鸭子到处漂，也该找块安稳的地方做个窝了。不行还到柜上来做事，迟早也得成个家不是?”

这话说得句句在理，但小猴子不好离开那大渔船。按理说他不过是船上的一个苦劳力，只混口饱饭吃，走留是自便的事情。小猴子心里想的是：最困难的时候船老大收留了自己，总要留个一年半载的时间，就是学徒也有三年期限。所以他觉得自己现在有口饭吃马上就甩手走人，这不是做人的道理。实际上，他心里还另有不安的隐情。这半年在船上干活，船老大婆娘看他眼明手快，有一次问他愿不愿意做上门女婿？这话说起来对这个穷小子自是天大的好事。他现在除了一身旧衣服、一条破船以及几个旧铜板，还有一张高来福打的未必能兑付的欠条之外是一文不名。老板伸出话来让他说，她的女儿小兰花也正当出门的年龄，虽不是天仙下凡也算鲜花一朵，可他竟然一口拒绝了。

他说自己一无所有，不敢奢望过好日子——其实他心里还想着骆老二的女儿。他心里坚信骆家被“处决”根本就是谣言。加上大莲子姐姐那次关于谣传的说法，他就更加坚信骆家还有人在世。但这个原因他又说不出口，于是只能支支吾吾地搪塞。老板娘有些不高兴——且不说当时渔老大收留之恩，就说他眼下的情形，竟然拂了自己的面子，那是给脸不要脸的事情。说起来也是有意思，这船老大的姑娘小兰花本来瞧不上这个黑泥鳅似的小伙，可父母一说之后她越看越喜欢。船老大觉得日久见人心，这小猴子也不是草木，自己真心对他总是会有触动的。最后看他不识抬举，老板娘甩起了脸色来，当众数落他说：“一有时间就往城里跑，也不知道忙什么，难道吃饱了就不问事了？这湖上的生活也不是发山水淌来的，都这样日后喝西北风去！”小猴子知道老板娘这是借题发挥，他在船上卖力大家是有目共睹的。船老大听自己婆娘说得有些刻薄，黑下脸来说：“没事不要叽叽咕咕，我看这孩子手脚勤快，就你这婆娘‘妄口薄舌’！”

所以，这时候小猴子是不好走的。一是为道义，二是为人情。他知道王家也是好意，自己心里也有打算，怕被人说是“做梦娶媳妇——尽想好事”，于是就这么一直耽误着。眼下世态情形也紧张起来，据说外面仗打得很激烈。其实打不打仗和他这个“渔花子”没有什么关系，他也并不关心谁打了胜仗，除了吃饱之外就是到处打听骆家人的下落。但过去的事情就像是一片树叶掉进了运河里，怎么也找不到它的影踪了。船老大的姑娘已经二十三岁，人们就笑她是“老姑娘”。说起来也邪性，这个姑娘偏偏就是不肯和别人谈亲，好像非这小猴子不嫁的意思。船老大想想也改了条件，自己和这小子商量：实在不做上门女婿也可以，以后孩子就和你家姓厍，只要你答应这桩婚事，哪要我这老姑娘死活就认你了呢？

小猴子就是不松口，尽管骆家人依旧杳无音信。

船老大的犟脾气也上来了，骂了一句：“日马马！那你就给老子滚，不识抬举的东西。”老板娘听他这么一说，掼下自己手中的碗，又补了一句：“我家船上这‘讨饭碗’也不是好端的，抱你上轿不上轿！”

话说到这，小猴子最后一口饭没有嚼完就咽了下去。喉咙被生生压下去的硬米饭噎住。他努力地憋了一口气压下那要命的饭团。船上人虽然不愁吃水，但喜欢将粳米煮硬一点，说这样“熬饿”。小猴子愣了一下，突然三个字从他瘦弱的嘴里爆发出来：“我不走！”

其实他并不是不想走，也并不是无处可走，是“拿不下意来”走。他觉得自己欠船老大的，不仅因为危难时候收留的恩情。

船老大的婆娘见他狠起来，船上女人的剽悍立刻也冒了出来，甩起筷子就掼在地上——她是舍不得摔自家碗的，但并不吝啬自己的狠话：“你这瘦骨伶仃的猴子，跟老娘玩穷狠？你把眼睛屎扒一扒，睁大眼睛看看这湖上我怕过哪个？”

小猴子被这话一呛，连打了三个嗝，默默地离开了桌子。走出一二十步之后，他又转过来扑通一声跪下去磕了三个响头。

没有人出一点动静，小猴子知道他们一定看见了。

他划着自己的船由湖边转上河过了岸，又成了一只无家可归的野鸭子。他任船在岸边水里晃荡，自己的胃子也开始晃荡。最后那一口饭吃得太猛了，又似乎有一股诡异的气息在胃子中翻腾，最终酝酿成凶恶的绞痛。一阵冷风吹来，他单薄的身体直哆嗦，打了个寒战几乎都站不稳了。他捂着肚子，艰难地爬上了运河的堤岸，看见小城里一片青灰的屋顶，一群鸽子嗡嗡地飞了过去。活了二十几年，他似乎第一次认真看了一眼这座小城，感觉到无尽的陌生，满眼的悲凉。尽管这街巷中还有几个认识的人，可他从背后的大湖上来，走了二十年也似乎没有走近这座城池半步。

他大步奔走在街巷中，似乎这样可以减轻一些痛苦。但每跨出去一步，脑袋都被震得嗡嗡响。他那双该死的老布鞋已经快磨破了底。渔船老大女儿偷偷塞给他的那双鞋，没有舍得也不好意思拿出来穿，他怕自己辜负了人家的好意。他大步流星地狂奔到保全堂门口，一手扶住门框还没有说出一句话就扑通一声跌倒在地，晕了过去。

小猴子醒来的时候，天已经完全黑了。他周身发热，眼睛肿胀得睁开都很吃力。也不知道是自己意识模糊了还是幻觉，竟然看见王为民站在面前。他努力地坐起来，又拍拍自己的脑袋确认一下自己还活着。王为民问边上一个陌生人:“你看看他这个病症属于什么情况，下一步如何施治，你说给我听听!”

那人叽叽咕咕不知道说了些什么古怪的话。看他四十岁的模样，穿着藏青的长衫，一副读书先生的斯文气质。小猴子现在确定自己面前站的真是王为民。他一下子来了精神，浑身的酸疼好像消失了，刚才身上的热汗也瞬间冷却了，急急地问道："王老爷，您怎么回来了？"

王为民转头看了看后面的人，又转身过来对小猴子说："你看看你这'小爷'，都这个时代了还喊'老爷'，外面的炮火已经炸得耳朵生疼了，你是发烧头脑糊涂了！"小猴子脸涨得通红，用大莲子姐姐的话说，那是红得和猴子屁股一样。这晚，小猴子要和一个伙计挤一宿了。他心里有些不安，但也实在无处可去，就要不起脸面来。他往床里边缩了缩，意思让睡这床的伙计坐下来，人家倒也客气："你现在是病人，老爷要我们照顾你，你还是一个人睡吧，我和其他人挤一挤。"这些伙计全是穷苦人，倒也都随和善良。小猴子问这伙计："刚才那穿长衫看病的先生是谁？"伙计也不知道情况，说王老爷也才刚刚回来几天。回来之后依旧是与之前一样不问事情，只住在自己的院子里。王家大院除了正屋之外西面另有一处别院，正是王为民读书写字生活的地方，这个叫作"单库"的书房让他独立于王家大院，他自己好像也是这个家庭的"别院"。这次回来，王为民除带了这位先生，还有夫人和他的两个孩子，这几年他在外又添了一个小公子。

那伙计进被窝蒙着头睡了一会，突然又伸出头来在黑暗里说了一句："好像听说这位先生是安庆来的，跟随大老爷回来的，大家都喊他'罗先生，罗先生'，大概是个医生吧，大老爷好像常和他说治病救人的事情。"听说这位先生姓罗，小猴子还想问个究竟，同屋睡下的老伙计有些不耐烦了："挺尸，挺尸，再不睡觉肚子里那二两米消耗光了，就睡不着了。"

夜色深沉无言，留下小猴子一个人胡思乱想。

他听见鸡叫了起来，就蹑手蹑脚地出去撒了泡尿，突然又想起了他的船来。想想那船上还有被褥破袄，又想起那连虱子都不沾的棉袄里还有几个铜板和一张欠条，心里一惊赶紧提了裤子就往外奔。鸡叫的时间并不准确，月亮下去之后外面还一片漆黑，只有他这双“麻秆子”腿在街上狂奔。那砖铺的路面坑坑洼洼，一脚下去不平的地方冒出来泥水溅在腿上冰冷。这真是让人气馁，但他又没有时间去气馁，只在心里骂了一句：日马马。这是船老大的一句口头禅。这个剽悍的汉子在水上苦了一辈子，所有的积蓄除了船和人之外，属于他的就是这挂嘴边的一句脏话。这句脏话并不总表示愤怒，比如得意时候他就轻轻地说：日马马，今天好日子，这么多大鱼！失落的时候他就无奈地说：日马马，这网下去看起来沉，哪知道是一网水草！愤怒的时候他就瞪着眼睛骂道：日马马，瞎了你的狗眼，老子一篙子抽死你，敢抢我的水面。

当然，这句话愤怒的时候用得多一点。

正所谓上行下效，渔船也是个小社会，跟着他讨饭吃的伙计们先是被骂怕了，后是被骂惯了，再后来就觉着骂得好玩，有时候还故意地招惹他弄两句，久而久之竟然成了大家的口头禅。背地里大家有情况没情况都来一句：日马马，今天这事情……这时候，小猴子心里真是又急又恼，可偏偏这地上的砖块像是和他作对，不时就冒出一点贮藏在缝隙里的泥浆来。

这是前两日的秋雨，不知道那些读书人怎么就说这该死的雨水美好？

他摸到堤边自己停船的地方，朦胧的岸边一无所有。河中心南来北往的商船上不灭的灯火标记着一夜未眠的辛苦。他们又像傲慢的老爷，并不会往岸上看一眼。这些船以及船上的人们一生很多次经过沿岸这些地方，也知道这些城市的名字，但到底是形同陌路，大多不曾停留，更不要说言语一声。这个季节的水是南下的，他往前走了好一段没有找到自己的船，又不甘心地往北走——可能船和它的主人一样，也一声不吭地去流浪了。他恨自己急急忙忙没有扣好船，现在自己真的又一无所有了。他懊恼地往岸上爬，感觉到一阵阴冷。走几步被一杂物抵住脚面，蹲下去一摸，竟然是自己那破烂的铺盖卷——他不用看，就像狗能闻出这是自己的气味。

小猴子心里凉了半截。这些破烂离开了船，那船一定是死心地离开了自己。他发疯一样地翻开岸边的那些破旧，把那件破棉袄使劲抖了抖，几枚破铜板和那袁大头叮叮当当地掉在了地上。他又去摸瘪瘪的口袋，那张欠条也还在。小猴子恨恨地骂了一句：日马马，这偷船的贼也是蠢货。他掖好了那张破纸，又去摸那地上的铜板，连着泥灰一起塞进了口袋里。心里一团怒火又升腾起来，先是将那些破烂踩了几脚，然后一脚踢到岸边。软烂的被褥倒也顽固，踢下去还赖在岸边。他又冲上去一脚踢进了河里，另一脚没有站稳，扑通一声屁股砸在泥土上。

那破烂被褥掉进水里一点声响都没有，只有他屁股火辣辣地疼痛。他有些后悔扔了这些相依为命的破旧，但倔强地没有再去捞它们。他这个时候想起渔船老大婆娘说的那两个带着唾沫星的字：穷狠。

他在朦胧之中苦坐到天色大亮，拍拍屁股站了起来。晨曦之中的红日一跃出了云层，小猴子觉得这红色就像是他鸭子的蛋黄一样通红。那圆圆的形状又像是北头街上的甜擦酥烧饼——想到这他又浑身是劲，用手在口袋里面抖了抖那几个铜板和袁大头，一起碰触出清脆的声音——他不知道突然从哪里来的快活。

他回到保全堂，伙计们正忙着开门。见他从外面回来，问道："一大早就出去了，又到哪里'跌腿'去了？""跌腿"是句骂人的话，是说人无事生非到处跑。这个词只不过轻微的恶意，或者只是熟悉人之间调侃。小猴子知道，虽然自己一脚回到了保全堂，但也不能就赖在这里。这一路走来心里就有盘算，打算先把这身上几个铜板和银元换了钱。他之前悄悄问过关系要好的伙计，问他一个铜板值几个钱？一个银元又值几个钱？伙计虽然和他关系好，但也没有见过是什么铜板，所以也说不出个子丑寅卯来。掌柜的先生吃过早饭忙泡茶，一时还清闲得很。小猴子就"獐猫鹿兔"地靠到柜上，似乎又生怕人看见——从那破旧的口袋里摸出一个铜板来，问先生：这铜板值几个钱？

先生拿过来那铜板，吹掉上面的灰尘，从眼镜框上面露出点不屑的目光。他欲言又止的面色，小猴子立马就明白意思了。他本来满怀期待这是个宝贝，奈何不识字错把废铜当黄金。先生将那铜板往桌上一撂，发出轻微沉闷的响声，丢出一句："大概是可以买半个烧饼的！"小猴子被这轻飘飘一句话说得心里沉重，脸上也很没有光彩。想想身上十个铜板都买不了五个烧饼，又想起来自己兜里还有一个银元，心想着也许能靠它挽回面子，就又低声地问："那一块大洋能买点什么？"

掌柜的先生有些怀疑的脸色，小猴子心想大概这一下子"有戏"了，便等着先生那金口里吐出一个天文数字来。他又赶着问了一句："到底值几个钱？"先生摘下眼镜说："说值钱也不很值钱，大概能买半担大米吧。"一听这话，小猴子又泄了气，识趣地转身就走——他大概是想摸两个铜板去试试，到底能不能买到一块烧饼。才转身，王为民就和那罗先生到了门口，他连忙弯腰请早:“王先生早，罗先生早，大家都早！早早早!”

王为民走过来摸摸小猴子的头，他还是把这个小伙当作孩子。他笑笑说:“到底是渔船上的小侉子，身体就是结实，那么热的高烧一夜就退了。你看现在脑子又清醒了，知道叫先生了——这位罗先生是我的同道，我在安庆认识的。这些年就一直在一起闯荡，他原也是本地人，早年离乡出去打拼的。”王为民突然想起来什么又问小猴子:“昨天看你高烧没有问，你现在哪里过好日子？还在养你的那些鸭子?”

小猴子听说这话有些脸红，连忙答道:“我哪里过什么好日子，说起那些鸭子就伤心，我自己现在还是一只‘单头鸭子’四处漂呢!”单头鸭子是指鸭群里跑单落队的鸭子。听说这话王先生眉头一紧说:“你小伙也不小了，十四年前你就十岁了。今年是你本命年啊，你都二十四岁啦，还在四处漂不是正事。”

王为民不说这些话，小猴子哪里还记得自己什么本命年？说起来今年是猴年，确是他的本命年。可是这些年的漂泊，哪里记得什么属相，连自己的年龄甚至都不记得了。生活对于他来说只有吃饱肚子，好像除此之外没有任何的要求和奢望。王为民约了人去吃包子——吃包子是这座城市的一个习惯，又被叫作“吃早茶”，要喝茶、烫干丝、吃包子。除了富贵人家有闲情，一般谈事情才去“吃早茶”。好像小猴子忘了自己的身份，又或者在王为民的面前，他觉得自己是王家的孩子，所以当王为民请他一起去吃早茶的时候，他就没有推辞——城里面有一句老话：老实孩子饿肚子，会叫的孩子有奶吃。当然小猴子是有分寸的，他知道老爷们谈事情，自己就在一旁吃东西，连包厢都不进。包子店在一座酒楼，叫作“逸仙楼”。有大厅也有包厢，大厅里有几张桌子，是老百姓吃早茶，叫做“堂食”。早茶店开到中午饭店就正常营业做菜，有些饭店早茶和菜馆是一个铺子两套班子在做。小猴子在柜台上要了一碗面条、两只三丁包子，在大厅的一个角落风卷残云地吃了起来。吃饱了就坐在厅堂里看闲，心里想着自己的事情。他打算等老爷出来的时候问一声：以后还能不能跟着他一起跑跑腿？这些年的漂泊，他真的想好好找个“正经”事情做做了。

王老爷他们吃完包子已经到晌午。一般的人家这时已经开始做饭，这就是大户人家和老百姓的区别。他们有自己的“节奏”。他们吃饭也不纯粹是为了“熬饿”，有时候吃饭就是享受甚至是工作。王为民出来的时候满脸安闲——就是当年从上海回来的时候，也没有过这样舒展的表情。小猴子不明白经过这么多年的漂泊，王老爷为什么还能够这样自得？也许这就是上等社会的人和他这个睁眼瞎的区别吧。这一想让小猴子突然感觉到很自卑，他觉得突然很难开口，不知道怎么跟王老爷说自己的念头。王家对小猴子已经不薄，这么多年过去了，他如果再向王家开口总感觉有些贪得无厌。之前王家的伙计佣人说让他回来，那自然也只是“客便账”，不可以也当不了真的。当然，也正是因为王家什么也不在乎，就更让小猴子觉得难以开口。这就是小猴子理解的“分寸”。

王为民与一起早茶的王县长分别之后，小猴子还在一边发愣。罗先生在一边拍了拍他的脑袋，说：“怎么样？你还想着拿几个铜板和一个大洋，去街上换个媳妇回来一起过日子呢？不要白日做梦了，还是好生跟着王先生跑跑腿，这样才有出头之日。”

罗先生这些话说到了小猴子的心里了。

王为民出走十几年来，似乎过去的事情已经烟消云散。他照样是见亲朋好友，也还是呼朋引伴读书吟唱，就连见王京凤县长也并不避讳。小猴子心里就在琢磨，难道这世界真的要变化了？不过小猴子也就是心里想想，什么也不问，什么也不说，他知道按照先生的意思去做事就对了。他知道王先生识字，是个好人，又救过很多人。所以跟着他干不需要多想，只要用劲出一份力气。小猴子虽不识字，他觉得跟识字的人走心里敞亮，就是被骂一句心里都是痛快的。最近王家大院里常有东西送到铁桥和尚那边去。小猴子知道这些东西都是他们所说的“革命”。王家上了些年纪的伙计都不去做，但小猴子觉得王先生的事肯定不是坏事。也有人偷偷地跟他说让当心一点，不要为了一张嘴丢了自己的性命。但小猴子并不担心，他觉得跟着王先生做事心里有底。当初就是王先生救了他，如果不是王先生，他今天的命还不知道在哪里。所以说即便是为此丢了命他也是心甘情愿的。他有时候心里还会非常懊恼：如果自己也能认识几个字，真的能和王先生一起参加他们所说的“革命”那就更好了。当年和田禾先生黄秩庸一起去盂陵的时候——那时候虽然他还小，但心里知道他们在做“大事”。虽然没有搞明白他究竟是干什么，如今自己长大了依然不识字，但能为这些人出点力气，他一点也不害怕。

十几年前给铁桥和尚送东西，都是晚上悄悄“蚂蚁搬家”一样地送，现在好像有点正大光明的意思。城里人似乎都各自守住家门，并不多问外面的事情，就如大莲子姐姐说的“看到当作没有看到”。这就像对城里的军队一样，不去管他到底穿的哪家服装。一批一批地来，一批一批地走，大家都像走过场一样，并不是真的打仗，经历的时间长了老百姓也习以为常了。对于老百姓来说，只要不扰民，不做坏事，他们想的就是自己过安稳的日子。这个城里的人，就有这种慵懒散淡的气息。他们关心的是自己碗里的饭、锅里的菜和屋子里的日子。没有人去想那些“大头兵”的事情。特别是那苟团长死了之后，一切都以“恶人自有恶人磨”而被解释，一切更没有人再理会——其他的一切，他们仍然是“看到当作没有看到”。

即便是有人说“又要打大仗了”，人们似乎依然不那么紧张。富户有富户的消息，出走和留下都自有打算。再说这兵荒马乱的岁月走到哪里都是风雨飘摇，还是躲在家门口安稳。穷人更是坦然，反正是烂命一条，“阎王老爷三更来拿你不会等你到五更”，饭都吃不饱的日子哪里还怕什么打仗？更有那种糊涂的，好像这日子亘古不变一样，从生到死都没有想过关于打仗的事情。但是，小猴子现在浑身有劲，他听老爷们议论说“要打一场大仗”，而且以后“老百姓会有好日子过”，他心里就盘算着，到那个时候自己“有几分田再娶个婆娘”，那就是第一等的好事了——他还是觉得自己那几个铜板和银元是能派上大用场的。

这仗究竟打到什么程度了？

老百姓按照二十四节气过日子，过着他们农历的“猴年马月”。王为民他们心里是清楚形势的：时间已经到了一九四五年的十月份，这封闭的古城里很多人竟不完全相信“鬼子”退败的消息，因为驻守的日军还驻扎在城墙内，而城外已经大军压境。

早在是年八月十五日，日本宣布无条件投降后，国民政府电告日军坚守平原上的各县城，不得向共产党军队投降。苏鲁皖边区政府和新四军密切注意这个情况，九月份派王为民领一个侦察小组回小城，配合县委敌工部进行侦察，准备武力解放这座水边要塞。其时，小城外围四乡已全部被控制，日、伪军仅守一座孤城，驻城日军五百多人、伪军不足一千人。但国民政府知道，此城虽然不大，乃“落一片树叶即可覆盖”，但其控扼江淮是战略要地，是打开平原诸多县城大门的“一把大锁”，所以下了死命令要求等国民政府来接收。十月份城里又调来一个团，加上县保安团、巡湖大队、警察大队等已经有五千人把守。

小城内外两道防线，一道是外围土城，一道是核心砖城。土城每条要道路口都筑碉堡，设栅栏，有伪军把守。砖城是以旧城为主，城墙顶上都筑有碉堡，四个城门楼上都设有沙包，防守更严。日本军队指挥机关“洪部”，设在西门乾明寺。当时日本已经宣布投降，日军士气低落，谁也不愿再战，更不主动出击。伪军依靠日军兵力守住小城等待接收，幻想可以论“功”行赏，获得一官半职。

人们传说的“要打大仗了”，就是城外的新四军要攻城了。

王为民九月份进城，四处还松懈得很，现在的形势已经如逼人的秋风一样紧起来了。不过在这小城里，王家大院向来比府衙还要安稳。尽管少不了张三李四獐猫鹿兔地瞄着，但这座老宅子和它的主人一样泰然镇守于风雨之中。新四军一个侦察小组在王为民的支持下深入内线进行内外侦察。在内部主要通过“派入”和“拉出”建立秘密情报关系，争取到了伪县保安团团长赵一夫。通过他与伪军师部和日军翻译的关系，又通过他的妻子利用“太太与太太关系”，搜探日伪的情报。这些消息进了王家大院又通过善因寺等路子传出城里去，那看似坚固的城墙其实已经是百孔千疮了。

王为民他们在城内，就等着破城的这一天，但不料罗先生在这个当口出了事情。这一天县委收到信息，盂陵乡乡长失踪了。盂陵是小城党发展组织最早的地区，乡长周长太也是早期发展的一名党员，是一名勤勉的读书人。他的失踪引起了县委的重视，王为民派罗先生去盂陵一趟调查此事，并安排小猴子同行左右，名义上仍说是田禾先生去管理田地。实际上，此时王家在盂陵的田地已经变卖，但县长王京凤还是给王家开了路条。小猴子被叫到书房的时候还有些奇怪，王为民只告诉他给罗先生带路便是，二人就坐船出城北上几十里去了盂陵。

小猴子这算是回到盂陵，二人一脚到了护国寺。两天调查下来没有眉目，周长天怎么也找不到。小猴子夜间偷偷去了趟炕房。那屋舍的骨架还在，但几年荒烟蔓草长得满目苍凉，他竟然不争气地掉下眼泪来。这些年他还是想着骆老二一家的下落。他爬进屋子当中，站在当年熟悉的堂屋位置，抬头可以看见天上月明星稀。他忽然听到外面有脚步声，又连忙转身掩在墙角。但见一个人走到门口来也站着不动，小猴子吓得心里怦怦直跳。这时候又有一队巡逻士兵过来，刚才那人也一下子跳进“屋里”的暗处来。小猴子屏住呼吸定神看那影子，身段竟然像是罗先生。不过小猴子也不敢贸然出声，只听见隔着墙那队人走在路上的脚步声。罗先生很有些纳闷，远远看这些人的做派行头不像是正规部队——有时候听脚步声就能听出人周正纯良与否。那几个人似乎是喝过酒的，说话的声音也很莽直粗暴。这盂陵乡已然是新四军收复的地区，怎么会有这种人色？人走近后，他们说话听得清清楚楚，夜深的宁静也将他们的醉意暴露出来。有个人不经意地说了一句:“这黑司令真是手黑，我们也得当心点。他今天能无辜害别人，说不定哪天也对我们下手。”小猴子听了心里一惊，这黑司令的名声他是听说过的，这些年他竟然是躲在盂陵这个地方。那可是一个混世的魔头，当初杀死了荀团长成为亡命之徒。那队人走远了，罗先生突然按亮自己的手电筒，一柱强光瞬间射在小猴子的脸上。小猴子连忙用手捂住眼睛，指缝里见罗先生用电筒光朝别处照去，问道:“你一大晚到这里来冲什么魂?”罗先生这口方言还真就地道，尤其骂起人来听着舒服。小猴子站起来拍拍屁股说:“我过去和王先生家的田禾先生来过这地方，还在这处旧房子里住过，这个人家姓骆，现在不知道去了哪里……”罗先生叹了一口气，走出那墙垛来，站在路边叹了一口气又撒了一泡尿说:“这乡野里，就是撒泡尿也是自由快活的。”

小猴子觉得这斯文的罗先生今天真是有失体面，然而他也撒了一泡尿，然后跟着罗先生踏着月光回那护国寺的禅房去了。

周乡长已经遇害，只不知道究竟是不是黑司令下的黑手。如果真是黑司令“作怪”，就要找出他的老巢端掉，不能让他再为害乡里。他们回到禅房睡意全无，小猴子在听完罗先生分析当前他并不完全懂得的“形势”之后突然问了一句:“罗先生您老家是不是在本地?”罗先生在暗夜之中又叹了一口气，大概是想说话，门外却有人敲门。护国寺的方丈在门外问道:“罗施主您还没有睡下吧?”小猴子连忙起来去开门，一时间摸不到自己的鞋子，就光着脚跳到了门口抽了门闩。又赶紧跳回床边拍了拍自己的光脚板，钻回到被窝里去。那住持进来，手上的烛光映在脸上一脸慈和，罗先生也已经坐了起来。

住持找到了线索，也证实周乡长已经遇害，且确实是那湖上的匪人黑司令所为。现在，只要逮住黑司令或者抓住一个“舌头”来，就能找到突破口。一阵夜风吹过，那烛光飘摇了一下，住持叹气道：“想不到这混沌的世道，竟拿去了这么一位好先生的性命，阿弥陀佛！”

第二日，罗先生就让小猴子回城去告诉王为民状况。为了安全起见不写字条，他让小猴子记得自己说的话，免得被盘查出什么证据来。小猴子两条腿走湖边小路，走走歇歇小半天才看到那青砖砌的老城墙。那墙上架着的枪对着天空，让那阳光竟然也显得有些畏惧。小猴子摸摸自己口袋里的那几个铜板，又想想罗先生说的话，这两样都是不能丢的物事。回来的时候没有路条，小猴子眼看着就要进城了，却被生生地拦住了。那些兵叽叽咕咕不知道说些什么，小猴子急得没有办法就喊起来说：“我是保全堂的伙计，王家的保全堂你们不认识么？”那守城的伪军将信将疑地看看面前这个瘦弱的小子，又转过去和那说话叽叽咕咕的外国人说了些什么，转过身来看看他说：“不要说王家，就是县长来，没有路条都不要想进。”小猴子被他用枪一顶，心里有些害怕身子一歪，那口袋里的银元竟然掉了下去。那士兵真是“眼明脚快”一下踩住那银元，用枪指着他大喊一声：“赶快滚，再闹就枪毙你！”小猴子心里又急又怕，只得不情愿地转到一边去。他心里骂道：日马马，几十斤大米被这狗官踩住了。

晃悠了好一会没有结果，他打算再走回去碰碰运气。走了几步竟然遇见了大莲子姐姐，她与一个推着车子的人一起走，那车上装的是一筐“小白鲦”。王家入冬都要腌制这种翘嘴的白鲦鱼，腌好了挂在门口晒干。这鱼可以油炸、炕干手撕或者与新腌的大菜同煮，是一道家常的好菜。王为民就喜欢这小白鲦，往日在家的时候冬天都要腌很多挂在院子里晒，他出去这些年大莲子姐姐也做得少了。小猴子想跟着大莲子姐姐进城，哪知道那哨兵还是不让他进。无奈小猴子就把大莲子姐姐拉到一边，把肚子里那些话告诉她，让她转告老爷去，自己就无奈地往回走。他走了一段到底有些不死心，转过来对那当兵的骂了一句：日马马，不得好死。

小猴子又走了小半天，到盂陵的时候天已经快黑了。冬月日天短，各家炊烟暖暖地飘起来。小猴子却越想越气，好好一个银元就被那狗官昧起来了。进了镇上快看到护国寺了，路边那狗见了陌生人汪汪地叫。小猴子心想人欺负他狗也欺负他，这日子真是过得要“逼死人命”了。他蹲下去捞起一块碎砖头就往那狗砸去，哪知道一失手没有用准力气砖头落在了鸡窝里，只听有人“哎哟”一声，几只鸡从窝里飞出来，还有一个人捂着脑袋一手还拎着一只鸡跳出来。看见小猴子人影，那人赶紧扔了手中的鸡，冲他大叫：“是你这死鬼扔砖头砸了老子的头？”小猴子看这家伙虽然瘦弱但是凶神恶煞，心里又懊恼又害怕，怎么打个狗偏偏又砸了人？谁知道这时候屋子里走出了主人一家，一把抓住这人叫道：“你这偷鸡的强盗，砸死你也不多！”那人正要推搡，几个人紧紧抓住他。小猴子明白了原来这货是个偷鸡的，心里的害怕懊恼一下子变成愤怒。他撸起袖子冲上去一把薅住那人袂领，另一只手挥起来就是一巴掌。

他这是有些泄私愤的意思。他这一天跑断了腿，真是气愤极了。哪知道此人不怕寡不敌众，玩命挣脱开来从腰间掏出把短刀对着人挥舞，喊道：“瞎了你们的狗眼，我是‘黑司令’的人，吃你两只鸡是给你们面子，惹急了老子带人给你房子点了！”一听“黑司令”三个字，那主家吓得直往后面躲。可小猴子不信这个邪，他今天看来是要把那膀子上捕鱼的气力都要使出来解气了。他冲到鸡窝边，抽出鸡窝上做横梁的树棍，那鸡窝一下子就塌了，几只鸡一阵慌乱全部奔逃四散。小猴子举起那大棍子伸上前去，一下子先砸掉那刀，又挥起来一下子砸在他身上将其按倒在地，一个箭步上去将那人反手制服了。

回头再看，那主人家早就吓得躲回家里去了。小猴子架着这厮往护国寺去，还没有到山门就大叫来人，一起将这人绑起来关进了后院。罗先生脸上的斯文瞬间没有了，这个人正是他要的“舌头”。凶神恶煞其实只不过是吓唬人的，一关起来他的嘴就全打开了：先是求饶保命，然后竹筒倒豆子——一五一十地全部招供。小猴子今天这砸狗的砖头真是歪打正着立了奇功。

周乡长是黑司令杀害的。当初黑司令从城里逃到盂陵，先在湖上漂泊。后来看风头过去就慢慢靠岸，虽然不敢回城但是兵荒马乱之中他纠结“故旧”在乡间也成立个保安团，干起了苟团长的“事业”。这些人当中竟也还有苟团长的老部下，可见人都是为了混口饭吃是不变的天理。一开始黑司令还有所收敛，但时间长了黑心就又暴露出来，想要和“当局”来“谈判”，安排他点“正事”来做。周乡长心里明白这黑司令是个什么货色，但也怕伤及无辜，所以就一直没有搭理，只说是“从长计议”。黑司令想做的事情是想以“保安团”的身份，收些保护费来“保护”乡亲们的安全。以周乡长的正直这是万万不可能的。这边黑司令已经盘算好的事情，本还是试探商量，时间长了他就觉得周乡长是在搪塞，竟然起了黑心将他杀害了。

周乡长遇害之后，这黑司令连个尸体都没有留给周家，而是挖了新近的一座坟墓，打开棺材之后将他的尸体放进了棺材又封上土。要不是招供出来，恐怕多少年也查不出尸体的下落。被抓的这人交给了当地政府秘密正法了，因为他自己也承认亲手杀害了乡长。罗先生当作什么事情也没有发生，连夜就离开了盂陵。他也害怕在这里节外生枝——因为他虽然白天只在护国寺躲着，但竟然有人是认识他的。回城之后，罗先生就与王为民分析：这黑司令很可能与城里人有勾结。万一让他发现什么蛛丝马迹，这王家大院的人也就都不安全了。

是夜，罗先生就转到了善因寺铁桥和尚的禅房住下以防不测。现在敌工部随王为民进城的同志也分散四处，眼下的形势紧迫起来，稍有不慎就会酿成大错。王为民仍每日坐在书房，但少有宾朋聚会，多是看书写字——其实他胸中满是惊雷。这座小城被日本人盘踞六年，终于等到要云破天开的日子了。

十二月二十日的早上，城外的新四军部队开始攻城。踞守城内的日伪占尽地利，这一仗打得非常艰难，枪炮声一直响了五天。城外的新四军虽然结集了重兵围城，但他们担心城里无辜的百姓受苦所以一直未能决战。小城虽是旧城墙，但自宋朝建城以来一直固若金汤，护城河绕城四周，古城墙巍然屹立。新四军的指挥官看那东门的一处明朝的古塔，知道里面躲的是日伪顽固分子，像这样的古迹城内比比皆是，所以总攻的决心一直难下。

攻城便是攻的人心，人心比城墙顽固。王为民在城内一筹莫展，他与城外的联系也变得艰难。湿冷的雾气笼罩着清寒的城池，王为民独步出门打算去善因寺找铁桥和尚商量对策。出门过了跨院听见大莲子姐姐在屋内哼唱着什么歌，听起来婉转忧伤的样子。听见王为民的脚步，她停下哼唱走出门来有些不安地问："老爷您有事情吩咐么？"

王为民心里本是想着事情，被她一问有些木愣，反问她："你刚才唱的什么歌?"

大莲子姐姐脸上顿时有点红，不好意思地说："我那算是什么歌，过去在家里种地的时候，听人家唱就跟着学。究竟唱的什么我不也不清楚，好像叫个'拔根芦柴花花'，我想家的时候就哼哼。"

王为民说："哦，哦，这调门还真是不错，原来是乡音起乡思啊。"这句文绉绉的话大莲子姐姐听不懂，他也并不再说什么，抬腿出门办自己的事情去了。走到半路他突然心中豁然开朗：若要说"攻心"，要是把这守城的官兵心弄乱了，岂不是能让他们乱了阵脚？如今之际，只有由城外到城内，由城内到人心的"进攻"才能让这些顽固分子放下抵抗。王为民到底是见过世面的，他想起来之前在上海听过日本人唱歌。如果要是大喇叭给他们放些思乡的曲子，岂不是让他们心绪不宁而无心再战？王为民再想想，自己的这主意也并不多么高明——这不就是古书上说的四面楚歌嘛。

他到善因寺见了罗先生就提到这个想法，罗先生那圆框的眼镜后面透出了欣喜的目光。现在他们要把这个建议送到城外的"指挥部"去，让他们组织由外而内的"宣传攻势"。小猴子看看罗先生，自告奋勇地拍胸脯说让他去送信——"话烂在肚子里"的事情他做得到。铁桥师父听他说这话，放在自己那大肚子上的手不禁过来摸了摸小猴子凌乱的头发——二十几岁的小伙子在他面前仍然还是个孩子。铁桥说道："你这小子，但凡是要识几个字，我定要收你做徒弟！"

小猴子连忙躲开说："我不要当和尚。"

王为民说:“你这个花和尚不要耽误了人家前程，人家小猴子要‘娶马马’呢!”这话说得小猴子脸通红。

交给小猴子的话如此这般、这般如此地说完了，王为民让他再复述一遍才放心。王家安排船让他和大莲子姐姐一起从北门码头出城，理由是到东乡运柴火。大莲子姐姐是东乡人，一路情况也熟悉，正好年底也顺便回家看看。许多东乡人也靠水吃水做打鱼的营生，生性莽直动则红脸动粗。所以往日里去东乡办事，都是让大莲子姐姐去张罗。城北水陆码头是北乡进城的地方，乡下的菜蔬粮食和柴火等都从这里进城，当地叫这里的名字有些怪，叫“大脑”。平日里乡下柴火运到码头，再用车子驳上岸，从草巷口进城沿街售卖，这种生计叫作“柴火鬼子”。战事吃紧之后，乡下人知道保命要紧，也就不敢轻易进城。这个理由看来也说得过去，不过县府的人对王家的事情总是睁一只眼闭一只眼——主要是王京风县长自己也是这种态度。这种形势下大家人心惶惶，谁也顾不得再计较什么了。

小猴子要去的是去三垛乡必经之地二沟乡，新四军的指挥部就设在这里。船经停岸上，小猴子便按照王为民交代将话带给一位叫作“三号”的人，就又回到船上去三垛运柴草去了。等船装了柴火从三垛回头已经是下午，如果立即返回就要连夜进城了。船家的意思想在乡下旅馆歇一晚再回去，毕竟这兵荒马乱的，走夜路让人胆战心惊。他们来时见沿河两岸有兵员驻扎，就像两岸森森林立的树木令人感到压抑。虽然说这是“自己人的部队”，但真枪实弹还是令人心里发怵。装了草的船吃水很深，本还是平稳的。不知道哪里来一阵急风，船家一篙子想要稳住，哪知道篙子捣到河里一处硬物，船就剧烈晃动一下子，把那睡在前面草上的小猴子甩到了水里。

小猴子咕咚喝了一口水，像一只失魂落魄的鸭子扑腾到岸边。人露出水来一阵冷风冻得他几乎要倒下去。他跨上船来钻进船棚里，船家也跟着钻进来。小猴子连忙脱了潮衣服，钻进了船家单薄的被子里。这船是住家船，吃住都在船舱里。船家的煤炉上煮着野货，这是当地人送给他的几条“黄仙子”。东乡人有些靠水为生的人，冬天带着猎狗上岸捉“黄鼠狼”。这野货皮毛值钱，骨肉瘦弱但是腌制后有异香，是一道有名气的野味。那铁桥和尚就喜欢吃这口，每年冬天都会请人到东乡渔船上“摸”几十条回去，这是他说的“天下第一好味道”。小猴子冻得瑟瑟发抖，船家将他满是泥水的衣服拿到水里洗了洗挤干了，又拿到炉子边来烘。

大莲子姐姐看小猴子这滑稽的样子有些忍俊不禁，又突然说了一句:“我看这不是好兆头，还是赶紧回城去吧。”于是船家不作声，船默默地往城里行去。待到船进城上岸，小猴子的衣服依然还有潮湿气，尤其是那薄薄的棉袄还赌气得像个撇着嘴的小媳妇。他也全然不顾穿上，说是穿在身上焐干就好了。其实他心里非常懊恼，怨这世道总是捉弄他这条可怜虫子。

进城之后家丁伙计们忙着将柴草驳上岸。冻得瑟瑟发抖的小猴子在书房见到王为民，王先生脸色铁青坐着不说话。并不是因为小猴子的闪失，是善因寺那边出了问题。仗打了五天，城里的形势越来越紧张。下晚王京凤来见了王为民，和他说了几句话，屁股没有碰凳子就走了。王京凤又收到了查办城内共党分子的命令，而且这次指向非常清晰，王京凤最后丢下一句:“不是我赶你走，但是你必须走，全家都要走，保命要紧。”王为民知道虽然城外已经大军压境，只要城门一开就万事大吉，但他们现在仍然因那些负隅顽抗者的幻想而处于险境。这些人现在杀红了眼睛，即便知道形势如何，他们也似乎要最后疯狂一把，“杀一个够本，杀一双就赚一个”。王为民让小猴子收拾一下，随时准备“撤退”。小猴子没有什么好收拾的，只有这一身破衣服，还有口袋里那几个当宝贝藏着的铜板。他也不知道撤退是什么意思，他还能退到哪里去？

到深夜时分，城墙外大喇叭突然响起了，呜呜哇哇地放起了东洋人的歌。本地人并不知道这是什么歌曲，但日本兵听到之后心绪不宁，那是他们最怕听见的《思乡曲》。王为民知道送出去的信息收到了，情绪稍微缓和一点。他现在要去善因寺找罗先生商量撤退的事情。他带着小猴子出了王家大院，走了几步又走回来看了一眼这老宅子，它显出一如既往的安宁与平静。

他突然一行热泪下来，又连忙用长袖拂去。

善因寺已经进不去了。他们走到巷子口就看见有兵丁站在门口守着，他们急急地退回来直往保全堂奔去。王为民心里知道善因寺如果出事，敌人或可能转头就去王家。他们奔到保全堂砸门，门里面伙计问是谁？小猴子有些急，骂了句：“日马马，老爷来了。”伙计开了门，里面灯火通明，地上满是血迹。王为民大惊失色，伙计说：“罗先生中了枪，这如何是好？”保全堂有一处暗房，伙计们害怕被查到，罗先生逃过来他们就把人藏了进去。王为民直奔暗房，见到已经奄奄一息的罗先生脸色苍白地躺在地面一张破席子上。见到王为民，罗先生伸出满是血迹的手艰难地捂住伤口说：“善因寺出事了！铁桥和尚被抓了，我是爬墙逃出来的。我最后拜托您王先生两件事情：一来我本是盂陵乡下人家的，我有家人流落在安庆，一定帮我找到他们，日后如有可能把我尸骨葬回盂陵去……另外我在安庆还有一处经营，还有一套放中药的柜子，如果日后解放了，帮我找到带回老家来。”

罗先生中枪在要害处，当晚就牺牲了。王为民知道这个地方也不是他的久留之地了，当晚就准备带着全家走。小猴子脚前脚后地跟着他，王为民收拾好了对他说：“我也要四处躲难，这一切和你无关，你还是躲到乡下去好好地过日子，要钱可以和柜上拿一点，以后就不要回城了。”当晚，王为民就走了。王京凤愿意放他走就自然不会为难，这位老县长就怕他留在城里不走。

第二天早上，北门处决了一个“汉奸”，大家吓得不敢去看。后来人们说是铁桥和尚的尸首，消息未能得到确认，但铁桥确实从善因寺被带走后就没有了踪迹。敌人的这一点点“胜利”似乎并没有引起什么注意，因为城外除了播放《思乡曲》之外，敌工部的同志和日本籍战友宫本、“日本反战同盟”、“朝鲜独立同盟”的几十位同志同时在城楼之下拿着大喇叭朝城内喊话。城外的老百姓还帮助新四军扎了几个“土飞机”——硕大的风筝被北风带进城里，绑在上面漫天雪花一样的传单落进了被封闭的古城。

总攻在十二月二十六日夜间，仗打到凌晨四点结束了。新四军驻扎之后，人们依旧过自己的日子——这个城里的人就是这样的心境，这可能是淡泊，也或许是默默的无奈。

王为民走后，小猴子也出了城。王为民告诉他，虽然新四军进城了，但一时间余孽依旧暗流汹涌，他必须离开城里出去躲一躲，说不定这仗还是要打的。小猴子无牵无挂抬腿就可以离开，只是他不知道自己又能去向哪里。他从北门出城之后就顺着河边的路往前走，像只掉队的鸭子一样失魂落魄。走走想起来当年还有一群鸭子丢在那小村子里，摸摸那张欠条早就已经不在了，但还是奔着那村庄去。

现在除了南角墩，他确实没有地方可去，尽管那里也并不是他的家。当看见那黄雀荡的芦苇时，他突然激动起来，好像听到水中有无数的鸭子在吵嚷叫唤着。他一路奔起来，那薄薄的鞋底在土路上震得脚掌生疼也全然不顾。走近之后他才知道，那些叽叽喳喳的声音是鸦雀在聒噪。这荡滩正是因为这黄雀而得的名字。他到底有些不死心，从路边捡了泥块远远地扔过去。那芦苇丛中一阵哄闹的飞鸟冲向干净的天空，泥块掉落在冰凉的水面，只留下一声冷冷的响动。河中心还漂着一只小木船，船上什么也没有。舱里积着点雨水，看上去很久无人问津的样子。

除此之外，黄雀荡中连根鸭毛也看不到。

其实这些年过去，他虽然很多次想起自己的那些鸭子，可时间长了自己也慢慢觉得不再想要它们了。所以，当他发现当初打的欠条不在那破衣服里的时候，他一丝丝的难过都不曾有。现在他来南角墩也并不是来讨债，而是像一只流浪的鸭子四处晃荡。路上他见到了一个少年似乎熟悉，但一时又说不出什么。那少年眼中满是狐疑与傲慢，一眼就能看出不是个安分的人。小猴子毕竟是外来的，便将目光回避过去继续走自己的路。走几步掉头又看看那小子，他居然也回头在看着小猴子。

绕过村庄从北面的河边走，没有几步就到高来福那几间破屋了。老远就能看到那屋舍的破落与不堪，就像不用想也能知道高来福衣服上的油污。他突然觉得自己空手来有些唐突，至少应该买几个烧饼带着的。可是走近了才看见那门上竟然是一把生锈的锁挂着。他用脚碰了碰那对开的门，中间露出一条缝来，可以看见屋内蒙尘的破旧桌凳。他转身看看门口的旱地上菜蔬倒是长得可喜，那青菜在这大寒季节尤其显得抢眼，就像是村妇头上戴的大红花一样。

不远处走过来一个人，是个端着碗的妇女，走近了一看竟然是薛大姐。他这时候才一拍脑袋想起来，刚才那个少年就是薛大姐的孩子，几年前在城里是见过的，他们竟然在这个村子里。薛大姐见到小猴子也是一惊，劈口就问道："你怎么跑到这个地方来的?"小猴子也反问她："你怎么也跑到这里的?"

原来薛大姐是这南角墩出门的姑娘。她带着孩子离城之后就来到了这里。小猴子怎么也没有想到在这里遇见她。薛大姐端着个饭碗出来，一边吃饭一边各家走走说说，这本是村里人的习惯。有时候看见人家碗里的菜好也弄上一筷子，各家也并不见外，端一碗饭能从村头跑到村尾。看到薛大姐小猴子心里似乎也安然一点，想不到这陌生村子里能遇见熟人。

问到高来福，薛大姐脸色一变，淡淡地说："他死了，死了有两三年了。你来这里做什么?"小猴子把自己这几年经历一说，但不敢讲自己是躲到乡下来的，只说是城里没有什么生计——这话与薛大姐是说得过去的，毕竟当年她带着孩子回乡也是生活所迫。薛大姐大概明白了他是想落脚到这村子。小猴子本来以为她会说句客气话，可不曾想她给了一个特别不情愿的眼神道："这里可不是个好地方，你想来可能靠不上岸。"小猴心里揣摩：是不是自己知道她从前在城里的一些"底细"，她怕自己突然出现揭她的老底子？人到底不愿意提起自己过去的不堪，况且薛大姐的过去也确实有些"难为情"。

可他也知道，除了这个地方无路可走。

等薛大姐离开了，他打算自己去找高来财。小猴子在这南角墩只认识高家四兄弟，就是高来福、高来寿、高来喜、高来财。说是认识其实也很勉强，只是和高来福有过一点交往。高来财年纪最小，四十多岁识几个字最有“鬼点子”，当初让小猴子将鸭子卖给高来福就是他出的主意。当然那时候小猴子也是一筹莫展，不可能带着鸭子到处漂泊，确是高来财出的点子解决了难题。不过现在听说高来福死了，不但他要债的念头要打消了，看来想要留在这里也难了。他认识高来财的家，在墩子的东南角上。那个地方是处高地，高来福曾经告诉小猴子，那是“有钱难买东南角”的好风水。但高来财家似乎也并不兴旺，娶过亲后来没有一儿半女那婆娘就跟人跑了。算命的讲他“命硬”，后来也就没有人敢和他过日子。

走到半路，小猴子碰见一个挑着担子卖苹果、橘子的，他便摸摸自己的口袋，将王先生走时给他的几块零钱掏出来，买了十来个橘子拎着。想想自己又渴又饿，剥了一个塞进嘴里，酸得他牙都要倒了。他有点怄气，甩手将那橘子皮扔到了河里。他生怕人家见到他吃了橘子，好像这好东西是偷来的一般。他想想心里就酸，这日子过得连橘子都要欺负人。

到了高来财家门口，他又见到了薛大姐。她捧着一盆衣服往河边走。小猴子心里有些狐疑，薛大姐见他连忙就问：“你还在这做什么？”小猴子回答说：“我要找高来财，他家不就在这里么？”薛大姐有些不情愿地说：“他不在家，去村里算账去了。”正说着高来财却从屋子里走出来，脸上满是明晃晃的油光，身上的酒味也难闻得很。见小猴子站在门口，他先是一愣，然后吐出一句话来：“库万年，你从哪里冒出来的？”

难得还有人记得小猴子叫库万年，看来当初高来财为他们立字据的事情还不曾忘记。小猴子拎着橘子的手一晃掉了一个，连忙弯下腰去捡，弯腰的时候他从嘴里挤出一句话来："我没有日子过了，想投奔高来福的。"

高来财用小拇指甲剔了剔他那发黄牙齿间的残渣，吐掉之后说了和薛大姐一样的话："高来福早就死了。"

高来福死了，他的那笔债也就死了，但库万年有点不甘心地问："他人死了，什么也没有留下么？"高来财说："我现在有事要去村里，你要有话去村里说，我不会骗你个外乡佬子。"小猴子将手上的橘子放在高来财家门槛边。这位中年人瞄了一眼，又冲着河边洗衣服的薛大姐说："我去谈事情了，你把门看看好。"看来薛大姐现在是他的婆娘，不然他也不会是这种态度。

库万年就像是他的尾巴，拖着饥饿无奈的身躯跟着高来财去村里。半路上人们见到高来财都很客气，转而看着这身后的人，大家眼睛里有些怀疑——他们也还似乎对这个当年带着一趟鸭子来的年轻人有一点印象。走到了高来财说的"村里"，库万年才知道高来财现在竟然是这个村的村长，这让他心里突然又蹦出一点不确信的希望。高来财端起他那满是茶垢的搪瓷缸子喝水，呼啦啦喝下去，将嘴里的茶叶吐在满是痰迹的泥地上。

库万年无言地坐了好一阵，终于忍不住问："高来福怎么死了？"

高来财鼻子哼了哼说："人总是要死的，他也没有吃过长生不老的仙丹！你来干什么，是来讨债？他死的时候留下'破屋倒三间'，连那棺材本都是我们几家弟兄贴的，哪知道他身上除了虱子什么也没有留下呢。"

库万年似乎还不死心，追问："那些鸭子呢，那一趟鸭子可是值不少钱呢。"

高来财拿起茶杯摇了摇，看了看里面的碎茶叶，似乎那是鸡汤里的骨肉一样珍贵。他叹了一口气说："你不说这鸭子还罢了，这鸭子倒是害了他，真是'穷人发财如受罪'。他自从有了这一趟'蛆屎'，日子就过得颠三倒四。原本以为那鸭屁股每天冒出点油水来，可是'一早'鸭蛋还没有落地，他前一天已经吃喝嫖赌玩光了，恨不得到鸭屁股里掏鸭蛋。最后买粮食的钱还不上，被人家把一趟鸭子赶走了。"

据高来财说人家赶走鸭子怕他来闹，上了岸就找贩子过秤卖了现钱。也就是说那一趟鸭子现在"一根鸭毛也没有了"。至于是谁赶走了鸭子，谁买了鸭子，库万年也不必追问了。

库万年心想：幸亏那张欠债的废纸早就丢了。

高来财说下午有事，看来并没有人来找他，那不过是句搪塞的话。他见库万年坐着不动，就起了下"逐客令"的意思说："事情是秃子头上的虱子——明摆着的。我也知道他欠你钱，幸好你还拿了他几个铜板，不然鸭屎也捞不到一沰！"

库万年又反问他："他不是还有几间破屋？"

高来财早知道面前的年轻人会问这话，阴着脸说："那几间'牢屋'养了几年老鼠，高来福欠的钱就指着它呢，谁要这房子就先还了那些糊涂账。怎么你今天来是想打这几间'牢屋'主意的？那我就告诉你，那是'嘴巴上贴对联——没门'。"

听高来财说这些话，本来沮丧的库万年变得怨愤起来。大概身体的饥渴与不适也让他非常烦躁，胸中突然升起的怒火就没有控制得住，怒吼了一声："你这是什么屁话！当时你高来财做的中人，你们想赖账不成?”这一声把墙上蛛网里的蜘蛛都震得掉下来，在那满是坑洼的地上失魂落魄地逃走了，留下一张空空的破网。

高来财到底是“地头蛇”。猛地被他这一声喊愣住了，然后瞬间就反应过来，拍起了桌子吼起来:“你他娘的从哪里来的‘侉子’，到这个地方来玩‘穷狠’?你走错地也进错门了，更认错人了——你还不要说什么中人不中人，现在老子就明摆着告诉你:钱就是没有了，我看你能不能咬我?”

“咬”这个字看起来稀松平常，实际上是句恶毒的话。咬什么?骂人的话是指“咬我的鸡巴”。说这种恶狠的话，就是知道对方拿自己没有任何办法。库万年气得身体直晃荡，血气中一股冲动的气息依旧在膨胀。只是瘦弱饥饿的身体经过刚才的爆发，失去了足够的气力，他有点眼冒金星的眩晕。

这时候，有人闻声而来。这人是库万年认识的高来喜，是那几个本族的弟兄之一。见他们如此这般争吵，高来喜阴阳怪气地说:“哎哟，这是唱的什么大戏?真是秋后算账总有时啊，你这侉子到底是鸭棚的老板——管蛋闹事。可你是出门没有看皇历啊，在南角墩你能扳了姓高的角?”高来喜这话说得很有些噱头，“姓高的”究竟是指的他高家一门，还是指的高来财?看样子这是很难说的，他那阴阳怪气的语气未必就一定是向着眼前这个做了村长的弟兄。库万年真是绝望之极，被高来喜这一说，竟然不争气地掉下眼泪水来。他用那脏兮兮的袖子一把抹掉那不争气的东西，一跺脚丢下一句:“真是要逼死人了，我也不管了，死也就赖在这里了。”说罢他掉头就走，尽管他此刻并不知道自己出门能往哪里去。

出了门他固执地往村子里走，他此时身体里顽固而疯狂的饥饿与虚弱在折磨着他。南角墩最南部是黄雀荡，向北便是与村庄接壤过渡的水面，这片圆形的大水就像是村庄的胃，连接着流向村庄的河流，这倒很像城里北门的“大脑”。这处水面也有个奇怪的名字叫作“大盘汊”，一处像盘子一样的河汊。向北急剧变窄的河口岸边是一片茂密高耸的林地。杂树生花的地方有一座古旧的屋舍，门前还有一处伸向水边的码头。这处屋舍说是房子也难算得上，只是三架梁的一处庙舍，一人多高的门朝南敞开，里面供的是土地神。神龛是手绘的，土地公公、娘娘都很慈祥，更像是邻居家的老人一样，大概画师心里想的正是自己慈祥的父母。装束是神仙的模样，但也不知道是不是按照正式的规制，好在神仙的事情在这样的村庄里无人考证。神龛两侧有一副对联：公公说风调雨顺；娘娘答五谷丰登。神龛下神台上是砖头围成的香台，前有一排蜡烛虽然没有点上，但红彤彤的也很热闹。神台一边堆的是村民们供奉的香烛，还有许多“洋火”盒子。这里人有一个奇怪的做法，来敬香用的火柴并不带走，一律放在神台上，不知道这是什么风俗。除了香烛之外，祭献的贡品不多，几个苹果已经失去水分，显得干瘪而疲惫。春节期间土地神供奉最是隆重，富裕人家或者要求学求子的早早就来烧香。贡品如“猪头三牲”并不留下，是在燃香磕头之后带回家去，竟然还有当场就将猪头分食的——这也不知道究竟是什么规矩。

这样的庙舍无人看守，就像一个孤独的老人站在村口。人们也都记得初一、十五和月末来磕头，但似乎又无关紧要一样，任它安卧风吹日晒之中。庙宇库万年是见过不少的，盂陵的护国寺、城里的善因寺都是大庙。这样的庙他没有见过，脚步鬼使神差地移了过去，走到门口一屁股坐在了稻草编织的拜垫之上。香火的气息是草木所生的一种温和而安静的味道。库万年转身看看后面的神台，燃尽的香火还透露着温度。那几只干瘪的苹果像有些漫不经心的看客，望着这个突然的外来者。

今天高来财翻脸骂他是“侉子”的时候，让他非常抵触。这个地方的人叫外地人“侉子”，是有轻视与污蔑意思的，就好像说又穷又不讲理的要饭花子。他虽然在渔船上出生，做过“渔花子”，但他不愿意让人觉得自己是个“侉子”。庙里神台上的字他也不认识，看看四下无人，他一把将那几个干瘪的果子掳过来，蹲到码头水边洗的时候又有些迟疑。这些果子好像又恢复了一点生机，他才果断张口猛嚼起来。

他实在是太饿了，连神仙的东西都敢抢。

几只果子下肚连种子也没有吐出来，库万年心里的沮丧消解了一些，却又想起他的那些鸭子来。他坐在水边的码头上，砖头的阴冷透过薄薄的衣服渗到瘦弱的屁股上。他知道这次一定要坐下去，再冷也要发“穷狠”坐下去。不一会，高来喜竟晃了过来，见他一个人呆若木鸡地坐在水边，朝他喊了一声：“小侉子，你是想在这土地老爷门口做门神了？”

库万年不吭声，他心里满是怨愤。高来喜大概知道他的心绪，仍然挑逗他说：“人怕狠，鬼怕恶，你不玩‘穷狠’就别想要这笔债，人家早就把钱揣进口袋焐热了！”高来喜说的“人家”，那一定就是现在做了村长的高来财。库万年听得出来话音，高来喜这些话是“话中有话”的。看来他不仅知道实情，而且也并不是向着高来财的。库万年站起来拍了拍屁股说：“我就不信，那一趟活蹦乱跳的鸭子就一根鸭毛都不见了？就是当初的欠条不见了，可是这人心也不见了？”

高来喜听说这话，拍拍他说：“你这个‘大呆鹅’，人心值几个钱？你有人心人家没有，你能咬他去？不是我挑唆你，你就赖着不走，单看有些人怎么交代？青天白日的能把你也像鸭子一样杀了煨汤不成？你说是不是这个道理？”

库万年听说这话心里有了点希望，接着高来喜的话说：“反正饿死也是死，拼死也是死，我就不信这个邪了。”库万年其实也并不是一定要赖在这里，可他知道出城之后确实无处可去了。渔村是回不去的，毕竟和那船老大的怨气结了下去；王为民嘱咐他城里回不得，鱼龙混杂的小城里还危机重重；盂陵是他熟悉的地方，但也是去不得的，不仅是伤心之处也是非之地。罗先生死的时候拜托人们去安庆找他的家人，库万年知道虽然遗言语焉不详，很有可能真是那骆老二家女儿，但罗先生说的那个地方，他不要说去了，听也是第一回。据说那地方在安徽地界，是真正“侉子”生活的地方，是从来不敢想的地方——去了跑断腿事小，丢了命都是可能的。现在好像也只有这举目无亲的南角墩有“算不上理由的理由”落脚了。

高来喜听他语气，又煽风点火地补了几句：“这兵荒马乱的日子，你就给我玩个‘三伏天水牯钻塘——赖着不动’，看谁能奈你何？我就不相信，那不知身份的野种能在这南角墩落户，就多你一个可怜的要债人！你不要怕，我暗里支持你。回头我扔床旧被褥放在高来福家老屋后面的草地里，你就假装拾到拿走。高来福还有一条船在黄雀荡，你找根篙子把它弄过来，就是你的了！”

那船库万年是见过的，漂泊在荒凉的水上。

高来喜这么说，库万年心里明白他的言语中透露出的情绪并不完全是热心，他听得出这其中也有怨气。也许他是要把自己这个外人当“枪子”来用，但这个时候也别无选择，心里就剩下三个字：不走了。他默默地在心里反复念这三个字，就像咽下那些干瘪的果子一样坚决。高来喜走的时候又嘀咕了一句：“我是看你小侉子可怜，你不要与人说，我是为你好。”小猴子连连点头说：“晓得，晓得。”

天暗下来之后，划回来小船的库万年从土地庙的码头上了岸。船没有绳子扣，他用撑船的树棍插在泥底将船别在岸边，自己上岸往村里走去。快要过年的村庄依旧非常清冷，这种贫穷村庄的年节大多只不过是年关。即便是殷实的人家，也只是默默地煮些肉食，用锅盖捂着不敢漏出一点缝隙，生怕好日子被邻居发现害红眼病。

高来福家的门锁着，它看来是不会开口了。库万年转到屋后的乱草丛里，还没有见到高来喜说好的旧被褥，就听到屋子前面有动静。他屏住呼吸慢慢地掩到后墙根下。高来福的房子没有后门，一扇后窗已经破败不堪。有两个人开门进来，说着话点燃了蜡烛，来人是熟知屋里情况的。屋里的人一开口，库万年就听出来是高来财和薛大姐，库万年心里一时有些莫名的警惕。他贴紧着阴冷的后墙，就像一条紧张的壁虎。

高来财说：“幸亏当时你把这房子租下来，不然这破屋子早就要被拆了分砖瓦了……”

薛大姐叹了口气说：“我就怕别人说话难听，这‘破屋倒三间’的不值几个钱，弄出一堆话来。”

高来财说：“嘴长在别人身上，谁要说谁说！钱在口袋里才是真的狠，就这墩子上几十户人家还能反了天了？”

薛大姐问："那个'小猴子'今天来说什么了？他也是苦命，却不知道摸到这里来起什么哄。我看你把高来福给的钱还他，让他早点走，这人是个'渔花子'出身，蛮得很！"

高来财说："给他钱？老鼠洞里还能倒拔蛇？想赖在这边，我看他是打错了主意。现在这乱糟糟的世道，小心要了他狗命也是简单的，谁又知道他是个什么亡命之徒？"

薛大姐说："他不是什么亡命之徒，我知道他，就是个可怜的孤儿。"

高来财说："说到可怜，这世上谁不是可怜的？你不可怜？要不是我收留了你们娘俩，你们不也还是吃糠咽菜呢？"

薛大姐说："反正少做点坏事是正经，现在也不少吃喝。"

高来财有些不耐烦地说："你现在不少吃喝靠的什么？靠的你'跟人'，还是靠我的好手段？你现在想做好人了，真正是笑话！""跟人"是句暗语，是说妇女靠跟别的男人睡觉过日子，是句肮脏的话。高来福竟然毫不掩饰地对薛大姐说这话。

薛大姐说："你这是畜生话，老娘的身上让你趴过多少回，你就是只狗也应该晓得通人性！现在我和你过日子了你还说这些话，你趴在我身上的时候怎么不说这话的？"

这对话根本就不像是两个过日子人说的，而是像嫖客和婊子床上完事了无聊对骂。高来财大概也觉得自己说得有些粗了，哼了一声说："不说这些了，反正这一切都和我姓高，谁也不要做梦想拿走一块砖头。那伢子明天要是还来，一定要赶他走，不然这年也过不安生。"

薛大姐说："我看你要么把这房子给他，要么把高来福的钱还他再赶他走，不要做断子绝孙的事情，死人在天上看着呢。"

本来不想再说什么的高来财听到“断子绝孙”这几个字，一下子又火冒三丈，声音抬高起来说:“我怕断子绝孙？我有子孙好断绝？你那‘活气祖’的儿子还不知道哪里爬出的！你跟我装好人，还怕断子绝孙，我看你是他娘的‘狗头上插角——装羊’。老子要不看你能焐被窝，早就把那杂种赶走了。”

薛大姐也怒起来骂道:“你这个畜生不如的东西，说这些话也不怕亏心，以后你就不要想靠我!”

高来财一把拖住薛大姐撞到墙边骂道:“我告诉你，今天老子要玩你一夜，我看你老实不老实。”话说得越发粗俗，薛大姐跑了出去，留下高来财一个人在屋子里到处乱翻。他对那些破家具拳打脚踢，一个人骂骂咧咧一气，又模糊说了一句:“一定要那狗日的住这里来，他只能住这里……”而后愤怒地吹灭了蜡烛的冷光，猛地将那门带上，拖着粗莽的脚步走了。

库万年心里想，这“狗日的”是谁？莫非骂的是自己？真要是骂的是自己，他倒是蛮高兴的。可是转念一想高来财看来没有这么好心，自己也没有踩到狗屎会有这么好的运气。

此时的村庄看似已经睡了，但内里还满怀混乱不堪的情绪。

库万年又细想想高来财说的那些话，真是不堪入耳。从薛大姐说的意思来看，高来福生前是留了钱给高来财的。这屋子也并非是抵债的，很可能就是他借着抵债霸占而来的。他想着心里就更加悲愤，阴冷的墙角落已经被他瘦弱的后背焐热。他想不明白，一个人的心怎么还不如这堵该死的墙。

下霜了。他看到月色下枯草上闪亮晶莹的冷，一哆嗦站了起来朝这地上撒了一泡尿，又解恨似的放了个屁，自言自语骂道:“日马马，当真是‘冷尿饿屁’!”他踢了一脚地上的碎砖，正好掩上刚才那一泡快散的热气，就像是畜生便溺后的古怪行为。

往后走便是高来喜说的杂树林，这里一小片丛生的野树，萧条瘦弱无人问津。高来喜果然给他偷偷留了破旧的被褥在草上，因为没有扎得结实，抱起来的时候散落开来，几个硬邦邦的东西滚落下来。库万年抓起一闻，是晒干了的馒头。他像是捡到金子似的掳了起来塞进自己的口袋里，这个时候他才又想起来一直跟着自己的饥寒。他抱好了这带着霉潮气味的被子，趁着月光一路奔回那河边的土地庙去。

他就像是一只急促奔窜的狗，生怕被人看穿了夜行的心思。

被子紧贴着胸口的温暖，倒逼得周身寒战。库万年一路奔到那水边都没有跑热身体，看着庙里燃尽的香火还有点余火在闪烁，映着神仙那永远微笑的脸面。他将被子裹在身上，倒也像披挂着带有某种神性的道袍法衣一样。那几个干馒头硌得皮包骨头的身体有些不适，他掏出来全放在神台之上。拈了一个咬了一口，口水将那干裂的面块融化之后，一股甘洌的清甜浸润在嘴里。他突然猛啃这些干硬的馒头，将饥饿导致的无助都发泄在这无辜的米面上。啃了一阵，他扔下那被褥，奔到码头边蹲下去，用手掬起那冰凉的河水一顿猛灌。

船在岸边轻轻晃了晃，它在等着这个饥寒交迫的人。他又抬头望望天上的月亮，这才发现土地庙边上有一棵落尽黄叶的白果树在看着狼狈不堪的自己。他啃完所有的馒头才回到庙里，继续裹着被子蜷在神台边的角落。神台慢慢散尽的余温就像是人失去了气力，库万年也精疲力竭地睡着了。他竟然做了一个梦，梦见船老大的女儿一直在哭，哭着说她其实就是骆霞。他拼命地摇着手说，你不是，你不是……惊醒之后，他紧紧地裹着那条被子，抵抗着凌晨的寒冷。直到公鸡叫起来，他才安心地叹了一口气：这一夜总算是挨过去了。模糊间他又打了一会盹，脑子里还是有那种模糊的哭声。

这一天已经是腊月二十四。就像是忘记了自己的年龄一样，库万年早就忘记了具体的日子。很早路上就有人走动，他收了被子起了身来，朝那神龛又看了一眼。那神台上还有一点残余的馒头屑子，他拾起来摅进嘴里，只是一小块竟也甜得很。他跳上那瘦弱的木船，晃荡间水面的薄冰破裂开来，那是一种冷得有痛感的声音。船从大盘汊出去向南回到黄雀荡中，回头还能看见老银杏树下的土地庙。

晨光蔓延起来之后，庙里的香火也升腾起来。人们早就准备好了来上香的贡品，再穷困一点的人家也会抓一把香来敬献。香烧得多了，后来的人也并不点上，就放在神台上后磕头便罢。还有穷困得无奈的人家心意也不少，"空手人"进了庙跪下来便磕头。"神三鬼四"，也可能数都不数，脑门着地晃几下，起来掸掸裤子上的灰尘又作个揖，叫作"倒現倒現"，也就尽了心意。当然也有不来的，不来的也未必是穷困。但就是不来，也没有见鬼神与之计较。腊月二十四是小年，这天要送灶神，也只有到了这天过年才有了点氛围。库万年坐在船上望着庙里的香火，心里想的是"菩萨保佑好人家多上些贡品"。除此之外，这日子和黄雀荡一样除了冷水一无所有。他不好意思赖在庙子面前等，他觉得那样太难为情了——有时候人不说话，看你一眼比骂上两句还难堪——好在神仙的脸总是画得慈眉善目的，至少脸色上给人安慰，究竟赐福与否另当别论。

高来喜一早也来磕头。他空手到土地庙前，跪下来拜了拜就出来了。除了神仙和他自己，没有人知道他是两手空空来的。他也不是专门来拜神的，他是来找库万年的。因为他磕了头拍拍手转身就往水里张望，或许他早就看见远去的库万年和那条瘦弱的船。高来喜顺手从神台上抓了一把年糕塞进自己的口袋里，转身就急急地走开了。这种年糕是外地人卖来的，有桂花的香味，切成连在一起的薄片，叫作“云片糕”。因为“糕”音如“高”，所以年节里买来图个吉兆。庙里的年糕一般没有人拿，除非鸟兽光顾。这云片糕放得时间长了，松散成酥土一般也无人问津。高来喜抓这几块当然是要给库万年带的，他还要好好和这侉子说说事。

库万年心里也明白，高来喜是高来财的本族兄弟，纵然是没有这一层关系，他们也是本村本土人，断然没有那种善心帮自己这个外人。这么看来高来喜自然就有他的目的，这个缘由一定也与高来喜自己关系甚大。高来财算不上是什么大官，但也算是“一霸”，看那架势这几十户人家都是“听他话的”。高来喜明知道高来财对这“侉子”的态度，却偏偏要帮助他，那他的用意虽然不清楚但也绝不简单。库万年虽然是“少年夭夭”的后生，这一点也是能想得清楚的。但就眼下形势看来，靠高来喜与高来财“一搏”是能行的，因为库万年本来一无所有，连“铤而走险”都算不上。

高来喜走近来，与当时库万年第一次在黄雀荡靠岸的情形一样。那也是一个陌生的早晨，只不过那时候他有一群鸭子，岸上叫他的是四个人，现在他只有一肚子的饥饿与怨气。他将船撑着往高来喜靠来，一下子蹦到岸上。那船猛地一晃动，库万年用手中的木棍一下子搭着船头控住，只留那水面不断地晃动，激起冷冷的细浪拍打着土岸。高来喜从口袋里摸出了那几块云片糕来，他手上的污垢将这吃物对比得雪白。库万年有些不过意，但还是伸手去接过去，慢慢地嚼起来听他说话。

“不走就不走，看他能有什么办法？还是那句话‘人怕狠，狗怕恶，热豆腐怕个大铜勺’。现在正是年关，谁都怕年过不安生，你决意要赖着，他能奈你何？”高来喜说得唾沫横飞有些激动，库万年趁他说话的机会，猛嚼了几口将那齁甜的米糕吞下了肚子，好像是吞下了无数的尴尬一样。那米糕粘在嘴里很甜腻，是腻得化不开的那种滋味。

于是，库万年将船稳好在岸边，和高来喜一起再次进入了这个土墩上的村落。说是村落其实也就是一个单独的高土墩，这种小村落也可叫作“库子”，库子上人都不多，但一定都是封闭得顽固。

他们直奔高来财家。村长家里正在忙着掸尘，这也是过年前必要的程序。高来财头上戴着用报纸卷成的一个帽子，显得有些滑稽。高来喜看他这个模样，冷笑了一声说：“你这东西竖在头上，真像是纸扎鬼子做的黑白无常，啧啧啧，真是像！”

被高来喜这么揶揄，高来财黑下脸说：“有话就说，有屁就放，年根岁尾不要来找不自在！”正说着，薛大姐从屋子里出来，端着一盆脏水泼在院子里。原本立在一边的狗惊得跳起来，汪汪地叫，她恶声骂道：“你这瘟狗，一早上就杵在院子当中，当真是眼睛瞎了！”

高来喜知道这是骂他们，阴阳怪气地说：“人有时候还未必如狗，狗总是晓得忠义二字的，有些人啊——还不如这畜生！”

高来财听这话有些恼火，声音大起来说：“你们到底想要干什么？一大清早怪话牢骚，全是晦气!”

高来喜转过头来，一把将厍万年拉到前面说:“你让这‘侉子’说!”厍万年被这一拉，脸上顿时全是火辣辣的难堪，他也没有想好了，就草率地吐出一句:“你把钱还给我就走!”

高来财放下手中的东西，冷冷地说:“什么钱？我欠你什么钱?”高来喜知道厍万年狠不过这高来财，接过话头说:“你不要欺负人家一个‘侉子’，高来福死之前跟我讲过，他有一笔钱在你这，说等‘侉子’来了还给人家的，你这是讲他娘的什么信义?”

高来财心虚话粗，吼道:“什么钱？你看见他给我了?”

高来喜说:“那你霸了高来福的房子也应该交出来!”

高来财问:“你脚站在哪里说话？这侉子是个什么人?”

高来喜说:“我是把心窝子放正了说话，人家虽是个侉子，但我们也不能骗人!”

高来福又反问:“你知道他是什么人？他的底细你知道？你把外鬼惹来了，这兵荒马乱的你能负责?”

高来喜说:“你家来了‘外人’就是好人，人家就是外鬼?”

这时候薛大姐又跑了出来，指着高来喜叫道:“你这话是好说不好听，我是什么外人？我是他高家的媳妇！这个‘侉子’是什么人你不知道，我知道!”

高来喜有些着急，口不择言地说:“我对这个‘侉子’知根知底，他是我认的干儿子，怎么样？我今天就来告诉你，人我是留下了，要是不留就全部滚蛋！你算是什么高家人，你已经是‘把出门的女儿泼出门的水’，你带回来不知道哪里的种！你也不知道爬过多少人的床，想在我这墩子上撒野？我今天就‘穷狠’定了，看你能来咬我裤裆里的东西!”吵到这个份上，外面的人都聚集过来看闲。大家在外面议论纷纷，但都不进院子门，有些人还挤眉弄眼地歪歪嘴嘀咕着什么。有人叹了一口气说:“算了算了，都是‘苦桃子’也不容易，也不到你家锅里盛饭，计较什么呢?”

这时候库万年突然想起了这薛大姐过去的行径，突然嘴又张开了，飘出一句:“要是说到过去，薛大姐你应该知道我过去是做什么的。当然了，你做什么的我也不是不知道!”薛大姐听说这话，一声不吭就回屋了。屋子里又跑出来一个人，是薛大姐那十七八岁的儿子，他头发蓬松地站在门口骂了起来:“吵什么东西吵，吵得老子觉都睡不好!”

高来财听他这么一说，眼睛一瞪骂道:“你说的什么混账话，你是谁的老子?”

那十几岁的小子到底是鲁莽，冲上来竟然脆刮刮地给了高来财一个大嘴巴，嘴里还骂道:“我是你老子，怎么了?”这一打情况就变了，薛大姐赶紧冲出来拉走儿子，又气得号哭起来。高来喜有些不满地对库万年说:“你看看，人就要这样子才有人服，‘你不日他妈妈，他不喊你爹爹。’你这个‘侉子’到底是‘和尚拾到的梳子——屁用没有’。”他一把拉着库万年出了院子，院子外面几个人轻声而又故意地说道:“打得好，打得妙，打得呱呱叫!”

高来喜像是打胜仗了一样，比库万年还要兴奋。此时库万年反而有些不安，好像他有些不过意：一来是高来喜给自己出了头，二来是高来财在家门口丢了这么大的脸，总归是埋下了祸根。高来喜看他有些蔫蔫的，知道这孩子到底还是人意软，安慰他一句:“不要怕，世上就怕‘穷狠’二字，事情已经到了这个地步，你还怕什么？你就是哪一天被赶走了，那就只当你没有来过，这南角墩本也不欠你的！但是高来财昧了你的钱，他欠你的，你不闹他就偷着乐，你一闹他就急得跳——不要怕，不要怕！”

库万年低声说:“我不是怕人，是怕丑！”

高来喜没有带他去自己那个光棍一人的家。算起来他们一门上“来”字辈的弟兄们没有几个结婚的，大多是“光棍条子”——自己都吃不饱，哪里有钱来讨老婆。高来福是光棍，高来寿娶了个婆娘去年穷跑了，高来喜有过相好的最终没有谈得成。高来财死了老婆又续弦，算是不错的了。高来喜带着库万年去高来寿家，他急不可耐地要将这些事情告诉他，这样大家一起心里“快活”一下。高来寿在家摸着手艺活，端详着一个像条龙一样的木作。看样子也并不是崭新的，那木把手上的油污可以看出是件旧物。他们进了门，高来寿没有抬头，高来喜喊了一声：“二哥，在家弄麒麟啦！你这一把玩麒麟的好手，走到哪里都不少饭吃！”

高来寿低头哼了一声，继续端详他手上的物件。高来喜自己跑进屋子里端出半碗煮开了的馒头，碗头上还有几块咸菜，就像是踞在上面的苍蝇一样。他把碗递给库万年说:“赶紧把这碗馒头‘顺’掉，不然吵架都没有气力!”库万年知道这时候客气不得，拿着碗走到一边，喝下去那碗已经冰凉的面食。这个地方的人吃面食并不多，收了麦子也多卖了并不磨面粉。但他们也会换些馒头回来，特别是入冬以后，换回来的馒头晒干了用袋子装起来。日后或用开水“煦”热了吃，或用水煮开了吃。“煦”好像是这个地方特有的说法，也就是用水蒸。这“煦”用的是虚浮的水汽，所以这个地方人说“拍马屁”也用这个字。比如刚才高来喜夸赞高来寿麒麟要得好，实际上就是用虚情假意的话来“煦”他。

无事不登三宝殿，“煦”人必有事来求。库万年呼啦啦喝了那碗里的煮馒头，恨不得把碗底再舔上一遍。他将碗送回到屋里，见灶台边有水缸，便用碗舀点水，将那碗荡了荡，把洗碗的水倒在墙边又将碗放了回去。高来寿抬起头来说：“你这‘骚屄’就是烧干的锅添凉水——安心惹气，高低要和这高来财闹什么？这‘侉子’是你什么人？眼看过年了还闹得翻天覆地！”

高来喜有些不以为然地说：“你都晓得了？这口气必须出，世上总要讲个‘理’对不对？不管是‘侉子’还是‘蛮子’，道理是一样的。”

高来寿翻了白眼说：“道理是不错，可你真是为了这道理？”

高来喜说：“这事情，那是说书的断了弦——不谈了，吵也吵了，打也打了，再说是他那孽畜儿子动的手，不关我什么事。”

高来寿说：“你当我没有说，马上你欢喜的那个‘薛娘娘’必要搬进高来福那几间‘牢屋’了。”

高来喜一愣，看了看库万年说：“怕她来咬我不成？咱们就大姑娘穿花鞋——走着瞧！”高来寿放下手中的活计，看看他们二位叹了口气说：“就你‘嫌话’多，迟早死在这张嘴上，不是饿死就是被打死——对了，你嘴‘嫌’不如就跟我去跑年吧，混个‘花节下’的饱肚子，闲着也是惹是生非。”这个地方的人说“嫌”是讨喜热闹的意思，高来寿说他这兄弟“嫌”，也是有慈爱的意味。高来寿的确也长他一些年龄，比他稳重得多。

库万年不知道“跑年”是干什么。高来寿收拾这叮当作响的麒麟，正是跑年的道具。所谓的“花节下”正是年前后的光景，跑年便是拿着麒麟去“送麒麟”。送麒麟不是把麒麟送给别人，是带着麒麟把好运气送给主人家。带着麒麟往门口一站，还要唱《送麒麟》的调子，等到主人出门来给两个铜板或者一块糕馒。过年喜庆，大家都不反感。有些穷困的人家看见“送麒麟”的来，早就掩上门，来人心里也就明白了。实在有来不及关门的，那小调唱起来，主人家又确实给不出东西，就回一句:“多走一家，多走一家。”也就互不干扰，各自谅解了。唱《送麒麟》的时候，还拉二胡伴奏，加上唱词和那麒麟的响动，是很热闹喜庆的。

库万年从来没有听说过这“跑年”的风俗，听高来喜这么一讲，不禁脱口轻声说了一句:“这不就是要饭么?”这话说出来他就有点后悔自己冒失了。眼下的情况他不该这么说，他自己现在连个要饭的都不如。高来寿听说这话叹了口气说:“什么要饭不要饭，‘为了一张嘴，跑断两条腿’，现在这光景，还讲究什么?”

这“讲究”二字把库万年说得很不好意思，他很后悔自己的冒失——刚吃完别人剩下的饭，现在竟然像埋怨一样说“要饭”二字。他并没有看不起高来寿这种营生的意思，只是觉得自己好像从来没有想到过会上门去和人家要饭吃。即便是他在湖上渔港生活的时候，很多人都叫他们“渔花子”，但他们也没有和谁伸过手要过饭，哪怕是抢是偷似乎都比这“要”好一点。

高来喜其实也是生计艰难。高来寿一问这话他似乎早就准备好答应了。他小的时候是与高来寿做过这“跑年”生计的，后来高来寿有了婆娘就不带他走了。现在他的婆娘忍受不了穷困跑了，高来寿就又缺少搭档了。两三个人一起说唱叫作“跑年”，倘是一个人就真是要饭了——高来寿自己也是放不下这个面子的。高来喜问库万年:“怎么样，你怕丑吗?”他这么问，库万年就没有道理再说什么了。他也学高来喜有些滑头的语气说:“宁在人前丢个丑，不送自己一条命。再说，我这样子还有什么好怕的?”

“好，好，好!”高来寿竟然连说了三个好。他又从屋子里转出来的时候，手上多了一把二胡。那二胡一看也是个旧物件，松香已经泛白了，就像高来寿脸上明显的斑纹一样，那是毫不掩饰的苍老。高来寿坐在院子里，信手拈来的音调响起来。高来喜清了清嗓子跟着旋律说唱道:

> 锣鼓打得响连天，府上贴的封门钱。封门钱上几个字，富贵荣华万万年，富贵荣华万万年，嗨嗨哟，富贵荣华万万年。

库万年从来没有听过这种音调，感觉又滑稽又有趣。他听高来喜津津有味地唱了好几段不同的词，竟突然一下子很敬重眼前这个有些滑稽的中年人。他被那歌唱得浑身来劲，听了几遍心里竟然也跟着默默地念起来。特别是那句“富贵荣华万万年”的唱词，里面还有自己的名字。他暗自想：即便就是要饭，也要跟他们走。

库万年就在高来喜家住下了。他那两间连厨房带住宿的地方也没有其他人，库万年就把那破被子捆捆扎扎拎回他家，在锅门口的稻草上打个“地铺”。虽然地方小得转不了身，但毕竟不受风吹夜冷了。锅膛里余温不散，半夜还暖洋洋的。其实高来喜也没有个正经的床铺，也是一块破板上面垫着稻草。他对库万年说:“这锅门口可是招待上宾的地方，是家里最暖和的地方，轻易是不给别人住的。”库万年知道他说的是嬉皮话，但他现在喜欢这个“热闹人”。这个地方说喜欢讲嬉皮话的人叫作“热闹人”或者“说巧言”。他觉得高来喜确实嘴巧，就是骂人都让人觉得很有意思。

不出高来寿所料，库万年果真望见薛大姐搬东西往高来福的破屋子里去。之前还有人爬上屋顶拾了瓦片，大概是收拾一下打算长住了。然后薛大姐的儿子住了进去——现在库万年知道这个目前连来历都不明的大小伙叫作“高玉宽”。高来喜说其实他不姓高，库万年问他，不姓高姓什么？难不成姓薛？高来喜摇摇头说:“这个野种应该是姓万，万家姓的万。”库万年才知道高来喜的意思——这是骂人的话，是说这个女人睡万家床。但库万年也不喜欢这样说薛大姐，他总觉得都是穷困的人家，即便高来财做了不道义的事情。

他心里就是不大想提和这个女人有关的事情，最好是什么也不说。后来高来寿悄悄地告诉库万年，这薛大姐本不是这个村子里的。但她带来高家的孩子，传说孩子父亲在外面“就义”了，也有说是“当了汉奸了”，更有人说这是薛大姐编的故事，其实孩子是她自己在外面养的说不出口。大家看她可怜，带着个十岁的孩子，就把高来福的房子让给她住。这事情本也还是高来喜出的主意，他也是有点私心的：这娘儿俩孤苦可怜的，帮帮忙搭把手是善事，说不定真如大家说的他能找到“焐被窝”的人。自从这薛大姐住下来之后，村里人见到高来喜便问:“‘老新娘子’手摸到没有?”高来喜听这话就骂人，其实心里还真是美滋滋的。

隔三岔五不经意地路过薛大姐门口，给挑个水、浇个菜的——他觉得自己的意思薛大姐一定也懂了。奈何过了一些时日，村子里却传出来这薛大姐晚上从高来财家出来的闲话。高来喜先是不信，一次倚酒三分醉想去门上质问高来财，哪知道还没有进门就真见薛大姐匆匆从屋子跑出来。高来喜蹲在路边不说话，看着那脚步急急地离去后，拾起一块砖头就往高来财家院子里扔，砸得那院子里的母狗一阵狂叫。

高来财听到狗聒噪，站出来在院子里给那畜生一脚，骂了一句:“瞎了你的狗眼，到处乱叫!”那狗被踢得呜哇乱叫，高来喜又捡了一块砖头扔了进去，正好砸在高来财的脑门。院里这才知道门外有人，捂着脑子冲出来，高来喜早就一溜烟跑了。高来财的脑门被砸开了花，邻居们都暗地里说他“新郎官的大红花没有挂，脑门上却开了花”。但讥讽归讥讽，没有多久薛大姐还真就搬进他家来。也没有办酒热闹，这年岁哪还讲究什么婚礼，就是“并起来过过”，日子也就这么过起来了。薛大姐人到了高来财家，高来福家的门从此也就锁上了，钥匙在她的手里——高来财只对外说，这屋子是高来福在世时抵债的。但也没有人去计较什么，那“破屋倒三间”的房子实在不值钱。再说那“孤鬼”留下的房子也不吉利，所以也就无人问津。大家也只说高来喜白忙了一阵子，真是“寡妇梦见男人——一场空”。所以人们就给他起了个外号叫作“一场空”，说说这事情也就忘了。但高来喜忘不了这件事情，他想想心里就升起一股恶气。库万年到了南角墩，高来喜心里就“兴奋”起来。他知道高来福之前将鸭子收下来是打了欠条的，现在正好有借题发挥的机会了。

现在薛大姐的儿子搬回来住，看来不仅因为这小子和高来财起了矛盾。大家心里也清楚，这是来“占窝子”的。库万年在这南角墩一天不走，高来财心里就一天不安稳。加上高来喜在背后鼓捣，高来财更不能让“煮熟的鸭子飞了”。于是便让薛大姐把儿子弄过去，他自己看到这小子也厌烦。高来喜原本是想让库万年破门而入的，因为已经和高来财挑明了此事，此番若“霸王硬上弓”也正是时候。但高来喜到底不忍心赶库万年去占房子。眼看着几天要过年了，他们又要与高来寿一起去跑年，这事情就拖延了下来。

就这一迟疑，高来财先下手为强了。反正高来喜也是光棍一条，家里添库万年一个也不多。他们盘算着“跑年”的事情，库万年这几天正琢磨着高来寿教他的《送麒麟》，嘴里哼哼唧唧着“好日子万万年”，心里也并不是太明白到底是个什么意思。他脚前脚后绕着高来寿，也是怕过节自己没有去处。高来寿说除夕的饭就在他那“房子里”吃，他们三个光棍一起过个年。高来寿说过去他认识一个北方人，说家里都是“房子里”。其实他们也知道，自己所谓的家也就是剩下几间破房子了。

三十晚上没有什么菜，高来喜说一年到头连个肉都没有，实在不像话。高来寿拉了一气二胡，说:“肉？有，把灶台上大锅打个洞，便有‘漏’了。”高来喜想了想说:“我来想办法，不行在大腿上割二两肉下来，也是可以烧一碗荤汤的。”《送麒麟》一个调子有好几段唱词，库万年学得认真，但记得很慢。高来寿便一遍遍地拉着二胡教他，那手上的二胡拉得松香灰屑直掉。到了天黑，高来喜摸到这里来，手里拎着个破棉袄。这二位已经喝过一碗馒头汤，库万年在一边叽叽咕咕背唱词，高来寿看着那麒麟在发呆——好像真能在这木作的瑞兽身上看出一块龙肉来。

高来喜转身关上门，将手里的东西掼在了地上。那破棉袄散了开来，是一堆血淋淋的肉。厍万年一惊，高来寿站起来问道："这是什么东西?"

这是一条剥了皮的狗。

狗眼睛圆滚滚地瞪着。牙齿也全部龇着，肚子里的内脏已经去掉，竟然还冒着热气，很是血腥。

高来寿皱起眉头又问:"你这又是在哪里作了孽?"

高来喜诡秘地说:"人不是好人，但狗是好狗。连骨头带肉大概有十斤重，一锅好汤!"

高来寿脸上有些不悦地说:"你这是伤天害理，我吃不了这东西。我胃子不好，你拿走，拿走!"

高来喜说:"这狗肉正是治胃病的好东西——烧好之后端一碗坐在茅厕上吃下去，只要是不吐出来，那就能包治百病。这是祖传十八代的秘方，你难道不晓得?"

高来寿站起来用脚踢了踢那棉袄，满脸不屑地说:"你是'骗子瓜话多'，我活这么久没有听说过这些歪理邪说，你要弄你自己去!"高来喜又拎起狗肉说:"借您老的斧头和锅用一下，你们就等着吃狗肉过年吧。"高来寿似乎心里还是不安，拿出二胡又拉了起来。厍万年不知道他拉的什么曲子，但咿咿呀呀听得有些难过的样子。这个时候厍万年不是想的那《送麒麟》的歌词，而是想那一锅狗肉，他也很久没有见过肉是什么样子了。

折腾到半夜，高来喜用筷子一戳狗肉，说了一声:"好了!"高来寿坐着不动，厍万年走到那锅边一看，刚才那血肉模糊的一堆，已经成了一锅雪白的汤。只是那狗头上的牙还是龇着的，好像还能听到它活着时凶恶的叫声。不过现在它只是一锅肉了。高来喜看来是剥狗的好手，狗肉捞出来稍微晾一下，便拆开那肉来搁在一边，骨头堆在一起出门就扔进了河里。库万年听到门口河里安静的水流被砸出了动静，心里这才平静了一些。他本对这一锅肉感到不安，一来它是一只狗，二来是它还曾经属于一个家庭，这让库万年感觉到有些惶恐。不过现在连骨头都褪了，那就只是一堆肉了——可以是兔子肉，也可以是猫肉。他好像又生怕有一个人会突然怒气冲冲地奔进来，砸了那锅——那锅就真的漏了，这锅肉也就可惜了。

为这锅肉折腾了大半夜，大家好像却都没有了困意。肉汤雪白冒着热气，高来喜摸了几根挂面放进去，又到院子里摸了几根瘦弱的蒜花，撒上粗糙的咸盐——看来高来寿怕的并不是这肉，而是担心“打狗要看主人面子”的问题。现在这只是一堆肉了，他就只关心味道问题了。他们三个人分吃了一把面，风卷残云后也是心满意足，高来寿喝完汤问:“这是谁家的狗?”

高来喜却说:“这狗肉要用五香八角加辣椒再烧，味水更足!”

高来寿知道他是故意不回答，无奈地说:“这真是和尚吃狗肉——开不得口，挺尸，挺尸!”

待到除夕过去，那一堆肉也吃得精光。狗肉都是瘦的，当然好吃得很。南角墩人的嘴里有一句歇后语：陆瞎子吃狗肉——块块都是好的，也有逮着一块是一块的意思。厨房里有点荤腥，莫要说人快活，就连那铁锅里的水面也是油光满面而得意的。

三人初一大早便带着那麒麟与二胡，拎一个空口袋去送麒麟“跑年”。“跑年”事实上就是讨口饭，只不过多了些“噱头”。但在自己的村庄里放不下面子开不了口，便要到更远的外地去。走远了晚上也不回来，就找个穷庙破屋对付一宿，第二日继续上路。他们走到了盂陵地界，已经是下河县的最北面。库万年有些磨蹭，问高来寿:“一定还要跑这么远吗，我们往回走吧!”

高来寿听他磨叽了几遍，便反问他:“你这小侉子走不动了，还是想当逃兵?”

高来喜眼睛里满是期待，劝他说:“这里可是个大镇，店铺多，要的饭也多!”他们到底承认“跑年”就是要饭了。

库万年嗫嚅着说:“我知道，但这里人不好!”

高来寿笑笑说:“哪里人好? 南角墩的人好，还是你过去在城里遇见的人好?”

库万年拗不过他们，只好跟着他们慢慢往前走。他巴不得这天一下子暗下来，他不想见到那个熟悉的地方。事情果然也起了风波，进这个镇子的入口，就有几个衣衫不整的人挡着去路。库万年在后面握紧那宝贝麒麟，高来喜打头大摇大摆地往前走。对面那人大概正是带头人，拿着根棍子敲了敲地面问:“几位要去哪里?”高来喜倒也聪明，脑子一转说:“这‘花节下’来贵宝地走亲戚!”

那人跷起脚来，用那棍子敲了敲鞋底说:“看你们行头差不多也是同行，大家留口饭吃，哪里来回哪里去吧，不然就是出家人娶媳妇——不守规矩了，各位请回吧!”那几个人站成一排，看来也并非为了惹事，不过是守着自己的“一亩三分田”而已。

高来喜见这人说话有点意思，便也油滑一句顶道:“这大路朝天，各走半边，今天我们要是‘吃粥屙硬屎——顶硬上’又如何?”对面那人见他有些蛮横，又拿棍子重重地敲了敲地面，那黄土不友好地泛起尘灰来。高来寿咳嗽了一声说:“青蛙要命蛇要饱，我们走，我们走——”说着便转身，库万年心里就等着这句话，他本就害怕到这盂陵老镇上来。走了一阵子看不见那几个人了，高来寿说:“你看看别人的地界，就是要饭也是心齐的，不像那南角墩几十户人家还各自心怀鬼胎。”

库万年听说这话，又接上一句:“这里的人也不好!”

高来寿说:“我们既然来了就不能‘草帽子端水——一场空’，要学那‘长虫过篱笆——见缝就钻’，你们跟我走，我过去知道这里有条小路进镇上。”库万年刚刚还高兴不用去这地方，现在他们还是要走小路去，看来今天他的心思也是“一场空”了。他竟无意间将“一场空”这三个字说出来，感觉有什么不对，看看高来喜，高来喜脸一沉说:“走你的路，真是‘麻雀子的嘴——话多’。”

高来寿也转过头来说了一句:“不对，应该‘寡妇家的男用人——闲话多’。”高来喜被窘得不说话，几个人闷着头往前走。

进了镇子天已经黑了，四处都关上了门，只偶见门缝里透出点寒光来。这个时候没有敲门的道理，他们便先要寻找住处。这里库万年是熟悉的，但他不愿意开口。这高来寿确实也算是“见过世面”，说:“这不难，过去我认识一个炕房的老板，我们到他家屋檐下对付一宿，过去他串乡卖过鸭子算是熟人。”一听说炕房，库万年心里一惊，心想这天下真是小，高来寿竟然也认识骆老二，想着这话就说出嘴来。高来寿叹口气说:“何止是认识，过去还喝过酒，后来听说他全家都被抓走了。”库万年听说这话，补了一句:“不是抓走，是被逼走的。”看着天已经黑透了，他们有一言没一语已经到了炕房地界。只是高来寿不知道，他记得的那些宽大的房子早就被付之一炬。不过出门在外也讲究不起来，他们就在倾颓的墙根下抱了些荒草打地铺。其实在外乡，有这么一处无人问津的落脚处已是不错了。

这一路他们就是吃馒头喝凉水。最近馒头还是够吃的，他们的袋子里装了不少，那连甜味都没有的馒头倒也熬饿。他们坐下来后才感觉到腿上积攒一天的疲惫，倚着冰凉的墙才舒缓一点。高来喜在一边生起一堆火来，用树枝串着馒头烤着吃。那专注的样子就像烤一块满是脂油的羊肉。这一堆火在风里晃荡着，四野还有零星的狗叫。火映得高来喜满脸通红，他暖和起来就又来了精神，不像高来寿蜷在一边已经昏昏入睡。高来喜说:“这狗叫得挺凶，可不要撞到爷爷我手上，三下五除二就变成一堆肉。”他这自言自语就像是被狗听到了——这些畜生竟然叫得更凶狠起来。高来喜不怕狗，狗要真来了，他倒是有了施展“本事”的机会。

狗确实是没有来，但那几个人又来了。

大概并不是因为他说狗的事情被听到了，而是高来喜的这一团火被发现了。那几个人依旧拿着棍子站在面前，刚才还昏昏欲睡的高来寿勉强着站起来，捋了捋头发说:“几位老哥给条路走走，我们就住一晚，一晚就走!”

那领头的人敲着棍子说:“一刻也不行，告诉你们不要来，你们偏要闯进来。这年头，要饭也要讲个地盘和规矩不是?”

三个人被逼在角落无言以对。库万年往前走了几步，低声说了一句:“我原来在这炕房待过，这骆家人我是认识的。”

那人提起棍子高高挥起来，不由分说重重落下。因为旁边有人围着，库万年不及躲闪，一棍子响亮地抽在他瘦弱的身上。这一棍子剧痛让库万年疼得蹲在地上嗷嗷直叫，他顺手捞起一块砖头要砸那人，却被几个人一挡。砖头掉在了自己的脚上，疼得他在地上直滚。高来喜和高来财见状蒙住了，但几个人围着他们出不了手。那提棍子的人恶狠狠地说："我管你生人熟人，你就是锅里煮熟了，也不要想在这个地面上玩穷狠，再不走我就照死了打。"

库万年被打得蜷在地上不敢动弹，高来寿嘴里直央求："我们这就走，这就走，几位好汉饶命!"库万年突然想起来，他认识这护国寺的方丈，嘴里嗫嚅着又蹦出一句："我这里真有熟人，护国寺的慧明方丈认识我的!"听说这话，那提棍子的人一脚踢翻了旁边的火堆："提谁也没有用，这是我们小刀会的规矩，天亮之前我再看见你们，就不是用棍子和你们说话了!"说完几个人骂骂咧咧地走了。看来提到护国寺的方丈是毫无用处的。高来寿知道，"小刀会"这几年在北乡猖狂得很，他们可不是简单的"混口饭吃"。想想还是早点离开为妙，可这时库万年脚疼得站不起来，一时有路也无法走了。

几个人又蜷到了角落，想想那恶狠狠的话：天亮之前……他们似乎又明白了还有点退路，但仍战战兢兢地等着寒冷的天早点亮起来，一刻也不敢轻易闭上眼睛。鸡叫的时候，库万年翻了身，揉了揉自己的脚面，肿得馒头一般大，撑得那破鞋几乎要裂开。他知道那两位都没深睡，便说："望这情形你们先回去罢，我这脚看来暂时是不能走路了。我去庙里求求慧明住持，一旦有了转机我再回去。"库万年说到"回去"二字的时候心里有点伤感。他这二十几年到处来来去去，却一直不知道究竟能回到哪里。

高来寿和高来喜也很紧张，那小刀会的人确实下手很黑。库万年不想连累他们，尽管他也不想在这盂陵镇上停留半刻。说着他就踩着蒙蒙亮的天色，一瘸一拐地离开了这里。高来寿想想不忍心，追上来将半袋子糕馒扛在他的肩膀上，还给他捡了一根棍子拄着，对他说："一定要回去，我们回去等你。"他说这话就像是嘱咐自己离别的儿子一样，自己竟也忍不住掉下眼泪。他们也是无计可施，对这如眼前天色一样昏暗的世道，两个平时油嘴滑舌的人，一时间竟然说不出任何话来。

库万年自己走了，也并不怨恨他们两位。他从小巷子里穿过去到了护国寺的后门，天也才露出了鱼肚白。他没有敲门就靠在一边的石阶坐下来。刚才这一段路走得伤脚又疼又麻，他眯着眼睛竟然糊涂地昏睡了一会。他知道不管怎么样，这护国寺的门下是安稳的，所以能放心闭一会眼。

他听见开门的声音，从敞开的门缝里看见了那熟悉的面孔，门后是一老尼站着。他忍着痛转过身来，知道仁宽师父未必还记得自己，就自报家门说:“大师父，我是小猴子，过去和罗先生曾经住在这里的。如今逃荒至此，昨天得罪了人受了伤……”仁宽师父到底也是明白人，一听他说“罗先生”几个字，连忙让人将库万年搀扶进来。

他被安排进了厢房，仁宽师父拿来草药给他敷上，才感觉到自己心里镇静一点。忽又觉得仁宽师父的一个弟子背影有些熟悉，盯着那头发束起来的年轻尼姑细看，对方转身也认出了自己——她竟然是渔船老大的女儿小兰花。库万年以为疼痛或者是仁宽师父的草药让自己有了幻觉，哪知道那女孩眼泪夺眶而出，问道:“你是小猴子?”

小兰花在仁宽师父这并不是出家，这身装束乃为藏身。城里那一仗打完之后，敌军的残部退到了湖边隐蔽起来，渔民也深受其苦。因为船老大家算有些钱财，这些残部首先就盯上了这个所谓的“大户”。竟然又有人告密说这船老大曾经害过人，他百口莫辩，全家划了一条小船，一直北上逃到盂陵镇的湖边，藏匿在飘摇的水上。但好景不长，才一靠岸就又被盯上，无奈弃船登岸又被追。船老大夫妇被乱枪打死，还是慧明禅师的徒弟们救了小兰花，让她躲在仁宽师父的禅院中扮成小尼姑。小兰花也知道，此时躲在寺庙中也并非万全之计，特别僧众听说城里善因寺的铁桥和尚被枪决，大家也都人心惶惶。

库万年这一来，大家更是觉得不安，因为他之前与罗先生曾在此停留过些时日。看是青天白日的世道，不知道哪双眼睛背后是藏着邪恶的。库万年知道其中的利害，知道自己还是要早早离开这里，免得给人带来麻烦，虽然自己算不上是干过什么大事的人。停留了一日后，仁宽师父的药见了奇效，库万年就想离开这护国寺。

他决意要走也是因为护国寺方丈交给了他几样东西。罗先生当初住在寺中时，就将自己身上的一点积蓄和几样证件托给了慧明禅师，原来他到盂陵也确是想来寻家的。东西交给库万年，一个布包里装的是十个银元，另外还有他带着照片的证件。库万年不识字，照片他是认识的。旁边的师父无意间说了一句："这罗先生本姓骆，大概为了工作需要改了姓，我们打听了，他就是当年炕房先生骆老二出走多年的长子。"

这一点，不识字的库万年也隐隐约约地猜到了，现在终算是给了他一个实证。只不过他在安庆的家人，是不是他的妻子儿女便不得而知了。慧明师父将这些东西交给库万年，是知道他曾经和罗先生走过一段时间。无论是钱财也好，秘密也罢，放在寺庙也总不是个事情。况且现在仍然不安定，他这护国寺说起来是佛门清净之地，实际情况应了那句俗语：和尚头上长疮——明摆着，多少双眼睛盯着这处香火缭绕之地。东西交给他留在民间，也许是更妥当的交代。库万年当初也在骆家住过，要不是爆发血吸虫病，就做了骆家的上门女婿，这无论如何算是有缘的事情。库万年觉得这是慧明禅师给自己下了一个体面的“逐客令”。他也并不埋怨，更不想再给这些善人添麻烦。他说自己要回去，师父们也并不挽留，还因为他的脚伤帮他找了一条船让他从水路走。这条船也正是当初船老大逃命的船。

小兰花嘤嘤地哭了起来，她要和库万年一起走。现在库万年自己也是土地爷遭蛇咬——自身难保了，但仁宽师父一席话让他这个年轻人动了心：你们既然曾经旧相识，现在兵荒马乱重逢，这也必是前世注定的缘分。无奈我这屋舍容不下这可怜的孩子，你们能一起走我也能圆了从善的心愿。库万年心里很清楚，这一次小兰花要和自己走，与当年要嫁给自己是不一样的。那时候生活多少是有些依靠的，现在他除了一身黝黑的皮肤一无所有。但小兰花已经换了衣服，给仁宽师父一众磕了头，出门就自己上了船等着。

库万年出了门，拎着那些剩下的糕馒和明慧禅师转交给自己的旧物上了船。盂陵的水路库万年了然于胸。一篙子出去，船就像一条瘦弱的鱼，遇到水飞快地插向无边的遥远之中。库万年满肚子的心思，已经忘了脚上的疼痛——他反复地想，这穷日子究竟怎么过？

小兰花却似乎什么也不怕。她一路上唱着那渔船上学会的渔歌《撒渔网》：

妹呀坐在哎，香啊房，泪呀汪啊汪，可恨老爹娘无呀么无主张啊，将奴家嫁在渔啊船上啊。

第四章　抽　冤

木船不知人的心思重，不到半日船就穿过河汊又进了荡区，眼看着就到了那熟悉而又陌生的黄雀荡。

回南角墩，库万年并没有多想，因为他知道除了这里自己别无选择。他踌躇了一会儿，将船泊在大盘汊土地庙的岸下，船尾靠在码头边自己上了岸。他让小兰花在这等着，自己先进村探探情况。他讲了一些南角墩的情况给她听，说的都是这里的为难之处，小兰花默不作声，就像是完全没有听见。库万年无计可施，心里急了说:“这倒好，上岸的蚌壳——不开口，神仙也难下手了。”他上岸的时候看了一眼那土地庙里的神像，这两位神仙总是带笑的神情，从不知道人心里的苦处。

上岸之后他直奔高来寿家。老头正在院子里拉二胡，满脸忘我的悲情。看见库万年进来，他手上的声音戛然而止。二胡的弓颤抖着碰出点杂音，就像他喉咙里抖出的几个字:“你回来啦，你个侉子。”库万年抖了抖手上装糕馒的袋子说:“这些馒头也带回来了。”正说着高来喜也从外面跑过来，看见库万年站在院子里也说了同样一句话:“你回来啦，你个侉子。”

他们老兄弟俩连奔带跑从小路逃回南角墩，那麒麟都被颠散了。高来寿也管不了那么多，一把全部揣进了布袋子。脚上血泡颠出来也都全然不顾，直到看见黄雀荡的芦苇，他们才停下来号啕大哭。

但他们想不到，这小侉子竟然很快也回来了。这南角墩纵然有万般的不好，总不至于要他们的命。那小刀会的人凶恶的眼神真是比传说中没有见过的狼还要狠。库万年告诉他们，庙里人说那些人并不是小刀会的，是讨饭的冒充小刀会出来混日子，小刀会的人是不会做这些事情的。但这些话对回来的人来说已经不重要了。

他们在院子站着，门外走来了小兰花。原来她一早就偷偷跟着上了岸，远远地躲着他又跟着他，她怕库万年再跑了。高来喜看这陌生的姑娘，就像是别人应付自己“跑年”一样丢了一句：“要饭么？多走一家。”小兰花倚着门框不出声，库万年说：“她不是要饭的，是我在盂陵遇见的，是我原来船老大家的女儿。她父母都不在了，硬要和我一起回来。”

库万年说出“硬要”二字，是为了缓解自己的不安，对于小兰花来说无疑是难堪的。但她并不胆怯，两只脚已经依次迈进了高来寿的院门槛。高来喜笑笑说：“你这侉子真是有本事，我们以为你差点送了命，你却带回来了小媳妇，这侉子果然猴精得很……”这话说得小兰花脸通红，停住脚步站在了院子正中。正月的天气还很冷，但院子里正午的阳光还算暖和，这两个年轻人脸上火扑扑的。高来寿是老人，他放下手中的二胡，移了一个木桩作凳子说：“姑娘你坐，不要听他们胡说，你坐，你坐……”高来喜往后退了退，小兰花坐了下来，看看这姑娘：虽然衣服颜色黯淡但干干净净，一条大辫子甩在后面，皮肤虽然不算白净但脸盘周正，到底是二十多岁的年华，“正当时”的大姑娘。

小兰花来了，住处是个大问题。眼下库万年还没有个“上窝”的地方，自己还蹭着高来喜半间房子。高来寿到底像个宽厚的长辈，他指着院子里的一处厢房说：“姑娘我大你四十岁不止，我们都把小侉子当孩子看。你不嫌弃也可以做我的姑娘，就在我这草屋厢房里收拾一下先住着，走一步算一步。”

高来喜知道这是眼下唯一的办法，于是又补了一句：“这不是长久之计，小侉子，你迟早要把高来福的房子要回来。那就是你自己的房子，对这种人不穷狠是解决不了问题的——他要不是心狠，今天他那婆娘和‘拖油瓶’的野种能在这南角墩住下来？”库万年知道高来喜的心思，高来寿也知道这“一场空”的心结，但他毕竟是个长者，考虑得稳妥一点——现在人才到，万事太过着急是不妥当的，要想安顿下来必须从长计议。

小兰花在渔船上长大，也不是什么娇惯的孩子。手上生活的本事也是有的，不一会儿就把屋子打理得清清爽爽。高来喜回家搬过来一扇旧门——这门是当初他从高来福家里“抢”来的，其实也没有什么用处，破门朽了劈柴也不熬火。可他就是不服气，硬是把这扇房门踢了下来扛回家，当着战利品一样戗在墙边。现在这扇门有了用处，库万年找了些砖头垒起来，那门搁上去靠着墙边，成了小兰花的床板。铺上了稻草和褥子，也算是清清爽爽的一个住处。

安顿下来坐着，大家就来给小兰花讲南角墩的事情。她在这个村庄必须要了解的是：谁家的狗是恶的，谁家的男人偷东西，谁家的孩子不讲理，谁家的女人好偷人……这些都是这个村落的秘密甚至是丑闻，但也是必须要了解的。虽然这几个人告诉她的都是些“污糟”事情，但小兰花看得出这几个穷人的善良。说到那高来财家，就像是说书一样，似乎讲许多回才能弄清楚，讲得那豆油的灯都没有了力气想闭眼睛睡觉了。但是小兰花听得出来，他们要重点讲讲这高来财家的情况，不仅是因为他们都恨这个素未谋面“坏得狗都不吃”的人，她一听就知道此人是这个村里的“关键”人物。包括他们说的那个“有偷人特长”的婆娘薛大姐，还有那个“混世魔王”的儿子，都是要好好地了解一番的。

小兰花在高来寿家住下，库万年也从这晚开始蜷在高来寿家的锅门口，这是高来寿自己的要求。按照高来喜的话说，库万年和小兰花不如两个人并一张床算了——他这自然也不是妄话，但至少有些轻浮。高来寿斜着眼睛看看高来喜说:“按你的想法过日子，‘大腿还被人家下走’，最后还是‘一场空’。”“大腿被人家下走”意思是上了人家的当，腿都被拿走了都不知道，可见被骗之深——听到“一场空”这三个字，高来喜就变了脸，两只手交叉着插进袖子里，弯着腰走了出去，院子门都不带上。

凉月子亮堂堂的，四野狗叫个不停。

一大早小兰花就起来洗刷。虽然几乎是一无所有，但灰尘还是无处不在地落满每一个角落，这就像光阴不会忘记任何一个哪怕贫穷到绝望的角色。村里像高来寿这样的人并不是懒惰，是因为他们面对土地确实无计可施。望天收的结局其实是注定了的，苛捐杂税和人祸天灾才是不可预见的。所以他们就认命地面对生活的无奈，只要饿不死就行。高来寿有一套听起来并不怎么样但很奇怪的理论：饿的时候就待在那边不动，乌龟就因为这样才长寿。所以他经常很迟起来，那是为了熬到饿得实在不行的时候，否则他没有办法直接和饥饿对付——这叫没钱打肉吃，睡觉养精神。习惯了，这些反而就有些意思，有些无奈而苦恶的“意思”。

库万年其实早就醒来了，高来寿的鼾声真大，大得让人有些畏惧，生怕他一口气上不来。他也睁着眼睛不起床与身下的草窝僵持着，直到小兰花在外面喊他。她不喊他“小猴子”或者“小侉子”，就喊他“库万年”，这让他很有些快活——一个人的“面子”有时候比“里子”要让人快活得多。饿死是小，面子是大。男人在女人面前尤其是要面子的。男人之间相互揶揄甚至羞辱时是可以没有边界的，但女人在场或者事关女人，那就变得复杂起来。这一点，从高来喜的“一场空”事件就足以佐证。

小兰花一早上喊他起来，交给他一块红布包着的玉器，告诉他这是父母留给她唯一值钱的东西。如果按照他们说的，真的要不回高来福的那两间破屋子，就拿这个去和高来财去换。库万年握着这凸凹不平的物件没有敢打开。他心里清楚高来财是“一条喂不饱的狗”，这东西即使是给了他也可能是肉包子打狗有去无回。但小兰花坚持让他拿着，一起去找那没有见过面的高来财。

两个人没有告诉高来寿要去哪，就自己跑去站到高来财的门口。库万年让她站在自己身后，说高家的狗也是凶恶的。高来财捧着一碗热气腾腾的米糕站在院子里吃着，他自然是看到了库万年他们杵在门口。可能因为他身后还站着个女的，也可能是一大早他还不想说脏话，就自顾吞咽着早饭。就像一只狗默默地蜷在角落龁自己心满意足的骨头。

库万年的嘴里满是一夜来聚集的浑浊，牙齿像是粘起来动不了一样。小兰花在背后推了他一把，他挤出几个字来：“高老爷，求你一件事情……”

高来财像是没有听见一样，依旧自顾吞咽着早食。一边从厢房里出来的薛大姐听见了声音，端着脏水出来泼在地上，骂道："一早又想来发'穷狠'，这里哪有你要喊的老爷?"但她手里的空盆收回去，人还没有站稳嘴里的话音就停住了——她看见了站在库万年身后的小兰花。

小兰花自然也看到了她，但没有想到库万年说来说去的薛大姐她本是认识的。小兰花惊讶地吐出两个字："是你?"薛大姐被这两个字问得不知道怎么回答，连忙绕过库万年走上去抓着她的臂弯也问了一句："你怎么来这里的?"她们还没有来得及再说什么，高来财听出话音，心里一下子冒出了不快——他早就不满于自己的婆娘对库万年他们的态度。现在莫名其妙来两个人站在门口，看样子还要套出点近乎，这让他站不住脚了。

他还是像那龁骨头的狗，本来心满意足地独吞，现在发现有人张望着自己，即便不是同类争食，但到底也是不安心的——所以后人学得了一个道理，狗在龁骨头的时候，即便是主人也是碰不得的。

高来财嗓门突然大起来："你个侉子在这转了多时，我看你真是饿狗下茅房——找死（屎）。要不是这'花节下'的时辰，我早就对你下手了。不要以为你穷就狠，想来霸占我这南角墩的地面？这可不是你一个侉子想站就能站的地方！"

库万年被这几句话一说，又因为小兰花在场，心里的火气也升腾起来，但又知道不能说恶话，便扯着嗓子说："你站在这太阳底下睁着眼睛说瞎话，我什么时候发狠了？我霸占什么了？我这是被逼得没有办法了，要逼出人命来了！"库万年扯着嗓子喊得青筋暴跳，他自己的耳朵也被震得轰轰地响。加上饥饿所导致的羸弱，消瘦的身体已经颤动得几乎要倒下去。小兰花抓住他的膀子生怕他过激，这才正好支撑住他晃动的身体。

高来财的蛮横也是出名的，但想不到今天面前这个本也算规矩的“小侉子”这么吼起来，心里也是一惊，故作镇静仅问道：“你抽什么冤？大早上也不扒扒你的眼睛屎，这南角墩是你要横的地方吗？”抽冤是骂人的话，骂的是那种大嗓门叫喊的，就连扯着嗓子唱歌都如有冤情一样“抽嗓子”。

说这话时，薛大姐的儿子从屋子里钻出来，一头蓬乱的头发张牙舞爪地竖着。这小子的蛮横库万年也是见识过的。高来财看到这小子出来瞪了一眼又转回去——他心里也是畏惧这个冒失鬼的，但没有想到这小子见到了小兰花并没有说什么，愣了一下又转身回了屋子。看来什么事情有个女人在场总会多一点余地。

小兰花知道库万年手里捏着自己给他的那个小布包，从他身后轻轻地拽了过去握在自己的手心，走到了薛大姐的面前说：“薛大姐，我也是逃难到此，父母都被乱枪打死了，前天是在盂陵街上遇见了库万年，无家可归才跟他来的。在这里遇见你也真是缘分，我知道只要高老爷一句话，我们就能落脚了！我的苦楚你是知道的……”高来财的面色和他碗里余下的黏食一样凝固了。他知道不能松这个口，可看来自己的婆娘早就有这个想法了，但他就是不说话，这个老东西是有点道行的。

薛大姐往前走了两步，对着库万年说：“就冲你和高来喜做的那些事，我就是过去认识你小猴子也不能答应你。现在看小兰花可怜，我把那屋子且先租借给你们！”小兰花听说这话，背对着库万年靠在高来财身边，将手里的小布包塞进了薛大姐的口袋里。大概也因为是个女人靠近自己，高来财毕竟有些尴尬，嘴里却仍然满是不快活:“你们一个穷狠，一个软刁，真就当我没有办法了?”说完就端着那碗回了屋子，留他们三个人杵在清晨的阳光里。薛大姐说:“你们先回去吧，我上午去收拾收拾，回头把钥匙给你们，这个光景帮谁不是帮呢?”

这天上午的阳光刺眼、干燥、憋屈，春天眼看着要来了。

正月底，小兰花住进了高来福留下的那几间破房子，成了南角墩这个单头库子里的住户。库万年知道这房子不是租借的，是用那个红布袋子里的石头换的。他还是不信小兰花说的那个什么石头有这么大的本事——不说话却比能吵架骂娘的人还管用。他就追问小兰花是什么时候认识这薛大姐的?小兰花在渔船上长大，渔船靠运河岸边卖鱼的时候认识一个城里来买鱼的人这是很正常的。这个库万年也能理解，譬如他在渔船上的时候就遇见过王家大院来买鱼的大莲子姐姐。但库万年仍不相信她们就是简单的认识。再问，小兰花就总这样回他:“说多了你这个小侉子是懂还是怎样的?”

春耕开始之后，人们也就不关心这些事情了。他们要面朝黄土背朝天地对付着周旋了一辈子的土地。虽然仍是兵荒马乱，不知道外面究竟还打着什么仗，但土地依旧慷慨，只要一身蛮力气对待总会多少给点交代。各家都有耕种了多年的熟田，而库万年知道自己只有去垦荒。黄雀荡的边缘是荒地，是围着荡区的圩埂，是路也是浅滩，叫作“草荡圩”，一片荒草疯长无人问津。库万年和小兰花借了高来寿的农具，去浅滩上慢慢地辟出一片地来。他们在村子里来来去去也无人问津，只要高来财睁一只眼闭一只眼就行。

日子糊涂地过了快三年，小兰花没有戴朵红花，就成了库万年的婆娘。土地上草木丰盛起来，小兰花的肚子也鼓了起来。这几乎没有让任何人感到意外，在大家看来这是迟早的事情。

这三年多发生了几件事又似乎比小兰花肚子大了更加重要。其中一件大事大家似乎又不很关心，听说是解放了，有好日子过了。南角墩的人虽然见过来抢鸡鸭的鬼子，后来还有其他的部队也路过这里，但似乎都已是很久以前的事情。至于现在要解放了好像并没有什么特别，但大家心里还是暗自舒了一口气。

第二件事是南角墩重新分了土地。小猴子来那年，没收了地主的土地要分给雇农，不久好像又没有真正落实，被地主“倒复”了。又过五年来复查，确定几年前的“土改”有效。库万年作为被认定的“雇农”也分了一二亩地，他就像是有了“良民证”一样踏实了。高来财有时仍会骂“绝八代”的“侉子”，库万年装聋作哑不计较——他更在意小兰花的肚子慢慢鼓起来。“绝八代”是他高来财自己怄气的话。他自己养别人的儿子，这才是值得可怜的事情。令高来财气愤的是，他那“活气祖”的儿子高玉宽就是不肯结婚。先是不肯结婚，后来竟然没有人肯嫁到他家，就这么当个“儿老子”养着。儿子气老子，气得祖宗都怨愤，这样的人叫作“活气祖”。这样的儿子比老子还要烦神，老子就反过来叫他“儿老子”。这些事情才是南角墩的大事，人们心里更关心着这些事情的来龙去脉。有时候还不经意地露出很诡异的神情，说这是报应。“报应”在南角墩是大事，是比听说“要解放了”这样的事还要大。因为解放不是一个人的事情，而报应是可能落在一个人、一家人甚至一村子人身上的要紧事。

第二年春天，蚕豆花开的时候小兰花生下来一个儿子。

这一年是农历己丑年，比起生了一个儿子库万年又好像更关心生计。小兰花生的时候库万年忙着还在大盘汊里取鱼摸虾。不识字的库万年给男孩起了个小名叫“小牛”。想想好像又太潦草，就请高来寿给起个正式的名字。高来寿好像也没有多想，也不知道他库家有什么字辈，就这么随口说了一句：“就叫个‘长天’吧，想想这南角墩的老天对你侉子也是不薄的。”库万年头点得像鸡吃米——他还有什么不如愿的，现在南角墩的人都要羡慕这个不知道从哪里来的侉子。

所以，穷狠的侉子落地生了根，也似乎无“冤”可“抽”了。

接下来十年多光景，小兰花又生了三男三女。在老二出世之前，高来寿在一次意外中死了。高来寿的死对库万年的打击非常大，他又急得青筋暴跳扯着嗓子骂起了“日马马”。小兰花知道这曾是自己父亲的口头禅，她不是嫌难听或者粗俗，是怕他惹是生非，让他学自己父亲留下来的另一句话“少吃咸鱼少干口——多一事不如少一事”，可是库万年做不到这一点。

高来寿的死非常意外。本来日子已经慢慢好起来，库万年夫妻俩手脚勤力，除了种地之外靠他在大盘汊里捕鱼得点“外快”，还能周济高来寿。夫妻俩甚至说好了，日后给高来寿养老送终，并认个孩子给高来喜做干儿子，给他养老送终也是可以的。可是，万万想不到高来寿突然就死了。他在几年前就说过，这一辈子糊糊涂涂连个一儿半女都没有，也看过多少人生生死死，想不到自己能活到“花甲子正”，如果日后有人灵前磕头烧纸，那就是天大的福气了。一甲子是六十年，南角墩的人认为过了六十岁死，就算是“花甲子正”，一切就有个圆满交代了。

说起来这事情的起因，也是无意间被“旧事”重提的。也就是几个人喝了两杯劣酒，快活起来说到喝酒吃肉。高来喜喝了两杯下肚，筷子一捣一块瘦肉，不知道谁说了句“陆瞎子吃狗肉”，这话意思是瞎子吃肉“块块都是好的”。高来喜本来酒量也不错，但是喝了点酒就话多。说到狗肉他就打岔，拍着胸脯说：“要谈吃狗肉，我是‘老矩’！你们不知道，有一年三十晚上就是‘狗肉打滚’过的。”他说着还往高来寿递了一个眼色。高来寿阴着脸骂他：“噇了两杯猫尿嘴就不把门，小心狗把你吃了。”大家知道高来喜是剥狗的“老矩”，也就是行家里手。但想不到他大年三十也能弄到狗肉吃，于是便起哄让他说说原委。他听出了高来寿的意思，回了一句：“想听故事？不弄杯酒来喝不可能，‘水牛钻鸡窝——没门！’”高来寿翻着眼睛说：“你不是，你是‘狗嘴巴上贴对子——没门！’”大家起哄干了酒，酒喝完了事情也就忘了。

但是事情忘了，不是就消失了。

他们当中有人记住了这件事情，因为之前听说过高来财家的狗就在除夕前一天丢了。“猫来穷，狗来富”，狗走了本来应该不高兴，但对高来财来说这“倒剥狗”和他那“活气祖”的儿子一样属于浪费粥饭，所以走了也就走了。但走了几天，薛大姐心里有些不舒服。她本以为这狗迟早会回来的，就念叨一句：这养不熟的瘟狗。这话本来是说狗，高来财听起来像是在说人。他突然心里就泛酸，就好像家里人丢了一般。可狗走也就走了，它不回来也奈何不得。

所有的狗都不会难过，难过的是念叨狗的人罢了。

这事情让人又难过三四天就忘了，但想不到三四年之后又被提起来。记忆这东西就像是高来喜当年扔在河里的狗骨头，看似已经沉入死无对证的水底，但迟早有一天要水落石出。高来喜一句酒桌上炫耀的糊涂话，第二天就传到高来财的耳朵里。人家不经意这么一说，高来财却“认真”起来。高来财不去找高来喜，他看不起这个油嘴滑舌的人，事实上他也是对高来喜曾经想过自己婆娘的心思而耿耿于怀。他知道高来寿和他关系好，于是便上门去找他评理。当然，他心里还有点“小九九”。本来高来财并不知道高来寿也吃了狗肉。可怜高来寿是个实诚人，况且他觉得和高来财这种人没有必要说谎，有些谎言也要对值得的人说。高来财一开口说到狗的事情，虽然事情已经过去三四年，但高来寿还是沉下脸说：“那畜生确实死在人手上，肉吃到肚子里变成屎了，现在说这话也是‘五月初六卖艾叶——晚了’……”高来寿这么说，高来财倒也无话可讲，毕竟他长自己好多岁，且为一只狗也不至于蛮横，就说了句：“那你赔我一顿酒，你出菜，我出酒，我们老弟兄喝一杯。”

高来寿知道高来财惦记自己的鸭子。

高来寿养了三只鸭子，一公两母在门口的水塘里，有好几年了。没有什么正经粮食喂它们，就任由它们在河里淘食。这三只鸭子也很有意思，每天都定时早出晚归，按时下两个蛋，有时候还下个双黄蛋。高来寿老了生计更难，想不到这两只母鸭的屁股倒是成了他的“银行”。几年陈的鸭子肉质好，这高来财老早就垂涎欲滴——这回有了“剥狗”的旧事他便有了“话头”。高来寿是个厚道人，他觉得高来财虽坏，但剥狗的事情是高来喜做得不对。所以他看到高来财瞄着那鸭窝，心里就明白了——他也不想欠这种人什么——他老了，人老了就不喜欢复杂，连怨恨都懒得有，更谈不上喜悦，所以他就对高来财说：“有话就说，有屁就放。”

高来财也不难为情，他本就是六堂河的蚊子——伸嘴吃人的人。

三只鸭在水里游荡似乎觉察到不祥，高来寿怎么唤也不靠岸，他就狠心抓了一把稻子撒在水边。鸭子一靠近，他操起篙子一下子砸昏了一只，另外那一公一母两只鸭子扑腾着奔逃而去，在河面上留下惊魂落魄的水纹。回来烧水拔毛，开膛破肚下水就成了一锅汤。汤滚了三滚，天就暗了下来，高来财拎着两瓶“粮食白”就进了门。高来寿看看他那种无赖的嘴脸真是够了，但依旧佯装面色平静。

有时候平静比愤怒更加深刻。

高来寿走出去到门口朝水边看了看，往日早就应该回来的鸭子不见了踪影，就像是赌气的孩子还不知道在哪里漂。他也不去找，任这畜生水上漂去，最多损失一枚鸭蛋而已。

高来寿走回来说:“你倒是属猫的，馋猫鼻子香。”

高来财也无赖地说:“我鼻子不香，但是眼睛尖，我看见你那烟囱不冒烟了，估计鸭汤也好了。”

其他的菜也没有，就是一锅鸭汤加些咸盐。也就是这一锅汤，在一九四九年秋天的南角墩，算是一席盛宴了。酒打开来不再倒进碗里，直接每人一瓶“对吹”。鸭汤一锅盛在洗脸的铜盆里，这铜盆可能一辈子也没有沾染过这么多的油水。筷子头不断地往汤里捣，就像是撑船的篙子在水中搅动，把那河中的水草搅上来。两瓶酒喝完，高来财已经有些迷糊，高来寿感觉意犹未尽，又把自家的半瓶“大麦吊”摸出来“啪”一声掼在桌上，说了一声:“灌!”

高来财筷子咬在嘴里，目光已经呆滞，晃着脑袋说:“灌不下去了，我服了！”

高来寿说：“难得你一辈子还服一次！我们都服你，连死了的鬼恐怕都服你，你说高来福死的时候到底欠不欠你的钱？”

高来财一听，歪着的身体摆正了说：“这些账还有什么算的必要？人都死了，房子现在也给了侉子，算清楚了。”

高来寿说：“算不清楚，你的房子不是说租给侉子的？”

高来财说：“租给他？我见到一分钱了吗？高来福死的时候，是我出钱买的棺材，我朝谁要钱去？”

高来寿说：“那你挖地三尺，把那棺材要回来就是！”

高来财说：“今天吃你的嘴软，我不和你争个‘字幕’，这事情一笔勾销了。人死了钱如狗屎，什么也没有了。”高来寿听他这么说，跑回房里去摸出一枚铜板抓在手上说：“我们今天就扳个‘字’还是‘幕’！这样你来扔，‘字’朝上侉子的房子绝不要再提了，‘幕’朝上我死了这房子给你就是！”

铜板有两面，一字一幕，有文字的属于“字”，反面有花纹的则为“幕”，百姓常以此来决断事情。高来财坐不稳了，让高来寿扔，说好了三局两胜。看来他酒是多了，但心里还没有完全糊涂，这贪财的本性是酒浇不掉的。

高来寿拿起铜板在桌上扔了三次，都是“字”。

高来财眼睛睁得圆圆的，将那铜板拿过来也扔了三次，也都是“字”。他翻了白眼说：“坟茔塘内孵小鸭——不出鸭出鬼了。”高来寿拿过来那铜板揣进口袋里，拿了两个碗来分了剩下的酒说：“灌了这酒，这事情就没有了。你要是再耍赖，我做鬼也不会放过你。”

两个人喝完酒，将那盆中的汤都分了。即便是高来财这样的人家，也没有过一顿吃一只鸭子的奢侈。高来财拍了拍肚子说："这酒喝得痛快，这事情也听你老大的，咱们'公鸡害嗓子——不提了'。"他摇摇晃晃地走了出去，在门口尿了泡尿，又被地上的棍子绊了一跤，爬起来跌跌撞撞往回去了。

高来寿没有送他，这点路南角墩的老少就是爬也能爬回去。

高来寿看了一眼那桌上的骨头，吹灭了那浑浊的灯光，黑暗里自言自语说了一句："都是一场梦。"说完就摸上床，想想又说了一句："今天那高来喜没有吃到这好酒，明天要好好气气他。"高来喜今天半天没有来，高来寿也刻意没有喊他。一个人的被窝冰凉刺骨，他卷了卷那薄薄的被子，带着满嘴的油腥和酒味呼呼大睡了。

到了半夜，高来财都没有回到家。薛大姐听说他出来喝酒，半夜不见人就出来找他。本要那儿子高玉宽一起来，他闷在被窝了说了一句："喝死了才好，谁有力气找他！"薛大姐无奈就一个人乘着月光去找人，找了半天在高来寿家门口鸭栏边见高来财正呼呼大睡。一看这种样子，薛大姐忍不住砸门大骂："灌什么马尿喝成这样，高来寿你喝死了人要偿命的。"这一喊惊动了附近的狗叫起来，高来财也惊醒了坐起来。他大概是觉得自己是在家里床上的，薛大姐拖了也不走，他还说道："凉月子亮堂堂，天还没有亮，起来做什么？"薛大姐气急败坏又哭又叫，终于把附近醒来听笑话的邻居吵出来了。高来喜在库万年窗外喊了一声："侉子侉子，快起来看好戏去！"

他们赶到这，高来财还坐在地上闹着。薛大姐扯着嗓子叫骂："高来寿你不要装死不开门，我男人要是出事了你跑不掉！"那声音粗粝刺耳，把刚刚才默默靠岸的两只鸭子又惊飞了。

高来喜见她撒泼，高来寿又闭门不语，大概以为他懒得理会这泼妇。高来喜想不到高来财是在他家喝的酒，就呵斥她说：“你这婆娘，抽的什么冤，一大晚上发疯！”库万年将高来寿的院子门拨开来，走到院子里借着月光往屋子里看，好像并没有动静——睡觉的话总要有些鼾声。他在高来寿家睡过觉，他的鼾声和雷声一样惊人。

于是库万年就喊，拼命大声地喊，最后没有办法一脚踢开了门。点上灯到床边一看，他是侧身卧着的。摇他不动，一摸身子，库万年心里一惊，喊了一句：“快来人快来人，大哥哥死了！”

一群人涌进来，那豆油灯火被人带来的风鼓得飘摇，它向来人证明：高来寿真的死了。

库万年给他买了一身衣服，打了一口棺材。

他和高来喜一起为高来寿守了三天灵，烧了三天纸。村里老少都来磕头。第三天的清早，请了几个人将崭新的棺材抬出去埋了，了断了一个人六十多年的光阴。高来寿没有一儿半女，当初库万年也说过给他送终的话。最后盖棺的时候他抱着自己的儿子，在那棺材面前磕了几个头。小兰花看在眼中心里有些别扭，但她也终究没有计较什么。既然头已经磕了，一岁的孩子也不懂得什么。人死为大倒是个重要的道理，库万年觉得这事情做得对。

出殡之后他将高来寿薄薄的衣服被褥也堆在院子里烧了。他拿着棍子挑着火苗，一边烧一边哭，一直烧到日落西山。他把最后的火星拨了一下熄灭了，感觉灰烬里有一处硬物，用棍子挑到一边，原来是一枚烧得变色的铜板。这种铜板库万年也有过，并不值钱，最多只能买半个黄烧饼。他吹了吹上面的灰烬，铜板就像是失去生命的人一样，马上失去了温度。他拿在手里颠了颠放进了自己的口袋里——这是高来寿留给他们一点变了颜色的念想。

几天之后的“头七”，小兰花做了两个菜。先是给那亡灵祭拜一下磕头烧纸，完了就着供菜库万年和高来喜坐在高来寿留下的院子里喝起酒来。小兰花知道他们伤心，也不多言语。也是从这一天起，库万年开始喜欢起喝酒的事情来。喝完了，看着空荡荡的房子，两个大男人号啕大哭。在忙着收拾的时候，小兰花听见外面有鸭叫声，连忙打断了他们，跑出去一看：是那两只惊飞的鸭子钻回了鸭栏。高来喜好像突然没有了悲伤，又笑着说：“这死鬼，还丢了一锅好汤下来！”

库万年说：“你想都不要想，这鸭杀不得。”

第二天开始，库万年就来窝里捡蛋。高来寿才走，这屋子到底有些冷清恐怖，一般人也不愿意来，也没有人惦记这两只鸭子。十多天鸭蛋就攒了十多个。这个季节并没有人来收，但库万年也舍不得吃。小兰花和孩子面黄肌瘦，他也舍不得给婆娘吃，就好像这是他的孩子一样。小兰花养的一只老母鸡也“靡”了。鸡“靡”了不是生病，是不下蛋要“孵小鸡”了。一般人家这时候用一根鸡翅毛穿过鸡的鼻息，然后放在冷水里“逼”，几次一“逼”便醒了。库万年有自己的盘算，他将这十来个鸭蛋放在鸡屁股下面。高来喜这才明白他的鬼心思，劝他不要是“鸡孵鸭蛋——白忙一场”。库万年不屑一顾地朝他骂了一句：“你是‘三分钱买个鸭头——嘴贱’！”

二十八天，这窝蛋就变成了十几只毛茸茸的鸭子。那母鸡也是有意思，带着一群扁嘴的“孩子”出窝觅食去了。真如村里人所说：鸡孵鸭蛋——瞎起劲。高来喜这回是服了，又夸起他来：“你这侉子，真是‘头上站鸭子——顶呱呱’。”

库万年不屑一顾地说：“人嘴两块皮，你就是‘汤罐里炖鸭——突出一张嘴’，日马马！”

库长天的日子稍微有了点生机。六七个孩子闹在门前，他也苦得浑身是气力。高来寿的房子被风雨刮倒了，他就请高来喜一起将这房子拆了，在自己屋子旁边又砌了两间，这样库万年家就有了四间房子。蹊跷的是高来财知道库万年去拆砖头，他并没有像往常一样站出来指手画脚，就连库万年住的高来福房子他也再没有提过归还二字。库万年家孩子多，这样也就宽绰了一些，心里也有劲了一些，那黝黑的肩膀绷得更紧。忙累了喝点酒躺下来睡一觉，夜里咳嗽几声，疲惫就和酒气一起散去了。

太阳升起来之后，又浑身是力气。

自从高来寿喝酒死了之后，高来财沉默了好些年。这些年一切也在变化着，乡里改叫作公社。南角墩这样独立的库子也和其他庄台合并成了一个更大的村庄——现在村庄叫作大队，名字仍然叫作南角墩。原来南角墩的库子成了第五生产组。这是高来财争取来的“好处”，大家都很感激他“总算做了一件好事”。大家好像对做干部没有什么兴致，就都说“谁做都是做”，意思是“谁做也轮不到自己”，于是就仍让这识字的高来财做了队长。高来财到底脑子也不小，喝了几年酒就又荣升到大队做干部。这一点大家也并不十分关心，人们关心的是土地上的生计。况且高来财做了大队干部，对他们也是有点好处的，比如问个事情盖个公章也总“近水楼台”方便些。

至于高来财的过去，大家似乎也淡忘了。那些苦日子没有人愿意记得，于是灌点酒忘了就是。再说人们也常抱怨自己没有本事不识字，不然说不定也能做个什么支书、队长的。现在半截身子下土了，还计较个什么？他们现在甚至觉得薛大姐这个人“英明”，到底去过城里生活，知道读书重要。那顽劣的“活气祖”高玉宽虽然蛮横，但薛大姐一直央求乡里的先生教他读书认字，说是他死鬼老子生前有交代：养儿不读书，赛如养窝猪。大家心里也明白，识两个字以后他“野老子”的“饭碗”就是他的了。高来财是他的养父，人们背地里就说是高玉宽的“野老子”，说高玉宽是“晚儿子”，但野老子也是老子，晚儿子也是儿子——肥水总不会流进外人田的。

一晃库万年的大儿子小牛已经十六岁了。这少年现在已经不允许别人喊他“小牛”，因为他知道自己的“大名”叫作“库长天”，就不可以再叫他的“小号”了。虽然他和自己的老子一样没有读书识字，但他记得自己的名字。谁要是轻易喊一声“小牛”，他就红着脸吼起来，勒紧了拳头让人生畏。

库长天真是人们说的“养种像种”，他得了库万年的三个遗传：一是“黑屌鳅”的黑皮子，二是“活抽冤”的大嗓门，三是“扁担大一字不认识”的睁眼瞎。儿子长大了，库万年的脾气随着酒量的下降也变小了。眼看着要五十岁的人了，看看一堆儿女要养活，他生怕身上力气不够用，就连咳嗽一声都嫌浪费了时间。再看看那高来财倒是神气活现，可到底婆娘没有给他“从裤裆里掉出二两肉来”。所以他想想心里蛮自豪，就连抱怨哪个人都没有兴致了。

但是人不抱怨人，天公又“作起怪”来——这一年大旱又蝗灾。据说这一年起到处都笼罩在“自然灾害”的阴云里，这个情况比“到处打仗”要令人揪心得多。“到处打仗”好像总是别人的事情，即使打到家门口来那还是当兵人的事情。但是到处都是饥荒就关乎每一个人，因为没有米下锅这是影响到“每一处”的惶恐。

人们终于稳不住阵脚，因为他们信任了一辈子的土地板起了面孔来。外面的“花子”以为南角墩有些活路，勒着棍子捧着空碗来要饭，远远地在村口张望着，可见不到各家烟囱冒烟就都灰心丧气往回走。要饭的和高来财一样“有脑子”。他们站在村口一望烟囱冒烟就不着急进村。等到那烟不冒了估计饭好了，就到了“工作”的时间了。正所谓“烟囱不冒烟——赌气”，村里的屋顶上没有动静，要饭的只能夹着棍子和空碗走了。来的人走了，这里的人也坐不住要往外走。不知道哪个有见识的人说安庆那个地方日子过得好，便都要“跑安庆”去逃荒。

十六七岁的库长天望着家里一屋子的弟弟妹妹，知道米缸里已经是“底朝天”了，看不下去小兰花唉声叹气地难过，便要去那“听说有饭吃”的地方去讨生活。小兰花一听这话号啕起来：“你这冒失的东西，哪里有一口饭是好吃的？家门口的饭都吃不到了，你出去不是找死？”

库长天也不想忤逆老娘，他是想给这个四间屋子九口人的家减轻点负担。他竟然学起他老子年轻时候的蛮横，一拍桌子说：“不找死就是等死，在家饿死和在外饿死还不一样？”库万年心里也清楚，这土地是铁了心的绝情了，就是踩烂了这冒烟的田野也长不出一棵青苗来，他竟然站起来指着库长天说：“你要走就走，没有人拦着你。”

小兰花一听愣住了，反问库万年：“你这是说的什么‘侉话’？

他就不是你的儿子？你就当真这么狠心？”库万年默默地走了出去，其实他哪里是不心疼孩子呢。此后，小兰花就开始看着库长天，两步看不见他的影子就要喊一声，生怕他一眨眼跑了。其实库长天也就是这么一说，说完了自己心里也害怕。他虽是十六七岁的人了，可连这南角墩也没有出过几次，就不要说什么才听人讲过的“安庆”了。

日子就像锅里的“杩粥”一样稀薄无力地晃荡着。兄弟姊妹们饿得面黄肌瘦，就连家里的老鼠也瘦骨嶙峋了。

这半年时间库万年的咳嗽更加厉害，最后吐出了血来。望着一堆儿女，库万年有些不甘心，但这病到底没有放过他。医生说他得的是“过人的病”，也就是传染病，除了家里人只有高来喜敢来看他。小兰花一狠心，将那几只指望着“屁股里冒出柴米油盐”的鸭子一个个都杀了。她指望着库万年身上被叫“肺痨”的病能好，哪知道他四十五岁没有过完就断了气。

库万年死之前瘦得皮包骨头，眼睛慌张地望着一群儿女守在一边。他让小兰花把孩子都带到外面去透透气，留下库长天蹲在房门口交代了他几件事情：第一件是要和母亲一起把弟弟妹妹抚养成人，日后如能过好日子了一定要让他们识几个字；二是想留个全尸在村头黄雀荡的草荡圩边，打个薄皮的棺材把他埋了就是，日后有空去看看他的坟头，不要让它长荒草；三是锅屋的斗子墙边有块砖头是活动的，里面有一个铁盒子装的红布包，那是罗先生的遗物。罗先生是盂陵人，生前对他很好，他的遗物里有几份证件和十个银元，日后如果能找到他后人交给人家。他原本姓骆，父亲是盂陵炕房的骆老二。骆家因为血吸虫病被带走隔离，听说母女俩最终逃到了他乡。罗先生牺牲的时候也说过他在安庆有家人，不知道是他的妻子儿女还是他的母亲和妹妹。过去他在盂陵放鸭子，本是要做骆家上门女婿的，哪知道一场血吸虫病把人弄得像冲散的鸭子；四是他身上还有一枚铜钱，下葬的时候一定要带把这钱带着，这是高来寿的遗物。当年能够落脚在南角墩，正是高家两位哥哥帮的忙。日后高来喜要是走了，也要去给人家磕头烧纸，他是库家的救命恩人。高来财一辈子整我们，连个亲生儿子没有，他家都阴毒得很，不要和他们斗。老子和他们斗了半辈子吃了太多苦，但即使死了也闭得上眼睛——自己看见一趟儿女跟鸭子一样吵吵嚷嚷，他死了也知足了。

库万年把这一生不算什么惊天动地的秘密告诉了库长天，就闭上嘴巴只剩下幽微的呼吸——他太累了，不想再多说一句话。人到了临终的时候，小兰花请高来喜帮忙，把库万年抬出来搁在中间屋子里，等着他失去最后一丝气息。高来喜也不问什么传染病的忌讳，眼巴巴地望着这气若游丝的侉子，自己不时地抹着眼泪。库万年突然说口渴，小兰花给他用棉球沾了沾干燥的嘴唇，他突然抬起手来说了一句:“这趟孩子就丢给你了。”说完，人就息风断了气。

库万年死后，库长天跪在高来喜面前说:“老子死之前有个心愿，想要土葬在黄雀荡边上的草荡圩。”高来喜听说这话满脸阴云，叹了口气说:“死鬼生前也和我说过，可是这怎么可能？首先这高来财的关就难过。再说现在都是火葬，况且这传染病又凶险——听说外村有人半夜偷偷土葬，到底还是被扒上来送去烧了。”

库长天虽然也晓得这道理，但咬牙切齿地说:“我就是拼了命也要和这姓高的人家扳个高下，死人他也要欺负吗?”

高来喜点了根烟含在嘴上说:“小子你不要蛮，这是现在的‘政策’，弄不好要抓人的!”

库长天站起来不服气地说:“我管他什么狗屁道理，人死了就狠，坐牢也不用抓你们，抓我就是，有牢饭吃还饿不死!”

高来喜被烟熏得斜着眼睛望着他说:“你这个小侉子，脾气和你老子一模一样，犟得跟头牛似的。”

人搁在门板上，没有亲戚的库家只一些庄客上门磕头。不久高来财就“代表”大队部来吊唁了，他也跪下来磕了三个头。他起身转向小兰花，说了句:“真是老天爷不开眼，他也是个狠心人，丢下这么一趟老小，啧啧啧……”库长天披麻戴孝跪在地上低头不语。高来喜将高来财引到一边，套着耳朵悄悄问他:“库万年走得早，怎么说也是人死为大，走之前独独留下一句话：想要留个全身，打副棺材土葬，你就当作不知道，眼睛一闭不就什么事情也没有了。”

高来财眼睛翻起来朝他望望，回了两个字:“做梦!”

高来喜有些着急，按他的脾气是不愿意和这什么狗屁村干说话的，更不要说求他事情了。但为了库万年的后事，他到底是觍着脸和他说了几句话，这大概是他这辈子唯一一次貌似客气地与他讲话，也是和他说的字数最多的话。

高来喜知道即便是政策允许，他高来财也不会同意的。

他回到屋子里，库长天满怀希望地问:“怎么样？同意不?”

高来喜对小兰花说:“现在就是这个政策，你们也要想开一点……”

库长天还是不服气，他其实已经偷偷央人打了一口薄皮棺材。小兰花知道库长天的孝心，但看着这一群孩子想到以后的日子，她知道这事情做不得。高来喜坐在门边叹了一口气说："小子，我岁数比你老子大，你听我一句，日子往远了去看！"厍长天还是犟着不松口，但出殡的大事也是不可能延迟的。

第二天早上，高来喜帮着请了阴阳先生和厍长天去"看地方"。阴阳先生是这周边村庄里的神汉。平时拿个罗盘帮人家选选屋基房址，择个良辰吉日，全由他"嘴一张"才能有个令人安心的说法。有些人家莫要说起房造屋选墓地，就是砌个猪圈动土都要花一包烟请他来看看转转，再听他叽咕叽咕一番，那心里就踏实了。其实所选的地方首先是主家看重的——他大多数时候只不过是用好话把这事情周全了，这叫作"任教做过，莫要错过"，凡事就求"放个心"。

阴阳先生拇指对着食指算着，说这草荡圩确实是个难得的风水宝地，又拿了树枝在地上画了个不知道什么形状的图案。高来喜赶紧就让厍长天挖下去第一锹，然后帮忙的人接着挖起墓穴来。墓是按照棺材的形制和方位挖的，很深很吃力。两个人挖得浑身是汗，脱了棉袄继续干——因为阴阳先生说了，这天也正是动土的好日子。高来喜站在一边与厍长天嘀咕了一句："这些神汉也是'吃得好说得好'，你不给他一包烟，人都不会来。这就是过日子，大家做到心里有数。"厍长天戴着孝蹲在那边不开口，看着泥土一锹又一锹地扔上来。

不一会，高来财就到了。也许，高来喜早就知道他会来，也在刻意等他的。因为外面已经有人传言说这高来财早就讲过，草荡圩地势高又临水，是个好地方，日后自己就"睡"在这里。中午高来财被人喊去吃饭，实际上是高来喜撺掇村里人喊他喝酒，故意拖延他一会时间，又故意告诉他厍家要在这边挖墓坑的事情。这样请他喝酒的人就不会遭到怀疑，等他到了之后坑就挖好了，挖好的坑哪里有再填上去的道理？

高来财走过来一句话没有说，一脚就把那散土踢进了那一人高的坑里去。蹲在一边的厍长天站起来，照着他腰一推，一下子将他按进泥坑里弄了个“倒栽葱”。那挖土的人吓了一跳，连忙缩回铁锹将他拽了上来。吃了亏的高来财气急败坏地骂道：“你个杂种，老子今天不把你埋了，我就跟你姓厍！”他那脸上头发上衣服上都是泥土，样子非常滑稽，嘴里竟然也吐出来啃进去的泥。上来还没有稳住阵脚，这少年夭夭的厍长天火气正盛，薅住高来财的袄领，一阵抽了好几个响亮的大嘴巴。

一边的三个人竟然愣住了，谁也没有上手拦一下。

高来财也被打蒙了，号啕大哭起来：“我活了几十岁的人，能将你这小伙生下来，你竟然下狠手这么打我，我今天必须把你送到派出所去。”

厍长天听说这话又燃起怒火，一手捞过来旁边的铁锹，挥起来照着他的头就要打。这一回，旁边几个人连忙拉住了这愣头小子。高来财脚底抹油跑了，还大声喊着：“打死人了，打死人了，这个小子打死人了！”

高来财的样子狼狈且滑稽，哪里还像个大队干部，简直就是个破落户。这遭遇要在别人身上还说得出口，被个十六七岁的少年一顿打，真是说不出嘴。几个大人摇摇头吐出两个字：活该。

高来喜推了推厍长天说：“你这小子，不能这么夯，迟早要犯法的，忍字心头一把刀！”说罢继续挖坑，等着第二天下葬出殡。原本真想着偷偷地把厍万年的尸首埋了，到那时难不成这高来财还真的能开棺验尸？但现在厍长天这一顿打，事情就没有任何余地了，只能把厍万年火化了。不过高来喜心里倒也觉得这样好，一来教训了这高来财，二来偷偷土葬的事情确实不对。现在商量好了，第二天清早一条船出去火化，回来骨灰盒放在那棺材里下葬，也算是给亡人一点点安慰——这做好的棺材也总要有个落头。又请教阴阳先生，这种做法合不合礼法？阴阳先生拇指对着几个手指又点了点，慢条斯理地说："这个有讲究，过去葬制正是外椁内棺，高级得很，高级得很！"

凌晨出殡很是冷清，连个吹鼓手也没有舍得请，村里人也没有送行的。几个年龄大的孩子送去，高来喜留守帮忙打理送葬归来的事宜。高来财这天竟然没有到厍家来，他一早去了镇上派出所。他去镇上的时间是计算好了的，因为他估摸着厍家的船什么时候回来。高来喜到底会"玩点子"：着人放了话出去——仍说这厍家打算偷偷土葬，且为了掩人耳目"虚晃一枪"，将送葬的船开出去再折回来。高来财信以为真，又因为被侉子的儿子打怕了，便去派出所报告，想"借刀杀人"。送葬回来，骨灰盒已经放进棺材封了钉，抬进了挖好的坑穴。

明亮的阳光照在黑漆棺材上，这大概是一个人最后一次见到这明晃晃的阳光，那阳光刺眼、干燥而且苦楚。

厍长天让弟弟妹妹们都给父亲培上一抔土。小兰花看见那泥土盖了自己的亲人，又号啕大哭起来："亲人哪，你狠心丢下我和一趟儿女啊……"

高来财终于是赶到了，后面跟着的是民警。厍长天看见高来财就血气喷涌，不过这回高来喜一把抓住了他。民警说："你们这是胆大包天，高支书也是为了工作，你们怎么做这种糊涂事？"

厍长天问："我们做了什么糊涂事？"

高来财说:“你不要插嘴，没有你小孩说话的份。我来问你——小兰花，你男人真去火化了吗？我听说你们是在荡里空转了一圈吧?”

库长天挣脱开高来喜拉紧的手，高来财赶忙躲到民警边上——他真是被打怕了。库长天手指着高来财吼道:“放你的臭狗屁，你凭什么说这话?”

高来财说:“你不要抽嗓子，跟你老子一副德行，我不和你小孩子计较。”

库长天又往前走了一步，用大拇指对着自己的鼻子说:“现在我是这家的长子，我说了算，不像有些人家连儿子都没有!”

这话激怒了高来财，他早就想说的话终于蹦出来:“你说了算，那就开棺验尸!”这话是高来财最想说的，他不是想为了执行什么政策，而是为了解恨。他想要把自己受到的侮辱，还给棺材里库万年的尸首才觉得解恨。高来喜拦回来库长天对高来财说:“你这说的是畜生不如的话，人死了你都不放过，这是断子绝孙的事。”

逼出高来财的话，他心里的“小九九”暴露了，是让他出丑的时候了。库长天从衣服口袋里掏出一张纸来，一直凑到他脸面前说:“你睁开眼睛看看，这是什么?”

这是一张火化证，是库万年和这世界最后的联系。

派出所的民警有些尴尬，也不知道朝着谁丢下两个字:“瞎闹!”

这日子本来就是瞎闹，也真正怪不得谁。高来财瞎闹，高来喜也瞎闹，就连库长天也有瞎闹的时候。小兰花看着一趟孩子，心里却是空空的，就像是田里歉收的生计一样寒心，她只有劝自己:“就这么瞎龙瞎虎地过过吧!”说到瞎闹——老天爷恐怕都在瞎闹。

饥馑的日子过了三年，土地也像人的脾气一样缓过来了，终于给了日子一点生机。也正如人们所说“太阳总会从我家门前过”，虽然算不上“十年河东，十年河西”，但终究还是“活人嘴里不会长青草”。小兰花的一群儿女也都跟禾苗一样，有的长得欢快点，有的长得沉闷一点，但到底都在长大。库长天也在扫盲班学会了写名字，但没有再多学会一个字。弟弟妹妹们先是上学，上到有力气干活的时候就辍学忙生计去了。库长天看家里日子也艰难，想着少一双筷子吃饭省些开支，就打算年底验兵去参军。小兰花倒觉得这是件光荣的事情，这孩子的脾气也要磨炼磨炼——他的脾性和库万年是一个模子脱下来的，就像个炮仗一点就着，人们给他起了个外号叫作“大喉咙”。他最喜欢和村里的“大呆子”玩，他家是从“渔业大队”搬过来的。上了岸还是那种渔民的脾性，说翻脸就翻脸，打起架来不怕死。库长天也有渔民的血脉所以“一见如故”，又似乎有些“惺惺相惜”。小兰花也知道，怪不得这些孩子，是日子逼得人“直跳脚”，如果再不让他们吼两声，真能逼死人。

当兵的名额有限，小兰花心里晓得这事情好办，高来财也不会轻易答应的。她就偷偷买了两瓶“雪花膏”去找薛大姐。她晓得库长天不会向高来财低头，但支书的“萝卜章”挂在裤带子上，这事情必须他点头。高来财说好话未必能成事，但他要是说一句顶真的话哪怕是不说话，这事情都是难办的。薛大姐看小兰花来，脸上满是不快活，这些年来高家虽然日子过得不错，但也没有少受气。特别不如意的是高玉宽这不争气的儿子，怎么都找不到个合适的姑娘结婚。眼看着三十多岁了，整天无所事事，要不就是琢磨着学拉二胡又和“半导体”学唱戏。二胡拉得像拉锯子，唱戏唱的是“十八摸”，人脸都丢尽了，也不知道是着了什么魔怔。正经的人家看不上这“老大难”，干部的儿子也不管用，没有人想把孩子往火坑里推。一般的人家不识字的他也看不上，说什么“没有共同理想”，简直要气死活人。他本看上了村里一个能说会唱的姑娘，这姑娘是一个老私塾先生的女儿。本来高玉宽还在这位先生家读过几本古书，但他认为先生书教得水平一般，就死活不肯再去，无奈薛大姐就找了其他老师。可高玉宽觉得王先生的姑娘王兰英长得好看，就对她有了点“心思”。这小子也很是霸道，直粗粗地对王先生说:“你书教得不好，但养的姑娘长得很好看。做你女婿可以，做你学生不行，不然以后做女婿日子不好过。”

王先生听得这话，气得嘴都歪了，骂他:“你这畜生，真是不会说话，比吃屎还难!”这是王先生难得一次骂人。王先生家和南角墩本不在一个庄台，合并之后几个小村组成了大村才有来往，才知道传说中高家的“活气祖”是真令人憎恶。王先生对邻居说:“我就是把姑娘剁三段，扔在河里喂鱼，也不嫁给他高家，狗仗人势的东西!”这话传到高玉宽的耳朵里，他倒觉得没有什么。他说这老学究就是个榆木脑袋，一辈子啃死书也没有弄清爽人事。于是他便纠缠王兰英。薛大姐知道这事情之后，也给儿子出主意：好女怕郎缠。可他缠得有些无赖，王兰英本就因为父亲受气很是厌恶，久而久之就扔给他一句话:“我就是嫁到村里的四喜子家，或者是嫁给那侉子家的‘大喉咙’库小牛——就是做尼姑去也不可能嫁给你高家。”

这话说得绝了。四喜子是个什么人家？四喜子是油嘴滑舌吹喇叭做和尚的人家，而且还和王家有老亲。话又说回来，这么说“大喉咙”库长天似乎比这四喜子家还要难，这就有点伤人。最伤人的是，宁愿去做尼姑也不嫁给他高家，这就说得太绝了。有人告诉小兰花，她也就苦笑笑说，人家姑娘讲得也并不错，现在都说是白鸽子朝亮处飞——传话的人见她这般淡定也就心疼——你呀还知道拿苏联老大哥的话安慰自己，真是不容易，不容易。王兰英这话说出来没有人恨她，可是高玉宽却恨起这库长天来，这四喜子是个说不上嘴的人不谈了，这库长天算个什么东西？竟然能和他高家人相提并论？其实，自从村庄合并村组之后，这个叫南角墩的地方也并不都是姓高的一族了，但因为高来财一直做村干，他家的威风确实是只增不减。

所以说，外面人拿库长天和自己儿子打比方，这一点薛大姐心里自然很不痛快。薛大姐某种程度上本是有些忌惮库万年夫妇的。一来库万年还是王家大院的“小猴子”的时候，他们就是认识的，她那些“著名”的事迹小猴子是知道的。但是库万年当时心里也忌惮她，因为王家的事情她多少也知道一些，小猴子的境况遭遇她也知道一些，有些秘密甚至是要人命的。所以当年小猴子要入户于此的时候，薛大姐既是一百二十分的不愿意，但也不敢撕破脸皮来逼得他捅破窗户纸。当然，小兰花除了知道薛大姐生活上的问题之外，还知道她另外一些秘密，这似乎与高玉宽的身世是有关的。可小兰花一直也没有和任何人提过，她清楚薛大姐只要是知道“投鼠忌器”的道理就可以了，毕竟大家都是不容易的。

小兰花带了两瓶雪花膏塞在她的手上。薛大姐有些不自在，左右推搡最后答应收下一瓶，说了一句:“你若有什么事情直说就好，我不用这种味道重的东西。”小兰花也是放不下面子的人，为了儿子她也只有低声下气。事情和她一说，薛大姐将那放进口袋的雪花膏又拿出来放在桌子上，黑着脸说:“大队的事情我弄不懂，回来我只能帮你说说看，就怕‘政审’是很严格的。”她说她不懂，却又知道要政审，其实这是在推脱，大概她也听到了库长天想要当兵的风声。

小兰花从高来财家出来，半路遇见了高来喜。高来喜最近眼神不好得很，看见她在面前走过来歪过脑袋来看她。小兰花朝他喊了一声，他听出声音说:“哎哟，是你老人家，我眼睛不好，听说小牛要去当兵，我正要去看看他。”这高来喜是个“嬉皮”的人，库万年夫妇比他小得多。本说库万年是自己的干儿子，后来高来寿死的时候库长天被抱着给亡人磕了头，他想想又不对，又非要说库长天做他的干儿子正好。好在库家人也都还记得他这些年的帮助，所以也并不计较什么。库长天也喜欢这个好说俏皮话的老头。

这老头孤苦伶仃没有儿女，当然想身后有个托付。他这几年没有事情做，种地也只能得点粮食，于是就到生产队的砖厂去烧窑。烧窑是个苦差事，虽然不要什么技术，但要一直站在炉门口添柴。生产队用麦秸秆烧窑，这种柴草烧得快，要日夜不停地往里面加柴火。炉门口的烟火熏得他眼睛几乎要瞎了，看东西都十分吃力。所得的钱是有点，用个手帕包着放在口袋里，过一会就去摸一摸心里才踏实些。

他真的是来看干儿子的，站在老远就喊库长天的小名。小兰花在后面提醒他:“不要鬼喊驴叫，你这是‘半夜里摸帽子——为时过早’了。”高来喜继续喊，喊着还说着：“你不知道我这是‘吃蛋不等鸭子落屁股——瞎着急’！”库长天听人喊他“小牛”急忙出来，他害怕别人这么喊他，也听出了是高来喜的声音，远远地骂起他来：“您老不要‘抽冤’了，我站在你面前呢！”

高来喜站住了，一巴掌拍在他的屁股上：“你这个小子，竟然说干老子‘抽冤’，真是不像话！”他又问库长天：“听说你小子想去保家卫国，这个好，这个好，干老子支持你！”他说着就从口袋里摸出那个满是油斑的手帕，打开来里面是几张面值不一的票子。凑到眼睛前摸了摸，又望了望，问：“这是多少钱的？这个给你。”库长天伸手抽了一张十块的，连忙将手帕卷起来塞回他口袋里，说：“拿到了，你收好了，不要丢了！”库长天闻他身上一股烟酒和老人味，他也并没有退一步，高来喜还拉着他的袖子。小兰英说：“这是高兴得太早了，八字还没有一撇，大队里还不知道是什么‘精神’呢，你们就发起‘神经’来了……”

高来喜听说这话脸色就暗下来说：“高来财还真想绝八代了？”

库长天抽开自己的膀子，攥紧拳头大声说：“他看着办，我走不了，他就等着拳头，他大概是不想过好日子了。”

高来喜伸手来摸他的头说：“你这冒失鬼，和你老子一样。以后真要当兵就要上规矩了，凡事不能蛮干。现在也不是靠拳头吃饭的年代了，你一伸拳头就有‘洋铐子’过来说话！”

库长天想去当兵的事情在村里传开来。人们传播这样的信息也并非都是高兴，很多人是为他担心，因为高来财和库家的关系大家是心知肚明的。人们到处说，是好事也是坏事。不过成与不成这句话在高来喜的肚子里。库长天咬牙切齿地默默跺脚，恨不得把这该死的高来财踩在脚下跺跺。人被逼急了就会狂想，想得绝望了就会自言自语地骂人——小兰花自然知道儿子心里的怨气，但她似乎却不着急，并不是因为她偷偷给薛大姐塞过一瓶雪花膏。

果然，几天后薛大姐就上了门来。库家的门槛，薛大姐是轻易不迈的。她进门就喊库长天的名字，小兰花听到声音走出来，看她满脸堆笑知道事情一定是有了转机。库长天在屋子后面听到声音但不动身，他心里大概也知道，薛大姐上门定是来"效情"了。小兰花朝屋后喊了一声，透过屋子后墙的破窗户，薛大姐对站在后面的库长天说："你这小子，亏得老高帮你说情，遂了你的愿了。"

库长天没有回答，他撇了撇嘴想：我去当兵是应该的。

小兰花满嘴的感谢，薛大姐露出那种傲慢的神情说："也真是看在你小兰花的面子上，你拉扯这窝孩子不容易，大家都不容易。"说完，她从口袋里掏出一瓶雪花膏，递给在一边的小姑娘。孩子有些退缩，她硬是塞过去，孩子拿着说："我妈妈也有雪花膏，一样的。"

库长天能去当兵了，小兰花心里却又高兴不起来。

库长天要走未必是坏事，日子已经像锅里的粡粥一样艰难，就连苍蝇都没有精神飞上库家的锅台。可库长天这一走，山高水远不知道什么时候回来，为娘的心里到底是舍不得。库长天一脸的无所谓，他觉得高来喜那话说得对：树挪死，人挪活。他虽然舍不得母亲和一帮弟妹，但眼看着这么艰难的日子，弟妹们也都长大了，家里住的地方都紧张起来，弟弟妹妹吵起来就像是"鸭吵堂"，满屋子的不如意。弟弟也能撑起门面来，妹妹们一个个也都大了，他们也能帮助做点农活"忙自己的嘴"了。少自己一双筷子到底减家里一些负担，他一直就算的这本账，虽然他也觉得自己像是想要逃跑。他受够了南角墩的贫困和憋屈，这该死的田地就像是和人作对一样，任凭你怎么出力也得不到几口袋粮食。

这日子逼得人要扯着嗓子“抽冤”，但任你怎么“叫魂”，顽固的土地只默默地给你“绝望”二字。

走之前，库长天拎了两瓶“粮食白”酒去看了看高来喜。年前窑厂暂停下来，他一个人坐在门口晒太阳。高来喜真的老了，他倚在墙边握着一根和他身形一般瘦弱的木棍，嘴里哼唱着他平素喜欢唱的小调。这调子被大家笑称为“骚歌”。库长天听过多少次，竟然也会哼唱，但总被母亲骂“不学好”，便只有偷偷记在心里。

听见库长天的声音，他闭上嘴想试着站起来，可屁股像是和地上的砖块粘起来一样，脸角微微抽动掩饰着自己的吃力。他从嘴里挤出一句话:“乖乖，听说你要走了，当兵好，当兵好!”“乖乖”这两个字让库长天心里一刺，只有父母才这样叫孩子。

高来喜浑浊的眼睛里流出两行老泪:“早点回来，日后要是见不到我了，记得到我坟滩前磕几个头!”

这话说得库长天心里一紧，他知道高来喜的意思。高来喜说了一辈子的俏皮话，这句话却是句伤心话。人老了就想着死。死也不是最可怕的事情，对于要死的人来说，最可怕的是没有子孙磕头。库万年生前和高来寿、高来喜说过，以后让自己的儿子给他们磕头。高来寿死的的时候，库长天还在襁褓之中，是库万年抱着给他磕了头。这个高来喜是看见的。高来喜想到自己没有子孙，不知道库长天还能不能按他老子生前说的，日后给自己磕个头？

库万年当年落户南角墩的时候，高来喜是为了自己和高来财的恩怨，当众说库万年是自己的干儿子，他是有点自己小心眼的。但后来库长天出生，他又要孩子给自己做干儿子，这却是发自内心的。因为一个人是不会拿自己的死去开玩笑的。

库长天自己走进屋子，将两瓶酒放在满是油污的桌上。那碗里的剩饭上还停着一只苍蝇，这个季节的苍蝇不再那么讨厌，而是顽固得令人心疼。高来喜好不容易站了起来，大概是坐久了麻木，像他手里的棍子一样杵着，半天挤出一句话："你坐坐，我给你打肉吃!"库长天连忙说不要，让他好好地照顾自己，便逃跑一样地离开那个满是霉变气息的屋子。

自打他记事开始，这个屋子的陈设就没有变过，这个村里的格局也没有变过。只不过有些人老了，有些人走了，还有些人赌气死了。

他像逃离高来喜家一样逃离了这个村落，没有流下一滴眼泪水。带兵的人说："人家孩子去当兵，像大姑娘出嫁一样，好歹掉两滴眼泪水，你好像恨不得赶紧走一样。我见过部队里有逃兵的，哪知道还有人要逃离自己的家。"库长天觉得自己对这个村庄无话可说，对母亲有话却不知道怎么说。母亲还是买了点便宜的糖果散给邻居，也就是原来南角墩老库子的人，现在的大村庄的人家多她是散不起的。这倒也给库长天一点安慰，母亲看来也把自己的离开当成一件喜事的。

到了县里人武部才知道，库长天分配到的部队在安庆。

安庆这个地方是邻省的大城市，他其实也只是听说过，这二十年他没有出过远门。就连到人武部所在的县城，以及到县城坐汽车对库长天来说都是“第一次”。他在路上胡思乱想起一件不相干的事情，就是库万年临死前交代过罗先生的遗物。他现在突然想起来忘了将这件事情告诉母亲。父亲走后，库长天先是记得这件事情，但并没有去动这些东西，因为库万年嘱咐他万不可以轻易动，以至于后来他自己也忘记了这件事。现在想起来，他心里倒是有些担心，万一要是哪天家里人发现了这些东西，当作破旧扔了或者将那些没有见过的东西卖了怎么办？想到这他心里有些着急，真想托付谁捎一句话，无奈乡里来送行的人他不认识一个。

锣鼓家伙一响，他们又出发了。这些事也就只有咽回肚子里去了。

到了部队，天南海北的人说方言，都是些“萝卜干子兵”。并没有人问你是哪个村的，都是问你是哪个省的——从此不再提“南角墩”这个地方，这是让库长天最满意的事情。与库长天同省来的有一个是沭县的，属于北方，口音也已经大不一样。虽说是老乡但也和外省的战友一样陌生。这人叫作章大林，他介绍自己的时候说:“我姓章，立早章……”库长天听不懂什么意思，但也不好意多问，心里想：姓张还有什么不同？又和枣有什么关系？后来他们就叫这个人“栗枣脏”，这沭县人自己也觉得有趣，就成了稳定的一个代号。

库长天虽然除了会歪歪扭扭写自己的名字之外不认识几个字，但是他大嗓门讨人喜欢。尤其老班长也是个大嗓门，什么事情都喊成“一条声”，还没有进门就听到他那粗暴的嗓子。库长天和战友说:“这在我们老家叫作‘抽嗓子’，或者叫作‘抽冤’。”这些被班长叫作“兔崽子”的小伙子就给老兵私下里起了个外号:抽冤佬。库长天心里有些不安，生怕他们哪天要是说漏了嘴，以后自己少不得受罪“穿小鞋”。

库长天的担心当然是有道理的——世上哪里有不透风的墙呢？班长到底知道了这件事情。但库长天没有想到的是，这位大嗓门竟然一点也不生气，他倒是反问:“当兵的男人就应该血气方刚，说话像蚊子嗡嗡嗡叫那是娘们！男人就应该‘喉咙大屁眼’地说话!”这话说得大家默不作声，又都盯着那个说话轻声细语的“小无锡”看。这个南方人被班长说得满脸通红。从此大家就叫“小无锡”为“蚊子同志”，叫班长为“抽冤佬同志”，库长天被叫作“抽冤佬副同志”，以区别班长。班长听了就伸手过来打人脑袋，但也不说禁止叫这些名字。有一次班长想想似乎又不对，单独问库长天:“这‘抽冤’到底是什么意思?”库长天红着脸解释:“这也不是什么坏话，就是嗓门大，遇事情‘抽嗓子’像喊冤一样。”他皱了皱眉头说了句方言:“日马马，我当成什么鸟话，原来到底不是什么好话，但喊了也就喊了，也掉不了一块肉。”

听得“日马马”三个字，库长天心里一紧，脱口而出一问:“班长你老家哪里的?”

班长疑惑地问他:“你什么意思，想要问老家做什么？老子没有老家，是个‘渔花子’，在大水上漂泊四海为家的。”安庆所在的省和库长天老家所在的省之间隔着一个湖。湖边上的渔民就是他说的“渔花子”。库万年就是“渔花子”出身，当年船老大的口头禅就是这句粗俗的“日马马”。库万年的口头禅也是这个，但是到了库长天这就不怎么说了，他不想承认自己是个“渔花子”后代。渔民虽然也各有属地，但是他们沿着大湖的边缘，似乎有自己独立的村落、风俗和语言，但到底和岸上的人是不一样的，所以也被平原上的人叫作“渔侉子”。

库长天脑子也转得快，听班长这么一说，他赶紧就跟着递了一句话给他：“不瞒你说，我家过去也是‘渔花子’，后来流落到平原上去定居的。我死去的老子也说你这句口头禅‘日马马’，他是从祖辈嘴里遗传来的。”

班长看了看他有些疑惑地问：“日马马，也不知真假？”

但从此，班长似乎特别喜欢库长天，没事就拍拍他的脑袋说：“日马马，你竟然也是个‘侉子’的后代。”

部队里要组织到地方搞军民联欢，交给他们班任务出个节目。班长领了任务回来说：“我们班有几个大嗓门，我们就给他们编一首歌吼一下！”班长说完了大家都不说话。平时贫嘴的都坐着不出声，嗓子大是嗓子大，不是说嗓子大就能唱歌的。看大家沉默，班长说：“既然大家都没有意见，那就这么定了！”部队去和老乡们联欢，不能像在军营里唱军歌，要互相表示“鱼水情深”，表现“军爱民来民爱军”那才有意思。大家都为难，除了被逼得学会了几首扯着嗓子喊的军旅歌曲之外，哪还能有本事编个什么歌出来？

库长天会动脑子，他不会写几个字，就去找那个说话嗡嗡嗡的“小无锡”。这个说话轻言细语文质彬彬的人不但会写字，还颇有些搞音乐的水平。库长天在湖边生活的时候，听好些人扯着嗓子唱歌，这也被人斥之为“抽冤”。但有些人唱得好听，比如自己的母亲小兰花。农闲在家缝缝补补的时候，门外下着雨，门内就唱着歌。小兰花不扯着嗓子唱，她唱得委婉动听不吵人。时间长了库长天也学会了一些“调门”，有时候在心里也哼哼，但从来没有当人面唱出声来。他觉得生活没有那么些值得唱的快活事情。

库长天找到“小无锡”——他并不喊他“蚊子同志”。从内心里讲，库长天还挺崇拜这个南方人。他有时候甚至恨自己嗓门大的毛病改不了，学不了人家南方人的斯文。“小无锡”识好多字，还会吹口琴，这确实是令人羡慕的本事。库长天把“小无锡”拉到一边说:“班长说要唱歌，他这个人好面子，我们也表现表现?”

“小无锡”文绉绉地问他:“你讲如何表现表现?”

库长天便说:“我过去听我母亲唱过好多歌，有些调门非常好听，可惜我只会唱——你看，我要是唱出来，你把词改改，不就是‘土洋结合’的歌子了吗?”听说库长天会唱歌，这个江南人的小眼睛亮堂起来说:“侬唱唱看，唱唱看，我是听说好多水乡民歌动听得很。”

说到真唱，库长天又有些紧张，捂着胸口好像喘不了气似的，脑子里一片空白。他转过去闭上眼睛，突然找到了“调门”，唱起来母亲小兰花唱过的那首歌子。这是库长天第一次在人前唱出声音来，感觉还是比较顺畅的。在老家他是唱不出这歌的，因为那个地方只有憋屈，只有用“抽冤”的大嗓门去对抗生活。即便是唱歌的人，也都不好意思当众唱，否则就要被讥之为“哼哈舞唱”的痴子。说到底穷得叮当响的日子，是容不得哪个人有一点快活样子的。

库长天唱着唱着心里就轻松一点，自然地转过身来，看见那“小无锡”眯着眼睛听得很享受。当最后一个字从库长天里的嘴里吐出来，“小无锡”那小眼睛突然睁开，连说了三个字:“妙!

妙！妙!”这江南人竟然被这个乡下的土歌吸引了，从口袋里掏出个小本子——“小无锡”是个有趣的人，口袋里总是带个小本子。有时候嘴里念念有词，有什么事情都记在小本子上，他称这些叫作“灵感”。库长天他们嘴上说得不以为然，但是心里又很佩服，说到底他们自己想记点什么可字都不会写。“小无锡”让库长天又唱了几遍，在那本子上记了些不知道什么东西。有些是字不像字，像没炒的生豆芽菜一样的符号，反正一应都是不认识的“鬼画符”。

可这“小无锡”那对小眼睛里的水平，到底不是装佯的。他琢磨了一夜，就搞出一个新歌子来，调门还是库长天唱的那种，可内容却是现编的。班长文化水平也不高，听这“小无锡”低声哼了一遍，拍了拍他脑门说:“你个‘细脚色’，鬼得很，肚子里到底有点墨水!”“细脚色”这话是“小无锡”这南方人的口头禅。他这柔弱的小身板倒是有些倔强，喜欢说别人是“小把戏”，平常被班长他们当成孩子摸脑门，弄得他心里很是不服气地说出了家乡话来。于是几个小伙子就扯着嗓子“哈”起来。“哈”也是唱，但不是那种一本正经地唱，是随口自由快活地哼唱。

部队驻地在山上，他们去老百姓的村子里联欢，被称之为“下山”。对于平素多在驻地训练的这些年轻人来讲，“下山”是件无比快活的事情。哪怕是看到老百姓身上古旧的衣服，也总是比每日里见到一式的军装心里要快活。就像是一个人家虽然有各样规格高档的盆景，但又常为路边杂树生花的活泼而流连。虽然队伍整齐，但走着走着心里轻松起来，先是唱唱军歌，唱得不过瘾了，班长便说唱点小调。一听这话，库长天心里一抖，往肚子里咽了口水——他陡然觉得自己要被班长点名了，不知到底是兴奋还是紧张。果然怕什么来什么，他听到班长喊道:“小库会唱小调，给大家乐一个，呱唧呱唧!”

大家一起哄，库长天就更紧张，但也无奈搜肠刮肚，想起来一个有意思的调子，没有多想就脱口而出，这正是高来喜常坐在门口唱的《小尼姑下山》:

> 一更里俏尼僧进庵堂，手拿那念佛珠眼泪汪汪，女孩家削发真个苦啊，年轻的个美娇容不配少年郎。怨了一声爹，恨了一声娘，大不该将女儿送进庵堂，天天要念阿弥陀佛，夜夜里思想那少年情郎。

这一唱，大家的队伍都松散起来，一群小伙子闹着喊:“小尼姑，小尼姑，下山啰!”库长天这才意识到这是不雅“荤段子”，但唱出嘴的词就像是泼出去的水，哪里还能收得回来?只能由他们笑话去了。

军民联欢也简朴得很，大家都围坐在空地上。所谓联欢也就是对歌说唱，连个像样的喇叭也没有，就扯着嗓子“干唱”。不过倒也热闹，越唱掌声越响亮。山里人家虽然日子艰苦，但心里也有快活的情绪，他们唱起来也是有模有样。村里独唱的姑娘十七八岁，正是人们说的“雪白粉嫩大圆脸”的标准“脸盘”，一条大辫子甩在后面，站上台上一点也不怯场。主持人介绍这位姑娘，说她的姓名和人一样美:她的姓“奚”不多见，名字叫“有英”，“溪边有英”真是动听，正像这世外桃源的山村景色一样简朴而动人。

这姑娘大大方方，站上来张嘴就唱:

打起那个锣鼓闹盈盈/我送我的丈夫去当那的个兵哟/当兵那个要当新四哎军哟/哎子哟哎子哟/当兵那个要当新四哎军哟/丈夫那个你到前方去/一心那个一意打日那的个本哟/家中的事情你放哎心哟/哎子哟哎子哟/家中的事情你放哎心哟/丈夫那个当兵到前线/打仗那个冲锋走在那的个前哟/跟着那共产党求解哎那个放哟/哎子哟哎子哟/不消灭那鬼子你/不消灭那鬼子你/不下火线哟

唱罢之后掌声雷动，那奚有英鞠躬下台，大家仍然鼓掌不断，气氛一时十分热烈。厍长天这边几个小伙子有些紧张，下一个节目正是他们要上场。一看前面这个节目这么热闹，厍长天上场的时候感觉大家都盯着自己看，脚下一个石子隔着鞋底滚动，一个趔趄差点就崴倒了。他一手抓着身边的战友弹回来，那滑稽的样子又引得一阵笑声。厍长天领唱，几个小伙子唱“小无锡”新编的《哪儿来的锣鼓声》：

叮叮咚，叮叮咚。阵阵锣鼓敲得凶。爷爷问道小孙孙：谁家娶亲闹哄哄？孙子一听哈哈笑，爷爷爷爷弄错了，社里干河取肥泥，半夜就把锣鼓敲…………

歌唱起来之后，厍长天心里的紧张才抛到九霄云，就扯着嗓子唱。唱完了主持人上来说：“一边是锣鼓声声送郎参军，一边是锣鼓喧天大干快上，这真是军民一家亲，我看今天这大姑娘和小伙子真是唱得起劲，以后要‘亲上加亲’了！”战士和社员们听说这话又是一个劲地鼓掌，就像要把早饭的力气都用到这拍得通红的手掌上来。库长天退回到座位上去，心里慢慢平静下来，才又去注意对面坐着的那个叫作“奚有英”的姑娘。她的歌唱得真好，似乎是在哪里听过的，一点没有外乡歌谣的生疏感。也许，是因为她长得好看，才有这种特别熟悉的好感吧。

回驻地的路上，大家开始琢磨起今天的节目来，处处找话题编派库长天。尤其是那“栗枣脏”说得最凶。他那沭县的方言本来就口音重，像是嘴里“衔了只死老鼠”，但偏偏激动得要多说话，说的话也不干净:“我看库长天的眼睛盯着那女的奶子看，那色眯眯的样子，好像眼睛里都要‘射精’一样。”这话说得大家心里感觉有些肮脏，没有人接他的话茬，都又找其他的话题——又都说这“小无锡”真是个“笔杆子”，编了个歌曲正好与人家姑娘的“锣鼓声”一样的，这真是“缘分”。又有人说这不仅是普通的缘分，还是“姻缘”——女的敲锣，男的打鼓，这锣鼓喧天还不是“王八看绿豆——对上眼”了？班长听他们说完了，冷冷地来了一句:“今天这库长天的‘小尼姑’下山，才真是下到人家姑娘的心里去了。”这话说得库长天满脸通红。他平素也是能说会道，今天却哑口无言任他们调笑，心里却又并不十分的反感。

大家心里也都清楚，这不过是些信口开河的消遣。

“小无锡”认真得很，他也真的对音乐有天赋。回去之后琢磨起奚有英的那首歌，他觉得这首歌比自己编得好。库长天听他这么一说，就把自己心里的疑惑说出来：似乎他也是熟悉这首歌的，也可能在哪里听过，只可惜自己文化到底有限，说不出个所以然来。“小无锡”摸摸自己的脑门，说了句更让他听不懂的话：“艺术本来就是没有国界的，好的音乐是人们共同的语言。”

库长天听了不敢说什么，可心里又想，这唱歌与国界有什么关系，这些识字的人尽是说些听不懂的话。再说自己的歌是老家平原上的，奚有英的歌是山区人唱的民谣，这是相差“十万八千里”的事情。不过他倒是记住了那首歌的名字：《送夫参军》。这几个字他也不会写，但是记在心里想想，还竟然觉得甜丝丝的。这次演出之后，库长天又被起了个新外号，叫作“小锣鼓”。那是因为他唱了那首《哪儿来的锣鼓声》，而且他的嗓门也大，确实也跟锣鼓家伙一样聒噪。他觉得这名字也并不十分难为情，比过去别人喊自己“库小牛”或者“大嗓门”什么的要好听得多。再说那奚有英唱的歌里面也有锣鼓声，他也就认下了这个绰号。人一生的名字也许并没有多少人琢磨，但有些绰号却让人印象深刻，这是一件很有意思的事情。

半年之后，这些事情似乎已经被忘得一干二净。就连“小锣鼓”这样当时喊得有滋有味的名字，虽然还在大家的嘴里“活着”，但早就失去了当初的意趣，只不过也就是个代号了。然而有心的人到底执着，“小无锡”不仅记住了那首《送夫参军》的词曲，他还研究起来这首很有些“热闹”的民歌。据他“公布”的研究结果来看，这首歌并不是本地民歌，而是和“小锣鼓”唱的那个调子属于一个地区一种类型的歌。班长看他这种“严肃”的样子有些不以为然，朝他看了看说：“难道这歌也能长腿跑了？还是这女的是从那个地方跑过来的？我看你是对人家姑娘有意思，你小心那‘小锣鼓’槌子敲你的脑袋，他的槌子可是‘小尼姑’的木鱼槌子，厉害得很……”可库长天心里却也在嘀咕，他也一直觉得自己是在哪里听过这首歌的，难道这奚有英真的不是本地人？这也不是没有可能，自己和这些战友不也都是五湖四海聚集来的，他们带来的方言口音不也都是各地的么？

这件事情在库长天心里盘旋了一阵子就淡忘了，他没有“小无锡”那么执着。这个江南人本还打算有机会下山去桃源镇，问问这姑娘到底在哪里学的这首歌，但一直没有出去的机会。库长天正被一件事情弄得非常暴躁。这一回，他又“抽冤”一样扯着嗓子骂起来。年底的时候，班里要推一个人作为先进分子。大家都有些摩拳擦掌，班长的意思想把这个名额给“小无锡”，他识文断字，以后这个荣誉对他定有帮助。班长的意思是自己班里培养出个有出息的人，战友们以后脸上也是有光的。哪知道这“小无锡”淡泊得很，坚持不想要这个荣誉，和班长说自己“视名利如浮云”。班长听他说这些文绉绉的话就来气，丢下一句：“真是‘小公鸡上屋顶——自命清高’。”于是就决定把这个机会留给“小锣鼓”库长天。想来这家伙虽然没有文化，但做事有点热情人缘又不错，于是就推荐了上去。哪知道没有两天，班长就黑着脸回来骂了一顿——不知道谁给上级写了告状信，说库长天思想肮脏腐朽，在部队里唱“小尼姑”的“荤段子”。这信写上去虽然调查清楚了原委，但也不能置之不理，就让班长再换人选。库长天本来并不想要这个荣誉，但这一下被“举报”对他的影响就大了。有了这张纸在上级手里，以后各样事情也就都有无形的“门槛”挡着他了。

库长天越想越气，摔了手里的碗骂了一句：“日马马，这会写字的人真是猪狗不如。”这话骂得几个有些墨水的人心里不是滋味，但大家也不计较。他这回骂人真是因为自己受了“冤枉”，这次“抽嗓子”是有道理的。“小无锡”帮他将那摔得瓷片飞散的“搪瓷碗”捡起来放回桌上，那碗上的数字编号的笔画都被震碎落地，他看了一眼皱了皱眉头一句话不说追库长天去了。

库长天气呼呼地往外奔，但出门却又不知道要去哪里。他脚步愤怒而盲目地往前冲，心里恨不得将这地面跺烂了。走了几步遇见那“栗枣脏”晃悠过来满脸堆笑和他打招呼，库长天阴着脸说:“日马马，遇见活鬼了人也没有办法。”那“栗枣脏”听这话以为是说自己，脸上立马涌出来尴尬。这时“小无锡”已经赶上了库长天，在后面喊了一声，这江南人难得喊出这么大的声音。库长天转头问他:“你敢不敢和我下山去?”

“小无锡”想都没想说:“有什么不敢的?”站在一边的“栗枣脏”听说要下山去，也颇有些爽快地说:“带我一个，我也随你们去!”这位半路杀出的“程咬金”并不知道库长天今天为何不如意，但他要一起去，似乎也没有理由拒绝，于是三个人便一起下了山。

下山也并没有想好要做什么事情，便先一路颠下去，倒也缓解了不少愤懑的情绪。因为“栗枣脏”一起走，库长天只字不提班长说的事。他觉得这事情太难堪，“小无锡”也说些无关紧要的话，或者指着山上采药的人说:“你看那些人，真是危险!”这就像两个人见面无话可说，随口就问:“今天的天气实在是不错，是吧?”这属于“耗子磨牙——没话找话”。但谁也没有想到，今天本来是出于解闷下山，却成了“吹鼓手赶集——没事找事”，走到了半路本来库长天准备往回走了，可就在这话想要说出口的时候，遇见了一些突发的状况。

几个闲散的人，短了一位老人的路。

这位老人身后背了个篓子，里面有些山上采来的草药。那些草木无精打采地堆在篓子里，就像是老人头上没有精神的花白头发。那几个人拦着老人“短了路”，看来并不是为这几棵无奈的草。库长天他们站住脚，不远处先听听情况，眼下看来情况也不至于危急。只听其中一个人说：“你这老不死的东西，我看你是‘敬酒不吃吃罚酒’，我们老大看上了你的姑娘，这是天大的造化，你一个穷先生能给你女儿什么好日子过？今天就等你一句话，你要是还不同意，那就留下一条大腿！”这人话说得凶神恶煞，但那张牙舞爪的样子，看来也不是什么有真本事的角色——人的脸色往往就能看出端倪。

那老者半天吐出一句话：“我已经说得很清楚，我和女儿就是跳下山崖，也不会把她嫁到你们那‘土匪窝’里去。”这老人看起来弱不禁风，但说起话来很是有些硬气。那三人虽然手上有刀，但倒底是做贼心虚，可能也只是奉命来恐吓人而已。其中一个伸手推了推老人，后面的人又搡了一下。老人一把推开面前的人想要往前走，却被其中一个人突然而起的一脚踢倒在路边的石头上，篓子里面杂乱的草药散了一地。

库长天感觉谁拉了一下自己，但突然而来的冲动已经驱使着他的身体。他心里本来就有愤懑，遇见这一帮鸟货，他好像突然找到了发泄对象一样，上去一脚将打人的家伙踢出去三四米，重重地掼在了路边的草地里，脸朝着草窠弄了个“狗吃屎”。另外那两个一时惊呆了，突然反应过来挥舞着那蹩脚的小刀，被从后面冲上来的“小无锡”也一脚踢倒在地。可能踢得力气不如库长天那么大，两个人撞在了一起。歪着倒下去的时候，那刀还是拼命地挥舞了一下，慌乱中割到了库长天的手臂，顿时涌出鲜血来。他好像并不觉得疼，拎起拳头一顿收拾，直到那“栗枣脏”上来拉开库长天，生怕把那两个货色打残了闹出大事。采药的老人被这眼前场景吓坏了，坐在那目瞪口呆。直到那三个人丢下一句“你们等着”落荒而逃，老人才缓缓地站了起来说:“这些狗打不得，会咬人的。”库长天他们三人穿的便装，也不说明身份。老人看见库长天手上的血，连忙抓着他往前拽着说:“去我铺子里止止血，感谢几位小兄弟出手解围!”

老人是桃源镇上鱼陵药房的郎中，桃源镇所在地又叫奚家寨。看到他家的店招，“小无锡”问老人:“老人家祖上是河南人?”老人一听愣了一下说:“哎哟，小先生有点学问，老可祖上正是河南南阳鱼陵的奚氏，早年战乱避难于此，繁衍生息成为奚家寨的。”听说这奚家寨三个字，他们三个人相互望了望，心里大概都想起来之前遇见过的那个会唱歌的大美女，走路竟然也精神了起来。到了老人的药房，他拿出药来帮他处理伤口，库长天不以为然地说:“这点伤不算什么，不过那几拳打得痛快，比吃几块肥肉都舒服!”这话就像是提醒人的意思，老人放下手上的东西说:“我看你们这几个小兄弟生龙活虎的，不嫌弃的话我请你们到在镇上吃杯薄酒，也扫扫下午的晦气!”库长天哪里是想要吃人家的酒，再说他们这是“自由活动”出来的，以前虽然也有过类似的举动，但和老乡一起是没有过的事情。关键今天还有一个“栗枣脏”在场。之前，库长天和“小无锡”偷偷溜出来过。这江南人看似羸弱，哪知道颇喜欢喝点酒，常偷偷地约库长天下山喝酒。库长天是个不识字的人，“小无锡”愿意喊自己喝酒，便格外开心甚至感激，他觉得这江南的读书人看得起自己。“小无锡”还说愿意和他玩，说什么“仗义每多屠狗辈，负心多是读书人”。库长天也是似懂非懂，反正就是粗人多讲义气的意思。所以库长天和“小无锡”处成了好兄弟。这江南人唯独对那也有点墨水“栗枣脏”很有些不屑。他这个绰号便是“小无锡”起的，其他人似乎也没有江南人的水平。

都以为南方人喝黄酒多，且似乎酒量不及北人。哪知道这“小无锡”独独好酒善饮，据说他来此地当兵竟然也是慕得此省酒多。这个省竟然每地都有佳酿，这就像是读书人遇见每处都有藏书楼一样。“小无锡”这个文绉绉的家伙，除了好书竟然更加好酒。他觉得目前在此地喝得最好的，便是那“老明光”酒。老人才说到要上街喝酒，厍长天心里还有些迟疑，虽然他们穿便装下山也无人认识，但毕竟不过是“路见不平”的偶遇，立刻便去喝酒好像总有些过意不去。可是“小无锡”听到这话，一点也不客气，直接插了句话说:“好好好，就弄一杯‘老明光’!”老人笑笑说:“你这口音像是南方人，岁数不大倒也很懂得点世故，竟然还知道‘明光’老酒，这酒不贵，便宜得很!”

“小无锡”像煞有介事地说:“酒不在于价格贵贱，而在于品质口感。就好比人有粗鲁、细巧的，但还要看人心。”厍长天觉得他有些迂腐和“跩文”，奚老先生已经说请客，还要说多余这闲话干什么？几个人跟着他到街上去，进了酒肆坐下来。点了一盆石耳炖鸡，切了半斤五香牛肉脯，又加上一碟花生米和五谷豆粑。虽说桌上初遇相逢，这也是很厚实的酒食了。厍长天他们不敢喝得多，奚先生的酒也慢得很。酒喝开了话也多起来，清醒的时候不能说的话，就一句一句漏出来，最后奚先生才晓得这几个后生原来是山上的战士。他拍拍“小无锡”的肩膀说:“算起来你和我孩子年龄一般，但我喜欢你的酒风和学问。今天就认你这个小老弟，这酒留着下次再喝，既在军营可不敢轻易坏了规矩！喝酒之人在外更要万事当心防备。酒常使人得意放松，往往容易落了别人的口实。”这话是奚先生看那“栗枣脏”跑出去在路边撒尿时说的。虽然是酒话，声音也小得很，但二位还是听懂听清楚了。

三个人的酒量不错，奚先生也有对待年轻人的分寸。几个人晃荡着回去，山风一吹就解了那二两酒的味道，也吹散了心里的阴霾。“小无锡”学着厍长天他们的样子站在路边撒着尿说：“日马马，一泡尿撒了，什么烦恼都冲走了！”

兵营两年，谈起来又有什么真正的烦恼可言？比起老家南角墩枵粥难耐甚至饿肚皮的生活，在这里算是神仙的日子。其间母亲央人写了一封信来，说二弟、二妹与人换亲成了家，三弟去了人家做上门女婿，大妹妹也出嫁了，留下还有小一点弟妹二人的也能出去做工了。生产队里的日子还是那般模样，到底也没有饿死，只是艰难还是一样的。“换亲”是南角墩穷人的婚俗，两家各出男女姊妹二人结亲，等于是一种交换，也不计较双方的穷富——大多数换亲都是穷得无奈的。上门女婿其实也不荣光，到人家生了孩子与女方姓，不是万不得已也不会如此。但厍长天知道母亲的难处，弟弟妹妹们能有点出路，已经是老天的眷顾了。他请“小无锡”回信给母亲，只说了几句：母亲大人来信收到，我在军营一切都好，勿念。

以后一两年，与家中便无联络，真的各自“勿念”了。

“小无锡”自从被奚先生称作“小老弟”，他便常常偷偷跑到他家去喝酒。有时候他自己带两瓶酒央求老人喝。其实他还有个“坏心眼”，就是知道了奚先生真是那奚有英的父亲。那日下山第一次遇见奚先生，姑娘去县城里买布去了，平素她是守着老先生过日子的。她的母亲早逝，是父亲孤苦伶仃带大的。奚有英岁数也不小了，来说媒的也很多。但她眼光高得很，总说“要多陪父亲几年”，也就一直没有结婚。但据说她找不到婆家，也并非完全是眼光高——她是有病的。这病是遗传病，到了二十多岁的时候便发作。她的母亲便死于这种叫作“龟背痰”的怪病。奚先生虽是医生，知道这病是“流痰”发于脊椎关节，致使背部高起，也并非什么怪事。本来这病也不至于致死，但奚有英的母亲驼背之后便觉得羞赧，一狠心自己了断了性命。结婚前，奚有英当医生的舅舅告诉奚先生，他家祖上女眷也得过这种病。奚先生认为这病并非遗传或传染，但婚后到底发作起来。奚有英虽然出落得标致，但总归有这怪病的阴影，所以婚嫁之事也并不如意。

奚先生也不是木讷人，他见“小无锡”总是往自己家里跑，也知道这孩子的心思。他知道这个瘦弱的江南人有学问而且重情义，可也知道他是个战士，而且越是看到他好，更舍不得把这孩子往“火坑”里推。最关键的是，按理说这“小无锡”也算是个“江南才子”，可奚有英偏偏就对他不太中意。她却反而觉得库长天这个不识字人不错，因为当初和他唱歌时见过面有眼缘。“小无锡”就不服气：他唱的什么歌？那是我写的。奚有英就说他这南方人太瘦弱，属于“二条个子”，以后做不了什么事情，就知道酸文假醋，还是库长天这样的黑皮大个子好——大个子门前站，不做事情也好看。这就让“小无锡”很难过，但是他也不恨谁，因为库长天对奚有英并没有什么想法。

库长天知道自己的家底子，这样美若天仙的女子，他哪里有这样的福气？不要说她现在这个样子，就是真的将来有病了，他也觉得自己配不上这样的姑娘。库长天对于“小无锡”的想法，他个人没有任何感觉，对于奚有英时而说两句什么，他也装糊涂。有时候，他还刻意回避奚家人——他觉得穷人更需要克制。

奚有英也有自己的办法，她照样客气地对待小无锡，可说了一句“聪明话”:“你既然已经与我父亲称兄道弟，一切就要讲个‘体统’了。”小无锡真是恨自己喝了两口黄汤就瞎认兄弟。人家现在当真了，生生地把自己喜欢的姑娘因“辈分”问题给弄丢了。

当然，这也不过是奚有英的借口。

这一年底，“小无锡”就退伍回江南去了。走之前他们喝了很多酒，灌得酩酊大醉后号啕大哭。他们知道这个江南人的性情，喝完了酒一路唱着他自己编的那《哪儿来的锣鼓声》，离别了这几年岁月。他走的时候拿纸给厍长天留了一个地址，也把厍长天告知的南角墩写在自己的笔记本上。厍长天又请“小无锡”把南角墩的地址写在纸上留在自己兜里。他觉得这些不认识的字很是神奇，能代表一个人的家，而且好像永远不会丢失一样。

于是，几年光阴就成为纸上的一行字，兄弟们就这么天南海北分开了。

厍长天其实本也想复原回去。可是想想南角墩艰难的日子，再想到兵营里生活虽然清苦，但至少是饱暖无忧的。所以，他打算再拖一年，想想弟弟妹妹都也成家了，自己长子一无所有，好像回去也有些难为情。眼看着三五年后可以转志愿兵，也许以后可以在部队一直干下去。现在他虽然还是个“萝卜干子兵”，但毕竟是老兵了，在那些新兵蛋子面前也颇有资历了。与他同期的还有“栗枣脏”已经做了班长——现在只有厍长天敢喊这个名字，新兵哪里敢和他们这些老兵“造次”。“栗枣脏”有些文墨水平，看来是有抱负想在军营里待下去的，这也算是一个“好前程”。这本也不关库长天什么事情，他没有什么抱负，就想在这里多过几天安心的日子。

可事情并不能让库长天安心，这“栗枣脏”也打起奚有英的主意。这一点奚老先生首先就不高兴，大概从第一次见这个人的时候，奚先生从他闪烁的目光里就看出来不安。后来也有人说，当时写库长天举报信的正是这个说话嘴里“像是衔着一只死老鼠”的人。可既然没有经过证实，库长天想想事情既然已经过去了，一切也就算了。可是，他打起了奚有英的主意，这让库长天很有些不自在，尤其是奚先生表现出不满态度之后。“栗枣脏”带点什么东西跑到奚家去，奚先生忙着开药方不理他。库长天正好见到他在这晃悠，看见先生脸色不好，便责问那“栗枣脏”：“你有事没事总到这里来干什么?”本来遭到白眼心里就不爽，想想自己现在又有个班长的“帽子”，他有些不服气地问库长天：“这不是你的家，你又不是我的上级，管得着吗?”

人的脾性是会隐藏的，但是改不了。

库长天几乎是不假思索地拎起来手边的凳子，举过头顶想也不想就朝那“栗枣脏”砸过去。这人也知道要命，赶紧抱头逃窜躲过了这皮肉之苦。库长天像是踢皮球一样，一脚将他掉在地上的什么礼物踢出去，不偏不倚正好砸在他的裤裆处。他一下子捂住自己的裆下，虽然力量不是很大，但旁人围观的尴尬让他抬不起头来。

从此，库长天似乎就又暴露出原来的脾性——在南角墩里伸手就打高来财的情形又回来了。事后其实他很有些后悔，但他知道这是改不掉的，也不会去给这种人低头认错。他想着，到了年底他还是要离开部队，复原到地方不管分配个什么工作都好。他对于奚有英的态度也很微妙，一来是自卑，二来是他有自己的打算：他清楚南角墩的家是个什么样子，所以他逼着自己佯装不懂。

奚有英有一次恨恨地说："你就是怕我害病连累了你，那我索性就一辈子不再结婚。"这是她的气话，而厍长天听了之后真就很少来奚家。

他劝自己，这个地方本就和自己没有什么关系。

无事便要生非。周日下午空闲，他喊了几个新兵下山去。他知道有个地方鱼多，想弄几条回来饱饱口福。厍长天虽然没有一官半职，但新兵们就喜欢这个大嗓门的老兵。他不装佯吓唬人，也不说假话——他说真话难听，但大家听得出好坏。他带着几个人下山到一处水塘里抓鱼。他知道这鱼是野鱼，但不知道这塘口是村里的，更想不到有人来抓他们，理由竟然是"偷老百姓的鱼"。他觉得好像形势突然严峻起来，怎么下河摸两条鱼也像是犯了大罪一样的？"栗枣脏"一本正经地开了反思教育会议，让他们一个个地细数自己的"罪过"。厍长天虽然听说了一些形势，但不知道"摸了两条鱼"也成了"罪"，而且是反革命一样的。他心里有些不服气，真想站起来把这"栗枣脏"修理一顿。但他知道还有几个新兵和自己去的，不能让他们受连累，所以也就忍了下去。

这个反思教育会，七个人开了七个小时，后来让厍长天他们签字的材料写了七张纸。厍长天只会写自己的名字，其他写了什么内容他也看不懂。他觉得这天反不了。

可这回厍长天想错了，这事情还就真的闹大了。这七张纸里面不仅有"偷鱼"的事情，竟然还有关于他曾经下山喝酒，打架等事情的“如实报告”。情况是“如实”的，“栗枣脏”也是“秉持公心”“如实”说的，这事情就“要命”了。有些事现实里做了，嘴上说说也可以一笑了之，但落在纸上放在桌上那就必须板起面孔来。单单一条“不拿群众一针一线”，就足以证明库长天这名老兵的“问题重大”了。库长天扯着嗓子和“栗枣脏”在营房里吵，拿起那已经摔过一次的瓷碗要砸他的头，被战友们拦了下来。这个搪瓷碗被称为“镇班之宝”——它的编号本来是00258，上次被库长天摔的时候巧得很，“8”中间的一横被摔掉了，好好一个数字被摔成了“250”，大家就拿这个作为他另一个代号。那次也是被人写信“举报”，事情过去之后，他看这个搪瓷碗自己也觉得好玩，就一直用着似乎已经很有感情了。有时候他还摸一摸那块像伤疤的缺口，又像是一枚有些尴尬的军功章。

现在他又拿起来这代号“250”的碗要砸人脑袋。他那一瞬间明白了，此处一定是留不下他了。

经过组织的“慎重考虑”，他等来了自己预见的结果：提前退伍复原。考虑到他的实际情况，部队还是给开了介绍信安排工作，也算是给库长天一个安慰。现在，他已经无话可说了，带着当年“小无锡”给他在本上写的地址下山去。他想走之前给这位江南人寄两瓶老酒。他觉得这几年在军营的生活，大概只有这个已经退伍的兄弟值得他去记住。

他当然还要去和奚先生父女告别。一些天没有去看奚先生，他竟然生病卧床，药房的生意也停了下来。一个医生最终自己也要面对生老病死的问题，因为所有时间总是会疲惫的。奚先生面容清癯，气力虚弱坐在床上翻着医书。库长天手里拿着“小无锡”留下的地址——他本是要请奚先生帮他写一下寄信的地址，或者还给他写几句话的。现在，他开不了口，只和他说："奚先生，我在这个桃源镇上认识你也已经几年了，现在我要复原回家了，他们说我犯了错，我自认为并不是什么罪大恶极的事情。"

奚先生看看他，知道这个年轻人虽然莽直，但还是个淳朴的孩子。他摇摇头对库长天说："眼下的世界有些糟糕，有些人最是喜欢在斗争中达到自己的目的。这一点你不了解，也不是有拳头和嗓门就有用的。"库长天知道，自己的缺点也正是嗓门大和拳头快，但这个时候说也无济于事了。他将自己手里写有地址的本子给奚先生看，本是想告诉他自己的老家所在，也是想请奚先生帮他写下桃源镇的地址。他不会写字，害怕人一走把这地方也忘记了，写在本子上心里踏实。

奚先生看小字有些吃力，凑近了一看脸上一惊。他瘦弱的脸角抽动着，问了一句："你是下河县人？"库长天被这一问有些意外，这才想起原来他们只知道自己是哪个省的，几年来也没有提过老家究竟在哪里。不过，他也有些疑惑，为什么奚先生对于自己是下河县人那般惊讶呢？奚先生脸上带着阴云却欲言又止。库长天就问："先生您去过下河县，还是有认识的人？"奚先生叹了一口气说："都是旧事情，还是烂在肚子里好了，现在的光景一句话也能要人命哪……"

奚有英走了进来，她已经是二十几岁的姑娘了。听说库长天要走了，她问："你的家在哪里的？"库长天好像对自己的老家难以启齿，指着纸上的地址说："这里，下河县。"

奚有英叹了一口气，没有再说一个字。

走的那天库长天本还想去看看奚先生，但好像心里很不是滋味，又似乎有些愧疚的感觉。于是他便摸黑坐上了去省城转回老家的车子。转了两天车子之后，他就拎着背包站到了南角墩村口。快五年了，村子并没有什么变化，依旧是那副落魄的样子。这一点和库长天自己也有点像。五年的光阴，他只有背包里薄薄的一点行李，还有脑子里那些也许再也见不到的人。

他站到门口的时候，母亲小兰花正在屋里扫地。她在屋子里对库长天的妹妹说："今天一早上喜鹊就在门口叫，'喜鹊叫，亲戚到；喜鹊喊，到门槛'，你出去看看!"妹妹走到门口看见库长天，好像还有些不敢相信，立马又反应过来喊道："大哥哥回来了，大哥哥回来了!"小兰花扔下扫帚跑了出来，看见库长天站在门口，竟然哇的一声哭出来。她拉着他的膀子问："乖乖，你怎么回来的?"

库长天退伍回来了，这在南角墩当然是一件不小的事情。一个村子看起来多一个人或者少一个人是没有什么了不起的事情，但真正人走了大家还是要好好说一阵子的。当然一个人回来了，也要说一阵子。除此之外，种地的人还有什么值得说的呢?先是问库长天"外面"的各样事情，然后是告诉他南角墩的各种变化。南角墩看起来没有什么变化，就像是一个人的衣服依然破旧，但面容已经憔悴。村落在人老去和新生的交替中发生着变化——比如高玉宽终于在这五年内结婚了，而且还生了个儿子。他最终也没有能如愿和王兰英结婚；王兰英真的嫁给了那个不像样的男人四喜子，一直也没有个孩子，真是可惜了这个脸盘好的女人。其实库长天并不关心高来财家事情，但他回来要去村里盖章办一个手续，也就顺便知道了这些消息。据说现在高来财人也变好了，特别是高玉宽结婚之后，老子知道为子孙"壅根"，对人虽不至于奉承但到底客气了些。另外一个重要的原因是他知道自己老了，想着要自己的儿子来“接班”，所以就是见到恶狗也是要客气几分的。

不过，库长天也并不因此对他有什么特别的好感——库家和高家，反正永远是“桥归桥，路归路”的。

高来喜是第一个来看库长天的。他那手上的棍子摩挲得更加光亮了。库长天站在这个老人味更重的人面前，心里很不是滋味。在部队的时候，库长天心里想过：依自己走时高来喜的状况来看，也许他已经“翘辫子”了。他并不是诅咒高来喜，他记得高来喜与父亲在世时的关系。

现在库长天回来，是要面对很多问题的——首先是他连个住的地方都没有。四间已经破旧的屋子，一间四弟住着，一间是小妹和母亲住着，一间堂屋吃饭，一间厨房里堆满了杂物。库长天把厨房顺了顺，在满是油烟的屋子里加了一张床。他感觉这几年在外好像一无所获，回来仍要面对难堪的状况。好在四弟安慰他说：“我大哥哥有工作呢，日后在城里肯定是要分房子的。”

四弟这话算是自豪，也是安慰，实际上也有些特别的意思。他已经不是个孩子了，他这句话的言外之意是：大哥哥是不会和他们来分这几间破房子的。也许在弟弟看来，心里早就已经打算好了：妹妹出门之后，这几间屋子就是他自己的了。库长天心里有些不痛快，但既然是自己的弟弟，只当他是不懂事。他也清楚：房子确实是个大问题。

眼下他要去城里办自己工作的事情，复原分配的单位在县里国营的酒厂，就是生产“粮食白”酒的厂，这一点还是令人羡慕的。去县里面办手续，最后还要村里在一个表格上盖个章，这样他就将是国营厂的工人了。

这件事在库家，也算是“坟丘山长起灵芝草——出奇的事情”。

但是，更出奇的事情来了，这事情几乎要把库长天逼上绝路。他拿着报到信要回村里来盖最后一个章，证明他“政治思想”合格。到村部里找高来财说不在，库长天有点着急，其实他就只要盖个红章。大队部的人说:“村里的章都在支书的身上带着，他不同意的事情，有章也盖不了。”一个来办事的队长洪三宝不经意地飘了一句:“找支书到大队里难找，他都在生产队忙，生产队妇女工作多。”这话一说在场的其他人脸上都表情奇怪，有人突然板着脸说:“整天就是嚼蛆，也不怕舌头闪了!”他们这种漫不经心的样子让库长天心里很不是滋味，他本来就和自己老子一样，怕来这干部蹲的地方见这些当官的人。当然，这也并不是什么正式的衙门，这些泥腿子也不是什么高级干部。库长天就是怕见这些人，他觉得自己和这些人是不一样的。现在为了盖个章——他觉得本应是一件简单的事情，却让他们闹得非常为难，好像故意跟他绕圈子一样。

晚上库长天无奈又去高来财家里去找。小兰花让他在村里的小店买两盒烟带着，库长天嘴上答应但并没有买。他觉得这是“公事公办”的事情，为什么要给买两盒烟呢？说到底也不是小气，他就打心眼里不想买。到了高来财家，老支书喝得醉醺醺在和孙子玩，头都不抬一下。库长天的嘴就像胶水粘起来一样张不开，好不容易挤出一句:“高支书，请你帮我盖个章!”高来财微微抬了一下头，那脸上的皱纹间满是油腻和狡猾，哼了一句:“这是什么时间？明天去大队部办，章在我的办公室里。”

库长天见他爱理不理，也只得无奈地转身出去。他觉得自己有点负气，他明明听说公章高来财是“扤在裤带上”带着的。如果再说两句好话，也许事情就很简单了。可他此刻就是有点倔强地想转身就走。他不想求人，至少说他不想求这种人。走出来心里其实也挺后悔，舌头打个软的事情，为什么就这么难？

夜里在床上翻来覆去睡不着，厨房里的烟火熏得被褥很腻味，鼻息间从来没有清爽过。他现在就等着离开这里，据说酒厂里是有单身汉宿舍的，哪怕只是城里“鸽子笼”的房子，一切总是要比这里好。黑夜里他想着过去二十年里所有经历，都像这乌漆墨黑的夜一样看不到一点光亮。

睡着之前他想，如果明天高来财依然不给自己盖章，还是过去的老办法：薅住袄领，打他的嘴巴子。

第二天他又拿着那张已经揉得皱巴巴的表格去村部。高来财还是不在，依旧是那几位磨洋工的干部，有一言没一语地告诉他：这事还是要去找高来财。他出了大队部的门又往高来财家去。半路上快走到高玉娟家门口的时候，看见几个人围着闹哄哄的。这是上早工的时间，人们大多数应在地里干活的，麦地里最后一次“追肥清墒”的事情还很忙，大集体的生活是“混得离不得”的。那几个人是村里的“好佬”，虽是后来其他村并到南角墩来的，但“四大天王”的名字他是知道的，而且之前大呆子和他还玩得很投机。这四个人分别是：大呆子、二歪子、三叶子、四喜子。

这几个人不上工围在高玉娟家门口做什么？高玉娟大他们几岁，这女人是个有名的“偷人精”，男人是个二百五被蒙在鼓里。靠着她的“努力”日子过得很不错。人们背后都说她“两腿一叉，一块到家。五角买菜，五角零花”，“羡慕”她有“本事”；

也有人骂她品德不好，却又有人说这是骂人的人不懂事，“皮不破，肉不绽，起来照样吃两碗饭”。据说高玉娟的“孤佬”也就是姘头很多，就连高来财也常去敲门——这话说起来人们就骂高来财是“畜兽”，按辈分他是高玉娟的叔叔——但奈何据高来财“鸡巴一硬，六亲不认”，还真就有这么个事情。

库长天好像忘记了自己的正事，也隐约感觉到这事情不简单，便跨了两大步走上去，望望这几个人围着高玉娟家的门干什么。院子门开着，里面的门关着，三叶子拾起砖头抓在手上，大呆子拿过来往院子里砸——三叶子这是典型的“拾砖头给别人砸”，砸得狗拼命地叫唤起来。过一阵子，高玉娟开了门出来骂道:“你们这些短命的畜生，不上工去跟狗闹什么?”几个人一言不发冲进屋子里去，那高玉娟吓得哭了起来。但当他们把高来财从屋子里拖出来的时候，高玉娟的哭声又戛然而止。

高来财恼羞成怒，这几个人都是他的后生，这种闹法太过无理了。他看四喜子瘦弱一些，伸手想去擢他脑门，被大呆子飞起一脚踹倒在地上。库长天看得十分快活，可心里却也纳闷：他们四个哪里来的胆子和高来财这么干？高来财大概也被弄蒙了，一只手撑着想爬起来，重心不稳又跌了回去，只听啪的一声响，高来财说了一句:“不好!”那几个人以为是他骨头断了转身就跑。库长天站在门口望着狼狈不堪的高来财不知所措。高来财在腰间摸索了一会儿，掏出那公章来——它被压断成了两半。

恼羞成怒的高来财看见库长天杵在门口，骂了起来:“看你妈的什么东西，章断了，你眼睛瞎了吗？你不要想盖章!”按理说库长天这时候也应该火冒三丈，可他却突然感觉心里很快活，好像盖章的事情不重要了，他竟然转身跑开了。

“四大天王”捉奸的事情传遍了村子，也没有谁去追究这几个人。其实他们也并不是无缘无故去堵门，是村里一个人玩鬼出的“伸张正义”的“好点子”。这出点子的人就是那个生产队长洪三宝。他和高玉娟也是有一腿的，后来知道高来财也来骑这婆娘，心里就很不高兴，就暗暗地撺掇这几个年轻人去“捉奸”，条件是给他们弄顿猪头肉吃吃。村子里有个小商店，算是“国营企业”。站店的是个头发发黄的人，人们就叫他“黄猫”。他站店之余做猪头肉，也只有高来财这些“干部”有钱偷偷地吃。所以，洪三宝提出这么诱人的条件，还加上两瓶“粮食白”酒，便才有了这次捉奸的壮举。他们几个也恨这高来财睡自己的侄女儿，生产队里其实都知道这事情，但也没有人去拦，就由着他们闹腾。大家也想看看笑话，不然这苦日子真是太难熬了。

洪三宝目的达到了，说话倒也算数，猪头肉和酒拎来了。他们几个又不敢在家里吃，便一起拎到高来喜家去。高来喜是个光棍，又几乎是个瞎子，他们就说是给他带块肉吃，一个老头也没有什么好顾忌的。高来喜还给这几个后生烧了一锅咸菜蛋汤。这是南角墩的“名菜”，发酸的咸菜洗一下做蛋花汤，是菜也是汤，对于高来喜这个光棍汉来说是上好的菜了，入了冬没有青菜了他每天都这么吃。因为当时库长天也在现场，他们又叫他一起来——实际上他不大愿意来高来喜家。这屋子里到处都是老人味，他也不想看到高来喜那种孤苦的样子。

说到底，他是怕高来喜死了自己要在灵前磕头——当然他迟早是要死的。所以库长天想到这事情心里就别扭。因为村里已经有人议论过，当年库万年抱着儿子在高来寿的灵前磕过头，日后就不能做库家的长子了。这事情是他心里的疙瘩。几个年轻的后生，除了库长天喝过酒之外，也还没有正式尝过，但也都像模像样地坐下来。二歪子又站起来确认了一下那门是关好的，几个人就将那两瓶酒分别倒在了五个碗里。就这一菜一汤，也是从来没有过的奢侈，几个后生喝起酒来。库长天是在部队里喝过辣酒“老明光”的人，心里毫无畏惧可言。“四大天王”看这碗里清水一样的液体，心里都打着鼓但嘴硬都不说。

天下没有学不会的事情，一口酒下肚也就会了。

寡酒菜少，声音却慢慢地大起来，最后便分那“闻起来臭吃起来香”的咸菜蛋汤，倒完了才发现汤碗里有一块“好菜”——眼睛看不见的高来喜把一块当抹布用的“丝瓜络”弄掉进了碗里。库长天拿筷子夹起来扔在了地上，几个青年闷下头去呼啦啦喝了那汤水，扔下碗开门散到了黑夜里去。库长天留下来将高来喜桌上那几个油晃晃的碗收拾了，高来喜摸摸自己的嘴，把手在身上揩了揩叹了口气说:“你们这些麻木虫子，和我们少年时是一样的。”

当然是一样的，南角墩从来没有改变过。

库长天准备走的时候，高来喜摸进里屋去，拿出那个已经摸得发黑的手绢。这个他用来包钱的手绢从来就没有洗过，那里面的钱是高来喜用烧窑时几乎被熏瞎的眼睛换来的。他现在把这钱拿出来，是不是又要让库长天在里面拿一张？库长天心里有些害怕，几乎想要逃跑。高来喜拉着他按在凳子上坐下来，那满是疙瘩的凳子冰凉刺骨。高来喜黯然地说:“这里的钱，我用不上了，当初你去当兵我给高来财送过几张票子——但他是喂不饱的狗，我现在告诉你这些不是要和你‘效情’，我把这些钱都给你，这几间破屋以后也是你的，只要我死的时候你磕个头!”

库长天心里非常抵触，但他没有想到高来喜当初竟然为自己当兵的事情给高来财送过钱。他知道高来喜不会说假话，但也清楚他的目的。库长天站起来说:“你对我们家里的好，我们都记得，你放心，放心!”高来喜知道库长天现在长大了，不再是那个当年弄块糖就能在裤裆里摸一下“小麻雀”，再放在嘴上抹一下的孩子了。老人扶着桌子佝偻着身体说:“你把这钱收下！难不成还要我这老不死的跪下吗？我的身体自己知道，熬不过这个寒里了，我就是熬着日子等你回来再死的!”

高来喜这些话说得伤情，也让人心里不是滋味。他把那手帕塞在库长天的口袋里，推着他出门去。外面的新月冰凉地照在已经熟睡的村落里。这样的月光和南角墩的穷困与无奈一样，亘古不变地笼罩着这片清冷的土地。

高来财裤腰带上挂着的章断了要去重新刻，要乡里开证明到县里的刻字社，这不是一天两天的事情。库长天央求他给盖一下，断了的章又不是碎了，照样是可以哈口气盖上的。人家酒厂等着回复的表格，哪里问你的章是坏了之后盖上的？但高来财就是不给盖，说破了的章已经交上去更换去了，库长天知道这就是高来财在故意为难自己。他在库长天他们面前丢了脸，现在就要为难他“找补”回来。库长天好像失去了那天晚上想着要扇他耳光的信心，却想着耐耐性子再等几天，单看他能搞出什么花样来——他也明白眼前的形势，人们好像总是在想着办法给生活找茬子。一会儿喊这个“口号”，一会儿那个要“打倒”，这些形势他在部队是了解一些的，只是想不到回到这种死田的村庄，竟然也是一样的。现在高来财丢了脸，他一定也是憋着一口气要出一出——库长天自己也没有想到，现在也想着低头了。好在酒厂里告诉他年后才正式上班，这手续办好了还要等公家的安排。

但是高来喜不等了，他说死就死了。

腊月二十四早上，人家忙着放炮仗，高来喜却一大早默默地咽了气。小兰花让库长天去给他送几块“年烧饼”——这是用糯米面做的烧饼。过年的时候才舍得做来敬菩萨的，当然最终还是给人果腹，这好日子是沾了菩萨光的。库长天去敲门，门虚掩着没有声音，他便推开来，后面抵着的板凳腿在地上发出刺耳的声音。冰凉的屋子里什么动静也没有，厨房里一锅冷水漂着黑黢黢的“锅蚂蚁”。他转身又到里屋去看，高来喜已经硬邦邦地躺在床上。库长天吓得拔腿就跑，一路喊着:“高来喜死了，高来喜死了!”除了库万年的死，他这是又一次看见一个人死在自己面前——高来寿死的时候他还什么都不懂得。

腊月二十四是老年根，是老皇历上的黄道吉日。平素人家结婚都不用看皇历，这一天就是约定俗成的好日子。高来喜这个人一生吊儿郎当的，竟然死的时候选这么个好日子，他这一辈子滑稽到家了。人们丝毫没有叹息他的死去，都忙着帮这“五保户”打理后事。村里死了人，又是五保户，高来财自然要到现场来。他命人把人抬出来，翻箱倒柜一阵找——高来喜没有留下一分钱。高支书皱着眉头说:“这老东西，死了还给大队留个负担，按理说他应该有几文积蓄的!”村里喊了吹鼓手，库长天帮着打理杂事，那“四大天王”的青年人倒也热心，全都跑过来帮忙。

无儿无女的高来喜躺在屋子里的门板上，没有人给他披麻戴孝。高来喜走的时候满脸恐怖——大概是这日子过够了，还担心死后没有人在灵前磕头。人们议论着这个死人的脸色，最后用“毛昌纸”盖上了他的一生未能解决的恐惧。这张纸就成了天人永隔的道具。

高家的族长拉头，买了白布回来。同辈和子侄们只简单扎一条细长的孝布，叫作“孝条子”。这不是儿女披的重孝，是“庄邻”的一般礼节，来磕头的人都要领一根，这也算是有个交代了。大家“吊纸”之外还出点礼钱，正好可以办几桌酒，出殡前后按例都要吃一顿。出殡前一天晚上，许多礼数也都省了，但大家还是一起跪下来磕头。第一个磕头的当该是“孝子”，库长天最害怕的时刻到来了。小兰花面无表情地说:“人死为大，他受得起你磕的头!”人们都说小兰花到底是讲理，一般人做不到这一点，哪里能让长子给人家当孝子磕头的?库长天磕过头起来，大家都磕头作揖。磕完头要“升高”，在灵床下垫上一块砖头，还要揭开死人脸上的“毛昌纸”，用一块湿布给洗个脸。族长将湿布递给库万年，这年轻人满是恐惧不安，只在死者僵硬的脸上象征性地碰了一下。族长知道这事情为难，喊了一声:“好了!”那纸又盖上去，这有些恐怖的仪式就算完成了。临了大呆子说了一句:“这高来喜在世的时候说过，他死了让库长天磕个头，这‘破屋倒三间’的房子就留给他!”高来财看着大呆子当着人面说这话，脸黑下来说:“你懂个屁，五保户有五保户的政策，轮不到你这边‘插嘴撩舌’!”大呆子听这话马上血气涌上来，瞪着眼睛说:“做人要讲理，不然就是畜生，畜生才做六亲不认的事情!”

大家都知道大呆子这话“不呆”，是话中带刺的。但人死在铺上，不是拌嘴的时候，便骂着把这“呆货”拉走了。库长天没有想要高来喜的房子，但他明白高来财是心怀鬼胎的。四喜子在人手忙得混乱的时候，丢了一句话给他:“不要怕，死者生前有过交代，房子没有脚，跑不掉的!”

出殡回来，高来喜的骨灰盒埋在了地里。虽然连碑都没有，但也如他生前所愿，窨在了草荡圩的高地上。他和库万年、高来寿作伴去了——就这十来年，草荡圩的野草丛中，坟滩一个个地多起来。送葬的人回来跨过火盆，去了“孝条子”，还要吃一顿才散伙。人们来吊丧的钱加上大队里对五保户的安排，正好够死人的后事和活人们的酒食。库长天把高来喜生前塞给自己的钱，拿出一半买了一些“粮食白”放上桌子。高来喜虽然不是天寿，但到底也活了近七十年，人们都说他死得“够本了”。

这碗酒倒下来，大家就知道不好喝。不好喝不是说酒不好，也不是计较菜不好，大家都知道这话不好说。高来喜躺进坟滩去做鬼了，可是留下这么多活人心里还有鬼。库长天把高来喜给他的钱拿出一半来买酒，也不是为了这房子。他是觉得这钱有千斤重，花了心里才安生。他也不好说这钱是高来喜给他的，怕人说他是在死鬼生前骗来的，就暗地里把这钱贴到大账里去。族长也不多说什么，知道这简单的一笔账里面的“不简单”。

二两酒下肚，憋着的话就像肚子里的屁到底忍不住了。大呆子是个“直大炮”，虽然已经讲他没有资格说话了，但还是拍了拍桌子对族长说:“今天不要请不要约，大家人都在，死人已经入了烂泥，活人就把事情说清楚了。高来喜死之前就说过，这三间破屋子留给库长天，我看今天也就说好了，不要再日后‘棺材里打锣——闹鬼了’。”这话一说，高来财立马站起来说:“你这是‘扫帚打跟头——成精作怪’，高来喜是五保户，村里给了钱送了他，酒席是‘吊纸’的份子钱。他送葬火化的钱都是村里的，一共二十五块钱，这个钱是集体出的，那么这屋子就应该拆了算钱，余多是少集体入账!”

高来财自然是早就盘算好的，他说的这二十五块钱也不是假话，而这笔钱对谁也不是小数目。这话说出来大家都哑口无言了。他指着大呆子说："高来喜送葬火化的钱谁出，这屋子就给谁——库长天磕了头也做不了这个孝子！"大家都议论纷纷，毕竟集体是出了钱的，这是看不得库长天占这个房子的人的想法；也有人说这屋子顶上都看见天了，既然死者也说了留给库长天，那也算是遂了死人的心愿，毕竟人家是磕了头的——你高来财也没有说让自己儿子来磕个头，日后你也是要死的，做这种事情干什么？

库长天真是不想要这个房子，但他这时候心里又觉得不服气。高来喜给他的钱剩下一半还揣在口袋里，他本也没有想昧起来，想着日后可以给几个老弟兄立个像样的碑。话赶话到了这个份上，他摸出那脏兮兮的手帕包着的钱掼在桌上，推了推酒碗说："这钱我出，我本没有想要这三间'牢房'，但既然非要闹成这样，那我们就现一现人心如何？"

高来财看库长天推酒碗，心里一惊——生怕这夯货拿碗砸自己，就是泼过来也是难堪的，过去他是吃过库长天苦头的。他转身一退，正好坐在边上的儿子高玉宽站起来，头一下子顶到了高来财的鼻子，一下子撞出血来。大家赶紧扶着仰起头的高来财，不知道是谁一把拿过那脏手帕给他那鼻孔堵上，高来财也顾不了许多了。高玉宽也是个急脾气，看老子弄得这么狼狈非但没有不安，却撂出一句："你这眼睛是箍上天去了！"这是句骂人的话，"箍箍摸摸"的愣头青总是眼睛"箍上天"。但高玉宽这么说自己的老子，大家也不惊讶。高家的门风如此，这个"晚儿子"从小就有打他"野老子"的壮举。只不过这些年岁数大了，又娶了婆娘，有了个名叫高求的儿子，手也不那么快了，不过嘴上从来也没有客气过。高玉宽大库长天十来岁，结婚的时候都三十大几岁，也是村里的奇葩。大家平素也不理他，一是这野小子虽然读过书但是蛮横，二来听说他将来也要当村长的，现在当了小队长已经算“走上政界了”，没有人愿意得罪他。

这一闹好像气氛倒是缓和了一点。四喜子看高来财弄出了“血光之灾”来，不紧不慢地从口袋里掏出一张香烟壳子里的锡箔纸，放在族长面前。族长认识字，念出那上面歪歪扭扭的两行字：我死后房子和里面的东西留给库长天，只要他给我灵前磕个头。那字上还有红色的指纹，鲜红得就像是高来财流出来的鼻血。这一下大家的话锋就都转过来，起哄似的说：“既然高来喜留话，就当按他的意思办！库长天也拿出钱来了，这房子不给他说不出道理来。”

高来财想过来拿那纸头看看，四喜子唯恐他撕了证据，一下子抢了过去叠起来握在手心说：“这是留给库长天的遗嘱，你碰不得！”高来财翻着眼睛说：“你们一帮子就帮着外人闹，迟早这南角墩要给你们闹散了！”说罢他就扔了那满是血污的破手帕，转身气呼呼地走了。一起来吃“回丧饭”的薛大姐在后面大声喊：“你跑什么？吃完饭再走，难不成还真怕他们？”

高来财头也没有回，骂了自己婆娘一句：“你抽什么冤？一辈子没有吃过斋饭么？”高来财一家都悻悻离开这几桌寡酒薄菜的“回丧饭”，大家心里却似乎特别满意，忘记了高来喜才死的事一样，过年了一般继续喝酒。那桌上的菜吃得精光，瓶子里的“粮食白”也都喝完了，喝得“四大天王”跟那腿子不稳的长板凳一样，倒下来进了桌肚。

南角墩人说酒喝多了，便说是“钻桌肚”。

高来喜屋子里残余的酒水味道几天就散去了。那破屋子被库长天一把铁锁关上，就像是眼下到来的春节，关上了一年的大门。

库长天没有搬进高来喜的屋子，尽管人们都已经承认：这三间房子是高来喜给这个外来户最后的交代。

第五章　跳　脚

春节就像手里的一把葵花籽，一会就剥完了。

正月里阴雨起来，正是“穷人怕个正二月”的时候。五马日过后，库长天又拿着那张纸去盖章。这回小兰花也跟着去，她在出门之前撕了一角红纸包了五毛钱的封子攥在手里。五毛钱对于小兰花来说是一笔不小的数目，其时的猪肉才一毛七一斤。

进了高来财家的院子，地上到处是放过的炮仗，斗香烧了一半正是火旺的时候。清晨的阴冷被这草木燃烧的气息濡染了，到底让人感觉非常舒适。小兰花心里想，人家到底过的好日子，心里总是舒坦的。自己家饭还没有吃得饱，哪里还顾得上菩萨的供奉——日后一定也要过上这样的日子。高玉宽的婆娘抱着孙子出来，小兰花连连说着“恭喜恭喜”的话，将那红封子塞到了孩子的“裹被”子里，那张幼稚的小脸什么也不懂。高玉宽的婆娘连忙说不要，但被小兰花一把捺住说：“这是给孩子的，不要嫌少！”

大过年的也不说难过的话，薛大姐也知道这娘儿俩来所为何事。那高来财刚刚咬了一口包子，嘴里塞得油水直滴说：“还是明天去村部盖章，我要和支委们商量一下，对你来说是大事，对我们来说也不是小事，政治鉴定日后是要负责任的！”高来财这话说得一点也没有问题，可厍长天知道他这是有意为难，又忍不住他的脾气说:“你到底什么意思，你那‘萝卜头’的章到底有多难盖?”这话一说就像是炮仗遇见了火星，立刻就炸起来。高来财一拍桌子说:“你算个什么东西，当了几年兵据说也不是正经退伍回来的，站在我家里蛮横什么?”他说得声音太大太急，可怜嘴里的食物一下噎住了，一阵猛烈的咳嗽好像要岔气一样。厍长天真想一脚踢过去，打他个满地找牙。这时候高玉宽从房里出来，喊了一声:“你们一早吵什么? 厍长天亏你还吃过几年‘萝卜干饭’，回这南角墩来长本事了不是?”

厍长天真不是长本事了，他是要被逼疯了。

小兰花本来是想好好求求高来财的，想想眼前这一家人的德行，真是逼得人无路可走。她一把眼泪掉下来，跺着脚哭了起来说:“真是要逼死人了，就不能给点日子别人过吗?”哭着说着小兰花就瘫坐下去，厍长天将她扶起来往外拖，喊了一句:“姓高的我告诉你，你这个章不盖，就等着我一扁担和你同归于尽!”

小兰花哭声越来越大，整个村子都听得见她的哀鸣。但没有一个人出来劝一句，这大过年的人们都嫌不吉利。薛大姐关上门在院子里跺着脚骂道:“呸呸呸，晦气! 今天这门没有开好，一大早来个婆娘来在家里直跳脚，晦气，晦气!”高玉宽被这一闹满肚子的不快活，在家里也骂起来:“总是做这些‘绝八代’的事情干什么? 弄得家里鸡犬不宁!”高来财一听这话气得胡子翘起来说:“你这个‘孽畜’，你说谁是‘绝八代’?”高玉宽一瞪眼睛说:“说了又怎么了? 你就是坏事做多了，报应!”

高来财气得几乎要昏死过去，大过年的被晚辈骂这些话。高玉宽到高来财家的时候，已然是懂事的孩子了。他知道这不是自己家，虽然吃他用他的，但是心里一点也没有感激过。高来财做过的坏事他都晓得，他看不起这个人。要不是自己的母亲偏偏要在他家过日子，他断不会忍受这么些年。他读了书之后好像懂得更多的“道理”，就更看不起这高来财。但高玉宽也并非善类，他比高来财的“下三烂”的手段要更多，且还是那种看不出来的“闷坏”。他看不起高来财，恨不得他早点死。所以就给尽他气受，这让人们又似乎很满意他的“忤逆”——人们拿他高来财没有办法的事情，都在他“晚儿子”身上看到了报应。每每谈完这些让人心里快活的事情，人们总是会以这样的话来总结：阿弥陀佛，阿弥陀佛，菩萨的眼睛是雪亮的。当然，这些也只是人们有些无奈的自我安慰。

现在，库长天的事情又成了僵局。他真的回到家中找出来当年老子库万年用过的那根桑树扁担，要和这高来财一家拼命。小兰花哭着哭着没有了力气，看见几个留在家中的子女，一口气叹得孩子们也都哭了起来：“我们怎么就这么苦呢？”

大概是听说了库长天要和高家拼命的话，高来财自己也怕起来，这事情到底不能再拖了。他通知支委还有各生产队长一起下午就去大队部开“扩大会议”来“研究研究”。大家都有些不耐烦，本来是春节在家“看看小牌”的时候，有什么必要开这个会？库长天的事情本就是举手之劳的顺水人情。库家日子困难，有机会去国营厂上班，日后就是带两瓶酒回来喝喝也是好的。即便是不白白带酒，托他买两瓶好的也是方便的，这种事情有什么好“研究”的？所以刚坐下来讨论，大家就都说：“这是好事，库家人一辈子都是穷苦出身，哪里有什么政治问题？说句难听的话，他也不配政治上有什么问题！”这么一说，高来财想想也没有办法再推托了，让大家在会议记录上签字，便让人去通知库长天来盖章后散会。

从大队部到库长天家也就四里路。但这大白天的，四里路上就出了鬼。来人去找库长天不在家，小兰花听说大队部同意了赶紧去找人。哪知道不多一会村子里就闹起来，几个人在高玉娟家将库长天“押”了出来，说他想去强奸妇女给拖到了大队部。开会的人本来等着库长天来盖章，哪知道竟然出了这样的闹剧。库长天被几个人扭着用绳子绑了起来，高玉娟的男人在后面拳打脚踢骂他是个强奸犯。高来财一帮人也被弄蒙了——这是闹的哪一出？高来财也不相信，库长天会摸到高玉娟的床边上去。可他男人一口咬定看见库长天进门去的。库长天承认自己进了高玉娟家的门，但至于强奸或者说偷人的事情他坚决否认，但她男人坚决要求把他“法办”。可捉奸要在床上，不能说进了家门就算偷人，大家都说这一定是误会。

高玉宽拿起刚才那开会签字的本子撕了个粉碎说:“这种下流人也配给他签字证明？必须去他家里深挖，抄他这个‘毒瘤’的老窝!”于是刚才几个捉奸的人又兴奋地冲到库长天家里去，一顿翻箱倒柜，最后找出来两样东西：一个是库长天退伍时带回来的一副望远镜，那是战友送给他的；一个是库万年当年留给他的一个铜板，也就是高来寿当年和高来财打赌用的铜板。

这些东西好像也并不是什么要紧的证据，和他意欲强奸高玉娟的事情也是不搭界的。但放到大队部的桌上，在这几个“浑身兴奋”的人来讲是“尖锐斗争”的“重要发现”：一是他偷了部队里的军事器械回来，二是他私藏了“四旧”。库长天气得往高玉宽脸上吐唾沫，他想不到这个野种比高来财还要恶毒。

高来财拿起这两样东西问他:“这些是你的?”

库长天不屑一顾地说:“望远镜是战友送的，这铜板是我老子留下的，这些算是什么罪证?”

高玉宽身边那几个人不依不饶地说:“什么叫作送的?分明就是偷来的，这就铁证!”高来财拿过来那铜板在手上颠了颠，突然恍然大悟，说了一句众人都不理解的话:“狗日的高来寿，到底是骗了老子，当年他就是用的这个铜板骗了我，把高来福的房子给库万年的。要不是今天查出来，我一辈子还蒙在鼓里!”大家被他说蒙了，听他一解释才知道，当年为了高来福的房子，高来财和高来寿打过赌。用的正是这个两面都一样的铜板，难怪扔了三次都是一个结果。他那时候酒喝多了以为是“天意”，才同意把房子给了库万年，原来这是个“骗局”。事情闹到这个地步，已经无法收场了，捆在库长天身上的绳子是解不下来了。几个人兴奋地押着库长天去乡里面“请功”去了，毕竟这是一次重要的“斗争”成果。

小兰花本是在家里烧好了饭等库长天回来，哪知道儿子已经被押送到乡里“办罪”去了，在家里跳着脚一阵蹦，哭得几乎昏死过去。老儿子见这情形气得掼了碗盏，骂道:“这日子真要逼死人，当个兵回来还闹出个罪来了。”

库长天在公社关了三天。如果说是有点好运气的话，审他的派出所所长和他一年兵，回来分配在派出所工作。不过也就是态度好一点，没有给他什么苦头吃，但亲口告诉他事情的结局：搜查的东西全部没收交公。他的工作因为“暂时查不清楚”的问题不再安排，就被“释放”回村里“反思”，继续去做他的农民。库长天从公社走回南角墩，这几日被折腾得筋疲力尽。他好像也想明白了：自己这样的家庭，是没有资格过好日子的，要是没有这个让人眼红的工作安排，恐怕也不会有这么多的波折。现在一切都没有了，他们还能拿自己有什么办法呢？

小兰花见库长天回来，一进门就给了一个重重的耳光。她从来没有动过孩子一根手指头，她也想不明白质问他："你是脑子被屎糊住了？怎么就进了那个荡妇的门里去？"库长天摇摇头说："我没有要去，是有人让我去的，我一进门就被他们按住了。"

小兰花愤恨地说了两个字："活该！"

库长天也觉得自己活该，一切都是活该。

他现在觉得没有脸蹲在家中，就把自己的东西卷上，到高来喜的房子里去住。这个光棍留下的几间破屋里，阴暗潮湿的恶味一点都没有散去。库长天也不再掩着鼻子了，他觉得这一切都是活该的。库长天进了高来喜的屋子，高来财也是知道的。他也没有去问什么，他觉得这件事情闹得让他很满意了。他逢人还会满心蹊跷地问："这小伙怎么想爬到高玉娟的床上去呢？"甚至他在和高玉娟苟合的时候都有这种冲动想问一句，只是那婆娘手段好弄得他来不及问。

在高来喜的屋子里住了三年，库长天用这些漫长的时间说服了自己做一个农民。他也觉得对不起母亲和村里人，觉得他在高玉娟家的那一步确实走得"活该"。现在不要说工作，这个退伍回来身高大个的人，想找个婆娘结婚都是困难的。小兰花大概没有想到，几个子女相继结婚了，竟然留下大儿子库长天成了"老大难"。"流氓"在南角墩是一个严重的问题，在那个年月也是个严重的问题。从库长天"出事"之后人们的反应，特别是高玉宽因为"揭发"其"恶劣行为"得到的"好处"来看，这确实是一个严重的问题。高玉宽“主动积极斗争”得到了嘉奖，让其成为“积极分子”，那些被“缴获”的证据成为他“进步”的实证。二年后，他由积极分子变为骨干，又因为文墨好得到了提拔。

现在库长天非常懊恼，时间长了人就会慢慢将并不是自己的错误，铁证如山地安插在自己身上，并认命地不再去怨恨别人。他一段时间也“积极要求进步”，在白天挣工分的同时，晚上又积极地参加生产队的文娱活动。因为他有些唱歌的本事，而唱歌也能挣工分。他表现好并不是为了像高玉宽那样成为“积极分子”，只是想扭转人们对他从来没有说出口的看法，特别是希望能够找个“婆娘”。他的兄弟姐妹都结婚了，现在自己这个“老大”竟然因为“婆娘”的问题成为了“老大难”。

他扯着嗓子唱歌，唱的是《大海航行靠舵手》。唱了很多次人们都鼓掌，因为唱多少次那些不识字的人都学不会，所以都羡慕他的一条好嗓子。他有时候还和王兰英一起唱，唱之前人们还起哄。王兰英早就结婚了，丈夫是谁也没有想到的四喜子。

她嫁给四喜子也有些负气，就是不想嫁给那个自以为是的高玉宽。四喜子和王家有点老亲，家里的条件也很一般。王先生死后王兰英岁数也大了，就在别人的劝说下“亲上加亲”嫁给了四喜子。结婚这些年肚子也没有动静，高玉宽吃不到葡萄说葡萄酸，骂她是个“公婆娘”，肚子里一只蚂蚁也爬不出来。说得多了她也听得见，但时间长了她似乎也说服了自己，这样的日子只能熬下去。有时候想即使有个一男半女，也是把他们的苦难增加一份继续下去，这个“穷根”断不了，有多少儿女也是活受罪。库长天和王兰英一起唱歌给社员们听，事后大家也议论他们眉来眼去，有人说这不过是表演，有人说演着演着就演到被窝里去了。库长天听到这些闲话也不恨别人，当年自己也还真的就喜欢这个姑娘——那也是一个手上有力气，嗓子里有调门的大姑娘，现在想想已是“水漫八亩田”，迟了。

日子就这么窘迫地过着，后来听说外面的世界翻天覆地变化了——什么坏人被打倒了，好人当家做主了，这些消息也不是什么秘密，大喇叭里周而复始地宣布着。这些对于南角墩这样的村落而言，好像并没有什么太大影响，日子还是那样按部就班地过着。人们惦记着的是田里的庄稼和碗里的口粮，除此之外好像也只是由他去。就连高来财这样的“重要角色”死了，也好像没有什么影响——因为人们一直是这样说的，人总是要死的，毛主席老人家还去了呢。这倒确实是一句很有道理的话，很能够消除人的恐惧和不安。

高来财死的时候，库长天也没有任何的喜悦。他眼看着好多人死去，有些只是听说了死去的消息，都没有去看一眼。他也学会像人们说的那样劝自己：这个世界每天每时，都有人死去的。高来财死后，高玉宽做了支书，这好像也没有什么不对。这件事情在高家以及南角墩人们的心里酝酿了半辈子时间了，这又有什么可以奇怪的呢？如果说奇怪，那就是如果库长天这样的人做了支书，才是奇怪滑稽的事情呢。那个从生产队混出来的洪三宝对高家人是“忠心耿耿”，他最终也没有做到大队支书，那么其他人还能有什么想法呢？这也不是高家人搞的什么“世袭制”——南角墩识字的人就这么几个。说话的人是不少，但终究是“乌龟王八敬神——上不了台盘”。

所以，在南角墩生活，或者按照南角墩人的想法，万事要能自己说服自己，不然这日子就过不下去。比如人们又用库长天举例子，现在也才三十岁的厍长天已经被作为一种反面“典型”——你看看，厍家是个渔花子漂泊到南角墩来的，谁能想到这户人家能开枝散叶，最后生下七个儿女？可是话又说回来，这七个儿女里面，大儿子虽然没有出息，但到底当过几年兵。按道理日子过得最好，可是现在其他的子女都结婚了，就是换亲也有个窝上，谁知道这老大却成了“老大难”呢？他也不少胳膊不少腿，呱呱叫的一张嘴，可就是找不到婆娘。再按道理说——四喜子这样的“矮冬瓜”只会说点嬉皮话，平时拉个二胡做个和尚道士，竟然能够和王兰英睡一张床。要是和厍长天过日子，即便是个不会下蛋的“公婆娘”，不也更有道理一些？

所以说，人们叹口气劝自己：世上哪有那么多的道理可讲？

这些年死了一些人，有些是饿死的，有些是病死的，有些是累死的，还有些奇怪的死法叫“斗”死的……凡此种种也都是来来去去自有道理，如果没有道理那本身就是一种道理。厍长天想清楚了这一点之后似乎温驯了很多，现在他好像就对劳动和唱歌感兴趣，特别是和王兰英一起唱歌，想想都是好的。这被人们总结为“物质文明和精神文明双丰收”——看来村头大喇叭的教育还是入心的。现在他的嗓子大已经没有人称之为“抽冤”了，用高玉宽的话说这叫作“文艺”，这可是不得了的事情。

但这种夸赞完全属于“燕子搭窝——嘴上功夫”，厍长天心里是明白的。

不过，南角墩也还是有动静的。第一件是村里的大事，村里要重新分田，以后各生产队要“分组联产计酬”，这个事情也听说了一些，县里还有人骑着自行车来调研。但大家心里还迷迷糊糊的，反正有一条社员们是清楚的：不管怎么办，历朝历代还是农民种地，地主是没有了，但不管余粮归谁都是农民一双手种出来的。南角墩人似懂非懂听到了大喇叭里的“上级文件精神”，好坏不是那些一知半解的话，是碗里的粥“是厚还是枵”，锅里的菜油多还是油少，这才是天下第一道理。

对库长天来说，第二件事让他内心很不平静。邮递员给他带来了一封信。平素邮递员骑着绿色的“二八杠”只去村部送报刊，哪会在老百姓家门口停一下？你就是想和他多说一句话也是没有工夫的，人家是吃皇粮的公家人。所以，南角墩的一个普通人收到一封信也是一件大事，况且还是一封需要签字的“挂号信”。邮递员没有找得到库长天，这天他和四大天王去喝酒了。小兰花觉得这个“老大难”现在有些堕落了，“粮食白”喝起来没有数。整天和那几个人一起混，已经成了“第五天王”——但是没有人这么叫他，人们重新叫他的浑名“小牛”，一是说他“牛皮”，二是说他“犟牛”。过去人们用在高玉宽身上的“活气祖”这个词现在也常用在他的身上，一切证明“龙生龙凤生凤，老鼠的儿子会打洞”这句老话是对的。库长天不以为然地回他们:“你们懂个屁，喇叭里放的话你们当个耳旁风，现在都‘改革开放’了你们懂不懂？你们就是一辈子种地的命，要开放、搞活——吃光玩光，身体健康嘛!”

小兰花也不识字，替他按了手印收了信，给他塞进了屋子里。他就一个人过，和过去高来喜在世时一样。虽然他的房子在南角墩的庄台上，但因为破旧成为“另类”，比当年父亲所住高来福的单厍子还要另类。这倒真像是高来喜的子孙，人们还给这个很久没有修过的房子起了一个名字，叫作“光棍府”。

高来喜过去聚拢了一辈子霉腐的气息，现在成了“酒气”冲天的地方。哪怕是一把花生或者一条萝卜干，也能喝二两酒下肚。库长天这晚在四喜子家喝酒，小兰花做了两个菜，本想是给他介绍一个老姑娘的。这个老姑娘家里条件还好，但无奈是个“大袖子”——那是这里人避讳“狐臭”的说法。日子虽然穷，但“人种”是大事，就像稻种不好，再肥沃的土地也难办。因为南角墩人相信“养种像种”——这一点，库长天自己也是个实证。本来说得蛮好的，姑娘岁数大了但还是比库长天小，据说“脸盘”还是周正的。农活针线活都好，就这祖传的“病”不好。库长天听说这话后，一口酒灌下去，什么也不说摔门而走。四喜子夫妇有些尴尬，王兰英在他身后大声说了两个字:“活该!”

库长天酒也不醉，心里急了一句:“你真是我的亲妈妈。”

他回家开门没有看见这封信，一脚踩上去也浑然不知。夜里起来喝水，跑到厨房——那也不能算是正经的厨房，水缸里的水也不知道什么时候挑的。他拿起水瓢咕噜噜喝了两下，冷水下肚后人清醒起来，走到堂屋才发现地上的这封信。信封上一大堆的字，他只认识“库长天”三个，恐怕要是分开了还未必认识。他看看上面自己踩的大脚印倒是熟悉，心里又愤恨起来自己不识字。这时候恨也是空恨，着急的是要看看这是一封什么信？他望望外面月光亮堂堂的，但也看不出时间早晚，这两碗酒一喝也不知道睡了多长时间。但眼前这封信在手上，好像是个哑巴吱吱呀呀地比画，看起来很着急却又不知道什么意思，这真是“半夜起来打财神——穷着急”。他也不管了，门也不锁就跑出去——好在他心里清楚，家里也没有什么值得上锁的东西，就直奔四喜子家里去。

他现在明白了，老子库万年死之前关照他那句话的道理：日后有条件一定要读书。现在他还没有子孙，就已经觉得这句话要紧。四喜子也是喝了“粮食白”的，睡得迷迷糊糊地被他在外面叫醒。也不知道是什么情况，只说是有几个字请他认一下。四喜子就披了衣服到堂屋开了灯，望那纸上的字说：“哎哟，这字写得真好。”库长天有点着急地说：“不要收破烂的吆喝——废话连篇了，赶紧给我念念。”王兰英被吵醒了，也起来听四喜子像读圣旨一样念那些据说写得很好的字。

信是从安庆寄来的，库长天本也就怀疑这是部队的信，但写信的却是当年的奚先生：

长天小侄：

多年未有音信，我也垂垂老矣。你归乡之后不知道生计如何？我与小女甚是艰难，今来信有事相托付，以恐我日后不测，将此事遗忘于云霄。贤侄你退伍之前我便知道你是下河县人，当时形势紧张我未敢多言。实际上家中药店“鱼陵”并非来自河南，是原来店主罗先生以家乡“盂陵”谐音而得名。当时此店表面是个药店悬壶济世，实际也是进步组织的秘密联系站。店主罗先生是秘密党员，我当时是一名学员，事后罗先生离开时才告诉我实情，并将一切托付给我。罗先生本来姓骆，是下河盂陵镇人，他的胞妹骆霞当年因患恶疾来此投奔未曾归乡，便是我儿奚有英的母亲。我妻骆霞去世之后，此事我也未曾告知半句，只因时事艰难不敢轻易透露。罗先生走时估计到形势危急，知道难能回到桃源镇，托付我家人及店产，特别是那中药的大柜是他最喜欢的，走时嘱咐将来若有可能运送回乡，算是他魂归故里。后来得到消息，骆先生已经在战争中牺牲，一切也就成了我腹中的秘密。今我老矣，恐大去之期不远，恳请侄儿如能克服困难来桃源镇一面，也不枉我当年受下骆先生重托……

王兰英像是听故事一样听他念完，又让四喜子再读一遍。四喜子也不曾想到，库长天和这样一个天大的秘密有关，就又一字一句读了一遍。复又将那信封仔细地读了一遍，上面邮寄的日期和收信的日子之间已经隔了一个多月了。库长天一拍大腿说："怪不得我老子走之前交代我要去找一个罗先生的家人，原来真的有这么一段旧事。"库长天心里还有库万年的另外一个嘱咐，那就是罗先生当年是留了一些东西给他，被库万年窖在一个地方的。那时候确实形势让人恐惧，所以库长天一直没有敢去提起这个秘密。后来入伍时还想起此事，哪知道十多年过去竟然忘得干干净净。

王兰英突然说了一句："哎哟，这位先生还有个姑娘，你去了正好当上门女婿!"库长天望了她一眼心里有些不爽，昨晚的酒事就是被她介绍个老姑娘扫了兴的，现在又说他要做上门女婿——这在南角墩男人看来是名声不好的事情，王兰英确实是和自己过不去。可是他心里并不恨，只嘴上说了一句："你说话呀，就是个'老公鸡打鸣——不好听'!"

公鸡真的打鸣了，这一宿忙得真是热闹。他出了王兰英家的门，走了几步，暗黑中遇见一个人影，一看就是高玉宽——南角墩的人，哪怕是南角墩的狗，不要出声他都是认得出来哪家的。高玉宽当然也认得出库长天，劈口就说："这么早从王兰英家被窝里钻出来的?"库长天听他说这话火冒三丈，弯腰就拾起一根棍子，高玉宽一看吓得拔腿就跑。库长天看着他那狼狈样扔了棍子——这和高来财当年被打逃跑是一样的，可是他又想想：刚才他这话问的真是不好，恐怕日后又要有闲话——自己确实是从王兰英家出来的，怎么自己就忘了反问他一句：你这么早是从哪个被窝里钻出来的？

关于高玉宽喜欢钻女人被窝的事情，在南角墩也是出了名的。虽然高玉宽并不是高来财亲生的，算不上是“养种像种”。但人们又会这样去解释：那就是“上梁不正下梁歪”。反正人这一辈子好坏，在南角墩都是要给一个因果合理的说法。

库长天现在也没有心情追究高玉宽是从哪个女人被窝里钻出来的，他立马就打算坐车到县城往桃源镇去。他和小兰花要钱，母亲闻见他浑身酒味就来气。他抓着那封信说：“这回是正事，是老头子在世时候嘱咐的，这真是正事。”听儿子说“老头子”三个字，小兰花知道库长天此话不会假。库长天崇拜自己的父亲，断不会拿死去的亡人扯谎。但小兰花也没有什么积蓄，几个孩子虽然成家了，但她仍然像个老母鸡一样，有些食都会给孩子们匀一点。库长天有点着急，他说：“我日后还你，求求你了！”话说到这个份上，也是有点让人感觉不忍心，母亲到自己放衣服的箱子里翻了半天，摸出了一个“袁大头”给他说：“家里唯一值钱的就是这个，我找人看过可以换一百块钱，大概做你去的盘缠也绰绰有余了！”

库长天一把夺过来问：“你这是哪里来的？”

小兰花对儿子也不说假话，告诉他：“你当兵之后家里收拾了一下，弟弟们在一处墙角里面发现一个铁盒子，里面有几块大洋，你在外当兵的日子弟妹们结婚了，每个人用了一个，现在只剩一个，也算是你的！哦，对了，这包里还有个几个红本子，我们也不敢拿出来，现在我去拿来交给你！”

库长天有些急眼，叫道：“这些钱是老头子替人保管的，怎么能用呢？”母亲又回房间里去找那什么“本子”，他已经迫不及待地冲进房间，恨不得从母亲手里抢过来那些东西。本子上的字他是不认识的，那黑白的照片是一个面容周正的青年，这大概就是父亲和奚先生说的“罗先生”——不，是骆先生。他再细看真像——真是外甥都像舅，奚有英的眉目和骆先生很像。骆先生是骆霞的哥哥，骆霞落难逃到桃源后嫁给了奚先生，奚有英正是骆先生的外甥女。

小兰花见儿子这么激动，又说是父亲生前交代的事情，便追问这个人是谁？库长天知道这件事情和母亲说不清楚，因为父亲为什么对骆先生的事情这么上心，甚至临死之前才托付给自己他也搞不清缘由。小兰花知道库万年早年在城里的大户人家王家大院做过工，也知道王家大少爷是个“革命党”，心想着眼下的形势和这南角墩的“人色”，又赶紧说：“你把这些东西藏起来，不要再惹是生非了。”库长天告诉她这块银元用不得，小兰花才说其实还有两块银元，这些都是想着日后换钱给库长天这个“老大难”结婚的。她问过别人，如果在地里挖到了宝贝是无主的，当钱用了也是不犯法的，况且还是在家中墙壁里发现的呢。

所以，小兰花就悄悄地把这几个银元变卖了，度过了那段最难熬的日子。

库长天也知道现在说这些也迟了，就让母亲把这些先收好。他要去桃源和奚先生见一面，就知道其中原委了。因为知道是库万年的遗言，小兰花便支持他去。小兰花当年还是船老大女儿的时候，坚决要嫁给库万年，那个穷小子死活也不肯到她家，她也曾心有疑窦。她知道库万年肯定不是要面子怕做上门女婿这么简单。那时候他连肚子都吃不饱，没有什么资格谈面子。一个浪荡的孤儿有好日子不过，一定是有原因的，这个原因定是他有自己想找的姑娘。现在她就要想看看，库万年生前留下的这个托付给库长天的秘密到底是什么。

库长天去和“四大天王”凑钱，除了三叶子将出去“打工”需要盘缠之外，大呆子、二歪子和四喜子给他凑了几十块钱，四喜子借得最多。王兰英也慷慨，他们夫妻知道这钱是“有大用处”的，至于究竟有多少用处也不问了。库长天也不问够不够，先出发再说——他心里想着就是一路要饭，也要跑到安庆去，把这件事情弄明白。

辗转几日到了桃源镇，一切似乎依旧没有什么变化。

旧的还是那个样子，新的也没有出什么格，这个和南角墩的情形是一样的。这些年的岁月，到处就像是瞌睡了一样。虽然看起来热烈得很，但真正的变化是微乎其微。他一脚奔到“鱼陵药房”，屋舍门面还巍巍地竖着，那招牌已经拿掉了，但房子他还是认识的。就像是一个很久不见的人，即便是掉了头发也还认得出来神色。

他敲门无人应便自己推开进去，门是虚掩着的。药店不开了没有人走动，一阵阴冷的气息伴着灰尘扑面而来。他喊了一声无人应便继续往里走，原先药店里供奉药神的地方，他看见了一长条红纸上写着字。这纸还是新的，可怜他不认识字，但心里知道不好：这和他在南角墩见过的“亡人牌子”是一样的。南角墩人殁了出殡之后，要在家堂左侧设立一个灵位，老百姓叫作“亡人牌子"，上面写着死者名字和生死的日期。库长天心里一惊，继续过了穿堂到了里屋。奚有英扶着门框斜着身子站着，看见库长天她眼泪汪汪地哭出声来说："你来啦，奚先生走了！"库长天看她神情闪烁似乎有些不正常，况且她从来没有叫过自己父亲"奚先生"。他往前走进屋子，奚有英也跟着进来步履明显很艰难，又挤出几个字："他走了快一个月了！"

不一会，屋外有人来，大概是奚家的邻居。来者见到库长天这个生人，突然问了一句："你是不是当年来喝酒的那个姓库的当兵的？"库长天一愣，那人压下手，在腰间动了动示意让他借一步说话。他便跟着这人回到了天井之中，留奚有英仍然站在堂屋里。那人说："奚先生走之前托付过我，他写了几封信给你没有回，说哪一天你要是真来的话，就把这房子里的一个放中药的大柜带走，他说你知道原因。另外他还给你留了一张纸，我一直收在家里呢。"库长天知道药柜的事，却问他："他的姑娘是不是病了？"那人说："我还以为你了解情况，这街上谁不知道奚家的姑娘是有遗传病的，到了年龄腰就会断，人也会死。就在一年前她的病发了，而且脑子也不大好。时好时坏的精神不正常，有时候又哭又笑，有时候见人就骂。不发作的时候和好人一样，可惜了这么个大姑娘！"

库长天知道奚有英的病，但不知道事情到了这个地步。那人又叹了口气说："说句不好听的话，其实奚先生走的时候也是为难人。他留话在那纸头上：库长天若能真来，愿意要这房子的话，一切都归其所有；愿意在这桃源镇住下来也可以，若卖了回乡也可以，只要帮助照顾好奚有英；如能不弃娶她为妻延续香火那是万幸，如果已经结婚或者不愿意就当亲人照顾着，眼下的财产够女儿半辈子用度。小女中意长天小侄，又因上辈种种因缘，故临终有此一托。”

库长天清楚奚家的这些房产就是折价买，新砌几间大房子也是绰绰有余的。可是桃源镇上谁要这个老姑娘作累赘呢？这奚先生纸上的几行字飘然若仙，却也有千斤重量——那邻居也劝他说:“你要不愿意就当作不知道，你来过也是了心愿了，不能上这个‘当’——他说的那个柜子你可以带走的。他说你是下河人，下河在安庆这一带做生意的人很多。当年大饥荒的时候，很多人都‘跑安庆’，就和‘下南洋’‘闯关东’一个道理。说是讨生活，其实就是要饭。他们好多人后来都饿死了，也有些人做工学手艺，还有些做了大老板风光得很。你也许不知道，这鱼陵药房的第一任掌柜就是‘跑安庆’来的。只不过那时候早了，还在1949年以前。后来又有人说那老板是共产党，但走了之后就再也没有见过。你要是想带东西回去，就去县城码头找人。只要说是带货到下河的，那就很容易找到，好多下河人当了老板现在都回乡做生意。说起来是回报桑梓，事实上也是为了回去抖抖风光——人嘛，在外发达了不回老家显摆，就像是穿个新衣服在夜里走路一样，没有人看见他的快活!”

库长天听他说完，问了一句:“这房子能卖掉吗?”

那人听了有些诧异:“你什么意思?”

库长天问:“我是想问这房子卖得掉吗?”就在这人“讲故事”的时候，库长天已经在盘算：这房子是奚先生留给奚有英的，但是现在她有了病，且还是“脑子”有病，那以后要是恶化起来，有再好的房子也未必有人理会。他心里默默地做了决定：帮奚有英卖了这房子，他带这个“老姑娘”走。在四喜子给他念信的时候，他没有想到奚先生会走这么早，他也不知道奚有英现在到了这步田地。然而现在自己已经站在这里，就不能坐视不管。如果说感情，他和奚先生未必有多深厚。但奚先生临终前给自己托付，毕竟也是看得起自己。况且找到骆先生的家人，也是自己亡父生前的遗嘱。

那人听他这么说，看来也是有打算的，便顺水推舟说：“你不要小看这点房子，卖个三四千块钱是不成问题的。多少人来打听过，你要真是有心，我帮你问问，毕竟奚先生也嘱咐过我。”厍长天听得出来，这人是有备而来的。他背对着里屋，望着这个侃侃而谈的人，明白这人的话是盘算好了的。可他却不知道此时奚有英站在他身后，听得清清楚楚。她好像很清醒地说：“房子卖了吧，我跟你去下河，我要回我老家去。”

此刻奚有英实心里确是清醒的。她嘴里说的老家，就是厍长天父亲厍万年生前说的骆先生的老家盂陵镇。她的母亲就是当年因为血吸虫病被带走，后又逃亡寻找哥哥骆先生而流落此地的姑娘骆霞。

房子卖得很轻松，除了奚有英以及骆先生的那个柜子，他还执意要带走一对大门和一口茅缸。这是父亲厍万年说过的，人的家即便是散了，也万不可丢了大门和茅缸，这也不知道是个什么规矩。他们打算人和家具一起从水路走，真的也很容易就找到了船主上路。这个像故事一样的秘密，变成了三千五百块钱的现钞，离开了这个叫作桃源镇的地方。他给那个介绍人买了两瓶“老明光”酒表示感谢，那人竟然掉下眼泪来说：“想想这天下到底是有人讲道义的。我怎么也没有想到你真会来，而且真的能把英子带走。她的‘龟背痰’已经发作了，精神还有问题，你切记不要惊了她，脑子里的病比身体的病难治。”

库长天只是默默记下，也不多说什么。毕竟已经答应了的事情，没有什么可说的了。他自己也带了四瓶“老明光”回去——他知道也许以后一辈子也不会再来这个地方了。

有些地方离开就是一辈子。

奚有英带了薄薄的行李，库长天来之后她似乎一直很清醒。行李里是一些衣衫，还有自己的户口本身份证。库长天将邻居保管的奚先生“绝笔信”也夹在了他家的户口本里，现在这是奚先生和他们唯一的联系了。户口本就像是漂泊的人一样，被长江水载着一路东去，找它在下河的老家去了。水上船来船往，一晃数十年物是人非，却在那几张纸上有断不了的因缘。

大船到了县里，又租了小船去南角墩。船进草荡圩南面的黄雀荡再经过村里的大盘汊后又进内河的时候，他突然感觉就像是父亲当年划着“鸭漂子”到达南角墩一样。他看见村庄河流与大盘汊接口的地方，那处土地庙站立着，就像是这个村庄的守门神一样，这里也曾是父亲库万年最初从水泊“登陆”南角墩的住地。关于这段经历，库万年在世的时候和他说过好些回，说得非常悲凉和凄苦，但他那时候一点感觉也没有。今天他却心里满是悲怆，这种悲怆不是他自己的，而是他那早就化成土的苦命父亲的。想不到一个人走了这么多年，他在世时候的情绪还能在后代的心胸里鼓荡。

库长天回来了，这件事情又在南角墩引起了轰动。

其实他出门一趟回家再平常不过，可是他带着门和柜子进了村子，而且还带回来一个大姑娘，这件事情确实引起了轰动。人们见到他并没有来得及问这件事情的原委，大呆子老远就炸着嗓子喊:“你终于回来了，冲家了，你的三间‘牢屋’被拆掉了!”库长天一开始没有听清楚他呜呜哇哇说什么，大呆子又喊了一遍他才听清楚，赶紧从船上跳下来直奔高来喜留下的那几间房子。

哪里还有什么房子，只留下一片干净的空地上散乱的家具。

库长天像是忘了奚有英还在船上，就在原地急得直跳脚，大声地骂道:“日马马，这是闹的什么鬼?这是要人命了!”听说儿子回来了，小兰花也哭着喊着奔过来，在这屋基上直跳脚:“送了命了，不给人日子过了!”库长天气得浑身发抖问大呆子:“这到底是怎么回事?”四喜子说:“不要问了，是高玉宽带人夜里拆的，说这房子是你的，宅基地不是你的，房子拆了砖头卖了钱归你，但土地是集体的。”库长天捞起旁边的那根扁担——那是他父亲库万年留下的，大声喝道:“今天，必须和他同归于尽!”

不需要库长天找高玉宽，这个村支书自然知道他会回来，自己带着派出所的民警找上门来了。民警虽在，又是他同年的战友，但库长天没有办法忍得住，抡起扁担就砸过去。高玉宽往后退但迟了，扁担头一下顶在了他的脚面上。他嗷嗷地叫起来像杀猪一样，大声地朝民警喊:“这种土匪你们也看到了，这还有一点王法吗?”那民警看了阴着脸说:“你这事情也做得太绝了!他打人不对，可你是要逼死人，哪里有这么工作的?”

高玉宽没有想到警察是这个态度，但他也很坚决:“这房子虽算是高来喜留给他的，但高来喜可以把房子给他，地却给不了他。土地是集体的，一户一处宅基地是国家的政策。我是在按政策办事，如果说一个外来户的事情都解决不了，我这支书还做什么?”

听说这话，小兰花反问他:“你做了支书就忘了祖宗，你说我们是外来户，那我问你又是从哪里冒出来的?”

高玉宽被问得哑口无言，但房子变成一堆散乱的砖头，这是无法恢复的事实了。奚有英还在船上坐着，对这个陌生的村庄她一无所知。厍长天火冒三丈之后，才想起了船上的人。小兰花其实早就盯着那船上的姑娘：她端庄地坐着，看得出身高大个。脸盘清清爽爽，一条大辫子甩在后面，一看就是个好姑娘。小兰花心里想：老大说是去办要紧的事情，难不成是带个媳妇回来？母亲内心也不大相信，天下能有这么好的事情？又想想当年自己也是这样坐着厍万年的船到了南角墩的，这世上哪里有这么蹊跷的事情呢？想着想着，她满脑子就觉得眼前一切都是幻觉——船上坐着的姑娘就像是当年的自己一样，好像她下一句说什么自己都是能知道的。

阳光明晃晃的，似乎是当年的日色。

面对着岸上闹哄哄的一群人，奚有英站了起来。其时厍长天心里一惊，只有他知道奚有英是有病的，且是“精神”的问题，不能受惊吓的。但厍长天嘴上还是不服软，指着高玉宽说:“今天我把话撂这里，房子从哪里拆的，我就从哪里竖起来，我看你头硬还是我的扁担硬!”说这话时，他内心的情绪已经平复了一些。他知道还有很多事情要做，几个人连说带劝将他拉到一边。高玉宽站在那，被走开的人群丢了下来。民警依旧是那句话:“事情也不能做得太逼人。”

大呆子带着人将船上的东西搬上岸来，就放在高来喜房子的筑基上堆着。地面就像是人凌乱的情绪一样拉杂。奚有英上了岸，船家就掉头走了。厍长天看着这么多人，也不好多说什么。小兰花眼明手快，一把拉着这姑娘往自己家里去。

村里便传开了：厍长天带了婆娘回来，怪不得这些年不找人。

厍长天到家中才将情况告诉母亲，小兰花心里自是欢喜得不得了，对奚有英说："一路上也是吃苦了，先住下再说。"眼下的情况一地鸡毛，那几间房子没有了，现在奚有英只能和厍长天母亲挤在一起。

厍长天又把那丢在屋后的门板找回来，重新在厨房里安了一张床。他不住在家中也有几年了，一切也没有什么变化。奚有英实是强忍着剧痛，待人都散去的时候，才倚坐在小兰花的床边，看着这凌乱的眼下，深深叹了一口气。

厍长天忙好了事情，才又想起了高玉宽做的这件被大呆子称为"绝八代"的事情。他想想怒火又升腾起来，这事情还是要有个解决的。小兰花告诉儿子，之前他是来家里提过这件事情。说集体要清理宅基地，厍家虽是外来户但已经是既成事实，占用了几处宅基地。现在弟弟妹妹们都有房子，按照政策每一个子女一户"住基"，父母和其中一个子女算一处地方。厍长天一直没有结婚，只能算是和母亲一户，除非结了婚分了家独立门头。所以也就是说高来喜的房子只能算是厍家多出来的房子，占有了集体的土地。房子是个人的财产，但土地是集体的。高玉宽是有意趁着厍长天不在来说这件事情，小兰花也央求他等孩子回来再商量。可是高玉宽知道这事情和厍长天是商量不出结果的，为了他这"乌纱帽"就心一黑趁着夜黑将房子扒了。这种"斗子墙"扒倒了很容易，可是想要再竖起来却不是简单的事情。一堆砖头和几间房子是两码事，就像是几间房子和有个家也不是一回事。

厍长天跺着脚说："房子一定是要砌的，不然真还要住到土地庙去？这一回如果不把高玉宽‘头上的角掰断’了，这辈子就不要想过好日子。”

小兰花知道老大的脾气，但更知道这事情不是他急得直跳脚就有用的。且不要说他有个家室独立门户，就把这拆下来的砖头竖起来也不是一般人家轻易能想象的事情。库长天知道母亲心里的疑惑，拍拍自己的口袋说：“你放心，钱是有的，奚有英的父亲留下一笔的。现在难的是怎么把高玉宽的嘴巴扒开来！”

听得这话，小兰花将信将疑。她对自己这个大嗓门又总喝醉酒的儿子有些生疑，但做母亲的当着奚有英的面也得“坏事当成好话”说：“果真有钱，我找薛大姐去。”

可薛大姐病了，被送到了卫生院。高玉宽黑着脸说：“兰姨娘你不要跑了，你儿子的事情我们是按政策办，就是跑到县里、省里也是这个政策！”

小兰花听他这话，阴沉下来脸道：“我不找政府，我找你亲娘去，我就不信天下没有公道了。”

小兰花转身就径直去了乡里的卫生院。高玉宽的女人在服侍老人，媳妇毕竟不是女儿，病房外坐着打毛线消遣。薛大姐眼睛直直地望着病房的天花板，那种绝望的样子让小兰花很伤感。人老了就像是机器，当年再结实的骨架，也有疲惫的时候，况且人还不是钢铁。人老了就容易脆弱，什么恩怨情仇不重要了，因为身体承载不起了。小兰花本来心里还打鼓似的，不知道薛大姐究竟什么态度，进了病房门看见她那无助的眼神，心里才平静一些。见到小兰花来，高玉宽的女人站起来走远了去。她大概也巴不得赶紧逃脱这病房的气味。看见小兰花进来，薛大姐的脸上突然多了点意外的神情，比刚才的沉闷要多一些生机。

小兰花还没有张嘴，薛大姐就说:“我这病是被他们气出来的。”

薛大姐的病是被高玉宽他们气出来的，或者至少说是他们引发的。拆高来喜留给库长天那几间破屋之前，薛大姐是知道一点音信的，她就劝儿子“这样的事情做不得”——高玉宽回她说:“这是政策你不懂，就要拿他做典型工作才好做。”薛大姐就说他拆了房子事小，也拆了自己的良心，拆了邻里的心。高玉宽觉得没有这么玄乎，他库长天暴脾气上来也是为所欲为，老天爷的“雷”也没有劈到他的头上——人怕狠的，狗怕恶的，不把这根硬骨头啃下来这工作做不下去——库家是个外来户，外来户还能“欺男霸女”，这是什么世道?

薛大姐就反问他:“什么叫个外来户，你是哪里来的?我们说到底也是个外来户!”这识字的儿子被大字不识的母亲说得无言以对，最后他憋出了一句伤透薛大姐心的话:“我就是个野种，但这也是你们过去做的好事!”儿子说母亲这些话，简直大逆不道。可说出来的话就像落下来的雨，只能淋湿这难堪的现实，哪里有收回去的可能呢?薛大姐被他气得扶着门框直跺脚，一辈子也没有那么恶毒地骂过自己的儿子:“你这个畜生，以后子孙要遭报应!”儿媳妇在一边听婆婆这么骂，嘴上也不饶她:“你们骂人不要带上孩子，也不知道你们家这是什么风气!”

这一说火上浇油，家里吵成一团。薛大姐抓在手里的棍子也失去了力气，人坐在门槛上起不来，小孙子高求喊奶奶也不应，她生生被气出病来送进了医院。

小兰花坐在床边，听她说家里的事情，安慰她:“家家有本难念的经，谁的日子都不好过。我们谁也恨不了谁，眼下你也知道——长天这个‘老大难’还没有婆娘，这回带来个姑娘，家里上无片瓦这算个什么事情呢?”薛大姐知道小兰花的四间房子自己住一间，小儿子一家三口挤一间，剩下也就是堂屋之外厨房里半间房，这日子是过不下去。现在高来喜的房子变成了砖头堆在地上，就是土地庙也还有个挡雨的顶棚，过日子总要有个“窝”上。薛大姐叹气说:“这事确实是高玉宽做得不对，但事已至此能怎么办呢?”

小兰花听薛大姐这话一说就知道有门路，话追着话说:“只要你和他说同意我们建房子，那姑娘有点压箱底的钱，还能把屋子再站起来!”听说这话，薛大姐喊儿媳妇的名字——其实她在外面也听得见她们的谈话，进了门来说:“一切不要问我，大队的事情我不懂。”

薛大姐和她说:“你回去告诉高玉宽，这事情他要是不同意，我就不回去，死在这医院里算了，你这就回去告诉他!”儿媳妇撇着嘴说:“你不要拿我撒气，这是你们高家的事情!”说罢就转身走了。薛大姐摇摇头，沉默了一会，气氛和病房里的药水味一样让人不安。薛大姐从衣服里摸索出一个小布袋子，里面一块绿色的玉佛滑了出来。她看看小兰花说:“妹妹，能不能请你帮姐姐一个忙?我看来也不行了，但有一件事情未了，闭不上眼睛。”小兰花有些意外，她这才明白薛大姐为什么这么向着自己——原来也有事要求自己，不过她薛大姐有什么事情要“请”自己呢?

其实，也就在这一念之间小兰花心里也想到了，薛大姐一定会提过去的事情。

薛大姐说:“人老了也就是一场空，回头想想没有意思，但总要把心里的事情交代好了才能安心。这么多年过去了，我也不怕你笑话，过去我在城里帮忙也是糊里糊涂——这些我也不想烂在肚子里带走。你大概也知道当年高长海的事情，那时候你也不小了应该还记得。”薛大姐如果今天不提起，她大概真的不会再想起这个人。高长海当年在运工管理所做所长，大水来之前他逃之夭夭，最后靠着一块棺材板保住了命。大水过后他又回了运工所工作了一段时间，后来说是上峰调他回省城去了。事实上他没有走，而是转入了“地下”工作，在湖区建立了“基地”。在此之前，薛大姐就和高长海好上了，还有了孩子，这就是高玉宽之所以姓高的原因。后来薛大姐在王家帮工才知道，这高长海不仅是运工所长，还是国民党在本地的秘密联络人，专门负责收集共产党的情报。薛大姐生下了孩子，高长海把一尊玉佛作为传家宝给了孩子。此后他就突然消失了，再也找不到他。那时候，薛大姐去找高长海，渔民船老大女儿小兰花就认识她，只不过此时库万年已经离开进了城。当时库万年大概也不知道，小兰花是认识薛大姐的，他更没有想到当年自己父亲救下的这个高长海，正是高玉宽的生父。

一晃四五十年过去，这些事情就像是当年沉到水底的冤魂一样，烂在了一个女人的肚子里。薛大姐在决心卖掉城里那两间破屋子回乡下的时候，还去湖区找过高长海。这个时候船老大也举家逃跑了，据说之前他们发现了高长海的恶行，在湖上将其秘密处死了。薛大姐去访了很多渔民，都说再也没有见过这个人。也有人偷偷说他死了，但不知道尸首葬在什么地方。高长海籍贯是下河以北一个县的，他的祖上却也是南角墩的高家。当年父母躲饥荒逃了出去的，在外地出生的他父母早亡，死的时候只告诉他老家在下河的南角墩，其他一点信息没有。父母死了之后，他就被一个有钱的人家收养改了姓。他在这户人家有机会读书去了省城，最后混出个样子来才改回原来的姓。高长海也知道自己的工作环境危险，交代薛大姐如果形势不好便回乡下去，一定要把自己的“血脉”留住。

南角墩这个单头库，原来那几十户人家看起来地少人稀，但也是一个封闭的小王国，轻易进不去也不容易出来。这些年的秘密就在薛大姐的肚子里烂着，轻易也没有出来一个字。薛大姐不说这些，小兰花也不知道这么多，就是库万年在世他也未必知道这些旧事。薛大姐把这些告诉小兰花，是因为除此之外她似乎无人可托付。高玉宽是她亲生的，但这些旧事和孩子开不了口。她想请小兰花去城里打听打听，当年那个“运工管理所”的单位还在不在？能不能打听到那个叫作“高长海”的人究竟去了哪里？薛大姐不是要为儿子找回父亲，四十年过去这个谜底已经不需要揭开了。她只是想找到哪怕一点点的音信，这样她便可以瞑目了。

说完这些，薛大姐脸上有些羞涩。这些事情已经被藏在心里很多年，这时候说出来有点唐突。她又对小兰花说：“妹妹，人一辈子恩怨情仇闹来闹去，其实只是一场热闹。到头来一样的死路一条，我讲给你听心里就好过一点，也不强求你一定帮我去找，但一定要帮我记得这件事情！”

小兰花好像忘了是来求薛大姐事情的，自己倒是被她托付的事情安排了。听完这些她又想想过去的那些日子，真是如薛大姐说的，人到了最后真的没有什么事情值得计较，甚至会觉得过去的纷争都是一场荒唐。她走的时候，又望望惨白床单上的老姐妹——她们吵了一辈子，竟然在病房里谈了一下午的知心话就和解了。薛大姐心里明白她的心思，丢给她一句："你回去让老大造房子，竖不起来我是不会闭眼睛的。"

小兰花回家之后的第二天，高玉宽主动登了厍家的门。

他脸上的阴沉就像是广播里的"西伯利亚的寒流"一样让人难受。更有些尴尬的是，"四大天王"几位还坐在厍家的桌上喝酒。他们合计着厍长天砌房子的事情，按大呆子的想法，管他"三七二十一"，先开工再说——连那派出所所长都说他高玉宽做得过分了，这活人还能让尿憋死了？厍长天摸出两瓶"老明光"，母亲整了几个菜，他们就"开起会"来。厍长天实在挤不出一点好脸应付他，高玉宽自己吐出一句话来说："到底是你姓厍的有本事，要不是我老娘的病，我断不会开这个口子。"母亲小兰花轻轻拍了拍高玉宽说："请都请不到你高支书，坐下来喝杯酒，不都是苦日子过来的人？"

这杯子高玉宽是端不起来的。他又问道："你说要结婚，那女的哪里来的？有没有户口本——这话以后说得清楚么？是父母之言还是你拐回来的婆娘？"谁也没有讲过厍长天带奚有英回来是结婚的，小兰花和薛大姐那么说也不过是托词，至于村里的传闻也不过是热闹，厍长天自己也没有敢这么想过。哪知奚有英从房间里走出来，拿出了自己的户口本，还有父亲写的那张字条。户口本高玉宽是认识的，看到字条他就突然火冒三丈："你们哪里来的这么多字条？我之前听人说过，你厍家来南角墩的时候有高来福打的字条，后来高来喜死了又留下字条。现在又来个什么字条，都一本正经地按了红手印，也不知道是真是假！"

四喜子站起来说："亏你支书还是识文断字的，古话有'任教跌在屎上，不教跌在纸上'，自古就是白纸黑字才能为证据，怎么这字据就不认？难道只有‘空口说白话’才有用?”

高玉宽知道四喜子为什么接这话茬，因为后来有人传说，高来喜遗嘱的字条是假的：一来高来喜不会写字，二来他眼睛也看不见，他死得也很突然，哪里来的工夫写什么遗嘱？那字歪歪扭扭虽然按了手印，可谁能证明那就是高来喜的指纹？这事情再往前追溯，当年他们弟兄四个打了字条收下库万年的鸭子，据说上面的内容并非如他们说的一样，原来约定的是“某年某月某日，库万年转让鸭子一趟共计多少只与高来福，折合共计多少元，暂付古钱十个袁大头一枚，余款日后结清，如无能力还清各自退回原物。”其实他们读的是一套，最后一句则是“如无能力还清各自认命”。这事情是高来财在世时告诉高玉宽的。他是为了教他“一种斗争的手段”，哪知道现在高玉宽自揭家丑，作为字条并不完全可信的证据。

库长天看他满脸的傲慢很不快活，嘴里滑出一句:“不是所有人都如你们那般下作的!”高玉宽今天不是来吵架的，他按捺住自己的情绪对小兰花说:“兰姨娘，你看看，就库长天这脾气真是没有人愿意给他办事！两句一说就直跳脚，这狗日的脾气!”小兰花听得出高玉宽的话音，看得出高支书是“服软”了，她拿起手上的筷子就往儿子头上抽，骂道:“你这个脾气，确实不是好‘人色’!”这一下抽得不轻，但库长天一点都没有躲闪。

高玉宽问:“到底怎么说，你们给个准话，到底要不要结婚砌屋子？村里还要到生产队里开社会大会，我们是村民自治，要社员们都同意!”

大呆子吐出一句话:“你这是‘哥哥的岳母，嫂嫂的娘亲——废话’!”

小兰花到底人情世故周圆，赶紧顺坡下驴说:“库长天啊，你三十几个‘周年’的人，还是不会做人，支书话都伸到你嘴边了，你还不懂什么意思?”

库长天不买账，撂了一句:“房子是他要人拆的，不要他赔工钱就已经饶过他了!”

小兰花知道库长天这口气不服，也只有王顾左右而言他。想到奚有英的情面她也是要顾的，就转身对她说:“姑娘啊，你既然拿出来户口本，做长辈的也不怕难为情了。你要是不嫌弃就和小牛并起来过，我们库家穷但是一帮儿女都抚养大了，不会欺负人的!”奚有英脸上一红，转身走回到小兰花的房间去了。高玉宽看这情形，自己点了一根烟说:“兰姨娘，你看这事‘香烟不得一根，招呼不得一声’，但我也认了，都看在你的面子上，我们两家还是有点‘老感情’的。”说完一只脚已经走出门槛外，到那凉飕飕的夜色里去了。

这晚上，库长天和“四大天王”把两瓶“老明光”喝得精光，还有半斤平日里煮鱼用的“粮食白”也喝了。母亲望着几个人摇摇头说:“你们这些没有出息的东西，人都说‘任教气得哭，不喝粮食白’，你们是穷吼了!”小兰花嘴上是骂他们，心里却高兴这“大事”成了。

第三日，约来的打硪师傅们一早就上工。高来喜老屋的筑基上热闹起来，库长天的房子动工了。师傅们吼起打硪的号子震天响:

先生唱唱就多凶，犹如山水往下冲

号子嘛，一上来哟，哼呀么，哼呀，嗨哟

筛子冲出千个眼，磨子冲到河当中
号子嘛，一上来哟，哼呀么，哼呀，嗨哟
大树冲得连根倒，竹子冲得像把弓
号子嘛，一上来哟，哼呀么，哼呀，嗨哟
人说竹子无处用，劈成竹丝做灯笼
号子嘛，一上来哟，哼呀么，哼呀，嗨哟
纸糊灯笼千个眼，外头好看里头空
号子嘛，一上来哟，哼呀么，哼呀，嗨哟
陡然一阵狂风起，刮得无影又无踪

库长天也在旁边跟着师傅们哈，浑身都是用不完的力气。

一个月后四间瓦屋上梁，又过半个月后待屋里铺个砖头地面准备办酒进宅加库长天结婚，这是“两场芝麻一场打”，算“喜上加喜”——奚先生桃源镇的房子变成了南角墩的四间新瓦房。他可能再也没有想到，自己姑娘在这下河的库子里安了家。

屋里的地面还没有铺，家里又出了状况。

奚有英身上原来可以忍受的疼痛突然加剧，走路一个跟头跌得鼻青脸肿。库长天本没有告诉母亲奚有英的病情，但现在已经瞒不住了。库长天借了板车把她拖到乡里的卫生院，说明病情医生直摇头。他们没有见过这样的疑难杂症，只有先止疼回家，让他们第二天去城里找医生。就这天晚上，小兰花找来一个渔船上的“先生”，说是有专门治“邪病”的好手段。小兰花以为奚有英得的是急病，村里人都传说这是“蹚了鬼神”，过去她在渔船上生活也听说过。这先生在家里折腾了半天，最后和了一碗香灰水让病人喝下去。奚有英一阵狂吐，那“先生”说这是“邪气”

吐出来了。到了第二天果然缓解了很多，奚有英让厍长天赶紧忙自己屋子的事情去，因为现在家里和村里都已经喊这个姑娘“新姐姐”，这事不能再拖了。

“新姐姐”是对新娘子的称呼。新娘子进门平辈们都改口这么叫，有的一辈子都这么叫，比叫嫂子、弟媳来得亲切。奚有英心里也想大概是这些时日帮着打理事情累了，想到马上要住进新屋子又进新房，疼痛的事情就再忍一下。厍长天在新屋子里平整了两天的地面，心里总觉得不踏实，想来还是要去县里的医院。母亲看看这姑娘似乎已经缓解，奚有英自己也觉得好了很多，便又拖了几日。但终于还是在夜里又疼得打滚，第二天一早就赶到城里的医院。

城里的先生水平到底高，但摇摇头告诉他们:“来迟了，命能保住，但要落下残疾了。”

在医院里的一个多月，用光了所有的钱，奚有英也哭尽了眼里的泪水。小兰花躲在外面哭，哭完了才进了安慰奚有英:“姑娘你不要怕，太阳总要从我家门前过，活人嘴里不会长青草的。”这话是说给厍长天听的。他记在了心里，一把将驼背的奚有英驮在了自己的后背，咬牙挤出一句话:“我们回家!”

厍长天和小兰花结婚没有办酒，就是那“四大天王”拎了几瓶“粮食白”和家人一起挤着，一桌人吃了一顿“八大碗”。吃完了收拾碗盏的时候，高玉宽找上门来。大家面面相觑，这不请自来的人来干什么？心想着是不是红白喜事“按例”都要请支书“坐上席”的？哪知道高长宽见面就朝小兰花面前一跪，带着哭腔说:“兰姨娘，我老娘归天了!”

小兰花的脸上异常痛苦——这真是“触霉头”的事情，虽然只是一桌喜酒，但到底被这句话弄得晦气。厍长天又急得直跳脚，抄起酒瓶就要砸高玉宽，被大呆子一把拦住了。小兰花苦笑着说："薛大姐高寿，是喜事，是喜事!"

高玉宽被扶起来，他把小兰花引到一边，把手里一个东西交给了她。这是小兰花生前见过的那尊小巧的玉佛。她有些意外，高玉宽低声说："老娘去世前让我还给您，还请您去给她做一身寿衣，这是她最后的嘱咐。"

小兰花也不明白，为什么薛大姐把身后事托付给自己。她勉强将那玉佛握在手里，吩咐他先回去，自己随后就来。高玉宽出门之后，大家都叹气不平——说这高玉宽就是来找晦气的。小兰花叹了一口气说："他就是再'孽畜'，也不至于拿老娘的死来'触霉头'。人死为大，大家瞎龙瞎虎地过日子去吧。"

日子就这么瞎龙瞎虎地继续过起来。

奚有英从医院回来之后，除了落下驼背的残疾之外，病再也没有复发。"新姐姐"的日子就这样过起来，她最初因为害羞扎着的"红三角巾"也拿下来，不再忌讳人家喊她"驼新姐姐"。她也慢慢学会用南角墩的方言骂人，安庆的方言腔调也慢慢藏起来不用了。下河话是她母亲的方言，她从小听着长大的，到了母亲去世的时候她就学会了一些。小兰花也觉得奇怪：这下河腔本还是很难说好的，她怎么一学就会呢？厍长天酒喝多了就告诉母亲这段故事：奚有英的母亲叫骆霞，老家是下河盂陵镇的。当年父亲厍万年还在她家炕房生活过一段时间，差点就成了上门女婿。后来盂陵有了传染病，骆家人被迫流散他乡，父亲厍万年也流落到南角墩来。无巧不成书的是，骆霞流落他乡找到失散的哥哥，在安庆的桃源镇上安了家，嫁给了奚先生有了奚有英。

小兰花觉得儿子说的是酒话，听听好像又有点像。再想想薛大姐生前和自己说过高玉宽的身世，就又将信将疑地骂了一句："库万年这个死鬼，原来还有这么段好事!"库长天见母亲感兴趣，趁着酒兴还要说话，小兰花一句话把他挡了回去："你是吃了铜勺把——呕病（柄）!""呕病"是南角墩骂人的话，别处似乎没有这么说的。

第二年是一九八三年，南角墩又发生了两件大事。

第一件事是春初的时候，广播里听说了很多年的"联产承包责任制"这个词落实到了每一户身上，库长天一家三口都分到了地。第二件事情第一件事情里已经提到了，奚有英生下了一个儿子。库长天当年结婚都是个问题，那王兰英竟然要给他找个"大袖子"做婆娘。现在竟然生了个儿子，这自然是一件大事情。人们的议论是"坏稻剥好米"，"好米"自然就是说的这个"大小伙"。南角墩人说姑娘都是"细丫头"，说儿子都是"大小伙"。不管你有多能干的女人，生个"细丫头"就总是让人有点遗憾。比如这一年和库长天儿子一起出生的王兰英的孩子就是个"细丫头"，这一点颇有些让人不满意。不过，王兰英这个被人们议论为"下面没有爬出一只蚂蚁"的"公婆娘"，到底为四喜子生出个一男半女，这也是令人欣慰的事情。

库长天的儿子是正月十三生的，这一天旧历"上灯"。小兰花请来本村的赤脚医生接生，女先生在屋内喊了一声："兰姨娘，恭喜你，是个'茶壶嘴'……"随后就是一声惊雷炸响一般的哭声，小兰花在外面两行热泪下来，跺了跺脚说："又是个'大喉咙'的小伙，这家要被他吃穷了呢!"这当然也是一句欢喜的话。

邻居们都来道喜，那"四大天王"的大呆子、二歪子、三叶子、四喜子早就约好了，带了做好的纸灯上门“送灯”。这是平原上的习俗，送灯便是贺喜。送灯的人以后便如这孩子的干爹一样，一辈子人情行礼都要来往。大家闹这“欢喜账”，是给这苦涩的日子带来点盼头。大呆子早就惦记着那库长天床肚底下还留着的两瓶“老明光”，这酒是库长天从安庆来回带的，之前喝了两瓶。喝酒的时候库长天说漏了嘴，但一直也舍不得拿出来。就连结婚的时候也依旧是“粮食白”，现在添了个“大儿子”，这酒看来是保不住了。库长天连连说一定喝掉，可是帮忙做饭的邻居会“当家”，把酒给库长天给藏了起来，说他们是“有一千用八百”的“蒲包”，家里什么好东西也留不下来。喝酒之外，全村每户人家还要散三个红鸡蛋加一碗糯米饭。生儿子散红鸡蛋也是旧俗。用洋红染的鸡蛋，富庶的人家也有散五个的，另煮上一锅糯米饭每家盛一碗。邻居们也要“回礼”生鸡蛋、米或者见面礼，一切也都是个热闹。

可是酒到底没有办得起来，热闹也就只是那一刻的事情。

孩子出生之后，奚有英就意识模糊。开始以为是失血虚弱，但人醒了之后脑子糊涂，满嘴的胡话，见人就说：“我害怕，有人要来抓我……”这话说得家人心里糊涂，但怎么安慰也没有用——库长天知道她的精神病又犯了。小兰花急得团团转，孩子生下来一口奶水没有，儿媳妇却满嘴胡话。母亲心里又泛起了嘀咕：莫非又是“蹚了鬼神”？这话才说出口，库长天就阻止说：“我知道的，她本就精神不好，哪里来那么多的鬼神？”

小兰花听儿子这么一说，脸彻底撂下来问他：“你到底还知道些什么没有说出来？她哪里来那么多的病？”库长天咬着牙不开口，村子里却很快就传遍了：库长天的婆娘疯掉了。

孩子没有奶水，就只有用米面蒸糊状的米糕充饥。熬了十来天四喜子的婆娘王兰英也临盆了，生了个“细丫头”。四喜子知道库长天家的难处，便让小兰花将孙子抱到他女人那喝奶。这小子真的“有奶便是娘”，一顿喝饱了乖乖地睡了。大呆子也来看闲，望见草窝子里两个孩子，也不知道怎么就冒出一句：“哎哟，你看这呆丫头，到底没有小伙神气！”

四喜子眼睛一瞪回了他一句：“你真是不会说话比吃屎还难！”

库长天在家看着神志糊涂的奚有英，所有的耐心都被眼前这个女人用尽了。可奚有英似乎并没有精疲力竭的时候，而是闹得越发厉害，甚至开始无端地摔起东西来。家里虽然没有什么值钱的东西，但被她的疯癫折腾得鸡犬不宁。库长天急得直跳脚，又舍不得打她，急得没有办法了就抽自己的嘴巴。但奚有英到底是糊涂了，她越发哭闹打砸得厉害，最后无奈库长天只有将她用绳子绑在了床上，由她自己撕心裂肺地哭闹。哭哭闹闹似乎又唱起来，库长天在外面听得哭笑不得，细听听那带着哭腔的歌唱，竟然是好多年前他们在部队唱的那《哪儿来的锣鼓声》。

听到这歌声库长天号啕大哭，哭得乏了站起来捶着胸口说：“这日子真是要逼死人了……”孩子由母亲小兰花带着，奚有英的哭闹已经让他精疲力竭。他实在逼得难受的时候就扔下这个家——现在这还算个什么家？只是几间房子而已，也许没有眼前这个又残又疯的女人，日子还清静点。他去母亲那看看孩子，心里稍有些安慰。这孩子食量大，也不能总是去王兰英那喝奶，母亲便仍要做“米糕”，又要洗尿布，每天是“眼睛一睁，忙到熄灯”。

她望望库长天满脸的疲惫，叹了口气说：“当年生你的时候我也没有吃过这么多的苦，七个儿女也没有这一个孙子累人。”

对于库长天而言，累人的日子才刚刚开始。

他从母亲这回去，本来听孩子哭几声心里片刻安慰，还没有到自己的房子，脑子里又满是奚有英的哭闹声，还有那句：“我害怕，有人要来抓我……”可今天这声音只是在他脑子里盘旋，直到进门都没有听到一点动静。他开了灯一看家里竟然顺得干干净净，他喊了一声没有人答应，心里突然有点恐惧，生怕哪边有人突然冲出来。可是房间里也是空荡荡的，那用来绑手的布绳子，也理得好好的放在床边。

库长天一拍大腿，急得直跳，说了一句：不好，她跑了。

奚有英是跑了，也不知道跑到哪里去了。他把村子里找了个遍，只有黑暗里狗叫声与他冷漠地对付。他在这个已经跑了三十多年的村落里奔了几个来回，甚至连大盘汊的土地庙都去看了两遍，但就是找不到人。他奔到大呆子家，这汉子喝了酒正睡得迷迷糊糊。听库长天在门外低声说奚有英找不到了，可能酒还没有醒，竟然糊涂地回了一句：“这个婆娘，走了也好！”库长天听他说这醉话一点也不介意，只是心中满是懊恼。他也不想这时候来敲大呆子的门，可他感觉除了敲他家的门，现在这南角墩好像真是无路可走。现在，就是高玉宽站在他面前数落一气，他也恐怕无话可说。

大呆子穿了衣服起来。清明之前的倒春寒如阴险人的冷漠，时不时地在阴暗的角落蹦出来。库长天站在黑暗里一言不发，他现在觉得头上的月光都是令人生厌的。他不知道能把大呆子喊起来干什么？大呆子也是一脸茫然喊来二歪子和三叶子，这一折腾已经半夜，几个大男人都往库长天家走。库长天好像觉得少点什么，走几步才想起来四喜子没有来，好像这几个人总是要连在一起的。村里人说他们是“佮条裤子尿尿”，就是尿尿也要一起的。

大呆子人粗心细，知道厍长天他们心里疑惑，走了几步说：“四喜子也可怜，好不容易老来得子，姑娘竟然是个呆子，这长得好看的女人到底妖怪！”本来厍长天心里就懊恼，听大呆子这一说，心里更是憋屈。倒不是自己的儿子喝了几口奶，单想想这都是穷苦的命却雪上加霜，他吐了烟头骂了一句：“日马马，真要逼死人了。”

厍长天吸烟是很早的事情，但成瘾是大呆子教出来的。大呆子是“滥烟滥酒”，手指头熏得发黄，都是一根根劣质的“大前门”香烟熏出来的，用四喜子的话说这是古董的“包浆”。其实这些人的包浆不只是烟油，更有这该死的日子逼出来的躁狂。

三叶子好像日子还不够苦，说了句火上浇油的话：“你那儿子喝了小兰英的奶，会不会也是个‘拙蛋’？”

大呆子骂道：“你不说话没有人当你是哑巴，你赶紧离开这南角墩，不然迟早嘴被婆娘撕烂了。”大呆子说要他走，并不是胡说。三叶子最近又盘算着要出去“打工”，听说现在外面“开放了”。城里赚钱的机会多得是，他不想蹲在这种死田。厍长天也说：“你赶紧死滚，最好是‘外死外葬’，我们以后肯定给你磕头烧纸！”就这一路骂着心里到底快活了很多，可走到厍长天家仍然不见人影。厍长天感觉累了，骂了一句：“日马马，不找了，任这婆娘也‘外死外葬’的好。”“外死外葬”是句骂人的话，一个人死在外面葬在外面，这对于南角墩人来说是最悲惨的事情。折腾了半夜人困马乏，便也就这么散了，好像这样跑上一段路心里才好过一点。

接下来的十多天，库长天在方圆十多里找了几圈，最后他也觉得无望了。早上晚间在村子里的路口望望，知道没有音信也去望望，这最后只是成为一种仪式——就像去土地庙里烧个香，其实未必有实在的意义。开始他还逢人就问问："有没有见到一个驼背的女人?"问得多了人家也厌烦，以后他自己好像也忘记问了。奚有英好像就是故事里说的那个误入凡间的仙姑，来库家生了个孩子就不见了。

这一走失不知道死活，竟然十年就过去了。

十年里，库长天就带着儿子生活。他看孩子慢慢长大了，心里倒也好过一些，竟然这样想："那疯了的婆娘走了也好，不然不知道要受多少活罪。"他暴躁起来也打孩子，小兰花就抹着眼泪劝他："到底是你的子孙，'一切往孩子身上看看。'"所以，"一切往孩子身上看看"就成了他的口头禅，也成了他的精神支柱。大呆子又劝他："你看那四喜子倒也夫妻双全，不过孩子是个傻子，比起他家来你也是不错了，'一切往孩子身上看看。'"四喜子的姑娘确实是个痴呆，这当然不是王兰英奶水的问题，库长天这个活蹦乱跳的儿子可以作证。四喜子和王兰英是老亲，近亲结婚儿女痴呆的例子也不少。四喜子给姑娘起了个很"乡气"的名字，叫"小粉子"。大概他对这孩子是失望透顶了——为什么这么说，因为他是故意给女儿起这么个随意的名字，而却给库长天的儿子起了一个据他说很高级的名字：秋水。这四喜子本来识点字，也会拉二胡吹唢呐，还有一条好嗓子。自从发现女儿智力低下之后，他就一度很低落，于是就感觉一切空荡，竟然发愿要做和尚。当然，他不是真去寺庙做和尚，也不是离家出家，而是做和尚这种职业。

这个地方有一种职业叫“和尚道士”，就是村里有丧事的时候请来“放焰口”的人。他们做法事是要收钱的，而且照样吃鱼吃肉。他们学佛法道教不是信仰，完全就是养家糊口的职业，当然四喜子说自己是看透了一切的“开悟”。做和尚是要学徒的，学的不仅是佛经，还要吹拉弹唱，唱的也不仅仅是经文，还有戏文。因为一般人家丧事“放焰口”之余，都要和尚唱戏。戏文是旧的，和尚们还要反串女角，捏着嗓子分饰几种角色，这也是一门功夫。因为学唱戏，就知道了不少的戏文，四喜子的本事就多起来，有些话一般人就听不懂了。库长天的儿子生下来，奶奶小兰花给起了个简单的小名叫“小兵”——他的父亲是当过兵的，现在的子孙就是小兵。到了报户口的时候要起“大名”，就请“送灯”的干老子四喜子起名字。

四喜子作为干老子给自己姑娘起名字很马虎，给干儿子起名字却用了心思，他想起来那戏文《白兔记》里祝英台有一句唱词：渐黄昏大欲瞑，一抹淡云飘。孤鹜暮鸦，秋水长天月照。

库长天是老子，儿子要胜于老子，于是就给孩子起了个名字：秋水。库长天肚子里没有墨水，世上的字只认识三个，那就是自己的名字。想想这“秋水”二字好像还蛮中听，自己祖上在水边生活，老子库万年从水里上岸到南角墩来，现在眼下生活的地方也到处是水。于是便觉得这两个字好，户口本上就落了“库秋水”三个字。

四喜子告诉库长天这三个字有诗意，将来这孩子念了书一定能成为一个诗人，成不了诗人的话就给他做女婿。库长天听说这话眉头紧皱，说:“什么‘湿的人’还是‘干的人’，能有口饭吃就好。”四喜子也知道，自己那姑娘哪里能做人家媳妇？不过是

"做梦吃糖——想得美"罢了。库长天倒也记得自己老子的临终遗言：一定要让后代读书，所以一到"幼儿班"的年龄，就让库秋水拎着一个空无一物的黄书包去"念书"去了。

孩子愁养不愁长，日子可不仅是多一张嘴的事情，各样都是要钱的。库长天眼下这几亩地是撑不下去生计了。母亲小兰花也过了古稀之年，望着儿女们给的口粮过日子，那消瘦的身体也没有力气帮助哪个了。库长天好像没有在意时间过得这么快，过去还说自己岁数大了，现在竟然感觉自己变老了。当然老了的人，不是他一个，所有人都在变老：大呆子娶了婆娘嗓门也小些了，他说自己岁数大也喊不动了；二歪子娶了婆娘之后一直病歪歪的，后来花了钱帮助修缮土地庙身体才有点起色；三叶子在外打拼不见人，据说现在做了包工头还有个小婆娘跟着，但已经很少回南角墩了；至于四喜子除了周边村庄中有死人的消息他"喜出望外"，其余时间就在家拉二胡。人们总是这么说：他又盼着人"老"了。就连高玉宽也老了，他的儿子高求也长成了大个子。高玉宽的个子好像矮了一些，唯一不变的是他"支书"的位置，一直坐得稳稳的。

四喜子的姑娘小粉子总是站在村口的小桥边傻笑，这也已经是南角墩的一道奇怪风景。库秋水每次见到她有些古怪的笑容就有些害怕，村里人总是说："你呀，是喝过她妈妈奶的，将来要做人家女婿。"库秋水听到这话拔腿就跑，以至于以后绕路走，不再看那痴呆的笑容。

但库长天知道日子是回避不了的。他站在河边把烟屁股抽到最后一口，用手捏得瘪瘪的，扔在地上踩了一脚。三荡河是南角墩后面的一条大河，这条河不知道从哪里来，但是人们知道往哪里去：东海。好像在人们看来所有的河都是通往东海的，因为他们从来也没有离开过南角墩。原先的黄雀荡和大盘汉都被承包作为鱼塘，除了黄雀荡边草荡圩上的坟头和大盘汉边的土地庙还在，其他一切都改变了。

现在人们要吃些鱼就到三荡河里去摸——库长天也看上了这条波浪滚滚的河流。

库长天其实也没有什么别的本事，父亲库万年教给他的两条没有丢：一条大嗓门，还有一根吆鸭的舞把。他决心养鸭子，这是一门“祖传的技艺”，除此之外他总不能“搬砖头砸天”。小兰花有些担心这鸭子养不得，这不是庄稼人应有的“本事”，说到底她是怕别人看不惯自己。南角墩的人有一种很奇怪的情绪，那就是“帮穷”。你穷了大家都舍不得你，甚至卖了鸡蛋来周济你。可你要是日子稍微好一点，人们就要怀疑起来：他哪里来的这么多钱？是不是偷了摸了，还是女的“偷人养汉”了？一句话，你的日子只能和他一样，最好是稍微比他穷一点。差得太多也不行，那就是“烂泥扶不上墙”了。

库长天要养鸭，小兰花也拦不住。

小鸭子从炕房里抓回来，叽叽喳喳像人们的议论。南角墩老庄台上的人还没有这些鸭子的数量多，但人们的议论却很多——这三百只鸭子是在“饱受争议”的气氛中下水的。鸭子欢快长得也神气，一进了三荡河的水，游起来活蹦乱跳，这就是人们说的“鸭溜子”。库长天在三荡河边搭了鸭棚子，又在旁边搭了自己睡觉的棚子，这里又成了村子里单头库子，他又成了鸭司令。

这样他的那几间曾经非常显赫的大瓦房就空下来了。他自己想想有些舍不得，转而又劝自己：没有人的房子本就不算个家。

库秋水就和奶奶住在一起。他早出晚归去上学，中午在食堂吃青菜汤泡饭，早晚也见不到父亲的影子。只有学校要钱的时候，他才去找自己的老子。库长天每次都扯着嗓子问："我是造钱的么？"

库秋水也倔强，他忍着眼泪反问他："是我自己要上学的吗？"

老子又反问他："你是为我上学的吗？"

库秋水就掼了书包说："那这穷学我还要不要上了？"

听到个"不"字库长天立刻火冒三丈，从边上捞起赶鸭子的"舞把"就往库秋水身上抽打。这小子也倔强，一点不动弹。库长天打得累了就说："你现在过的什么日子？过去——我们还上学？都是放鸭做农活，稍不如意爷爷就用'七股三伶'的麻绳往身上抽，你现在都已经过上什么好日子了？"

第二天库秋水依然两手空空地去上学。库长天在晌午的时候将钱送到学校去，当着老师和同学的面说："老子钱给你送来了，就是拆屋卖瓦也给你上学！"库秋水也还是不说话，看见老师收了他那几张皱巴巴的钱，回教室自己读书去了。

库长天的鸭子长得真是好，三荡河里的水到底是活食多。到了秋后，鸭子壮硕起来褪过一次大毛就更加油亮，库长天自言自语道："好日子就要从这鸭屁股里冒出来啦！"

就在放鸭之余，库长天还有了另外一条生计。他买了一条网，请来渔业大队的师傅做了一条大罾。这种捕鱼的工具在外村见过，在南角墩还是头一遭。就和养鸭一样，除了他这个外来的库家，南角墩是没有过这种生计的。人们就翻着眼睛说："哼哼哼，都是他库家出奇出格的事情多，到底是外来的侉子！"罾是一种大的捕鱼工具，一张河面一般宽的网，三个角固定在两岸，另一个角连着轱辘将网沉入水底。扳动轱辘便"网出鱼现"，这是一种守株待兔的捕鱼方法。渔网沉在水底，库长天就在棚子里睡觉。他估摸着鸭子也走不了多远。醒来后扳一罾多少不计较，“大的留着卖，小的留着煮咸菜”，这样的日子虽然也常捉襟见肘但还是有点让人眼红。库长天听人议论，就把那小鱼中一种叫“油塌鳊”的拾出来扔在地上说:“人和这鱼一样，是该死的命!”油塌鳊是一种小鱼，浑身的彩色艳丽得很，尤其是眼睛红得夺目，人们说人妒忌便说“红眼睛鱼”。

人心一黑眼睛就红了。

过年之前，库长天是想着给儿子办十岁生日酒的。南角墩的日子虽然穷苦，但是“生日满月”的事情还是重视的。一个人出生后要办很多的酒，如三朝、满月、过周等，尤其逢到十岁整生日更是重视。库长天看着日子有点起色，就想着给儿子过十岁的生日。孩子出生到现在，并没有像样办过一次酒，他大概是想借此谢谢邻居们的帮扶。库秋水的生日是正月十三，上灯是个好日子，也正是年节喜庆的时候。库长天盘算着卖掉几十只鸭子可以办几桌酒，加上吃酒都是要有“人情钱”的，这样一算不成问题。鸭子春节后就生蛋了，邻居都说这侉子到底有祖传的本事，眼看着一窝鸭子带来了好日子。

正月初十这天集市开了，库长天抓了几十只鸭子去卖。他心里虽然有些舍不得，但想想已经事先约好的酒席，就咬咬牙过了秤收了钱准备办酒。办酒是要厨师开“厨料单”的，他拿着钱回来准备去找厨师的路上，顺便去看看在河里吃食的鸭子却一只也不见。他知道鸭子是鲁莽的东西，喜欢到处跑“追食”，便不在意直接回了村子。待他开了厨料单回到家中，有人在后面吵成了一团。他还没有走到三荡河边，就听见有人喊:“小牛，小牛，你的鸭子被毒死了!”

他听说这话脑子里嗡嗡地响。大概除了母亲之外快二十年没有人喊他小牛了。最近这半年来大家都觉得“鸭司令”牛气起来，便把这个小名翻了出来。他也不生气了，他觉得是大家认为他现在很牛。人过上点好日子，有些事情也就不计较了。

但听说他的鸭子全部被毒死了，他一路蹦一路跳喊着：冲家了，冲家了。他这一喊南角墩炸开了，他好久没有这样扯着嗓子抽冤，南角墩也很久没有这般惊心动魄过。就连村里的妇女想不通喝药水了去抢救，也没有这般惊天动地的声响。但这些从嗓子里蹦出来的声音以及他直跳脚的动作，并不能丝毫地改变现实，而只是让疼痛来得更加剧烈。他由叫骂转为怒吼，那嗓子里似乎要喷出火来。南角墩被吓得瑟瑟发抖，就连狗都夹着尾巴奔逃四走。最早发现并扯着嗓子喊的大呆子站在三荡河边，像一棵木愣的树一样长在正月的寒风里，他的大嗓门在这嘶喊声中失语了。

库长天奔到河边，一脚没有踩稳滚落到水里，浑身的泥灰也全然不顾。他抓起一只奄奄一息的鸭子重重地掼了下去，号啕大哭起来:“真是要逼死人了!”

大呆子也连忙跳下岸边坡地，站在水边望着一堆僵死的鸭子，眼睛里的泪水被悲情逼了出来。他拉着站到冰凉水里的库长天，嘴里骂道:“这是哪个狗日的下狠手，真是要逼死人了!”随后赶来的人们围观着水边这悲凉的一幕，哑着嘴不敢出大声。大呆子和那几个兄弟用船篙将那些死去的鸭子捞上来，堆在放鸭的“鸭漂子”上。两百多只鸭子压得小船吃水很深，四喜子撑着船从三荡河与内河相接的闸门进了村庄，就像是运着死去的亲人一般悲恸。

大呆子紧紧拽着库长天，硬是将他拉上了岸，押着犯人一样将他推回到村子里。后面一帮看闲的村民默默地走着，就像是送葬回来的队伍一样静默。船靠边之后，一堆鸭子又被拾到岸上来，堆在门前的空地上。这片空地本来是小鸭子下水前围养的地方，现在成了它们最后的挺尸场。库长天坐在门槛上号哭，母亲小兰花在家里急得直跳，一声猛烈的咳嗽吐出血来——这眼前的光景确实太逼人了。

库秋水站在门口，看着死去的鸭子和围观的人们，黯然地说了一句:“什么都没有了!”

这话说得也没有什么深意，但惹得围观的人潸然泪下。

人们的议论纷纷也解决不了什么问题，有人说要报警，有人说要烧香诅咒，有人说是破财消灾……等人全散去之后，大呆子和二歪子默默地挖了一个大坑，库长天使尽蛮力将那些肚子里已经蛋卵累累的鸭子全部推进了坑塘，亲手将它们全部埋了，就像埋自己的亲人一样悲怆。四喜子忙着帮他做饭，他的女人王兰英就像在家的婆娘一样，默默地坐着烧火。桌上放着的是——张厨师在红纸上写的厨料单，现在这就像是贴在墙上亡人的“七单子”一样令人悲伤。小兰花哭得没有力气了，她活了七十多年，丈夫死的时候这样哭过，其他再难的日子也没有这么伤心过。

她拉着库秋水回自己的住处去，害怕库长天这头蛮牛打孩子解恨，现在也确实只有库秋水可以撒气了。出门才走几步远小兰花感觉腿上无力，一个跟头差点跌倒，还是十岁的孙子一把扶住了她。老人靠在墙边缓了缓，除了孙子也没有人理会她。库秋水扶着奶奶回去，心里满是老子库长天脸上的愤怒。走一段又回头望望，生怕老子拿着棍子追过来没头没脸地打他一顿。

王兰英拍了拍身上的草灰，叹了口气说:“人死了日子还要过呢，谁让你这么‘出奇出格’地日子突然好过起来，这是有人‘火筛洒猪血——眼红’了。起来吃饭，活人嘴里不会长青草。”王兰英这一番话说得厍长天无语，他抹了抹脸上的泥水说:“你说这些话，倒像是我妈妈了!”大呆子知道厍长天缓了过来，自己拿了那“粮食白”往碗里倒，又把厍长天按在凳子上坐下说:“不要怕，我们哥儿几个在，日子总是要过下去的。”男人的嘴里再苦，二两酒下肚就麻木了，话说这种被女人称之为“骚屄酒”的东西比女将还善劝人。

三碗水酒下肚，四喜子已经醉眼蒙眬。王兰英夺过来那碗，把剩下的一半喝掉，平时酒多话少的二歪子冷不丁来了一句:“亲家母真是好酒量，原来你家是‘母鸡敬菩萨’的!”因为“四大天王”给厍秋水送过灯，那就是孩子的干爸爸，大人们之间则如儿女亲家一般相称，或最多加个字叫“干亲家母”。村里人都用公鸡敬菩萨，说母鸡敬菩萨那就是说这户是女人当家。平素喊亲家母人们语调都不一样，且把“母”字读成“摸”字，特有意淫之乐趣。王兰英喝了四喜子的酒，又让厍长天少灌一点，本来伤心的事情好似变成了乐事。大呆子一听马上就补了一句:“哎哟，王兰英舍不得厍长天了，到底是‘亲家母上门，不是借东西就是借人’!”这个玩笑开得有些过分，王兰英骂了一句:“饭都堵不住你的嘴，真是个‘裱糊匠开糟房——酒少话（画）多’!”说罢便开门出去——她是想去到河边拎点水，家中缸里水不多了。她想给厍长天把碗盏洗洗，一个男人带着孩子过日子，是干净不起来的。

门一开，王兰英往后一退，喊了一声“妈妈呀”，吓了大家一跳。几个人往外一看，也惊得酒碗几乎是掉在桌上的。

奚有英站在门口，和外面的黑夜一般死气沉沉。

库长天愣着不动，和碗里的酒一样沉静。可酒在肚子里是会爆发的，这一点和人的情绪一样。库长天突然就又跨出门，冲了出去打了奚有英一个响亮的耳光，大声地喊了一句："你回来干什么?"这几位根本就没有反应过来，等这耳光打响的时候才起来上前拽回了蛮牛一样的库长天。奚有英站着不说话，被打了也一动不动。她比过去憔悴了很多，但周身还像过去那般爽净。王兰英见库长天这般粗鲁，连忙一只手拥住了奚有英，一只手指着库长天说："你这个蛮牛，人都回来了，你再打出个好歹来!"库长天似乎这时候才想起来奚有英的病，但又看看似乎神志还算清楚。四喜子站起来说："回来就是好事，赶快把库秋水喊回来，孩子妈妈回来了!"

库秋水和奶奶回了家去，吃了一碗菜饭，肚子饱了心里仍满是恐惧。

他知道父亲这回受了灾难，现在唯恐受皮肉之苦。奶奶吃过饭依旧咳嗽，坐床边灯光下给孩子说父亲过去的事情。有些事情讲过很多遍，但听起来还是离奇得很。说说小兰花又起来，在自己放衣服的箱子里翻了个东西出来交给库秋水。这东西便是当年薛大姐留给她的玉佛，老太太在这昏黄的灯光下把这个有些理不清的故事讲给孙子听。原来这玉是现在的支书高玉宽生父留下来的。高玉宽的父亲是个当官的，当年捡到了这块玉留给孩子的。高玉宽是他母亲薛大姐从城里带到南角墩的，他的生父叫高长海，不是南角墩的高来财，他是高长海的私生子。薛大姐死的时候也没有告诉高玉宽真相，因为高长海后来也没有了联系。她死之前还指望小兰花去城里找一找这个人的下落，可是小兰花也没有再出过南角墩。为什么薛大姐要将这事情托付给她呢？因为高长海当年当那个“运工所所长”的时候遇见了大水，被厍秋水祖父厍万年的父亲救下来，高长海和厍万年抱着一块棺材板逃了一劫。高长海灾后仍然做官，但又因为形势所逼，躲到了湖区里去。小兰花的父亲当时是船老大，他们之间也认识。据说后来发现高长海是个“反动派”，就秘密地将他害了。后来小兰花全家也趁船逃到了盂陵镇的湖边。最终，小兰花和厍秋水的爷爷一起回了南角墩，这段故事就烂在了肚子里。薛大姐死之前将这些事情告诉小兰花，却没有告诉自己的儿子，她觉得这段历史不光彩，可她还是想能够找到高长海最后的下落。

小兰花看着十岁的厍秋水听得似懂非懂，摸摸他的头说:“你识字了，将来要是有出息去城里找官家问问这个人，他叫作高长海，他过去在运工管理所。这事情万万不要和别人讲，玉佛也好生收着，不要让你那冒失的老子知道。奶奶看着大半截已经埋到土里了，今天就把这故事讲给你听，我们厍家对他高家是有恩的。这话现在说起来没有什么意思了，但你只要记得‘好人有好报’就可以了，一定不要轻易说出去。”这些话说得厍秋水有些迷糊，说到让他“不要说出去”又让孩子有些惶恐。他不知道眼前形容消瘦的奶奶除了咳嗽和虚弱，心里竟然还藏着这么多旧事。

正准备关灯睡觉，有人在外面喊门。厍秋水听出是王兰英的声音。他平时并不喊她“干妈妈”，而是喊她“英子姨娘”，因为从小就有人笑话他没有妈妈，又有人笑话说他的妈妈是个驼背，还有人说他妈妈是个疯子，反正他也没有见过，他也不想喊任何人妈妈。王兰英在外面喊:“秋水，你快起来，你妈妈回来了。”小兰花听到这话心里一惊，并没有一丝喜悦，倒是毫不在意地问了一句:“她从哪里回来的?”

库秋水听得脑子糊涂，他也不知道自己的“妈妈”是从哪里突然回来的。小兰花本来想让孩子不要回去，她这些年到底对奚有英有了怨恨，如果哪一天听说她死了，也许倒会让人心里好受一点。库秋水当然有点好奇的，说着话就胡乱地套上了衣服，伴着门外吹进来的一阵冷风和英子姨娘回家去了。他十岁了连妈妈的照片都没有见过，现在要突然去见她，走到半路的时候想起人们关于自己妈妈的传说，不由得又慢吞吞地停下来。王兰英知道孩子心里的不安，搂着她的肩膀说:“她是你妈妈，又不是会吃人的老虎!”英子姨娘搂着，让他感觉很温暖，他只听说过的妈妈从来没有这样搂过自己。

库秋水的妈妈回来了，这在南角墩也成为一件热闹的事情，比这快要到来的“灯节”还要有意思。库长天依旧到那三荡河边的棚子里睡觉，他没有了鸭子但还要守着自己的大罾。库秋水张不开口喊妈妈，但觉得她除了驼背之外，和自己想象的样子还有点像，所以对她也没有恶意。她做的饭库秋水也吃，吃得呼啦呼啦的。奚有英说:“你真是像小猪一样的讨喜。”奚有英还知道自己的儿子属猪。库秋水也不反对她这么说，没有妈妈的日子都挨了这么些年，多了一个妈妈又能怎么样呢?

虽然库长天显得很淡然，但母亲小兰花却似乎特别反感。她的咳嗽也越发严重，咯血也多起来。库长天借了四喜子外出做法事的自行车，将老娘驮到乡里卫生院，照了片子之后医生示意库长天“一边说话”，小兰花脸上满是痛苦与绝望。别人是瞒不了自己的，尽管医生还想给病痛晚期的实情“保密”。库长天对母亲得了肺结核也似乎并不意外，无奈地说了一句:“我老子就是这病死的。”医生关照他不能大意——这病是传染的。他领了药又驮着母亲回到了南角墩，从此便让库秋水不要再去奶奶那，更不要说吃她的东西了。库长天找来兄妹几个，他们平素各自生活，独居的小兰花也不要孩子们照顾。她经常念叨:“鸡头朝西，个蛋个鸡，公鸡少，母鸡多，花花油绿一大窝。待到大毛长齐了，各上各的窝。”孩子们在她眼睛里就是“各上各的窝”的鸡崽子而已。七个儿女在库长天家坐下来，这天已经是落灯，灯节的最后一天正月十七。知道了小兰花的病情，兄妹们都愿意出钱送去城里住院，但都推老大带母亲去，因为他们开春了各自都有要忙的事情。

奚有英站在一边听他们兄弟姊妹议论，这个刚刚回来的“新姐姐”现在神志清楚，说了一句:“你们忙就忙去，我来服侍她就是!”大家以为奚有英这又是一句疯话。但库长天听了心里倒是暖暖的，这话像自己家人说的话。

可是奚有英并没有机会去服侍小兰花，她大概不知道婆婆对自己这十年出走的痛恨。在外面玩的库秋水经过奶奶的房子，没听见那痛苦的咳嗽声，就“擅自”进去看了看，看到的却是令他恐惧的场景。他奔回到自己家中，喘着粗气喊了一句:“奶奶死了!”

库长天一下子火冒三丈，上来就给他一个耳光，把生活的怨气又撒在了儿子身上。可一巴掌下去想想不对，跳起来直奔小兰花的房子，进门看了号啕大哭：老娘真的归天了。

一趟儿女跪下来哭天呼地，把这南角墩闹得心绪不宁。人们在家里说:“你看有一帮儿女就这个好处，死了之后有人哭。”

村里的厨师说:“这倒是省事，本来是红纸写的‘厨料单’，现在用来做白事，这个老太太一辈子都不多麻烦人一点。”

后来有很多关于小兰花死的传说。有的说是儿女不肯给看病拖死的，有的说小兰花怕累赘人自己喝了农药，也有人说她是自己扎了绳子上吊死的——证据是厍长天在母亲入殓前并没有当众给母亲“洗脸”。大家后来又说，这老太太一辈子干干净净的，死了也没有给七个儿女一点麻烦，可怜死的时候还知道选个好日子。这落灯的日子好记，以后大家也忘不了她的周年。连高玉宽这个老资格的支书也来吊唁磕头，在灵前喊了一声:“兰姨娘你好走。”

人也就一口气，她便咽下了这口气，去草荡圩的坟滩上找那厍万年团聚去了。她丢下这让人直跳脚的生活，留着儿女在下葬前一阵又哭又跳——这些也不关她任何事了。

四喜子给老干娘放了焰口，还唱了一段《叹骷髅》:

> 叹到春天来，桃杏花儿开得满树红！清明寒食佳节，家家人家上坟祭祖宗！骷髅呀，你可有谁人到你坟前烧化纸钱把你用！有儿有女的人，坟墓头上飘钱又化纸！无儿又无孙的人，坟墓头上冷如一块冰！骷髅呀，你鳏寡孤独之人越想越伤心！六月热死人的天，没的哪个问到你！秋七八月月光辉，腊叶子照在坟当中！骷髅呀，你到了冬天来，受不尽的风霜雨雪，再加一层冻！我今宵，仗佛力，提出骷髅你出苦海，众骷髅，一个一个上往往上天宫！

第六章　归　乡

这年开春早，但春天来得迟。

待到“打过春，赤脚奔”的日子，厍长天不是忙乎“过了年，忙种田”，而是苦于“菜花黄，痴子忙”。

下河平原上的菜花真是神奇，就像积攒在人们心中的愤怒。平素是看不出来的，但爆发起来就铺天盖地。就像是锣鼓家伙一敲，满村里子惊天动地，菜花会突然在平原上铺陈开来。这种铺陈是不由分说的，所有的土地都尽情地抒怀，满眼的金黄将土地装扮成一个着装乡气的女人。说好看其实也很朴素单调，说不好看但也总是自家媳妇。黄色的花海被河网密布的水流分割，掩映其间的青灰屋舍已经苍老。它们和人一样无心眷顾这后来被城里人赞为仙境的春色。

厍长天经常看着奚有英的脸色，生怕她的癫疯一下子就爆发出来。十年前也是这个时候，她生下厍秋水之后，在一个普通的夜晚走失，给这十年光阴留下无尽痛苦。厍长天不敢问她去了哪里，尽管他的心里满是疑惑。他怕自己的追问，将奚有英嘴里那句“我害怕，有人来抓我……”逼出来，就像这一夜爆发的油菜花一样一发而不可收。所以，厍长天便忍着不说，恰又像是等着一场无可奈何的爆发。库秋水收拾好了书包准备去上学。他试着喊过奚有英“妈妈”，她每次都低下头来轻声地答应，以至于孩子不喊她倒显得自然一些。

开学后三五天，学校的老师跟着来家访。库长天很远就看见老师领着库秋水回来，立刻烦躁起来：这小子一定是闯祸了，不然怎么被老师送回来的？他等着老师走近了来告状——哪知道不远处高玉宽也跟着走过来。库长天心里又突然变了想法：儿子不争气也不能让外人看笑话，所以他便不说话等着老师“发落”。

他害怕自己在高玉宽面前丢脸，尤其是有关子孙的事情。最近高玉宽得意得很，据说要调到乡里去了，还要去什么“文化站”工作。高玉宽是有些文化，当年也就跟着王兰英的父亲学过点吹拉弹唱。可是这种人还能做“大干部”？这令库长天非常愤恨，不过令他很“满意”的是：高玉宽的儿子初中总是毕业不了，在镇上胡混，是个“小痞子”。这让高玉宽非常懊恼，当初给儿子起“高求”这个名字，真是一语成谶了。高玉宽本想给他改个名字，哪知道这个浑蛋觉得这名字“霸气”，坏得够劲，有意思。他就需要这种又坏又狠的名字——这样在镇上的歌舞厅、桌球室、浴室、牌局上才能混得下去。

高玉宽面色平静地走过来，老师的脸上也满是温和。库长天却感觉到今天的“形势”异乎寻常。老师开口说：“库长天，你个泥腿子，儿子要给你争口气了！”库长天听老师这么说，有些不好意思，回道：“这个‘燕蛋’不给我惹祸丢脸就是好的了，不指望他有什么出息！”高玉宽听他说这话，补了一句：“你有什么脸给孩子丢的？捧牛屁股的人，还装起斯文来。”老师站在面前，库长天便忍着将人往自己家里领，不与这高玉宽计较。

“燕蛋”这个词是南角墩人说孩子顽皮顽劣的。人们常常说这孩子是“屋梁上的蛋——燕蛋”。库秋水读书还算认真，但是顽皮起来也是不得了的。这个被人们认为是“传代”，也就是有其父必有其子。他得到库长天遗传的有两样：一是黝黑的皮肤，这是库长天从自己父亲库万年那里遗传来的；二是一条好嗓子，他不用来“抽冤”，库长天会的“扯着嗓子唱的歌”都教给了他了。王兰英也喜欢他，带着他捏着嗓子唱女声。一年乡里文娱汇演，才二年级的库秋水被老师在脸上涂了腮红，脑门子上还点了红点，去独唱了一首歌，拿回来第一名的奖状。

可从此以后，人们总笑话他是与“丈母娘”学的歌。四喜子也人前人后说:“你和‘丈母娘’好好学，最不济以后跟着‘老丈人’我学做和尚，至少一日三餐有着落，到人家都是坐上席。”四喜子现在从小和尚变成了大师父，有了自己的徒弟，出去放焰口都坐上席，是“领唱”的大和尚了。库秋水看着小粉子整天站在村子口傻笑，心里很不是滋味，人们又“好意”劝他：你的母亲精神不好，你找个傻老婆也不错，这也是“传代”。库秋水急得拿起砖头要砸人，人们就笑着奔散而去。从此，他就不愿意在人前人后唱歌了，他觉得这是库长天教给自己的并不怎么样的本事。但他对英子姨娘没有意见。他知道自己喝过她的奶，四喜子对自己家的帮助他也是看得见的。他心里知道以后不会真做四喜子家的女婿，但还是要记得人家的好。

所以他长大了之后，就慢慢地不绕着小粉子走了，甚至有时候还朝她笑笑。

老师和高玉宽在家中坐下，库长天让奚有英去烧晚茶。晚茶不是喝茶，是吃茶食。家里有客人来，就要烧水打几个荷包蛋，南角墩人叫“蛋瘪子”，一般三个蛋掺着糖水端上来。当然，这也是“贵客登门”才有的待遇，比如孩子的先生来。奚有英晓得人情世故，在锅里打了六个蛋，不能让高玉宽竖着站不住脚。

老师来有正事说，让库长天不要忙，他不是来吃鸡蛋茶的。库秋水站在一边，高玉宽抢着话头说:“库长天啊，你家草荡圩的老坟滩冒青烟了，你儿子被上级学校看中了!”库长天以为高玉宽这是讽刺他，脸上满是不安。老师让库长天坐下，将事情细细讲给他听——原来省里面的艺术学校来各地招生，这一次办的是“民歌特招班”，临时招一批有民歌特长的小孩组建一个班。名额分配到乡里，要求必须有一个孩子去县里参加海选。因为对年龄有限制，岁数不能太大，大家在研究的时候就犯难了：谁舍得把十来岁的孩子送到外地上学？但任务总是要完成的。现在的政法委书记是库长天同年的战友，他在党委会上提议文化站在南角墩访一访，这个村很多人会唱民歌，一定有小孩子有些基础。其实政法委书记说这话虽然没有点名，但意思倒是非常清楚，不然并非他分管的工作他也不必多言。这位战友在乡里工作了很多年，也和库长天打过很多交道，“扁担打支书”的事情就处理过很多次。他也知道库长天家的难处，这样的孩子如果能免费上学，日后能转个“定量户口”的话，还不真是祖坟冒青烟的事情？会后意思传达到文化站，新任“主持工作”的文化站长高玉宽知道是“领导意图”——他作为文化站长本来犯愁怎么完成任务，这个名额看起来很宝贵，但哪里有人家舍得把孩子送到外地吃苦？再说又不是正经上大学，是去学“哼咍舞唱”的交易，这算是什么本事？所以并没有人愿意要这个“宝贵”的名额。高玉宽于是就想到了把这个“好机会”给库长天的儿子库秋水——理由是他参加过乡里的文娱汇演，得过独唱的第一名，是个难得的人才。

当然，这些话老师不会这么和库长天说，他也不知道这其中有各种“弯环”，只是诚恳地说：“库秋水确实有这样的天赋，这次机会也难得，去县里面试一下也是不错的。真要是选上了，那以后上学不要钱，艺校毕业之后还分配工作，户口问题也解决了——这真是高站长说的‘祖坟上冒青烟’的事情。”

眼下，这件事情看起来确实也是“划算”的。库长天答应了老师，周六带孩子跟着一起去城里参加面试初审。话说着，锅里的“蛋茶”好了，奚有英端上来放在桌上，把筷子在围裙上擦了擦搁在碗上。老师站起来说：“晚茶不吃了，眼看着就要吃晚饭了，吃不下去了！一定不要忘了周六的时间，我们在村头一起坐车去。”高玉宽也站起来走到门口，想想又说：“来去的车票和城里吃饭公家报销，这个我说了算数！”

人走了，奚有英看着桌上冒着热气的糖水蛋茶，眉宇间陡然有了一丝的阴郁，低声地问了一句：“乖乖，以后要出去念书了吗？”

库长天端起那碗呼啦喝了一大口糖水，骂了一句：“你懂个屁！”

面试在县里的文化馆。库长天跟着老师带库秋水进城。他有十多年没有进城，城里的样子已经认不出来了。库长天下车的时候对库秋水说：“你不晓得，当年我退伍回来，本来是有机会在城里工作的，单位是国营的酒厂，就是产‘粮食白’的酒厂。后来就是高玉宽父子做的孽事，让我丢了工作……”这话库秋水以前也听老子说过，但他就是不明白怎么回事。他倒是也听邻居说过，说自己的老子是因为跑到别的女人屋子里去，才丢了工作的。那个叫高玉娟的女人后来死了，这件事情库秋水到底也没有搞清楚。

面试的时候，高玉宽就坐在文化馆门口的台阶上等着。他朝地上吐了十几个烟头库秋水才出来。出来的时候，老师喊库长天，他倚在台阶边的廊柱上几乎都要睡着了。等人的事情真是比干活还要让人难熬。老师对他说："你赶紧跟我进来，你孩子被单独留下去了。不然不会等这么久的，那个面试的考官教授喊你去看看!"

库长天知道儿子面试大概还不错，可不知道考官要喊自己干什么，有些紧张地问："喊我去干什么？难不成要请我吃饭么?"老师见他这副漫不经心的样子，有些着急地说："孩子的事情你不认真，到城里来还是这般土气，迟早要误了孩子。"库长天被老师一说有些不好意思，就跟着又回了考场去。其实，老师也不知道考官要他们回来干什么，面试早已经结束了。

走进文化馆里，库长天对自己鞋子和裤腿上的泥点子有些不自在，他看大家都衣冠整洁就更有些心虚。到了考官坐的地方，有个人见了他就站起，走过来大喊了一声："抽冤佬副同志，抽冤佬副同志!"大家也不知道这位考官喊的什么意思，库长天一时间也愣住了，待人走近了他突然也喊了一声："小无锡！小无锡!"文化馆的人见到这个农民模样的人喊了起来，都招手让他声音小一点。那考官却拦着他们说："这是我的战友，库长天，库长天。"老师一听也惊呆了，这位主考官竟然和库长天是战友。

库长天虽然认出了自己的战友"小无锡"，也就是当年兵营里那位说话轻言细语的"蚊子同志"，但心里还是有些糊涂，他怎么会在自己县城里出现呢？"小无锡"是这次的主考官，大家都尊称他教授。面前这位腿上脚上都是泥土的农民，竟然喊着他的外号，这无疑也让大家都非常吃惊。

“小无锡”把他拉到自己身边坐下来，但库长天知道自己满身的烟味泥土，又往边上让开一点。“小无锡”问他：“你这是还在你那老家？你那老家我是一直记在笔记本里的，叫作‘南角墩’对不对？这次艺校招生分组的时候，我特意选了下河县，我记得你是这个地方人！你这些年还在那里，我给你写过信，你为什么一次都没有回过？”

库长天听他这么说，心里也糊涂，他没有收到过“小无锡”的信，但也不好说没有，只好说：“可能我们那个地方远，邮递员给弄丢了吧。”

“小无锡”也不再问这事，又说：“库秋水是你的孩子？我看到初审表格的时候有‘南角墩’三个字，又看见这个特别的‘库’姓，心里就想着这会不会是库长天的后代？这一看真是你的孩子，是不是？我本来就打算这次来有机会的话要去找你的，你倒是不请自来了，这算不算是缘分？”

库长天看看库秋水，有些自豪地说：“都说‘养种像种’，在南角墩只有我们一家姓库的！”

见“小无锡”夸这个孩子，文化馆的人也凑过来附和。库长天不知道，他嘴里的“小无锡”，也就是他们当年的“蚊子同志”，现在已经是省里艺术学校的副校长，是音乐界著名的教授。这一次来主持招考，还要顺便到民间去采风的。只不过，现在“小无锡”眼前这个库长天已经没有在军营时候的精神了，就连“抽冤佬副同志”也算不上了。文化馆的人见他们谈得投机，就见缝插针地说：“教授这次来我们下河小地方，有机会见到了老战友，是不是赏光到‘下面’走走？我们还没有来得及正式汇报，南角墩这个地方可算是‘民歌’之村，很多人都会唱原生态的民歌，教授您一定去走走！”

“小无锡”听说民歌自然高兴，说：“我知道南角墩的民歌不比你们迟。当年我和库长天在部队里就唱过，那首《哪儿来的锣鼓声》就是我根据库长天唱的旋律改编的，怎么样老战友，我们唱一个？”

说到歌库长天自然是没有忘，但他现在已经唱不出口了。在这文化馆里，这么多都是体面人，他一个老农民站着已经非常尴尬，让他开口唱确实是难为情。他便摇摇手说：“我现在是‘痰盂当汤盆——上不了台盘’，要我吵架骂人还可以，歌唱不起来了，人老了！”“小无锡”听他说这话未免感觉有些遗憾，哪知道在一边的库秋水举起手来说：“教授，我会唱，我唱给你听！”

“小无锡”一听来了神，赶紧说：“你唱，你唱，你唱就是你老子唱。”说唱就唱，张嘴就来。这在南角墩被认为是“抽嗓子”的民歌，竟然在教授面前成了“好东西”，这也是怪了。

库秋水张口唱道：

叮叮咚，叮叮咚。阵阵锣鼓敲得凶。爷爷问道小孙孙：谁家娶亲闹哄哄？孙子一听哈哈笑，爷爷爷爷弄错了，社里干河取肥泥，半夜就把锣鼓敲…………

唱完了大家都鼓掌。“小无锡”不说话沉浸在旋律之中，回味完了，他说了一句：“库长天哪，二十多年过去啦！”

库秋水唱完了木木地站着，脸憋得通红。他不知道这一支歌唱回了二十年前的岁月，连已经变得粗暴甚至野蛮的厍长天也掉下了眼泪。这二十年对于厍长天而言没有一点喜悦可言，可是日子还是要敲锣打鼓地过着。哪怕是争吵也像是歌声，就连悲情的哭声也是。

“小无锡”执意要留厍长天在城里吃饭，厍长天看看自己鞋上的泥巴，又看看城里人皮鞋上的光泽，搂着儿子对他说：“回去还要喂猪喂鸡，你真要去看看——我还在南角墩，我那还有两瓶‘老明光’等你去喝。”其实，此时厍长天就是想赶紧离开这热闹的文化馆，离开这喧闹的城市，就连拥挤的汽车都让他觉得局促不安。他也并不真想“小无锡”去南角墩去，他还没有讲奚有英现在也在他家贫困的屋檐之下，当然这也并不是想隐瞒。他是觉得现在自己没有资格做这个“教授”的战友，他只有站到那灰土满地的村子里心中才踏实。“小无锡”也不好再挽留，但说一定要去看看他，听听南角墩的民歌。他害怕以后再找不到厍长天，就把自己的地址和电话写给他，不会再像过去写了多少信也没有一点回音。

从文化馆出来，老师似乎对厍长天也刮目相看。他的意思很简单：想不到你厍长天也有这么厉害的战友，从来也没有说过，你也不去找人家帮忙，人家写信给你也竟然不回。厍长天不说话，他其实觉得有些惭愧。毕竟自己只是个捧牛屁股的农民，再说自己就是有什么困难，怎么和人家开口呢？

厍秋水的老师和厍长天同年。南角墩合并到大村之后他们是一个村子的。他高中毕业回来就做民办教师，在村里也算是有些水平的。本来可以转正成为公办教师，但其中有过波折，那就是一次县里面给乡里下通知，让他去函授提升学历，可是通知的信函没有收到，等到乡里找到他的时候，县里面的报名已经截止了。后来，他追根溯源，才知道是大队部代收的信函没有转到。他去村里兴师问罪，可高玉宽的父亲却只有一句话：没有人收到什么信。他后来怀疑这信是被高来财扣了下来，因为一个南角墩人能转正吃皇粮，实在太让人眼红了，就是高家做了一辈子的村干也算不上是国家干部。

这位老师做过一件“出名”的事情。现在说来也没有关系了，毕竟高来财已经死了。他才到学校代课的时候，曾经和那位后来有名气的“偷人大王”高玉娟谈过一段时间恋爱，几乎要到了谈婚论嫁的地步。但这个女人真是鬼迷心窍，听高来财说能帮助这位老师转正——条件是奶子给他摸一下。摸一下就摸出了事情，摸到床上去了。这高玉娟按照辈分算是他高来财的侄女儿，虽然本家亲远一点，但到底同宗，这件事情做得很“孽畜”。后来这位老师发现了他们的“问题”，一次将他抓了个“现行”，拖出来用袜子堵住嘴巴，用绳子绑起来拖到生产队的仓库里吊在了屋梁上。被发现的时候，高来财也不好意思说。这位老师后来和高玉娟吹了，这件事情也就烂在了肚子里。毕竟自己的女人被别人睡了，也不是什么光彩的事情。后来高来财一定也是耿耿于怀，老师也怀疑自己那封函授信就是被村里“短”了的。

现在细想“小无锡”说过两遍，写过几次信给厍长天，难道就这么巧每一封信都收不到？再说南角墩虽然合并过，但村名没有改过，厍长天退伍回来之后也没有离开过这个地方，难道唯独就是他的信收不到？厍长天听他这么一说，心里也是起了疑窦：也并不是信收不到——当年奚有英的父亲奚先生写信给自己是能收到的，那是因为挂号信要自己按手印盖章的。

这样一说，似乎真有点问题。但这个问题好像也不是什么问题，事情也过去这么久了，什么信不信的也就罢了。当年自己的工作还丢了呢，也没有能“搬砖头砸天”。老师也反过来劝他：事情过去就算了，现在关键是有机会让库秋水去念书。好在县城里即便只一个名额，这教授也会偏爱库秋水的。就这么一路说着，汽车已把他们带回了南角墩的路口。

城市毕竟还是别人的，只有南角墩才是自己的家。

到家之后，已经是下午两点，奚有英给他们做好的菜已经凉了。孩子狼吞虎咽地扒了一碗饭。库长天今天算是有点兴致，倒了一碗酒喝完又倒了一碗。他见奚有英满脸阴沉地坐在房门口，安慰她说:“这日子有得过了，那考官是我的战友。”

奚有英半天吐出一句话:“我害怕，有人要来抓我……”库长天一听这话啪地摔了酒碗——他知道奚有英的病又犯了。他酒气冲天地走出门去，心里满是怒火：日子才看到一丁点光亮，又马上晴转多云，真是要逼死人了。想着想着心里就不爽快，踏上四喜子门口的那辆破自行车——四喜子今天没有事情可做，车子也闲在家里。

库长天骑着车子去哪里，他跟谁也没有说。谁也没有想到他一脚骑到了文化站。

文化站里几个人在打纸牌。这在乡里好像也不是什么了不起的事情，农民就是看到了也只是羡慕：到底是干部，过的是这样快活的日子。他们还会教育自己的孩子要好好读书，以后做了干部什么事情不用做，打打牌也照样领工资。库长天满脸酒气进门，怒目圆睁瞪着这几个人。高玉宽放下手中的牌，打算拿烟散给他——他大概已经知道形势不妙了。库长天一下掀翻了他们的牌桌，一把薅住高玉宽的袂领，另一只手甩过去就是几个大耳刮子。

喝酒的人蛮劲大，再说厍长天打高玉宽，就像是厍万年打他老子高来财，这已经是很“顺手”的事情了。高玉宽被打得嗷嗷直叫，旁边几个人劝了但也不敢插手。只听高玉宽喊报警，旁人不敢打电话赶紧溜出去找派出所。高玉宽挣脱不开，厍长天又是一顿拳打脚踢，只问他一句:“当初，是不是你把我的信‘短’了?”高玉宽被打得说话都哆嗦，抖抖地问他:“你不要发疯，什么信，我哪里知道什么信?”

厍长天叫道:“什么信？我的战友在省城给我写了好几次信，是不是你给‘短’了?”

高玉宽挣扎着说:“哪里有什么信，平信丢了是很正常的事情，你到底是要发什么疯?”

厍长天喝了酒但是也不糊涂，问他:“你怎么知道是平信？难道就这么巧，每次都丢了？我的战友可是大官，他写信是要来救济我的，是不是你偷偷‘短’了？怪不得那一次我要解决宅基地的时候，你假装好心上门来，是不是知道我有关系你心虚了?”

高玉宽拼命地搡开他的手。厍长天也打得累了，一脚踹开了那倒在地上的桌子，那几个人吓得直往后退。高玉宽抖了抖自己的衣服说:“你要为今天的事情负责任!”

厍长天一听更加恼火，往前冲上去又要打。派出所的民警到了，一个箭步上去把他拖了回来。厍长天他们是认识的，他打干部可不是第一回，不用问都知道是酒后发作。高玉宽见民警来了变硬气起来说:“现在这里可不是村上，今天要新账旧账一起算。我就是这个干部不做，今天也要和你算清楚!”

库长天吼道:“你要和我算账？我今天也和你算算账——我姓库的在南角墩虽然是外来户，但亏待你什么了？我老子在的时候，给你老子高来财送过铜板银元，我当兵的时候送过你老娘雪花膏，高来喜也送过你老子钱，我回来工作被你们搞鬼，就连我宅基地的事情——你自己摸着良心说说看，有没有收过东西？现在你要和我算账，我就和你算清楚，你假借着抄家收了我当兵带回来的望远镜和我父亲留给我的东西——后来我战友在省城写的信你都给我‘短’了，你要算账今天就必须算清楚!”库长天这一番话自然是想好了似的，这些事情他也不会忘掉，一件件都清楚地记在心里，今天两碗酒下肚，就像是喝多了把胃里的秽物全部吐了出来。

高玉宽被说得脸红一阵白一阵。民警知道库长天的坏脾气，但也知道他们之间的事情不简单，领头的老民警说:“都是老弟兄了，大事化小，喝了酒打个架，散了，散了!”

库长天知道民警是为自己解围，但是他今天好像不想“小事化了”，他一把拖住高玉宽说:“我们今天算清楚了，这笔账还要再去乡政府说说，我就不相信没有天理了!”

乡政府就在文化站隔壁，民警好说歹说没有用，库长天到底要拖着高玉宽不松手。民警也知道库长天心里是有冤枉的，高玉宽过去也确实做了不光彩的事情。他们也晓得政法委员和库长天是战友，好像也想看看这戏怎么往下演。大家摇摇头耸耸肩，由着库长天拖着高玉宽往乡政府闹去。

政府的院子里，领导们看见库长天拖着高玉宽，一个个都回了自己的办公室。政法委员走出来，朝库长天喊了一声:“你这个牛脾气，又灌酒了是不是？一喝酒就打人，没有王法了？”

库长天听说这话，又将刚才在文化站说的话讲了一遍，说得嘴边都是唾沫，最后还是那句话:“今天我就是要和他高玉宽把账算清楚了，我有一个儿子，他也有一个儿子，谁要是昧良心谁就死儿子!”高玉宽被拖进了政府的院子，彻底地败下阵来。在乡干面前他这个新任的文化干部不敢放肆，只问一句:“你到底要干什么?”

库长天抹了抹嘴上的唾沫说:“我要干什么?把你命送掉都不够申我的冤屈。你回去把我当兵的望远镜和我父亲留给我的遗物还给我，这个事情今天就算完了——你不要说你不知道，几个人都说过就在你手上，你没有上交!”

他们吵得就像一场闹剧。关于库长天的事情政法委员做民警的时候就了如指掌。现在他当然也不会护着高玉宽，毕竟库长天是个平头百姓。再说库长天虽然喝了酒，但在场的人都知道他说的是事实。政法委员对高玉宽说:“你准备闹到什么时候?我看你把他的东西还给他，那些东西不是什么反动的证据。丢在你手上也发不了财，这都两代人的恩怨了，该了结一下了——你好自为之吧，我和长天在这边等你!”

政法委员只给库长天散了一根烟，高玉宽低着头回了文化站。他回来时候拿着一个布袋子。库长天一把抢了过来对书记说:“你看，不拿儿子赌咒他能拿出来?”

高玉宽知道自己丢丑了，有些不服气地说:“东西还给他了，我也是代表组织收着的，并没有带回家去。那他库长天打我这一顿就是有道理的?”

政法委书记翻着眼睛反问他:“你上班打牌就是有道理的?”

库长天骑上四喜子那车出政府大门的时候，中午的酒已经完全散了。他又在路上买了一点猪头肉，和那些拿回来其实并不值钱的东西，一起挂在龙头上。他心里轻松了许多，他决心晚上和四喜子他们继续喝酒。他就像什么事情也没有发生过一样，村里只有这破自行车知道下午发生了什么。

四喜子在家里找了半天车子有些恼火，看见他骑着车子回来大骂这个冒失鬼。厍长天拎着猪头肉摇了摇说："吵什么吵，我去买肉请你喝酒的。你这个和尚，我拿你车又不是借你婆娘，你'喉咙大屁眼'地叫什么？"

他好像不担心奚有英的病再犯了。只要发病就给她吃安定药让她睡去，这是十年前他就懂得的方法，这也是医生无奈的办法。有时候她深睡一觉醒来，就会像个正常人一样，只是眼睛里满是恐慌望着自己的儿子。厍长天知道，大概是听说厍秋水要出去上学，她情绪有了波动旧病复发。

厍长天和大呆子、二歪子、四喜子喝酒。厍长天告诉他们："那招考的主考官是我的战友，现在做了省城里的教授，我儿子以后也要发达了。"厍秋水听他说这话自己脸都红，但也不说什么。孩子夹了几块肉在碗里送给房里的母亲吃，听他们在外面借着酒劲吹牛。大呆子笑话四喜子："你一辈子都想着厍秋水做你的女婿，现在是'鸭子吃老糠——一场空喜欢'了吧？人家秋水侄子以后要到城里上学了，厍家也真是'坏稻剥好米'，到底长出棵'能豆子'了！"

四喜子被他这话说得满脸难堪，自己解围说："我哪里有过那种空头心思，我只想着日后他要是发达了，回来打酒给我们喝，好酒也不要，单就是这'粮食白，紧我咽'，就好了！"

二歪子有些不屑地说："咽咽咽，咽死你个狗日的——不过我听说外面也并不那么好。出去最终不还是要回来？好像三叶子的工程现在也不景气了。他也是活闹寿，做什么鸟工头，在家种地不也一样过日子？”

大呆子喝了一口酒说：“是是是，他的日子不如我们！”

第二天库长天的酒醒，想起来一件事情：“小无锡”说是要来村里看看的，还说要来听民歌。他还关照四喜子让她婆娘到时候也唱几首，说不定能唱出名了，比他那做和尚唱假经还要赚钱。可是他一上午也没有得到一点消息。他本以为村里要通知他准备一下的，可是一点动静也没有。但他又不好去问别人，村里也不一定知道这件事情。

他再转念一想，自己昨天才和高玉宽打了架，这文化站还能让省里的领导来听什么歌吗？想到这他有点着急，他本来想着“小无锡”要是真来的话，还要打听一下库秋水的事情。毕竟自己喝酒时牛皮吹出去了，好坏得有个说法。可是现在一点动静也没有，他心想一定是文化站搞了鬼。他想着不对劲，将那两瓶“老明光”找出来，把门锁上出去，留吃了药的奚有英在家里睡着。

他决心马上乘车到县里看看，总要再见“小无锡”一面。

他坐车到了城里找到文化馆说明来意，文化馆的人有些好奇：“你怎么跑到这里来？教授坐着县里安排的车子直接去南角墩了，其他调研的安排因为时间太紧就取消了。”库长天一听这话急得满头大汗，连忙又拎着酒往回赶。等那该死的车到了南角墩的路口已经是傍晚——他知道自己回来迟了。

他打开门来看见门后面有两条烟，上面还有一张字条，他看不懂转身看见库秋水回来了，赶紧让他念。这字条上面写着：

长天老兄，我来访你不遇，真是可惜。我带了两条烟在门下，你好好过日子，我下午就回省里去了，有困难就给我打电话或让孩子写信给我——“小无锡”敬礼。

库长天真是恨自己自作聪明，他望着那两瓶“老明光”懊恼不已。要是他在家等一会，就一定能够遇见他。要是邻居和村里甚至乡里人见到这教授来访问自己，那是多么骄傲的事情——后来很久，库长天去乡里赶集遇见其他战友，才知道那次本来真是要听听民歌的，但听文化馆的人说最近村里不是太“安稳”，防止来的领导被群众围着“拦路上访”，所以就取消了这个计划。但“小无锡”还是自己来南角墩看了看，虽然遇见的是“铁将军”把门，但也算圆了一桩心愿——但是他可能一辈子也不会想到，那屋里还睡着多年没有见过的奚有英。

他叹了一口气，拿着那两条烟端详了一番对儿子说：“你看看，老子没有本事，但我的战友还记得我。这就是感情，你懂个屁！”

库秋水确实不懂这些，但是他懂的库长天也不懂。以后库秋水要比他懂的多得多，以至于人们后来不再用“养种像种”这样的话说这对父子——因为半个月后库秋水在老师的手里拿到了学校的挂号信。那是省城学校的录取通知书，四喜子帮着读了很多遍，把最重要的告诉这对父子：包吃包住包分配，不要学费还有生活费补助。库长天有点不相信自己的耳朵，让库秋水又读了一遍，生怕这喜欢恶作剧的四喜子骗自己。

库秋水走的时候，很多人把他送到村口。奚有英对库秋水说了一句:“乖乖，早点回家来!”

就这一句话后，去省城的班车将孩子送出去十多年。

库秋水在完成中学学业后又上了中专班，中专结束的时候就业形势并不好，很多人继续读大专，库秋水不想回家，就一直读到了本科毕业，这已经又是十多年以后的事情。这十多年间奚有英倒是在家里寸步不离，但她的病也从来没有好过。库长天已经习惯了一切，每次库秋水假期结束走的时候，库长天都会这样说:“你走吧，家里有我。”

在外上学的库秋水也并不是狠心不回家，他用勤工俭学的钱给家里装了电话。库长天似乎也没有打过多少，库秋水也很少打回去。就这样他和家里“僵持”了十多年，终于走出了校门。

这时候已经没有分配政策了，他从一所大学的政法系毕业，考公务员回老家县城。本来他也可以选择留在省城，库长天虽总是这么说:“那是你自己的事情!”可库秋水总是记得奚有英的那句话:“乖乖，早点回家来。”所以他就报考了本地的公务员，回家之后在乡人眼里也是“鸡窝里飞出的凤凰”，到底不一样了。

这一年库秋水二十五岁。库长天已经过了六十岁，他和“四大天王”都老了，喝“粮食白”的量已经下降到“最多两杯，最好一杯”，过去他们“最少两碗，最好一瓶”的豪情已经被“黄土埋大半截”的年龄无情地改变了。真是老话说的“老病鬼子长八十”，奚有英本就是病身，生了库秋水之后先是走失十多年，后来回家也是病痛交加，可熬过了“花甲子正”——奚有英过了六十岁似乎精神了一些，竟然念叨起来要儿子带自己去庙里吃一顿素斋。库长天先是没有当回事笑笑，但奚有英却是认真的。库秋水知道这些年老人们都讲究到庙里吃素斋。那护国寺的素斋尤其有名气，中秋和腊八前后摆一次流水席，吃的都是简素的斋菜，随到随吃并不收一分钱，但吃的人都主动“随喜”给些“供奉”，好些人地里粮食收了之后，便带着口袋去捡落下的谷子，这样辛苦得来的粮食奉到庙里更是显得虔诚。为人子女的厍秋水也只得遵从母亲的意愿，张罗为母亲还此心愿。奚有英病了这些年，疯癫起来天昏地暗，可这件事情明白得很，她指名要去盂陵镇的护国寺了此心愿——因为听说大庙里和尚念的经周正，这素斋吃得才真诚心，才“有用”。

厍长天夫妻苦了一辈子，六十岁的整生日没有办一桌酒。老娘想想去吃素斋也不是什么过分的要求，于是厍秋水的第一个月工资就被悉数用于张罗此事——厍长天又说奚有英是没事找事做，活这么多年已经是上天“给口饭吃”，还有什么不知足的呢？不过看见厍长天说起来满脸不在乎，而又到处张扬并仔细准备的情形——厍秋水知道这些在老人的心里，并没有什么迷信与否，或者只不过是他们一种朴素的愿望。

况且，他是愿意到盂陵镇去的，不仅因为那里有周边唯一一座香火旺盛的大庙。

厍长天也想去盂陵镇，他在去庙里的前一天晚上，兴奋地告诉儿子厍秋水一些已经非常遥远的事情。厍万年在临死之前，告诉儿子的事情里，一件便与这盂陵镇有关，有时候喝点酒透出点风声来，大家都说他是吹牛。人就是这样的，你穷得叮当响，认真说话也被当作吹牛；你腰里钱当当响，吹牛也被当作是真心话。大概即便到了今天，厍秋水也不敢相信母亲奚有英早年家里的境况。

当年在盂陵镇上做炕房生意的骆老二，日子过得红红火火，困难的年代也还颇有些余粮。那时候库长天的爷爷库万年跟着城里王家大院的田禾先生到盂陵镇上管理田产，实际是秘密搞地下党组织的活动，二人就租住在骆家。骆家的姑娘骆霞和库万年年龄相仿，也算是两小无猜，盂陵镇上人都说骆老二找了个“小上门女婿”。哪知道天有不测风云，骆家人后来染了血吸虫病被赶出了盂陵镇不知所终，库万年也无奈赶着一趟鸭子流浪到南角墩。库万年后来又在王家认识了大少爷王为民的朋友——实际上是革命战友罗先生。罗先生便是早年骆老二家外去求学参加革命的大儿子，因为斗争需要改姓罗。骆老二染病去世之后，骆霞和母亲就去安庆投靠哥哥，后来在桃源镇上和奚先生结婚生了奚有英。罗先生回乡不幸遇害，他留下遗言遗物后来由人转交给库万年，王家少爷也因为形势紧张举家外走。库万年长大后也未能找到骆霞，又与原本有意嫁给他的船老大的女儿小兰花在盂陵镇上遇见，最后回到南角墩成家立业养了七个儿女。大儿子库长天成年后去当兵也在桃源镇，认识了奚先生一家但开始并不知道此情。多年后奚先生垂危之际写信来，库长天才找到了当年父亲库万年临终前让他去找的人，并将病重的奚有英接回来成家生了儿子库秋水。

这段旧事之外，库秋水心里还有一个故事，这是连库长天也不知道的。当年库长天的母亲小兰花和库万年划着船来到了南角墩落脚，遇到了本在城里就熟悉的薛大姐。薛大姐早年在城里生活了很长时间，没有结婚却有一个私生子。这个私生子的父亲就是当年的运工管理所的所长高长海。高长海是南角墩早年流浪出去的孤儿，很小的时候就到外县外姓人家继承门户，后来外出求学在政府谋得一官半职才改回本姓，但他也只知道自己的老家是

“南角墩”。高长海因为追杀进步人士而被渔民在湖上“秘密”处决，为首的正是小兰花的父亲船老大。后来船老大害怕官家追究，举家逃到了盂陵的湖上生活。高长海在一九三一年特大水灾降临的时候，被库万年的父亲搭救，和库万年抱着一块棺材板冲进城里得救。从此库万年成了孤儿，高长海晒干了衣服照样回去当官。高长海当官靠的是一笔意外之财，在大水冲垮下河城池之后，他捡到了一个箱子，箱子里有一老僧尸体，并有一个布袋，里面有一枚点翠的发簪，一个黄金的戒指，一尊玉质的佛像。老僧在大水破城之前在纸上留下遗言：谁要是捡到了装自己的箱子，将自己尸体掩埋的话，这财宝便归其所有，如若黑心贪墨诅咒其于子孙不利。高长海眼睛一闭将财宝据为己有，将那箱子锁上又推到水中，成为一个无人知道的秘密。

后来高长海用这意外之财巴结上司做回了自己的位置，还留下一尊玉佛给自己的儿子作为传家之宝。薛大姐带着高玉宽到了南角墩嫁给了高来财，这尊佛像后来一直在薛大姐的手上，她一直感觉罪孽深重。高家和库家一直不睦，为了库长天宅基地的事情，她还假意骗自己的儿子高玉宽，说这是小兰花送给她的“好处”，这才让高玉宽同意库长天造了房子。薛大姐在临死之前将此事托付给小兰花，让她日后能托人进城找找高长海的下落。直至小兰花决心一死了之的前夕，她才将事情原委和玉佛交给了孙子库秋水。她知道库长天和高家积怨多年，在他们身上怨恨解不开。

这些事情前后八九十年，说起来精彩得和那广播里说书一样，但终究因为日子的困苦而无人问津。

库长天爷儿俩在灯下说到这些令人唏嘘的事情，末了他叹了一口气对儿子说："太阳总要从我家门前过，好日子不会让一个人过完了!"库秋水取出那尊佛像，这块石头在多少人手头颠沛流离过。小兰英当年也是知道日子苦楚，要留给了库长天或许早就拿去熬苦日子去了。现在库秋水当着秘密捧了出来，日子也不需要这块石头再去流离失所了。他决意将其奉给庙里，也将一段往事尘埃落定。

奚有英坐在一边听他们说这些事情，这些年的病痛让她已经无心记得这些所谓的秘密，或许她自己也是一个解释不了的秘密。但她现在最关心的是早点去护国寺吃上那口斋饭，这在她时而清晰时而糊涂的内心才是最要紧的秘密。

他们到护国寺距斋饭开始尚早，库长天便拉着奚有英的手站着，看着僧众们忙碌着。库秋水看着饱经风霜的父母，像寺庙里的两棵树木一样，看着心里满是温暖。也许，库长天也没有想到自己会有这样舒心的一刻，眼前的妻子从扎着大辫子的姑娘到眼下成为风烛残年的老太婆，这些年的风风雨雨好像突然消失了。他的心里也像是这天喜人的阳光，所有的寒冷或者阴暗都一笔勾销了——库秋水这时候才知道，满足母亲的这个要求是值得的，这大概就是自己能够敬奉的孝意。

库秋水看时间早，就又独自到寺庙各处走走。此处是庄严佛国又是名胜旧迹，到底是有些气韵的。走着走着被这梵音缭绕心间一鼓荡，他像是忘了时间一般，坐在那"禅房"二字下紧闭的门口，又想起前一天晚上与父亲说的那些事情来。父亲库长天这一辈子与土地打交道，差点混到"低保户"的份上，库秋水不曾想到祖上竟也有那些如今看来神秘的事情。就像这净土之中也有过兵荒马乱甚至刀光剑影，有过罗先生那匆匆的步子，也有过爷爷库万年那莽撞的身影。

不过光阴如这梵音，将一切都收容了。

一大意时间坐得久了，库长天出来找他，奚有英也有些着急地跟着。库长天的虽然老了，可在这寺庙里也不知道收敛，莽撞地喊一声:“都在找你，真是到处充军!”这话在南角墩说很平常，可在这净土就显得粗鲁了，但这才像库秋水老子的样子。库秋水站了起来，他也不大耐心那些烦琐的规矩，只不过是圆个老人心愿而已。这时禅房门开了，走出一个僧人，大概是听到了库长天粗鲁的声音。可见到这一家三口，他略微一愣，后面又有一个中年僧人跟着出来，讶异地说了一句:“你不是那年济世堂里收留的驼背?”

那年长的大和尚听这话，转身对身后的人一句教训:“出家人说话，岂能口不择言?”库秋水心里听得也很不愉快，自从奚有英回了村子之后，也有人讥笑她是个驼背，库秋水但凡听到都怒不可遏，有几次竟然拿起砖头来要砸人。他说不清楚这是对母亲的爱，还是掩饰自己心里的羞赧，但他总是不愿人提起“驼子”二字。连库长天有时候也会这么叫自己的女人，库秋水照样黑着脸给他“颜色”。库长天就会吐出一句：你是我儿老子——老子喊儿子老子，这是无奈透顶，就像这南角墩该死的生活，要比这黑着脸的儿老子难多了。

库长天心中也满是疑惑，就问:“大和尚你怎么认识我家婆娘的?”这话库秋水听了觉得唐突，可说出来的话也挡不回去。那中年的和尚说:“盂陵镇上都晓得她，大概二十多年前她流落街头疯疯癫癫，是我们庙里的‘济世堂’收留她十年，也是一段善缘!”

库秋水听说这话心里好生感激，库长天也才恍然大悟。那十年的事情一直是库家人心里的谜，只可惜无奈奚有英常常精神不振，问不出一点所以然来，后来也不知道她是怎么走回去的。中年和尚介绍面前这位乃是现在护国寺的住持觉明大师，当年正是他善心让济世堂收留了奚有英十年。奚有英似乎也忘记了那些日子，但又低声说了一句:“这里本是我母亲老家，我的母亲也认识这里的仁宽师父!”

觉明大师看看奚有英说:“凡事说她愚蒙却也清醒，世上清醒的人其实糊涂。你说她讲的仁宽师父并非没有此人，此乃六七十年前的老尼，这镇上老人都知道她的善行，看来她说的也不是妄语!”奚有英说的仁宽师父正是当年收留小兰花的老尼，也给库万年治过伤病。库万年也是在护国寺把小兰花带回了南角墩。想不到几十年后，奚有英就按照母亲骆霞生前的一句话，找到这盂陵镇上来，在护国寺的济世堂里过了十年光阴。

可现在还有谁记得当年的小猴子和小兰花呢?

库秋水想起了自己还有一件“正事”，便是此前与父亲商量的将那玉佛奉给护国寺。现在看来真是有缘，而方丈正在面前，库秋水便恭敬地将这流离数十年的佛像取出来奉上。大和尚有些感到突然，连忙伸手推却。

库秋水知道不说明原委这事也着实唐突。于是一五一十将这来龙去脉讲了一遍。讲完那中年和尚满脸惊愕，双手合十说:“阿弥陀佛，真正是缘分不尽!”方丈将库秋水引入禅房内，那中年和尚拿出一本书来，翻出一段故事。故事讲的是慧净师父圆寂的故事。原来一九三一年大水，慧净师父圆寂之前命徒弟们将自己安顿在木箱中“随波逐流”，并留下书信财物在其中，后遣散众徒弟。这慧净师父与护国寺的慧明同辈，后来慧净的徒弟有人投奔护国寺并将这故事流传下来。佛界慧字辈后乃智、子、觉，到了觉明大师这里已经过了三代，但这个故事依旧流传，只是不知道后来慧净师父下落如何。

库秋水知道事情来龙去脉，讲给方丈听后唏嘘不已。那中年和尚问:“这人拿了财宝昧了良心，后辈子孙到底如何?”

高长海的子孙到底如何?高玉宽做了一辈子的村干，后来还到镇上做了文化站长。虽然年轻时候拙劣，但后步好像不差。生了一个儿子取名高求，从小也是个浑蛋的祖宗，但高玉宽想想过去自己也是这般德行，后来是“打不成人，骂不成人，说成人就成人了”。但他的如意算盘打错了——他的儿子高求可真是成了混世魔王，初中没有上完就在镇上歌舞厅、棋牌室里鬼混。

一次高玉宽去舞厅里找到高求，他正喝得醉醺醺的，手插在舞女的奶子里“快活着”，看见老子进来好像也不在意。高玉宽大吼一声全场都安静了，他那“活气祖”的儿子说了一句:“这些奶子你也没有少摸过，我怎么就摸不得?反正给钱的!”后来，高求越玩越不像话，最终因为吸毒贩毒锒铛入狱——这就是那和尚要问的——七八十年后的高长海子孙的下场。

库秋水在城里工作几年表现不错，参加“副乡局级”遴选考试，到南角墩所在的“撤乡并镇”的镇上做副镇长。他这回算是“荣归故里”了，干老子“四大天王”都跑上门来，库长天顺理成章坐在上席，成为“副镇长”的老子。

三叶子说:“你看，四喜子，要真是你姑娘嫁给人家，今天你就是镇长的老丈人，走路都要像螃蟹一样横过来!”

四喜子翻着眼睛说:“你要是真在城里做了大老板，恐怕才会横过来走，幸亏蚀本回来养鱼了！”

二呆子悠悠地说：“穷不过三代，厍家算是发达了，以后不要忘记我们这些老家伙！”

大呆子端起酒杯说：“话说说就泛起酸水来，灌酒，灌酒！”

厍秋水为什么要请这顿酒？他自然不是显摆或者报恩。在自己父老乡亲面前是显摆不了的，他们的恩也不是一杯酒报得完的。他是知道回乡工作少不了这种“非正式”的场合来了解情况甚至解决问题。他上任后就分管招商、国土和村建，这在领导眼里是“委以重任”的，实际上是都是要“跑断腿”的事情。招商要外出到处找机会，属于“十网倒有九网空，捞着一网算成功”的事情。国土村建涉及土地复垦、违章搭建等，都是要靠两条腿跑出来的工作。当然，领导说了：年轻人有精力也应该多经历，“晴天一身灰，雨天一身泥”，都是日后提拔的“资本”。

先不谈什么高升与否，目前做了这“副镇长”——用南角墩人的俏皮话来说就是“祖坟上冒黑烟”的事情了——是的，别人家发达是冒青烟，厍家人走出个能人来一定是草荡圩的祖坟上冒了黑烟了。现在的难处正是“坟滩”的问题——县里提出来农村环境整治，首先一条就是整理零散墓穴。县里定的试点在镇上，镇里决定试点在南角墩，并且专门成立了工作组，分管民政的副镇长是老同志做组长，厍秋水做执行副组长，因为零散墓穴涉及到土地问题——其实大家心里都明白，这也是因为他是个年轻人，更因为他是南角墩人。

南角墩这三个字在镇里人看来是一个很有些不平常的名字。说白了，人们认为这个地方出“刁民”。现在大家不好再用厍长天家人来举例子，过去总是以这个世代出“大嗓门”的人家来做例证的。之所以要放在南角墩，这是一种“特别”的工作方法。镇上的“一把手”是基层摸爬滚打出来的，有一套自己的工作方法，其实说到底也就是“杀鸡儆猴”。比如人们总是这么说：这件事情连南角墩人“头上的角都被扳了”，看来不做不行了。

库秋水知道，这是一件“蜡烛事”。“蜡烛事”是说的“自找麻烦”的事情。比如要拆人家祖坟的事，让人去做这事便是“拿了蜡烛往别人屁眼里插”。但看来这事情库秋水是非做不可了——这就是他“新官上任三把火”的“第一把火”。和老子、干老子们吃到一大半的时候，四喜子“突然”问了一句：“镇长大人啊，我到处都听说要拆坟滩，有没有这回事？”在回家之前，库秋水找过英子姨娘。他知道这事情不能由自己和库长天说出来，因为以他老子现在残余的脾气，也足以像炮仗一样爆炸起来的。所以，他要请四喜子做一个“局”，就是让“第三方”把这话先抛出来“投石问路”。

库长天听说这话眉头一皱说：“拆坟滩算是个什么工作？”

大呆子也不明就里，跟着说：“谁要拆就拆他自己家的！”

平素话不多的二歪子反应更是激烈，瞪着眼睛握着酒杯像是要将那玻璃捏碎一样，这种一言不发的愤怒最是令人胆战。可是，库秋水知道这必须是“刀刃相见”的事情，而且要迁坟就必须先拿自家草荡圩的祖坟做“试点”——这大概也是关心年轻同志成长的领导们的“深意”之所在。库长天其实心里有数，四喜子说这事情肯定是“必有蹊跷”的“安排”，但他知道草荡圩的祖坟对于库家意味着什么。

当年库长天的父亲库万年从黄雀荡上岸，睡过船头和土地庙。后来好不容易是高来寿在死前为了有人在自己灵前磕头，用个两面一样的“铜板”，也就是人们说的“合背钱”做“噱头”骗了高来财，才得了几间房子让他们落了脚。可怜库万年苦了一辈子，眼看着几个儿女快长出头了，一口血吐出来一生的辛酸后死了。死前的愿望就是能葬在这草荡圩，这是他当年上岸的地方，以后做了鬼回家也能认识路。当年库长天也是拳打脚踢在高来财的手里得到了这块“风水宝地”安葬了父亲悲辛的一生。后来库长天的母亲小兰花一辈都葬在那里。

草荡圩是一条东西走向的大圩，倚着宽阔的水面，据阴阳先生说这个地方有龙脉，利于后世兴旺——现在库秋水果然出人头地了，这拆祖坟的事情如何做得？

库秋水知道，这件事情和他们谈“唯物主义”是没有用的。一切只有靠这“粮食白”先在桌上谈，库秋水如果不带这个头，这事情无论如何难以服众。眼看着节后菜花黄了，天气暖和起来，清明节前后迁坟是最好时机。一筹莫展的库秋水被眼前的情况弄得焦头烂额，人们都这样咂着嘴说：指望你到乡里做干部能给我们带来点好处，想不到回来第一件事情先是拆我们的坟滩，啧啧啧，到底是做了干部觉悟高起来了。

库秋水心里的难处与谁说？索性他就先躲着，在城里的家中陪老娘奚有英。按照库长天的话说——他早就对奚有英的病情掌握了规律，这话有点苦中作乐的意思。他每年看见菜花黄起来了，或者秋后看见金灿灿的稻谷在田里等着收割，就会满脸愁容地说：她又要哈着那句“我害怕，有人要来抓我”犯病了。关于这句话，库秋水知道是一句“疯话”，但奚有英清醒的时候他认真地问过她：你到底怕什么？奚有英竟然告诉儿子，那是当年自己母亲留下的一句话。当年骆霞的哥哥，也就是为革命化名的

“罗先生”，在桃源镇上转移的时候，深夜里将奚先生和骆霞叫醒了，走之前骆先生关照他们：“无论如何不要透露他半点的信息，即便是知道他被抓了，也不要想办法去营救，不然的话非但救不了人，还会把你们也抓起来。”

归根究底，奚有英害怕的根源是自己母亲当年夜里被哥哥吓到的。她的母亲是真害怕，但这句话“遗传”给奚有英之后，就几乎只是一句没有实际意义的“台词”。奚有英的眼里总是有一种病态的恐惧，这也成了库家的一个梦魇。

天暖和之后，库秋水就将母亲接到了城里。关于母亲，他想过很多。在这二十几年里，他与母亲在一起的日子并不多，只是近几年才一直在身边。对库秋水而言，他想到更多的是父亲库长天。母亲生下自己出走十年才回来，那时候库秋水已经被拉扯大了，而且很快又去外地上学很多年。自己在外求学的十多年里，父亲库长天所受的煎熬是无法想象的，他担心奚有英随时病发和出走。他收入的分配里，奚有英的药钱和他自己的酒钱是一样的不可或缺，这是他们两个人各自“治疗”病痛的支出。六十岁之后，奚有英的身体每况愈下，催着让儿子去给自己还“血盆经”和“受生经”，好像随时都想离开那南角墩一样。有时候库秋水被逼急了，发出“久病床前无孝子”的怨愤，咬着牙说：“倘若她真的走了，对你的日子或许还好一点！”库长天只是叹叹气，有时候也会说一句很有意思的话：有她在，到底这家中很多年没有锁过门。

奚有英眼睛里满是绝望和恐惧，唯有在儿子面前貌似清醒。她有一次和库秋水说：“我老娘就是睡觉死的，晚上吃了一盆粥，夜里死在了床上——这个好，不糟蹋子孙，我以后也要这样死！”

这话一说库秋水心里就害怕，夜里起来总是偷偷地听她的动静，生怕她真的撒手去了。奚有英的身体已经每况愈下，她也常念叨“六十三，鬼来搀”的俗语，这让库秋水更是心中不是滋味。单位的电话追到城里，他在电话里讨论着关于“迁坟进公墓”的事情，奚有英在一边听了竟然说：“公墓好，公墓里人多热闹，草荡圩在风口里，冷得很。”

也就在这天晚上，奚有英坚决要回南角墩，她觉得库秋水家六楼的房子风也很大。她坐着车到村口的时候，又说头晕要下来走走。于是库秋水就搀着她走了一段，让妻子将车开回家去。

这一段路走得真是艰难，但库秋水心中满是暖意。大概还是十岁那年外出上学的时候，母亲从这条路上送过自己。那次走的时候，奚有英还从兜里掏了两块钱出来——这是库长天塞在她口袋里的，防止她哪一天又走失了，好心人碰见能给个吃的或者让她坐个车回来，两块钱够城乡来回的车费了。奚有英将那还有体温的钱交给了库秋水，这大概是她难得一次对孩子充满母爱。

库秋水搀着她的手在黑暗里走回去，这里每一条路没有任何光线他都熟悉。母亲半夜折腾回来，库长天满脸倦意和不满，他朝奚有英说了一句：“坐车回来还要折腾孩子走一段，我看你是‘望路’呢。”

“望路”是骂人的话，说的是将死之人丢了魂，要到处走走看好了路，死后魂归时不至于走错了。奚有英看看丈夫满脸的不高兴，自己脸上却似乎泛起了一点点异常的愉快，她这辈子也真是将库长天的日子糟蹋得够呛。她眨了眨眼睛说：“我不要‘望路’，南角墩的路我都认识，我和秋水说了，以后就住在公墓里，那样路更好找，省得以后再迁坟那就找不到家了！”

这个夜里，奚有英离开了这个收留她半生的村庄。

库秋水没有掉一滴眼泪，他并不是对母亲没有任何感情，而是知道母亲的离开对她自己是一种解脱。他和库长天一起在烛光摇曳的灵前坐了两天两夜。在出殡前一天的深夜，诸多事情忙停当的时候，库长天看看儿子又看看亡人，突然嚎啕大哭起来："有她在的一天，家里都没有锁过门。她和我吃了一辈子的苦，都说她一辈子疯疯傻傻，其实她心里是最清楚的，她把命都给了这南角墩的穷日子。最难的日子一起熬过来了，我们的命是她的命换来的。"

库长天哭得像一头悲伤的老牛。过去库长天告诉儿子牛也是会哭的，这一次库秋水听到了这位牛一样倔强的父亲，在妻子离开的最后一个黑夜哭得人痛彻心扉。

库长天和老哥几个忙了各种"手续"，将奚有英送走了。在让二歪子去乡里开死亡证明的时候，库长天关照他："选个公墓，这是奚有英自己的要求。"

此后清明前库家以及草荡圩周边的几堆老坟都搬进了公墓。

"四大天王"在忙前忙后的时候对库秋水说："镇长大人我们帮你家忙，你日后写个条子给民政办，让他们给我们的墓地便宜一点!"就这样，忙完家里的事情之后，南角墩的迁坟也陆续开始了。大呆子像煞有介事地说："你看，'村看村，户看户，群众看干部'，我说这坟滩迟早要迁走的，这样好，走夜路也不害怕了!"四喜子望望他这样子有些不服气，说："你就是竹子做的扁担——两头尖，什么理都被你占了!"大呆子被这句话一呛，撂了一句伤人心的话："你是'和尚训道士——管得宽'，回去把你姑娘管管好，日后也有个'烧纸的丫头'!"

这话说得人脸红，四喜子想到自己痴呆的女儿心里就难过。前几年有人介绍她女儿一个瞎子家过日子，哪知道那瞎子的父亲是个畜生，邻居说总看到他摸孩子。四喜子一气之下就把呆姑娘又接回来了。打人不打脸，这话说到四喜子伤心处了，库长天知道弄不好要真吵了，赶紧补了一句："你们是潘金莲的脚指头——一个好的也没有，没事回去扒脚指头去，吵了一辈子也没有吵出个什么穷名堂来!"

库长天这话一讲，这两位话风又掉过来说："都听你的，你是'三张纸糊个驴头——好大的面子'，你儿子有名堂了，倒是回南角墩拆了祖坟！以后我看还要拆这南角墩!"

这几个老弟兄斗了一辈子嘴，红过多少次脸，几两酒下肚就忘得干干净净。可他们说的话也并不都错，有些话还特别有道理。就像是说库秋水的这句玩笑话，真的不幸说中了形势。

库秋水此项工作"提前完成了任务"，但这里"任务"完成了，那边还有很多的任务。镇里的书记觉得有了这样的"典型经验"，那以后工作就可以到处树"标杆"了。于是在拆完南角墩人的祖坟之后，镇上又主动承接了"拆土地庙"的事情，现场会当然是在南角墩，组长当然是库秋水——从此，库秋水这个组长前面的"执行"二字去掉了。同事们就笑话他是"蜡烛"组长，凡是有"拆"的工作都由他来"统筹"。

拆了坟滩，拆了土地庙，南角墩的人们说中了，真又要开始拆村庄，理由是"零散村庄集中安置"，尤其像南角墩这样的相对独立的单头库子要让出来，把更多土地用于村民们感到陌生的各类园区建设，唯独好像容不下"庄台"二字。

被夷为平地的村庄成了更为彻底的平原，疯长的野草也非常的无助，它们等待的不再是按部就班的季节，而是非常陌生的两个字：项目。不知道什么样生财的项目会落地在平原上，这些本来是良田和家园的土地现在成了荒芜而冷漠的平地，她不再是过去穷困而绝望的平原。事先拆迁搬走的农民成了镇上的居民，也有的成为城区的市民，住进了干净的安居楼。打了一辈子交道的土地不再折磨这些泥腿子，高额的土地租金和拆迁安置让他们的荷包鼓鼓的，走起路来也似乎骄傲了许多。可他们心里总还是有些不甘，每每经过这里的时候总是会说：我们的家就曾在这里，后来竟然被一夜之间拆掉了——对的，这就是那些子孙们的主意。

从此，库秋水有了一个外号“三拆”干部：拆坟、拆庙、拆庄台。

当然，南角墩老庄台的拆迁并非轻而易举，方案在纸上盘旋了好几年。周边的村子陆续搬迁了，只留下南角墩原来的大单库子。南角墩从原来的一个自然村落，合并了周边的村庄成为大的“行政村”，如今又回到原先那种孤岛式的村庄，前后用了七十年时间，正好是库长天的有生之年。别处的居民认可了拆迁的方案，只有原来南角墩的“老庄台”在做最后的抵抗——不过镇上也并不着急将村庄全部夷为平地。因为用地指标还绰绰有余，不过南角墩门口的马路以及挂在大牌子上“规划”里的工厂群在一步步地逼近。

就在这样无助而荒诞的时光里，七十岁的库长天突然想起来要养一群鸭子，再做一回“鸭司令”。他的老子库万年是赶着一趟鸭子来的，现在他感觉自己也应该有一趟鸭子，这是一种非常怪异的情绪。库长天现在衣食无忧，即便拆迁了他也不是没有去处。可他在眼看着挖掘机轰隆隆开过来的时候，背着库秋水去炕房买了一百只鸭子——库秋水听说，爷爷库万年当年就是赶着一百只鸭子进了南角墩的，而库长天过去也养过一百只鸭子。鸭子进门之后，他将这些毛茸茸的“小畜生”安排在堂屋里，也不管那腥臭的“鸭屎味”。

大呆子一进门掩着鼻子说：“这下好了，家里畜生又比人多了。”

库长天不理他，打电话给库秋水，问他什么时候回来一趟。

此时库秋水正在外地招商，库长天在电话里不说详情，只告诉他回来看看就可以了。库秋水也没有想到，这时候家里多了一百只鸭子。库秋水这次招商在厦门，海峡两岸的文化产业商机说明会每年都有的，他作为镇上的负责人跟着市里的大队伍出行的。本来他认为自己在乡镇，没有什么文化产业基础，出来招商也是见见世面的“打酱油”。但市里面要求每个乡镇都要“包装”一个项目，他想来想去和领导商量，“包装”了一个“民歌传唱基地项目”。这些年非物质文化遗产保护很受重视，想想这下河县的民歌，特别是南角墩周边的村落，好些能唱民歌的老人都去世了，有些老了也唱不动了，推动这种文化的保护与利用是一个很好的项目——实际上库秋水也是觉得这项目是“虚功”。包装起来也不难，也不需要太大的投入，说到底他们只是当作一项“来差办差”的工作去应付。等到了县里的展区一看，他就更心虚——比如孟陵镇的项目是“古镇文化园项目”，人家有场地规划、运营策划，才真正像招商的样子。他突然想到了南角墩的那句老话：王八敬神仙——上不了台盘。好像南角墩的那种土气和不堪一下子从自己的西服里钻出来，在大城市灯火辉煌的展厅里，这位农民的后代露怯了。

库秋水到底做了几年干部，也练出点“底气”，心想除了自己人不会笑话自己人，其余的都是不认识的，难堪也只是自己心里的感觉罢了。哪知道就在县里的展区，库秋水遇见了熟人——他的老师，也就是库长天的战友“小无锡”，现在是省文化厅的副厅长，带队参加了活动并走访了一些县市的展位。

见到库秋水如今出人头地，老师也心生欢喜，约了一定要去那南角墩看看库长天。他们这一说也有二十年不见了，也不知道库长天那老嗓子还能不能唱出歌来？这位现在做副厅长的老师对民歌尤其感兴趣，和县里的领导关照：“谈文化，平原上并不是没有根基，关键在于挖掘，比如你们的民歌就可以搞一个博物馆，不要建在市区里，就在老村落里的旧庄台建。还可以搞‘民歌传习所’、民俗博物馆、农耕博物馆，这些才是最有生命力的文化，那些样子高大上的开不了花更结不了果！”

正在这展位前谈着，又来了几个人围上来，一问对方是外资文化企业，对县里包装的盂陵镇文化产业园项目很感兴趣。厅长到底是有些见识的，问了一句：“看来，这位老板是很有眼光的，还是有什么渊源？这样的项目投资是需要一些魄力和情怀的！”

听说这位是文化厅的领导，这位中年人递过来自己的名片给诸位，用带着南洋口音话说：“先生真是有眼光，我祖上老家便是这下河县的，我爷爷那辈人 1949 年以前离开老家后来就再也没有回过，但我们还记得自己老家的名字，所以格外亲切！”

一看名片上的名字“王鹤来”三个字，随行的文化部门的负责人插言道：“王先生是下河县里当年王家大院的王家？那是不是王为民的后人？”对方先是一愣，赶紧问道：“这么多年还真有人记得我们王家?”这话听起来似乎有些意外，又似乎有一种特别的情绪。和王鹤来说话的这位，是文化局王远心局长，他在下河县城是名门望族之后，爷爷是当年的县长王京凤。他对当地的掌故历史颇为熟悉，所以提到“王家”他心里很清楚：没有其他王家可以与当年的“王家大院”比。

他连忙又问王鹤来:“那您是王为民先生的孙辈?”

王鹤来道:“正是，正是，王为民是我祖父，我的父亲叫王水生，爷爷的故事父亲讲给我听过。我后来也整理过祖父的回忆录，有些事情大多纸上得来，没有见过他老人家!”

王远心说道:“那这样算来，我虽然与你年龄相仿，不恭敬地讲算是你叔辈。我的爷爷王京凤是王为民先生的叔辈，他们当年在下河县交往很多，王家大院一时间被民间称为‘下河县小政府’的。”

听到“王京凤”三个字，王鹤来更是有些兴奋，他连声说道:“我爷爷的回忆录里提到过王县长，他的官声很好，一九三一年那场大水他和我爷爷救了很多的人!”就这样，一场招商会成了一次认亲会。库秋水听得正入神，这时偏偏库长天又打电话来，又问他什么时候回家似乎有些着急，库秋水应付了一句“在外忙”就挂了电话。他又突然想起来库长天以前也说过自己的爷爷库万年也似乎有过和王家大院的交往，便有些唐突地问:“我好像也听家父说过我的爷爷也在王家大院做过事……”

这话一说，同行的人就觉得有些不可思议，库秋水脸上顿时红起来，但仍然坚持说:“我的父亲说过，他的父亲当年是在城里王家大院保全堂做过伙计的，后来因为打仗才无奈到了南角墩的!”

说到保全堂，王远心就问他:“你的爷爷叫什么名字?”库秋水知道这位文化局局长并不熟悉自己这个乡镇干部，便自我介绍说:“我姓库，我的爷爷叫作库万年!”王鹤来连忙说:“那你的爷爷就是‘小猴子’，库万年的名字还是我爷爷给起的——他是当年发大水时王家收留的一个孤儿。我爷爷的回忆录里面提到过这个小孩，他还被王家安排和一位罗先生去盂陵搞过地下工作!”

库秋水这下心里才安然一些，就像是被冤枉的孩子得到了澄清一样。大家都说这真是“过河碰上摆渡人——巧得很”，王鹤来听了说:“我记得父亲说爷爷还有一句老家的话也是这个意思：八月十五生孩子——赶巧了，我就是中秋节生的，但好像老家都说是‘八月半’，对不对?”

这一场偶遇也是奇遇，就像一本旧书找到了失落的序言。

联系方式留下了，由厅长见证初步协议两个月后参加县里经贸节的项目签约，约好“烟花三月去下河”，听听那南角墩的民歌。王鹤来还请王远心打听一个人，那就是当年王家离开后失散的“大莲子姐姐”。

当年新四军进城接管了下河县，但一时局势依旧险恶，同情共产党人的铁桥和尚被处决，罗先生也因叛徒出卖牺牲，王为民全家无奈匆忙出走南下，留下二弟一家老小，虽是敦厚的生意人，但也因为其大哥牵连被残余的国民党无情杀害，真可谓是家破人亡。王为民多次请人打听老家情况未果，伤心之下不再归乡。后又听说有用人逃脱的，估计是大莲子姐姐，但也杳无音信。王为民南去直到南洋虽是情急但也并非毫无由头，她的母亲是福建长乐人，祖上是南洋做药材的生意人，也是大户人家。他到南洋也算是归乡，依旧从事药房的生意，不过儿子弃医从文，到王鹤来这一辈又做起生意，但做的是出版传媒的文化生意。王为民生前不回伤心之地，其实内心也并非对故园毫无眷恋。这在他晚年的回忆录里每每总在字里行间流露，但无奈天涯路远，最终未能落叶归根。到了王鹤来这一代人，似乎老家的感觉只是爷爷纸上的情思了，但偶然看到中文报纸上有“下河”二字，或者地缘上相近的地方，王家人总要想：我本是从那个陌生之处来的。

这次招商虽然只是谈了几个合作意向，但文化局局长王远心还是觉得颇有收获，特别是遇见了祖辈们的“故人”。王鹤来托他回去找一找王家人的下落，哪怕是当年用人帮工的信息。可是大家也知道当年那场血雨腥风之后，王家彻底没落了，房产后来充公又改建为工厂宿舍——用王远心的话说，连一块砖头都找不到了——七十多年把几代人的记忆都磨灭了。

大家在回程飞机上议论着这些——光阴比这轰鸣的机器要快速和无情多了。

飞机落地之后，突然瓢泼大雨，这在春天的平原也是少见的。库秋水开了手机，几十条短信呼信息挤在收件箱，都是父亲的号码。他这才记起来之前库长天打了几次电话给自己，却又没有说究竟什么事情，只是催着他有空回家，后来库秋水也因为忙而忽略了。从电话里这些信息来看，这不仅是一件急事，看来也还是一件麻烦事情。电话打过去是通的，但没有人接听。这时，镇上的书记打电话过来，急切地说：“南角墩老庄台的群众集访，带头的还有你老子，事情闹得不可开交，市里面都打电话来，赶紧回来处理!”就在书记打电话的时候，同行的人也了解到一些信息，说整个城市的垃圾运不出来，是新建的垃圾填埋场闹集访。大家都知道这事情正是出在厍秋水所在乡镇。

他出了机场一言不发就打车单独直接往南角墩奔。路上他才了解到是南角墩老庄台的人们为了庄台的拆迁集中上访。因为南角墩——部分村民对于拆迁补偿不认可，他们所在的区域又并不在产业园一期规划的范围内，所以园区便“以退为进”干脆将这个庄台的拆迁停了下来。南角墩的人以为是保住了家园，至少说拖延了时间，盘算着在拆迁补偿上还有讨价还价的余地，哪知道几年过去了，这处孤岛一样的村庄似乎被人忘记了。这处环保产业园的一期项目是静脉产业，说到底就是处理工业和生活垃圾项目，工厂建在村庄南面，日常的南风不断地带着气味吹进村庄里。本来南角墩人以为拖延一下有“加价”的空间，哪知道随着环保政策的调整，产业园入户的项目要求不断提高，发展的节奏也慢下来，南角墩真就成了被遗忘之地。

对于厍秋水来说，南角墩老庄台不拆迁从情感上来讲是一件好事，毕竟祖祖辈辈生活的家园保住了。但厍秋水用这话来劝说村民的时候，人们就不乐意了：你这位镇长平时住城里的，你问问自己老子，这气味到底难闻不难闻——事情厍秋水是心知肚明的，但现在他也是左右为难——于公他是做不了全主的角色，于私这些确实是看着自己长大的父老乡亲。

大概是厍秋水在出差前回过老家，那“四大天王”的干老子们喝酒的时候知道了厍秋水要去南方招商的事。他们就想趁着这时候“搞点动静”，这样既不让厍秋水为难，也可以让镇上知道他们的态度。本来是打算几个人去垃圾场讨个说法的，但谁也不愿意做出头鸟，后来就决定一家子出一个人，最终实际上是几乎所有人涌进了园区堵在了垃圾场的门口。堵门这件事情看起来是一个工厂的事情，但这处垃圾场是全市生活垃圾处理的终点，所以堵了这个门等于堵上了城市生活垃圾的出口。城里人社区里扔个垃圾看起来很方便，可垃圾场的门一堵上，城市里的垃圾瞬间就没有安身之处。各大小社区里面一天之内垃圾就堆满了，成了整个城市的危机。

本来也没有想到事情会闹这么大，库长天也没有想到会弄成这样。大家本不准备喊他一起去，这是让“干部的老子”为难的事情。可是想想又怕他说出去，于是叫他一起去“看看情况”。库长天本来心里也不情愿，他知道大家在闹腾，打电话给库秋水也不好说什么。可是大呆子几个站在门口喊他，喝了点酒的他一拍桌子说：“去就去，反正是去讲理的事情，儿子做了干部也是要讲理的。”到了门口站着，有人一眼就看到库长天——那位没有做成村干部的洪三宝现在做了“保安队长”，看见库长天就喊起来：“难怪老百姓闹事，原来是镇领导的老子指使撑腰的！”

库长天喝了点酒，心里本来又不怎么痛快，听他这么一说，冲到前面叫了起来：“你这个草包算什么东西？老子指使什么了，你去访一访——我哪件事情不带头？迁坟我家第一户，拆庙也是我做了表率的——如今这是要无家可归了，我这算是闹事么？”

大呆子知道库长天喝了酒，怕他闹出事来——他们本意只是来施加一点压力，并非想要来吵架的。哪知道这洪三宝自己房子拆了，现在人模狗样地做了什么保安队长，到底有些看不起这些老邻居了——说到底他也是妒忌这些人，生怕他们闹到什么好结果来，拆迁安置比自己高，那是让人眼红的。所以洪三宝的所谓正义是以私心为前提的。他摸摸手里的警棍，看库长天被拦着不说话了，似乎又来了精神：“有本事就闹，你不要脸你儿子要脸，你们闹就是!”

库长天这几年一听别人拿自己儿子说事就来气。库秋水做了干部不错，是自己儿子也不错，但自己没有沾他什么光，大家却什么事情都用这帽子来扣他。库长天到底忍不住，指着那阴阳怪气的洪三宝说:“说到要脸，这里的人都晓得，你是最有脸！你那婆娘给你长了脸，这个南角墩上千口人谁不知道?”

这句话听起来说得不急不缓，但是确实很有“杀伤力”。洪三宝的女人是个偷人精，就是当年高玉宽的姘头，也是把库长天工作弄丢的那个女人，离异之后与他过日子。这个女人据说偷了三十六个男人，她的口头禅是“皮不破，肉不烂，起来还吃三碗饭”。她是偷人成性了，人们也就“理解”她了，说她是“闲着也是闲着”。在南角墩以及周边的村庄，这是一件人所周知的事情。但即便如此当着她的丈夫面说出来，这事情确实让人难堪。此时，高玉宽也在人群之中，他是自己婆娘张玉香推着轮椅来的。路上库长天还有些不屑，但想想现在他也是半条命的人了，他的儿子高求又好像“变了种”见人知道点头说话了，所以他就假装没有看见他，也没有说什么。库长天对洪三宝说的话，大家听了心里觉得过瘾，但知道高玉宽面子上也过不去，就拉着库长天往后面走，还让大呆子看着库长天“不许他说话了”。

但是洪三宝似乎不想“不了了之”，挥着那警棍叫道:“今天老子不打烂你的嘴，我不姓洪!”库长天这辈子何尝又怕过人?在这南角墩他可是把两代支书打怕了的人，所以冲着他骂道:“你来，你来，今天我不打断你的腿，我是你养的!”

库长天打了洪三宝一个大耳光，但也被对方重重一拳打倒在地上。大呆子见势不妙，赶紧冲上去一把薅过来洪三宝，照着他的脸就是一记老拳，把他也打倒在地。洪三宝在满是泥水的地上挣扎着喊:“打死人了，打死人了!”

现场一片混乱，突然又下起雨来，有人打了110报警，又打120急救。众人想想有些后怕，纷纷顶着衣服冒着雨散去。大呆子说人是他打的，就被派出所带走了。洪三宝说自己头疼得厉害被拖上了救护车。剩下四喜子扶着库长天问:“有没有事?”库长天朝地上吐了一口唾沫说:“有什么事，这辈子也不是第一次打架!”

库秋水在回村的路上详细了解了情况后，一脚直奔自己家去。天色已经黯淡下来，四喜子坐在屋里抽烟，屋子里全是鸭子的臭味。库秋水进了门，四喜子连忙说:“你总算回来了，你老子被打得瘫在了床上!”

库秋水不理他，径直往里屋走。库长天正半躺在床上抽烟，阴湿的水气和烟雾搅拌在一起，有一种无奈而沉闷的气息。库长天见了儿子，低声说了一句:“到底是老了，打不过这畜生了!”

库秋水一路上满脑子的凌乱变成了怒火，但他克制着自己的情绪，转身往外走又撞见那满屋子鸭屎味和啾啾叫声，他逃跑一样走出了堂屋站到了门口。他现在真想也逃离这个地方，不用面对这一地鸡毛的现实。

不远处有人影晃动——库秋水现在怕看见人，他觉得这事情让他丢尽了颜面。走近了，库秋水才看清楚是张玉香推着轮椅上的高玉宽过来。他大库长天十多岁，自从上回跌断了骨头之后就没有离开过轮椅。这时候高玉宽来做什么?库秋水心里泛起了嘀咕——莫非是来笑话库长天挨了洪三宝一记老拳的?

门口人多起来，屋里的鸭子受了惊吓，一团团围到角落里堆了起来。张玉香看看这屋子里的情形皱了皱眉头说："老厍也是活闹寿，养这些'蛆屄'做什么，哪里没有日子过了？"听这话是批评，语气里却无恶意，看来他们不是来上门找茬儿的。实际上自从高求回家之后，虽然与高玉宽有些争执，但真心是"浪子回头"。他和老子的争执，实际上是对高玉宽那些顽固做法的抵抗。高玉宽这一辈子自诩是骄傲的，他认为自己不仅接过了老子高来财的"宝座"，还远远地超过了他的"本事"。可是偏偏到了自己儿子这一辈，先是过"混世魔王"的日子，被人编派成"高求，高求，一个浑球"。失去自由几年回来，却又变了个人一样，人们都说他现在很有"追求"。但这总还是不能让高玉宽满意——最大的不满意在于高求竟然成了他厍秋水"鞍前马后"的角色。不过尽管如此，高家与厍家的关系也在"回暖"，人老没有精神了，连怄气的力道也失去了。也有人说是因为厍秋水做了干部，但恐怕在高玉宽心里也未必服气，常常说起当年自己家的各种"辉煌"。就连厍秋水出去读书也还是他推荐的，这才让厍家有"坏稻剥好米"的翻身之日。说到底高玉宽心里的骄傲，并没有因为年龄而消散。

高玉宽让张玉香推着自己上厍家的门来，其实是为自己的事情——他之前听说厍秋水孝顺二老，带父母去大庙护国寺吃了素斋，这在南角墩是没有过的事情。这让高玉宽心里一直耿耿于怀——他也想着要去那护国寺吃个斋菜，才算是了却心愿。可眼下不是中秋也不到腊八，但他似乎又有些情急，再说以他自己的"优越感"，最好是单独吃一次才算是有面子的事情。于是便登门来问个究竟，又或因为厍秋水认识那方丈多少得些便宜，凡事有个熟人都会"逸当"一些。高玉宽不说话，张玉香说明来意，四喜子听说了，脸阴沉下来讥讽道:“在世多做些好事，不吃斋也无妨！看你凡事都要得些便宜，难道等不到那腊八的日子了?”

库秋水望见高玉宽脸上的苍老颓唐，知道他大概也是大去之期不远，不忍心再说什么“难过”的话，叹了口气说:“这也并不是难事，回头帮助联系一下，谈不上麻烦!”本来库秋水和盂陵镇的负责人刚招商回来，洽谈项目也是要联系的——他还打算近期把家里那个大柜，也就是库长天从安庆运回来骆先生的遗物赠给盂陵镇，让这漂泊远方的乡愁能够归家。高玉宽的事情不过是举手之劳，但库秋水突然想起日间闹的事情，顺嘴又说:“那洪三宝还在医院，派出所里还留着一位，你看这事情能不能请你带句话，‘小事化了’?”

高玉宽几乎不假思索拿出自己的老年机，立刻打给洪三宝，开着免提对他说:“我听你的声音好像暂时也死不了，那不要钱的‘盐水’也少挂一点，迟一天回来打断你的狗腿!”洪三宝听他一顿教训，最后只说了三个字:“晓得了!”

库长天听他们说了半天，叹了一口气说:“一切都是‘钱要命’!”

张玉香望望库长天说:“你这蛮牛的脾气也要改改了，七十个‘周年’的人了，手痒就在墙上‘蹭蹭’，要晓得给你儿子‘壅根’，一切往你子孙身上看看!”这话听起来是批评，实在也是暖心的话。库长天抹了一把脸，苍老的脸上满是疲惫，被洪三宝打得眼角还有些青肿。他的眼神和那屋里的灯光一样黯淡。他不看任何人，就看着那些团在一起的鸭子。过一会他就用手拨一下，怕它们堆在一起会“出汗”。

高玉宽夫妻二人走后，几个人的僵持就靠着这群鸭子不时的惊动而得以缓解。库秋水心里也像有很多聒噪的鸭子在跳腾。他想不明白，为什么库长天明知道南角墩这个“负隅顽抗”的庄台迟早是要搬迁的，却还要买了这么一群鸭子回来干什么？为什么在这个节骨眼上，库长天又站出来在集访的人群中带头吆喝——也许，库长天苍老的只是年龄，他一辈子“号头鸭子”的劲头丝毫没有减退。张玉香说得不错，这个时候库长天应该往自己儿子身上看看，毕竟所有的矛盾最终都会指向库秋水这个“副镇长”。事情已经不再像过去人们说一句“库长天是个天生的牛脾气”那么简单了。现在，大家议论的却是他仗着自己儿子当了干部变得“有恃无恐”。这是一种很要命的变化。过去库长天的野蛮可以算作是天然的，甚至能被很多人同情理解。现在他的一点点脾气都会被理解为“仗势欺人”。至于真实的原因并没有人去分析。甚至和他一起蜂拥而上的人也会这么想：怕什么，干部的老子都敢这么干，有什么不可以做的？

就在他们又默默僵持了一阵之后，黑暗里大呆子的声音打破了静默。他从派出所放了出来，回到村子里第一脚就到了库长天家。他的大嗓门几乎要把这个苍老的村庄叫醒：“老子就是什么也不说，看他们能奈我何？”好像他打人打出了道理和威风。四喜子站起来摸了一根烟递给他：“你不要嘴硬了，要不是秋水侄子做镇长，你能出得了派出所的大门？”

大呆子还是不服气，摸了摸鼻子说：“这是什么话，好像是我沾了谁的光，或者受了谁的指使一样！人是我打的，我又不赖，和秋水干儿子没有任何关系！我在派出所一句也没有提他！”

四喜子翻了翻眼睛说：“就你能，早些回去挺尸！”

本来大呆子似乎还很有些说话的兴致，或许他还想将去派出所的事情再讲讲。但大家并不感兴趣，库长天也黯然地说："这个地方活了一辈子，谁怕过谁——打架的事情我们算他们的祖宗!"

库秋水叹了口气出门，想想又留下一句："早点散了，不能再闹了!"

库秋水回城当然也不是回家睡觉，他是去医院看洪三宝。洪三宝这个人是有名的刁顽，库秋水知道这件事情必须要主动去化解。即便他不做这个副镇长，也要为南角墩，更是为自己这几位长辈出个面的。库长天到了医院还没有找到病房，就一头碰见了高求。见到他库秋水有些意外，高求反问他："这时候你来这里干什么?"

库秋水说明来意，高求一手抓住他的臂膀说："你信不信我?信我的话就不要去看他。你这个时候去不合适，该说的话我已经和他说了。情况我是清楚的，你的身份是不适合这时候去的!"

库秋水有些不解地说："我也不是代表单位，我是自己去看看他，毕竟他们确实是动手打了洪三宝的!"

高求说："你的意思我懂，但这个时候你是去道歉，还是去表态？你什么也不好说，说了反而留他以口实。你觉得自己是为老子来打招呼，他看到的却是副镇长来认错。我去看过他了，情况并不严重，所谓住院也是虚张声势，这里事情交给我!"

高求这些话也是实在话，高玉宽也打过电话给洪三宝，高求才去看过情况，就是眼角破了皮外伤。自从高求回了村子之后，由拆土地庙开始起，他就承接一些土方工程的事情，各样做得是有声有色。特别是南角墩前面的产业园落户之后，高求也是一门心思地做些工程。毕竟他是当地人，情况也熟悉，遇到矛盾事情解决起来也方便。当然也有一层很微妙的关系——高求曾经因为犯事“进去过”，大多数人对他还是有些忌惮，其实高求现在是奉公守法的。高求算是赶上了一次机会，在这种村镇急剧变化的时刻，找到了自己合适的位置。这个位置也不仅是赚钱，更是能体现他成为人们嘴里的“追求”。群众们这么看，领导们也这么看。所以今天高求这么说，库秋水明白他是真诚的——库秋水也就折了回去，按他所说“静观其变”。

事情过去几天，好像就真的风平浪静了。

库秋水也是忙，忙起来就忘记了，也没有再打电话给库长天问这件事情。他招商回来之后就忙着那个“文化项目”的事。本来是无心插柳的事情，哪知道遇见了王鹤来，事情弄得“假戏真做”了。县里要求他将民俗文化园的项目进行前期规划，包括王鹤来看重的盂陵镇文化产业园作为“飞地”项目一起承接规划。因为县里面也知道有文化厅长和王氏集团这“两条线”，这两个本被认为只是“有情怀”的项目，也真有了落地的基础。县里也专门了解过“王氏集团”，以他们的实力做这样的事情确实也是现实的。以前人们文化产业招商，一些项目包装得很好，但大家心里都清楚那是“玩情怀”的事情——意思是这样的项目经济效益一般，大多数是“一种美好的情怀”。现在有了这样一个家族的背景，这种情怀是有资本可以讲得起来的。县里就指定库秋水牵头做这个项目，如果这个项目落地，也确实是一项“亮点”工作。

因为要去对接“飞地”项目，库秋水又一次去了盂陵镇，谈完了工作之后他又自己去了护国寺。他去护国寺做什么？是想去找找觉明师父，和他讨一本上次大和尚提到的关于护国寺掌故的书。这件事情一直在他脑子里盘旋，他知道当年护国寺的住持慧能和尚与慧净师父是同门。那位慧净师父一九三一年大水来临的时候，命令徒弟将自己金身和遗物遗书锁在一口箱子里，后来被运河管理所的高长海捡到了，但并没有按照大和尚生前遗书所托行事“拿人钱财替人消灾”，而是把钱财昧了将箱子又锁上推到水中。这个高长海便是高玉宽的生父。后来薛大姐带着高玉宽来到南角墩改嫁给高来财，这个秘密直到薛大姐临终前才告诉库秋水的奶奶小兰花。小兰花临终前又将此事托付给当时才十岁的库秋水。如今已经物是人非，高玉宽也是风烛残年，他自己一直想着要不要将这件事情告诉高家？

库秋水见了觉明师父讲了王家大院当年和高长海以及高家与库家这几代人的恩恩怨怨，想听听方丈的看法——毕竟当年觉明师父也是库秋水母亲奚有英的救命恩人。想不到觉明师父听说王家大院便追问起来，原来觉明师父自己当年也是被一位子静师父收留的，后来学得佛法在护国寺做了住持。这位子静师父在俗家竟然就是王家大院当年出走的“大莲子姐姐”，也就是王鹤来在厦门托他找的那位王家的女佣。这一说，百年的风云好像就在这几个人身上兜兜转转，至于恩怨对错如今看来也是过眼烟云了。

库秋水心里还有个结，那就是奶奶小兰花告诉过自己，高玉宽的母亲临死之前是有愧意的。当年高长海捡到慧净师父箱子中的财物和信件，是让捡到的有缘人拿了一些钱财安葬了亡人，其余的钱财算是报答，如若不依此行事子孙必然遭到报应。高长海留给薛大姐的玉佛，库秋水留了多年后璧还护国寺，但是慧净师父那句九十年前留下的诅咒之语确实是一个秘密，在他一个人的心里私藏着。库秋水纠结的是面对风烛残年的高玉宽，这个秘密要不要烂在自己的肚子里。

觉明师父也是阅尽人世的老者，他淡然地说了一句:“福报的秘密可以滋润人世，怨恨的消息不过是一时的情绪，谁能说慧净师父当年的那些诅咒之语到底是对是错呢？也许忘记，是最好的福报了。”

库秋水心里豁然开朗。其实就在前二日，高玉宽来过护国寺单独吃了素斋，还给自己的两位亡人放了焰口超度。神主一位是高来财，一位竟然是高长海。因为是大和尚自己主持的法事，他记得清清楚楚。老人硬是要从轮椅上下来在拜垫上长跪不起，还让自己的儿子在焰口的文书上画下“十”字。

春天的下河县常有雨，就像是王兰英嘴里的歌声，说来就来了。从护国寺里出来，雨又下起来。库秋水坐在车上，看着一切在飞速退去，好像一百年也不过是瞬间的事情。

他昏昏欲睡的时候，电话又响起来。库长天在那边急切地说:“派出所打电话给我，大概洪三宝的事情又纠缠起来，你回来帮我照料一下那些鸭子!”

库秋水有些烦躁地问他:“我帮你照顾鸭子?”这话问得有些无奈，可是他不帮助照顾谁来做这个“鸭司令”呢？他是不是副镇长也都还是他库长天“坏稻剥好米”的儿子。电话撂下来之后，派出所打电话给库秋水告诉他情况不妙：洪三宝在医院看病这几天，想想心里不自在，就找人帮自己做了伤情鉴定。他受伤的眼角被鉴定为轻伤。有这一张纸的鉴定，这件事情就成了一件涉及打架者刑事责任的“案件”了。库长天把电话扔在了车座上，真希望它永远不要再响起。

可是没有几分钟，镇里又打来电话，要召开“紧急会议”——他突然想到来的路上广播里讲最近有一种“病毒性流行感冒”爆发性增长的事情，心里更烦躁——又是一堆事情要来了。

他现在真想回家，就回南角墩的家，与世隔绝地生活几天。

县里开过会部署防控流感，镇上很快就成立指挥部要全面防控，因为外地有些县城已经开始“封城”了，这几乎是一夜之间的事情。库秋水坐在会议室里心乱如麻，一散会就被同时参加会议的派出所长请到一边，咬着耳朵说了一句：“情况非常不妙！”

库秋水没有听明白什么意思——是这流感情况不妙？派出所所长说：“这事情很不妙，但他们几个老人家的事情也很不妙。弄不好要拘留人了，唯一之计就是你们自己达成和解，才能以民事纠纷解决。”库秋水知道这事情和流感的情况一样不能扩散，立马赶到派出所——洪三宝、大呆子和库长天正坐在那僵持着。

见到库秋水进来，洪三宝像是见了救兵，提着嗓门说：“这下好了，我找不了你们，找你的儿子！”

大呆子忽然站起来说：“人是我打的，你找他干什么？”

洪三宝说：“打人犯法，就是县里书记的老子也一样的！”

库长天听了也很不服气：“不打你这种人打谁？过去我拿扁担打过多少回村支书也没有坐过牢，我就不信这个邪了！”

洪三宝拿着那“伤情鉴定”说：“现在是法治社会，不是你嗓门大就有用的。你一辈子横行霸道惯了，现在是算账的时候了！”

库长天不屑地说：“打死人钱偿命，说到底还不是个钱！”

洪三宝当然是为了钱。派出所调停希望他们自行达成谅解，洪三宝终于说出了自己的“价码”：“一口价三万块钱，否则就只有打官司！”

大呆子几乎是跳起来说：“你怎么不去拿刀抢钱？三万？三分也没有，坐牢我去就是，还包吃包住，我要什么脸？”

洪三宝说："我知道你有人撑腰，可今天这事情谁说也没有用。"

库秋水站着一言不发，就听他们你一言我一语地争论。他发了消息给高求，他知道这事情必须有人居中斡旋。在高求到来之前，库秋水什么也不想说。库秋水的消息发过去，高求说就来，可是等了一个小时也没有到现场。库秋水有些着急就把电话打过去，那边回道："我有点急事，马上就到！"

高求到了派出所还没有说上两句话，电话又响起来，他满脸阴沉地说了一句："洪三宝，不要把路走绝了，这事情我们回去谈好不好？"

洪三宝不依不饶地说："这不关你的事，你不要想做好人，我知道现在你是想巴结人，可我也要活命！有什么着急的事情，难道是死人了？谈就必须今天谈完！"

高求瞪着眼睛吼道："我老子要断气了，你非要这样，那就随你便，不要把事情做绝了！"说罢高求转身就走。洪三宝有些将信将疑，但又想谁也不会拿自己老子要死的事情开玩笑，也跟着奔了出去。

高玉宽没有等到儿子进门就断了气。他的干儿子洪三宝也跪在高家傻了眼。库秋水没有来得及回南角墩，又被电话追回镇上——流感的形势确实严峻起来，县里通知各乡各村立即封闭所有进出的道口。

就在这半天之内，所有的村庄都关上了大门。所有的人都戴上了口罩，失去了喜怒哀乐的表情，只留下茫然的目光观望着形势。

到晚，一道道的通知接连发来：各村人员非特殊情况不得外出，任何聚集性活动一律停止，外来人员和车辆逐一登记检查……所有的地方所有的人都在被这场突如其来的“流感”所控制，现在它已经被改称为“疫情”。因为疫情疑似与禽畜有关，各村又迅速组织对规模养殖的家畜进行处理和灭杀。在得到这条消息的时候，库秋水心里一紧：他知道父亲屋里还有上百只雏鸭在活蹦乱跳地闹腾着。他知道这又是一个难题。卫计办的人知道情况，问过库秋水的意见，他看着窗外哗哗的大雨说了一句：“人都会死的，还在乎什么鸭子呢？”但他不知道自己怎么和父亲开这个口，鸭子似乎是他一辈子或者是库家这几代人的痛处。此时库秋水不是在乎父亲的损失，而是明白年迈父亲心里的伤痛。

库秋水打电话给兰姨娘。王兰英接了电话说：“你老子和干老子们几个也是糊涂了，高玉宽死了，他们四个人忙着去帮忙‘扶重’去了。还有一个人帮着念经，也还真是不错，正好五个人！你打电话说说他们，为了一张嘴命都不要了，听说这回病毒恶得很呢！”

库秋水听王兰英这么说倒是很意外，真想不到“四大天王”加自己的老子竟然这辈子还会上高玉宽的门。想想他心里又有些担忧，好像忘记了鸭子的事情。打电话给父亲问他在哪里，库长天有些不耐烦地说：“我能在哪里，不是都不让出村了，你在镇上也不要到处乱跑！”

库秋水顺着他的话特意补了一句：“你们也不要多事，好好在家待着！”

库长天说：“我们都老了，人死为大，这个道理总是不错的！”

电话挂了之后，他才想起来没有问鸭子的事情，再打过去那老年机已经关机了。他下楼拿了镇上统一发的通行证，自己开车出去——他要到八里路之外的南角墩看看。他没有去高玉宽家——按照南角墩的规矩，晚上是不能去吊孝磕头的。他从门边的窗户后面摸到了家里的钥匙——这是他们父子俩的约定，库长天平时锁了门都把钥匙挂在窗户后面，从玻璃缺口处伸手可得。门开的时候，堂屋里的鸭子惊得跳了起来，这些牲畜无忧无虑的样子令人感到不安。他坐在一边望着它们，等着库长天回来。

库长天晚上喝了酒，他在南角墩常给人做“扶重”的事情——也就是帮着打理丧事抬棺出门，但库秋水没有想到他会进高家的门。这一点库秋水心里有一种说不出来的感觉。库长天知道“扶重”的事情多少有些“晦气”，所以总是要喝点酒，据说早上还要穿上跟脚的鞋子，要把衬衫的一角悄悄地塞到裤腰带里，这些规矩他了如指掌。看见库秋水坐在屋子里，库长天脸色突然黯淡下来，自言自语道:“也不知道突然哪里刮来的‘坏风’，得了这种要命的病，实在要是不行就只有杀了这些‘蛆尿’，只怪它们命不好!”

此时库秋水心里也是五味杂陈。他翻着自己的手机，看着手机里不停的信息更新，工作群里面也在满负荷地运转。突然他看到卫计部门的一条信息——关于妥善处理规模饲养禽类问题的通知：县里面来了要求不得“一刀切”灭杀家禽，只要做好消毒防范工作即可。库秋水如释重负地说了一句:“你要养先养着就是!”

库长天好像不相信自己的耳朵反问道:“真的假的，不给你为难？我也说，哪天农村里不让养鸡鸭鹅鸟了，还叫个什么农村呢?”

库秋水知道不能讲得绝对，只对他说:“兽医站来消毒你要配合好了，一切也还是未知数呢!”

库长天叹了一口气说:“是的，前面一条路是黑的——谁能想到高玉宽说断气就断气了？谁能想到他一辈子本事，最后只有一桌亲人来送他上西天?”

高玉宽算是寿终正寝，与这南角墩打了九十年交道，但没有想到走的时候这么冷清。

因为防控的需要，村里的红白喜事都不得办宴，庄邻亲戚得了消息只能来磕个头。要在往日，这样的高寿必是要作为“喜丧”大办三日，和做寿一样热闹。高求倒也明事理，一切从简处理，亲戚来随的份子都只是象征性地收个“纸烛钱”，其余全部奉还，实在推托不了的近亲“人情”勉强收下，也还收了五千块钱。吹鼓手也不能上门，四喜子一个人给念了几忏经文算是“发脚焰口”，第二日就打算出殡送去火化。大呆子这人心直口快，看眼前的情景多少有些凄惨，抽着烟说:“人这一辈子也是假的，高玉宽狠了一辈子，最终弄得冷冷清清——不过热闹还是冷清他自己也看不到了!”

出殡前一天晚上，库长天还是打电话给库秋水，让他回来一趟——他思来想去觉得库秋水还是应该回来磕个头。库秋水虽然有些为难，但心里也并不反感，他对父亲这种态度倒是有些欣慰。库秋水也知道，他们这一辈老人一个个地少了，过去心里那些恩怨已经不重要了，他们已经在用原谅过去的做法，让自己日后闭眼睛的时候也能被这个村庄所原谅——这种原谅只有在世的时候看见才能够心安。库秋水在高玉宽的灵前磕了几个头。出殡前的晚上还有一些固定的仪规，比如“升高”，也就是将灵柩垫上一砖的高度，以寓意子孙后代节节高升。一切手续“交代”完了，门外却闯进了一个不速之客——这人正是那脸上新伤未愈的洪三宝。本来入殓升高这样的事情，洪三宝作为高玉宽曾经的干儿子是要在场的。但是阴阳先生看过，在亡人的“七单”上写了诸多事宜，其中一条是亡人升高避讳属相为蛇和鼠。入殓升高的时候一般要求亲戚到场，但迷信说法也有“回避”的对象，也就是阴阳先生算出来的某种属相的人都是要回避的，否则就会影响亡人灵魂升天。所以洪三宝未能参加这个仪式，但他似乎是算好了时间的，等一切事情交代好了，他从黑暗里闯进了高家的灵堂。

他一进来大家脸色都不好，比高玉宽死了的悲伤还要难看。库秋水心里也有些不安，他知道此前与洪三宝的事情还没有完，要不是高玉宽的死不会暂时偃旗息鼓的，而他这时候的出现当然也是打算好了的。高求倒也不客气地问:“你这时候来做什么?”

洪三宝知道也不需要藏着掖着了，直言不讳地说:“按理说我不该来，但这事情我知道，有人‘浑水摸鱼’就想蒙混了事。今天我看镇长也在，我们把事情做个了断，我也不想再去派出所跑空腿打官司了!”

一边的张玉香听他这么说也满脸的不快，老人坐着不动用手里的拐棍捣了捣地面说:“你是穷疯了，还是脑袋被打坏了？你没有看见人躺在棺材里？你是要跟死鬼干老子一样闭上眼睛才不想钱?”

洪三宝一点愧意没有，倒是理直气壮地说:“我知道自古是官官相护。我也看出来了，什么干老子不干老子，你们争了一辈子现在不还是坐在一起了？我心里知道，弄个现钱是真的，其他都是假的，连父子都是假的，钱才是真老子!”

高求听说这话，愤怒地问他:“你还要不要脸?”

库长天知道洪三宝是铁了心要钱的，之前赔的医药费不能满足他的“心理价位”。因为打架的事情闹在高家灵堂里，心里有些过意不去，所以他竟然低声下气地说:“我们也都活了一辈子了，能不能缓个日子，你要多少钱再说!”

大呆子也附和道:“人死为大，你就不能忍一下?”

洪三宝得理不饶人，朝大呆子喊道:“你沙包大的拳头打在我脑门上怎么就不说忍的? 我知道这钱不要以后就打水漂了，到处都封城了，以后不知道什么情况呢，我也饶你们一次，给五千块钱，现在就给，要现钱!”

高求的脾气也是暴躁的，他握着拳头就想揍他，被厍秋水一把推到边上，对洪三宝说:“你信不信我，这钱你明天和我拿，我替他们给! 哪个现在身上有这么多现金?”

洪三宝说:“我信你，但是我不要你的钱，我现在要他们赔钱! 过了今天还是三万，一分钱不好少!”

张玉香号啕大哭起来:“真是造孽啊，老头子死了还没有出去，你就来闹寿，你这是要人命啊!”

高求见到母亲哭起来，他跑到坐在一旁不说话的二歪子身边，不由分说从他座前的抽屉里抓出一把面额不等的钱。二歪子是帮着高家记“人情账”的，五千块钱正好清点过要交账，被高求一把拿了出来塞在洪三宝的手里说:“有多远滚多远，现在就滚!”三叶子站在旁边一把拉住洪三宝说:“不好走，写下字据再走!”三叶子也是促狭，在一边捞了一张“毛昌纸”让他就在上面写个收据。毛昌纸是烧给死人的纸钱，洪三宝也不管了，写好收到钱款数字并保证不再纠缠等等，四喜子做和尚用的红印泥就等着他按手印了。

这些手续交代完了，洪三宝说:“你们相信我，我也相信你们，这钱我也不数了!”说完转身就出门去。

春雷炸响，外面的雨真大，洪三宝也没有打把伞。

库秋水掏出手机将钱转给高求，又拿来他的手机点了收款，自己的手机又响起来——镇上的指挥部又要连夜开会，形势更紧张了。库秋水出门开了车，在滂沱的大雨里离开了南角墩。

这天夜里县上面要求各个村严格管理卡口，控制人员出入，镇上分管负责人都带队冒雨通宵值守。

凌晨五点多的时候有个卡口有人冲卡出去，呼啸的车子没有能拦得住。110联动转过来信息，一辆本地的车子失事冲进了河里，到了天亮才被发现，驾驶员死在了河里的车上。库长天打电话告诉儿子:"那洪三宝拿了钱是准备回城带着家人出去逃命的，洪三宝的婆娘不知道哪里得到的信息本地有人确诊了。他们本打算逃到外地的，哪知道连城里的家也没回得了。"

库长天还说，洪三宝的车子被发现的时候，他们正好在给高玉宽送葬回来的路上，看见吊车将那破桑塔纳拖了上来的。

这一年的春天来得比较迟，一切都被禁锢着。本来王鹤来说好要到下河看看项目进展情况的，但也因为形势所困只能在线上签约交流了。南角墩残留的老庄台最终也要搬迁了，留下的旧屋舍给镇上改造民俗文化园。南角墩的人们从农民变成了城镇居民，他们带着自己的东西到城郊租房子，有些人家自己去城里买了房子，留下南角墩几十户空洞的屋舍。库长天那趟已经长出大翅的鸭子暂时也卖不出去，就作为最后的"村民"留守在南角墩。他早出晚归骑着电瓶车去看看，等着它们长大了就卖进城里桌上去，他这个"鸭司令"真是一把好算盘。这一年春汛雨多，栽秧之前却是"空梅"，河里面的水少得很，鸭子游得也不畅快，它们也知道要失去这祖祖辈辈赖以生存的家园了。

库秋水本让父亲住进城里去，库长天在被他称为"鸽子笼"

商品房中住了几天很不舒心。他打电话给大呆子说："城里住得不舒服，就连吐痰和撒尿都不快活。"厍长天还是舍不得自己那些破衣烂裳的东西，又去找嫁到邻村的妹妹，她那里有一处在水边已经不住的房子。厍长天的弟妹们都在城里有了房子，可他就是不愿意进城，留了十来只鸭子跟着自己，看着这些鸭子在水里跳腾，似乎比看到自己儿子还要开心。

厍长天称为"小无锡"的文化厅长，本也是打算来搞个民歌采风活动的，最后只能在手机视频里见了个面。厍长天把那瓶商标已经朽坏的"老明光"酒拿出来朝"小无锡"晃了晃，厅长连忙和他说："这酒你一定要等我去喝，一定要留着，不然就降你儿子的职!"

厍长天听了皱起眉头说："论酒你喝不过我，你只能提拔我儿子，怎么能帮倒忙呢!"

厅长在视频里说："你看看你，就是吃的没有文化的苦头，要不你给我唱个歌听一下，看你那'癞猫'嗓子倒了没有!"

唱歌不难，厍长天还能哈几声，听得"小无锡"眼泪水都掉下来了，他唱的是那《满天清》：

> 打起来来唱起来哟，春风刮动杨柳开哟，杨柳年年落交叶，小大姐呀月月换花鞋。锣要敲来鼓要敲哟，黄秧要栽草要薅哟，黄花子不栽不收稻，草不薅来稻少膘。打起来来唱起来哟，莫把锣鼓冷了台哟，冷了锣鼓还有可，冷了龙车水不来。

厍长天还常去南角墩看看，很多老邻居还会从城里回来种菜。他们搬走之后依旧在原来的自留地上种点蔬菜，这些零头塥淖的土地上依旧郁郁葱葱，长着祖祖辈辈的鲜嫩。园区用地规划也没有饱和，所以也并不计较零碎的耕种。好像南角墩还是原来的秩序，人们还能回到土地之上，只是原来的房子空了。

库长天骑着电瓶车到处转悠，到大盘汉边上的草荡圩停下来。看见河沟里有一汪残余的水，水面竟闪动着“鱼花”，他就像鸭子看见了活食满脸喜色，连忙下车卷起裤脚准备“搭手”。但毕竟人老了又犹豫那水的深浅，于是又打电话喊大呆子他们一起来——他们也像是失去“号头鸭子”落单了一样到处游荡。

四喜子到了文绉绉地说：“劝君莫食三月鲫，万千鱼子在腹中……”

大呆子抓着一条大鱼说：“你这歪和尚是假正经，你能去念经解救它们么！”

收音机听过几句善言的二歪子说：“救它们是慈悲，不救它们是解脱！”

三叶子问库长天：“那我们都解脱一次，你说——这么多鱼怎么办？是卖还是吃？”

库长天说：“日马马，卖给城里人他们不也是吃下肚子？他们吃了是禄，我们吃了是福——全部弄回去一锅端搭酒，煮鱼，烧鱼汤！”这和当年划着船来南角墩的库万年语气一模一样，只不过现在的日子好起来了。

二〇二〇年五月第一稿

二〇二一年五月第二稿

二〇二二年二月第三稿